PATRICK GRAHAM

Sühneopfer

Buch

Peter Shepard hat scheinbar alles, was sich ein Mann in den Dreißigern nur wünschen kann: Er ist ein angesehener Anwalt, und seine zauberhafte Frau hat ihm zwei kleine Zwillingstöchter geschenkt. In seiner Kindheit als Waisenjunge erlebte er Schreckliches, aber in seiner Familie gelingt es ihm, sich sicher und geborgen zu fühlen.

Doch dann holt Peter seine dunkle Vergangenheit ein, und ihm wird das genommen, was er am meisten liebt. Er erhält den Anruf eines Sheriffs, der ihm mitteilt, er habe seine Frau erwürgt und werde nun mit seinen Töchtern querfeldein durch die Wüste fahren, ohne ihnen zu essen oder zu trinken zu geben.

Für Peter beginnt ein alptraumhafter Wettlauf gegen die Zeit und um seine Töchter.

Autor

Patrick Graham, geboren 1968, war bis zu einem Unfall Flugpilot und arbeitet seitdem als internationaler Unternehmensberater. Seine größte Leidenschaft gehört aber der Religionsgeschichte. Daraus resultierten seine fulminanten Romane *Das Evangelium nach Satan* und *Die Brut des Bösen*, die in Frankreich über Nacht zu Bestsellern wurden.

Von Patrick Graham bereits erschienen:

Die Brut des Bösen (37392),
Das Evangelium nach Satan (37125)

Patrick Graham

Sühneopfer

Thriller

Aus dem Französischen
von Barbara Schaden

blanvalet

Die französische Originalausgabe erschien 2010 unter dem Titel
»Retour à Rédemption« bei Éditions Anne Carrière, Paris.

FSC
www.fsc.org
MIX
Papier aus verantwortungsvollen Quellen
FSC® C014496

Verlagsgruppe Random House FSC-DEU-0100
Das FSC®-zertifizierte Papier *Holmen Book Cream* für dieses Buch
liefert Holmen Paper, Hallstavik, Schweden.

1. Auflage
Deutsche Erstveröffentlichung August 2011
bei Blanvalet, einem Unternehmen der
Verlagsgruppe Random House GmbH, München.

Umschlaggestaltung: HildenDesign, München
Umschlagmotiv: © Artwork HildenDesign, München,
unter Verwendung eines Motivs von shayes17/iStockphoto
Redaktion: Gerhard Seidl
ED · Herstellung: sam
Satz: Uhl+Massopust, Aalen
Druck und Einband: GGP Media GmbH, Pößneck
Printed in Germany
ISBN 978-3-442-37740-4

www.blanvalet.de

Für Stephanie,
ohne die nichts möglich wäre

I

The Big One

1

Die Geräusche von San Francisco treten allmählich in den Hintergrund. Peter Shepard ist in der Mitte des Golden Gate Park angelangt. Es ist immer dieselbe Allee. Immer dieselbe Bank zwischen bewaldeten Hügeln und weiten Rasenflächen. Rechts der metallene Papierkorb, in den er seine Kippen wirft. Links ein Weiher, auf dem Schwäne und ein paar rabenhässliche Enten dahingleiten. Ihm gegenüber drei alte majestätische Zedern, deren Äste im Wind knarzen und knacken. Shepard setzt sich immer auf die rechte Seite der Bank. Nicht zu weit vom Papierkorb, nicht zu nah am Weiher. Er setzt sich und wartet.

Der Weg vor ihm besteht aus dieser gelben Erde, in der die Sohlen der Jogger fast keine Abdrücke hinterlassen. Mit gesenktem Kopf und regelmäßigem Atem laufen sie an Shepard vorbei, der die Hände zu Fäusten ballt, bis sie wieder fort sind. Sie beachten ihn nicht. Sie atmen durch den Mund, an den Rhythmus der Musik angepasst, die sich aus ihren Ohrstöpseln ergießt, und rennen an ihm vorbei. Eine abgelegene Bank. Eine Bank, auf der zu sitzen man eigentlich keinen Grund hat.

Shepard sucht hier Zuflucht, wenn die Panik so stark wird, dass er schon die obersten Etagen der Hochhäuser wanken sieht. Er kommt her, um Phantome zu beobachten. Die Spaziergänger, die Nichtstuer. Auch die Familien. Diese Millionen Menschen, denen ein letzter Aufschub gewährt ist, bevor sie auf einen Schlag verschwinden, wenn *The Big One*, das große, endgültige Beben, die Stadt dem

Erdboden gleichmacht. Ein unausweichlich bevorstehendes Ereignis, das die Gabe hat, ihn in Furcht und Schrecken zu versetzen, vor allem an stürmischen Tagen, wenn der Wind über der Bucht Tausende Vögel durch die Luft fegt. Auch an Nebeltagen, wenn nur die Pylonen der Golden Gate Bridge in den offenen Himmel ragen, während der Rest der Stadt wie unter einer dicken Schneeschicht versunken ist. Mit zitternden Knien bleibt Shepard dann stehen, um nach Atem zu ringen und die Heerschar der Geister zu betrachten, die im Nebel an ihm vorüberzieht. Ein Immobilienmakler hat ihm erzählt, dass die Häuser entlang der San-Andreas-Verwerfung nur deshalb so viel kosten, weil sich manche Leute, wenn es dann so weit ist, das Schauspiel um keinen Preis entgehen lassen wollen. Der große Massenselbstmord. Fast so, als hätten die Bewohner von Pompeji Millionen Dollar springen lassen, um den Ausbruch des Vesuvs aus der ersten Reihe mitzuerleben.

Jemand – er weiß nicht mehr, wer – hat ihm gesagt, dass nach Ansicht der Geologen der Golden Gate Park der einzige Ort sei, der von der Verwüstung möglicherweise verschont bleibt. Nach den Berechnungen, die Shepard anhand der vorliegenden seismischen Daten angestellt hat, befindet sich der Punkt, an dem die Erde am wenigsten beben wird, genau dort, wo seine Bank steht. Nicht zu weit vom Papierkorb und nicht zu nah am Weiher. Vergebens hat er versucht, ein Haus in der Nähe dieses Refugiums zu finden: Seine Frau Barbara verliebte sich in eine prächtige viktorianische Residenz mit violetter Holztäfelung auf dem einen der beiden Twin Peaks, und dort wohnen sie jetzt. Er aber muss jedes Mal, wenn die Panik ihn würgt, seine Bank aufsuchen, wo er zusieht, wie die künftigen Toten vor der großen Vernichtung noch rasch ihre Muskeln stählen.

Im Grunde hätte Shepard alles, um glücklich zu sein: dieses schöne Haus, das nicht er ausgesucht hat, ein luxuriöses Feriendomizil in Colorado Springs, eine Villa auf Hawaii, eine liebende Frau und hellblonde Zwillinge. Sie heißen Meredith und Monica. Monica ist brav, Meredith lebhaft. Die eine lächelt wenig, die andere ist ein Sonnenschein, dessen Gelächter von früh bis spät das Haus erfüllt.

Shepard besitzt außerdem ein Sportcoupé und einen Geländewagen für Ausflüge mit der ganzen Familie, eine Krankenversicherung aus Stahlbeton, eine der angesehensten Anwaltskanzleien an der Westküste und ein hübsches Aktienpaket. Und doch muss er, obwohl er sich dagegen zu wehren versucht, immer häufiger seine Bank aufsuchen.

Shepard zündet sich eine Zigarette an und blickt dem Rauch nach, der in die laue Luft aufsteigt. Langsam wird ihm besser. Bis zur nächsten Panikattacke. Diesmal hat es ihn auf der Rückfahrt vom Flughafen Oakland überfallen, wo er Barbara und die Kinder abgesetzt hatte. Es war nur ein leises Zittern, das durch die Struktur der San Mateo Bridge lief. Und im selben Moment sah es aus, als würde über der Bucht ein Schwarm Stare, dicht wie eine Rußwolke, vom Sturm zerfetzt. Augenblicklich brach ihm der Schweiß aus allen Poren. Shepard trat aufs Gas, und sobald er wieder festen Boden unter sich hatte, steuerte er den nächsten Parkplatz an.

Als er die Augen wieder öffnete, war es laut der digitalen Zeitanzeige seines Wagens genau zehn Uhr. Er fuhr wieder los, bis zur Abzweigung der Staatsstraße 84 von der 101. Rechts San Francisco und seine Zuflucht in der Parkmitte. Links Palo Alto und der Sitz der Kanzlei, in der seine Partner seit über einer Stunde auf ihn warteten. Ein neuerlicher Schwall Panik ließ seine Zähne aufeinanderschlagen. Er bog nach rechts ab und fuhr mit wachsendem Tempo auf die Stadt zu. Der Starenschwarm setzte sich wieder zusammen.

2

Wieder bohrt sich ihm die Migräne in die Schläfe, und Shepard verzieht das Gesicht. Seine Panikattacken begannen nach dem Schlaganfall vor fünf Jahren. Eine plötzlich anschwellende Ader im Gehirn, ein feuchtes Schmatzen, ein roter Schleier vor den Augen.

Er war zu Fuß in Boston unterwegs. Kalt war es, und es ging ein eisiger, schneidender Wind. Das ist alles, woran er sich erinnert. Ein Windschwall, der ihn mitten ins Gesicht trifft. Dann dieses schmatzende, schwammige Geräusch irgendwo unter der Schädeldecke. Wie hochgezogener Rotz. Es passierte mitten auf einem verstopften Boulevard, den er überquerte. Es war Heiligabend, und in der Kälte tanzten die Lichterketten. Shepards Stirn furcht sich. Nein, er hatte den Boulevard bereits hinter sich und ging die Schaufenster der Geschäfte entlang, direkt hinter einer blonden jungen Frau in einem Balmain-Mantel mit Kragen und Ärmelaufschlägen aus Pelz. Ja, genau. Er ging wenige Meter hinter ihr und nahm zwischen Duftschwaden von gerösteten Maronen ihr Parfum wahr. Und dann dieses scheußliche Schnalzen hinter der Nasenwurzel, und seither sind die wenigen Bilder, die er sich von seinem früheren Leben bewahrt hat, wie unter einer dicken Eisschicht begraben – alles, Gesichter, Körper, Landschaften.

In der Ferne knallt es mehrmals hintereinander. Verjagt von den Lärmkanonen des Flughafens von Oakland, stiebt die kompakte Starenmasse auseinander. Shepard blickt den Hunderten schwarzer Punkte nach, die sich bald wieder zusammenfinden, um immer dickere Pfeile zu bilden. Sie biegen ab, segeln dahin, streben zum Südende der Bucht. Die Vogelarmee ist im Begriff, auf die Front der Bäume bei Fremont hinabzustürzen. Ein Wald von Schnäbeln und Federn.

Shepard blickt auf die Uhr. Seit fünf Minuten wartet er auf Barbaras Anruf. So weit noch nichts Ungewöhnliches. Auch nichts Beunruhigendes. Abgesehen von diesen teuflischen Staren und dem verfluchten Schwanken, das er auf der San Mateo Bridge gespürt hat. Aber das sind alles Zeichen. Tags zuvor hat er versucht, sich seiner Frau anzuvertrauen, als sie am Hafen von San Francisco saßen und zu Mittag aßen. Zwanghaft starrte er auf Barbaras Lippen, die beinahe niemals stillstanden – außer in den seltenen Augenblicken, in denen sie einen Schluck Rotwein trank –, und wartete auf den richtigen Zeitpunkt. Der kam nicht.

3

Shepard rutscht unruhig auf seiner Bank hin und her. Vor knapp einer Stunde sind Barbara und die Zwillinge nach Las Vegas abgeflogen. Wie jedes Jahr zur selben Zeit besucht Barbara ihre alte Tante Margie, die in Tokop wohnt, einem gottverlassenen Nest am Eingang zum Death Valley, zweihundert Meilen vom »Friedhof der Seelen«: So nennt die verrückte Alte Las Vegas. Entweder so oder »das Sodom der Wüste«. Barbara hatte ihn sehr bedrängt mitzukommen, aber diesmal ließ sich der beste Firmenanwalt der Westküste nicht erweichen. Er denkt an seinen ersten und letzten Besuch in Tokop, als seine Nächte mit der Jagd auf Skorpione dahingingen und seine Tage auf der Flucht vor der weißen Wüstenhitze. Die alte Irre Margie saß unterdessen im Schaukelstuhl vor ihrer verstaubten Glotze, schlürfte Eistee und hörte den Fernsehpredigern zu. Ein Schluck Eistee, ein dezentes Rülpsen, eine geröstete Erdnuss, die sie vorsichtig auf ihren Zahnstümpfen zerkaute, so saß sie da, den Blick auf den Bildschirm geheftet, auf dem das schwarz glänzende Gesicht eines Predigers das Ende der Welt ankündigte.

Manchmal hielt das Knarzen des Schaukelstuhls inne, und Margie sagte heiser: »Eines Tages wird Gott mir verraten, warum die weißen Prediger nicht annähernd so gut reden können wie diese Neger. Ein Hund, der sich besser zurechtfindet als sein Herr? – Was soll das denn sein, bitteschön, kannst du mir das sagen, Peter?«

Ein Schluck Tee, eine Erdnuss. Und das gleichmäßige Knarzen des Schaukelstuhls. Also nein, wirklich – damals schwor er sich, dass er keinen Fuß mehr nach Tokop, Nevada, setzen würde. Er sah die Lockheed der Delta Airlines schwerfällig vom Rollfeld abheben und in den weißen Himmel emporsteigen, bis sie nur noch ein glänzender Punkt in der Ferne war. Dann holte er seinen Wagen aus dem Parkhaus und fuhr Richtung San Mateo, wo ihn mitten auf der Brücke die Krise überfiel. Seither wartet er.

Wie jedes Mal, wenn sie in diese Wüstengegenden fuhr, in denen man stundenlang unterwegs sein konnte, ohne einer Menschenseele zu begegnen, hatte Barbara am Flughafen von Las Vegas einen klimatisierten Lexus gemietet und die westliche Ausfallstraße Richtung Tokop genommen. Auf der Rückfahrt würde sie den Wagen in Tonopah abgeben und dann in den Greyhound nach San Francisco steigen.

Jedes Mal, wenn sie das Sodom der Wüste hinter sich hatte, rief sie ihn an, um ihm zu sagen, dass sie jetzt auf der 95 Richtung Amargosa unterwegs sei. Meistens direkt nach der Abzweigung von Lee Canyon, wenn es nach Cactus Springs ging. Eine zweihundert Meilen lange schnurgerade Strecke durchs Nichts, wie die Narbe eines Messerschnitts auf der Haut.

Shepard zündet sich eine zweite Zigarette an und blickt wieder auf die Uhr. Das Flugzeug hatte Verspätung, sagt er sich, oder der Mietwagen stand noch nicht bereit. Er hebt den Kopf, sucht den Himmel nach den Staren ab. Oder Barbara war nur einen Moment unaufmerksam, und in diesem Moment schlägt der Lexus am Grund einer Schlucht auf. Er ist noch nicht in Flammen aufgegangen. Monica schreit wie am Spieß, als sie sieht, was vom Gesicht ihrer Mama übrig ist. Sie ist zwischen zerknittertem Blech gefangen. Es stinkt nach Benzin und heißem Öl. Schluchzend dreht sie sich zum verrenkten Körper ihrer Schwester um.

Shepards Mobiltelefon vibriert in seiner Hand. Er sieht Barbaras Nummer aufleuchten. Sein Daumen gleitet langsam über das Display und drückt auf die grüne Taste. In der Ferne erhebt sich ein vielstimmiges Geschrei, rings um die Bucht fliegen Hunderte Stare von den Bäumen auf und bilden dicke, zusammenlaufende Tintenstriche auf blauem Grund.

4

Am Anfang ist Barbaras Stimme ruhig. Sie seien mit Verspätung gelandet, sagt sie, und jetzt auf dem Weg durch die Mojavewüste. Sie sei müde, fügt sie hinzu, die Hitze sei mörderisch, sogar im Wagen bei voll aufgedrehter Klimaanlage. Die Zwillinge, in den Kindersitzen hinter ihr eingegurtet, veranstalten einen fröhlichen Radau. Shepard hört das Geschnatter von Kinderstimmen, das Brummen des Motors, das Klicken eines Feuerzeugs, Knistern von Zigarettenglut. Ohne die über der Bucht aufwallende Vogelflut aus den Augen zu lassen, sagt er, wieder einmal, dass er es nicht ausstehen kann, wenn sie in Gegenwart der Mädchen raucht, und wie immer antwortet Barbara, sie habe die Klimaanlage auf Frischluftzufuhr geschaltet.

»Übrigens, Schatz, weißt du was?«, fügt sie hinzu.

»Nein.«

»Bei der Ausfahrt aus dem Flughafen war ein monströser Stau.«

»Wie immer, oder?«

»Ja, aber diesmal kannst du stolz auf mich sein, weil ich … Oh, Scheiße.«

Shepard vernimmt einen fernen Sirenenton im Telefon.

»Barbara? Was ist los?«

»Mist, ein Bulle ist hinter mir.«

»Bist du zu schnell gefahren?«

»Peter Stanley Shepard, du weißt ganz genau, dass ich niemals zu schnell fahre!«

Das stimmt. Barbara fährt überhaupt sehr ungern. So ungern, dass es ihn immer wieder rasend macht, wenn sie unterhalb der zulässigen Geschwindigkeit die Küstenstraße zwischen San Francisco und Los Angeles entlangkriecht. Der hochheilige Familienausflug entlang dem Graben: Shepard hat nie begriffen, was so spannend daran sein soll, dieses endlose sich schlängelnde Band dahinzuschleichen, wenn man doch ganz einfach über Oakland und durch das kalifornische Längstal abkürzen kann. Nur um ein paar arme quecksilbervergiftete Wale zu sehen, die sich im eisigen Wasser vor Carmel tummeln? Und um sich gegenseitig anzuschnauzen, weil Barbara im Schneckentempo fährt und ihrerseits von den Bikern und Wohnmobilfahrern beschimpft wird.

»Keine Sorge, das ist sicher nur eine Routinekontrolle.«

»Mitten in der Wüste?«

Shepard antwortet nicht. Er sieht seiner Zigarette nach,

die zu Boden fällt. Man könnte meinen, dass sie verrückt lange braucht, um unten anzukommen. Er stellt seine Ferse auf die Kippe und konzentriert sich auf die Geräusche aus dem Telefon. Das Geheul der Sirene, das Geplapper der Zwillinge, das Ticken des Blinkers, den Barbara setzt, ehe sie rechts heranfährt.

Der Kies knirscht, als der Wagen am Straßenrand hält. Barbaras Stimme entfernt sich ein Stück. Sie hat das Mobiltelefon auf die lederbezogene Ablage neben dem Ganghebel gelegt. Shepard hört sie die Handbremse ziehen. Ein anderes Geräusch erregt seine Aufmerksamkeit. Ein mächtiges, eintöniges Vibrieren, das die Atmosphäre erfüllt. Wie das ferne Pumpen von Ölbohrtürmen. Shepard konzentriert sich wieder auf Barbara. Die jetzt im Rückspiegel sieht, wie der dicke Polizei-Chevrolet ein paar Meter hinter ihr stehen bleibt. Die Windschutzscheibe, sagt sie, sei schmutzig, und im gleißenden Widerschein der Sonne könne sie kein Gesicht dahinter sehen. Der Chevrolet scheint auf der Radaufhängung ein Stück zu wachsen, als sich die ungeheure Masse des Sheriffs herausschält. Er setzt seine Uniformmütze auf und verstaut den Schlagstock im Etui. Barbara fragt sich laut, wie so ein Riese hinter das Steuer eines Wagens passe: Sicher fahre er auch bei ganz zurückgeschobenem Sitz mit den Knien unter den Ellenbogen. Er kommt näher. Das glutheiße Wüstenlicht offenbart seine Gesichtszüge. Barbara, die wieder nach ihrem Telefon greift, stößt einen leisen Fluch aus.

»Verdammte Scheiße … Das ist ein Cowboy.«

»Was?«

»Na, du weißt schon, einer dieser County-Sheriffs, die imstande sind, dir von hinten eine Kugel in den Kopf zu jagen, nur weil du nicht direkt auf dem Zebrastreifen die Straße überquert hast.«

»Bleib cool, Baby.«

5

Shepard, der sein Telefon so fest umklammert, dass er fast das Gehäuse eindrückt, hört das Surren der elektrisch hinabgelassenen Scheibe. Ein Schwall heiße Luft quillt ins Wageninnere und nimmt der jungen Frau den Atem. Der dumpfe Hintergrundlärm ist lauter geworden. Eine dicke Fliege brummt. Unter den Sohlen des Bullen knirscht der Kies. Er geht langsam. Hat alle Zeit der Welt. Shepard sieht die kompakte Masse der Stare die Bucht umrunden und in dicht geschlossenen Reihen zum Golden Gate Park zurückkehren. Das sieht jetzt beinahe aus wie eine Öllache, die sich über den Himmel breitet. Seine Zunge ist wie ein Stück Pappe im Mund. Aus seiner Kehle kommt ein seltsam rauer Ton.

»Barbara?«

Sie hört ihn nicht. Sie hat das Telefon wieder abgelegt. Das Knirschen ist verstummt. Der Bulle beugt sich vor. Seine nackten Unterarme sind dick wie Schenkel. Seine fetten Hände legen sich um die Türkante, als wollten sie das Blech verbiegen. Barbara betrachtet die Schweißflecken unter seinen Achseln. Die Uniform ist ihm zu eng, und es sieht aus, als könnte die Masse des Oberkörpers jeden Moment das Hemd sprengen. In den Schweißgeruch, den der Riese verströmt, mischen sich abgestandener Urin, Old-Spice-Rasierwasser und Tabak. Ein Stück Priem bläht seine Backe wie ein Abszess unter der Haut. Im Mundwinkel glänzt brauner Speichel. Er trägt eine Sonnenbrille mit verspiegelten Gläsern, hinter denen sein Blick unsichtbar ist. Er lächelt höflich und entblößt dabei eine Reihe großer, gelber Zähne. Auf der Rückbank werden die Zwillinge unruhig. Barbara spürt, wie sich auf ihrer Kopfhaut Schweißperlen bilden. Die Wüstenhitze raubt einem den

Atem. Nein, atemraubend ist etwas anderes. Es ist etwas, das der Sheriff ausschwitzt, zugleich mit dem üppigen Schweiß, der ihm den Hals hinabrinnt. Etwas Nachtschwarzes.

Barbara, die zu ihm aufblickt, sieht in den verspiegelten Gläsern nur sich selbst. Sie versucht zu sprechen. Ihre Stimme zittert.

»Hab ich was falsch gemacht, Sheriff?«

Der Mann gibt darauf keine Antwort. Stattdessen deutet er auf die Zwillinge.

»Ihre Töchter?«

»Ja sicher.«

»Nichts auf Erden ist je sicher, Ma'am, glauben Sie mir.«

Der Sheriff hat seine Hand auf die hintere Scheibe des Wagens gestützt und macht *Kuckuck!* mit den kleinen Mädchen, die ihm zulächeln.

»Die zwei sehen sich ja verdammt ähnlich.«

»Es sind Zwillinge.«

»Wie alt?«

»Zwei.«

»Beide?«

Barbara schluckt und nickt. Der Sheriff macht den beiden Mädchen allerlei Zeichen, und sie strecken seinen dicken Fingern hinter der Scheibe die Arme entgegen.

»Und wie heißen Ihre kleinen Püppchen?«

»Meredith und Monica.«

»Süß.«

»Danke.«

Barbara sieht den Adamsapfel des Sheriffs in der Kehle abwärts und wieder aufwärts gleiten, als wäre er den Tränen nahe.

Nach kurzem Nachdenken sagt er: »Wissen Sie, ich hätte liebend gern so süße und saubere Püppchen gehabt wie Sie. Ich hätte sie gekämmt und ihnen die schönsten Kleider der Welt angezogen, aber meine Oma hat mir ja sogar einen Hund verboten, und deswegen fing ich an, welche zu fangen. Nicht kleine Mädchen. Hunde.«

Die verspiegelten Gläser wenden sich wieder Barbara zu.

»Kauen sie Nägel?«

»Wie bitte?«

»Ich will wissen, ob Ihre kleinen Püppchen brav sind oder ob sie Nägel kauen.«

»Ich ...«

»Beantworten Sie meine Frage, Ma'am.«

»Äh ... Ja. Sie sind brav.«

»Das ist gut. Es ist wichtig, dass die Kinder schon früh im Leben brav sind. Sonst muss man sie peitschen. Ich habe nicht vergessen, wie mir meine Oma den Rücken bearbeitet hat, wie wenn man ein Stück Fleisch weich klopft. Ist schade, aber so ist es nun mal. Das verlangt das große Gesetz des Universums.«

Der Riese holt so tief Luft, dass an manchen Stellen die Hemdnähte reißen. Er lächelt seltsam verschwörerisch, als blinzelte er Barbara hinter seinen Brillengläsern heimlich zu.

»Sie wollten die zwei in der Wüste spazieren fahren, um sie den Kojoten zum Fraß vorzuwerfen, wie?«

»Was reden Sie da?!«

»Fleisch für die Kojoten, Ma'am. Dafür werde ich bezahlt. Um auf diesem beschissenen Stück Straße Streife zu fahren und schöne Damen wie Sie dran zu hindern, dass sie ihre Kinder in der Wüste aussetzen.«

»Du lieber Gott, ich hatte doch nicht die leiseste Absicht, meine Kinder auszusetzen! Wir besuchen meine Tante in Tokop!«

»Nach Tokop wollen Sie? Da sind Sie aber falsch. Diese

Straße hier führt von Vegas direkt in die Hölle. Nicht wahr, meine Püppchen? Mama macht mit euch einen Ausflug in die Hölle, und das macht euch Spaß, stimmt's?«

»Bitte, Sheriff, darf ich erfahren, warum Sie mich aufgehalten haben? Ich bin zu schnell gefahren, ja?«

Wieder heften sich die verspiegelten Gläser auf Barbara. Er lächelt nicht mehr.

»Zu schnell, nicht schnell genug. Nichts geht je so schnell und so langsam wie das verreckte Räderwerk einer verfluchten Uhr, stimmt's nicht?«

Der Sheriff nimmt die Mütze ab und kratzt sich auf dem Kopf, und im nächsten Moment fließt ein dünnes scharlachrotes Rinnsal über sein Gesicht. Er fährt sich mit der Hand über den Schädel und senkt den Kopf. Barbaras Augen werden weit. Wo Haare sein sollten, sieht sie, inmitten von Schweiß und Blut, Stellen wunder Haut und dazwischen eigenartige Geschwülste, aus denen es weißlich schimmert, wie Knochen.

»Fleisch für die Kojoten, Ma'am.«

Barbara durchfährt es wie ein elektrischer Schlag, und sie unterdrückt ein Aufschluchzen, als sie sieht, wie sich der Bulle mit seiner dicken, blutigen Pranke über das Gesicht fährt. Jäh tritt sie aufs Gaspedal, und der Lexus macht japsend einen Satz nach vorn, stottert und stirbt ein paar Meter weiter ab. Die Zwillinge sind verstummt. Tief in ihrem kleinen Gehirn wissen sie, dass etwas nicht stimmt. Sie wissen, dass die Mama Angst hat, und das hat mit dem dicken Mann mit dem blutigen Gesicht zu tun, der jetzt gemächlich auf das wieder stehende Auto zukommt.

»Peter! Lieber Gott, Peter, der bringt uns um!«

Barbara schreit, außer sich vor Entsetzen, während sie hektisch versucht, den Wagen zu starten. Wie gelähmt hört Shepard auf seiner Parkbank den Motor einmal aufhusten und gleich wieder verstummen. Er meint förmlich die

Benzinschwaden zu riechen, die aus den Lüftungsschlitzen wehen.

»Barbara, der Motor ist abgesoffen – du musst vorsichtig ein paar Mal mit dem Gaspedal pumpen und den Wagen erst dann wieder anlassen.«

Mit weit aufgerissenen Augen murmelt Shepard beschwörend ins Telefon. Zwischen zwei verzweifelten Versuchen Barbaras, die schluchzt und auf das Lenkrad einhämmert, hört er abermals die knirschenden Schritte des Sheriffs.

»Ganz ruhig. Wär dir das auf dem Parkplatz des Supermarkts passiert, wärst du in Sekunden wieder flott. Also Schatz, bitte beruhig dich …«

Der Motor heult auf. Barbara streckt den Mittelfinger aus dem Fenster und schreit: »Leck mich, du Idiot!«

Sie wirft einen Blick zurück und rechnet damit, die massige Gestalt des Sheriffs zu sehen. Aber er ist nicht mehr hinter dem Wagen.

Shepard presst das Plastikgehäuse des Telefons ans Ohr. »Fahr *sofort* los!«, schreit er.

Er hört den Hebel der Automatikschaltung einrasten, den Barbara nach unten zieht. In dem Moment, als sie wild aufs Gas tritt, öffnet sich die Beifahrertür. Der Lexus macht einen neuerlichen Satz und stirbt wieder ab. Die Federung ächzt. Der dicke Bulle setzt sich neben Barbara. Er fährt der jungen Frau mit seiner blutigen Hand in die Haare und löst die Handbremse.

6

Shepard stöhnt auf, als er über das Schluchzen seiner Frau hinweg den Lexus starten hört. Der dicke Bulle sagt kein Wort, er begnügt sich damit, Barbara stumm zu dirigieren. Der dumpfe Lärm verebbt. Von Zeit zu Zeit dreht der Riese sich um und kitzelt die Zwillinge, die wie erstarrt auf der Rückbank sitzen. Ohne das Telefon vom Ohr zu nehmen, zerrt Shepard fieberhaft sein zweites Mobiltelefon aus der Tasche und wählt die Notrufnummer. Eine eintönige Stimme bittet ihn zu warten. Dann folgt eine aufgezeichnete Ansage.

Eine Ewigkeit fährt der Lexus dahin. Nach dem Holpern und Schlagen zu urteilen, hat der Sheriff Barbara gezwungen, querfeldein durch die Wüste zu steuern. Ein Gelände voller tiefer Schluchten und Abgründe, in denen ein Unfallwagen tagelang unentdeckt bleiben kann. Dorthin entführt diese Bestie seine Frau und seine Töchter. Shepard presst das zweite Telefon ans Ohr. Die Stimme einer Frau. Sie fragt, wer am Apparat sei. Er ringt nach Worten und findet keine. Er begreift, dass er mindestens zehn Minuten brauchen wird, um sich verständlich zu machen, und beendet die Verbindung. Er greift wieder nach seinem privaten Telefon, aus dem Barbaras Schluchzen dringt.

Der Lexus legt noch etliche Meilen zurück, ehe er anhält. Dann ist alles still. Shepard stockt der Atem vor Entsetzen, als er den Mörder schnuppern hört. Es klingt, als beröche er Barbara, nähme alle ihre Düfte in sich auf. Barbara spricht wieder, ihre Stimme zittert; ihr ist klar, dass es keine Rettung gibt.

»Wenn Sie mich umbringen, würden Sie es bitte außer Sichtweite meiner Töchter tun? Ich flehe Sie an! Ich will nicht, dass sie mich sterben sehen.«

Tränen schießen Shepard in die Augen, als er seine Frau in Endlosschleife immer wieder dasselbe sagen hört. Dann klingt ihre Stimme auf einmal wie erstickt. Als würde ihr Stoff vor den Mund gehalten. Vielleicht ist es eine Schulter – vielleicht hat er sie tröstend an sich gezogen. Barbara, das Gesicht an das schweißnasse Hemd des Sheriffs gedrückt, weint zum Steinerweichen, während der Mann ihr ein Wiegenlied summt. Ein Anflug heißer Dankbarkeit schnürt Shepard die Kehle zu. Der dicke Kerl ist vielleicht doch nicht so abscheulich. Gestört natürlich, wahrscheinlich geisteskrank, aber nicht weiter gefährlich. Sicher ist er aus einer Anstalt entsprungen und macht sich jetzt einen Spaß daraus, nichts ahnenden Autofahrern Angst einzujagen. Ein dicker, aber letztlich harmloser Irrer, der in der nächsten Minute in schallendes Gelächter ausbrechen und den Zwillingen Bonbons schenken wird … Aber dann hört Shepard ein panisches Japsen, ein Ringen nach Luft, denn der Mörder schlingt die Arme immer fester um Barbaras Körper. Es hört sich an, als kämpfte sie mit aller Kraft, als versuchte sie, sich dem Klammergriff der monströsen Handgelenke zu entwinden, die sich um ihren Rücken geschlossen haben. Sie versucht zu sprechen. Sie will den Blick ihres Mörders hinter den verspiegelten Gläsern sehen. Er macht: »Schsch, ruhig, ganz ruhig.« Sie hört auf, sich zu wehren. Mit einem vernehmlichen Knacken bricht ihre Wirbelsäule.

7

Shepard fällt vornüber ins Gras und übergibt sich. Durchs Telefon hört er die Zwillinge weinen. Daneben ein Rascheln und Knistern unklarer Herkunft. Vielleicht leert der Mann den Inhalt einer großen Tüte auf die Rückbank. Der Mörder atmet in Barbaras Telefon. Shepard spürt Schmerz und Hass aus jeder Faser seines Körpers quellen.

»Tun Sie meinen Töchtern nichts!«

»Ich töte niemals Kinder. Auf keinen Fall. Ich habe ihnen ihre Fläschchen mit Mineralwasser gefüllt und massenhaft Süßzeug hingelegt. Ärgerlich ist, dass ich keine Ahnung habe, was solche kleinen Dinger essen. Deswegen hab ich im Drugstore alles mitgenommen, was mir unter die Finger kam.«

Shepard wischt sich ungestüm die Tränen von den Wangen.

»Müsliriegel in allen Farben, Hubba Bubba mit Erdbeergeschmack und Jawbreakers Monster Tropical. Du weißt schon – diese Dinger, die im Mund zersplittern, wenn du darauf beißt, und dann kommt ein Kaugummi zum Vorschein.«

»Ja.«

»Außerdem Geleebananen, weil ich die selber gern mag, Kwatta, diesen Schokobrotaufstrich, dann Babydesserts und Ben-&-Jerry-Eisbecher mit Macadamia; der Holzlöffel ist draufgeklebt. Dann gibt's noch ein paar Cola-Dosen und etliche Tafeln Schokolade. Das wär dann alles, glaub ich.«

»Das können sie niemals essen.«

»Doch, klar können sie. Was, meine Püppchen, natürlich könnt ihr das alles essen?«

Die Zwillinge knistern mit Einwickelpapier. Dann ein anderes Geräusch. Wie ein starker Luftzug.

»So, ich lasse den Motor laufen und habe die Klimaanlage auf volles Rohr gestellt, damit die Süßen nicht in der Sonne verbrutzeln. Ich hab ihnen gesagt, sie sollen nicht gleich alles Wasser auf einmal austrinken, aber sie haben solchen Durst. Ich lasse das Telefon laut gestellt – vielleicht hören sie ja auf dich.«

»Sagen Sie mir, wo sie sind.«

»Nein. Unmöglich.«

»Warum nicht?«

»Weil's an dir ist, sie zu retten.«

»Ich flehe Sie an, tun Sie mir das nicht an.«

Shepard hört den Schluckauf eines der Mädchen, als der

Mörder das Telefon auf dem Teppichboden des Wagens ablegt und ächzend aussteigt. Er winkt den Zwillingen noch einmal zu, wirft die Tür ins Schloss und ist fort. Die Klimaanlage rauscht. Eine Fliege prallt gegen die Scheibe. Immer wieder fliegt sie am Telefon vorbei. Meredith ruft nach ihrer Mama.

II

Deadlands

8

Die 727 dreht eine letzte Kurve, ehe sie zur Landung ansetzt. Das Gesicht an die Fensterscheibe gedrückt, sieht Shepard Las Vegas in der Wüste glitzern wie eine ägyptische Stadt der Zukunft. Der Strip mit seinen riesigen Kasinos, Dutzende Kapellen, die sich rund um die Armenviertel ballen, die schnurgeraden Boulevards, wie mit dem Skalpell in den Bauch der Wüste geschnitten. Ein gigantischer Vergnügungspark, der keine Sperrstunde kennt.

Mit aufheulenden Triebwerken setzt das Flugzeug auf, bremst ab, rollt vor dem Terminal aus. Shepard reiht sich in die Menge der Passagiere ein. Gesichter, Arme, Schultern umringen ihn, streifen ihn, kreisen ihn ein. Eine Mischung aus künstlichen Düften weht ihn an. Instinktiv sucht er nach den Gerüchen seiner Frau und seiner Töchter, der Lindenblüten-Feuchtigkeitscreme von Barbara, diesem scheußlichen Erdbeershampoo der Zwillinge. Seitdem er den Kontakt zu ihnen verloren hat, klammert er sich an Kleinigkeiten, Erinnerungen. Ein Lächeln, ihr Gepiepse beim Aufwachen, Barbaras Atmen neben ihm im Bett, das Gluckern von Milch, die sich über Frühstücksflocken ergießt, ein durchnässter Badewannenvorleger, winzige Fingerabdrücke auf beschlagenen Fensterscheiben.

Als er in die Polizeizentrale von San Francisco gestürmt ist und geschrien hat, seine Frau sei irgendwo in der Wüste von Nevada verschleppt und umgebracht worden, versuchten die Experten von Las Vegas, Barbaras Handysignal zu orten. Leider erst lang, nachdem der Mörder aus dem

Wagen gestiegen war. Denn Shepard war fast eine Stunde durch die Straßen geirrt und hatte versucht, telefonisch seine Töchter zu beruhigen. Bis ein gleichmäßiges Knistern durch die Leitung kam. Bevor Barbaras Akku endgültig leer war, hatte er seinen Mädchen versichert, dass er sie liebe und Mama bald wieder aufwachen werde. Dann war die Verbindung tot.

Shepard steuert auf den Avis-Schalter zu. Während er die Formulare ausfüllt, um einen wüstentauglichen Geländewagen zu mieten, weht ihn das Eau de toilette der Angestellten an. Laut ihrem Namensschild heißt sie Sandy. Shepard bemüht sich, ihr Lächeln zu erwidern, doch sie hat bereits den Blick wieder gesenkt. Als sie seine Angaben überfliegt, stutzt sie plötzlich.

»Shepard?«

»Genau.«

»Ich frage nur, weil heute Morgen eine Mrs. Shepard ebenfalls einen Wagen bei uns gemietet hat. Einen sandfarbenen Lexus, wenn ich mich recht erinnere.«

»Das ist meine Frau.«

»Wollen Sie ihr nachfahren?«

»Ich will es versuchen.«

Mit klirrenden Armreifen legt die Frau Wagenschlüssel und Papier auf die Theke. Shepard steckt alles ein und geht auf die Glastür zu, die ihn in die glutheiße Luft von Las Vegas entlässt. Er überquert den Parkplatz, steuert einen roten Chevrolet Impala an, wirft seine Tasche auf die Rückbank und schaltet sofort die Klimaanlage ein, ehe er sich in den anhaltenden Verkehrsstrom der Paradise Road einreiht.

9

Shepard schlängelt sich im Zickzack zwischen den Fahrzeugen hindurch bis zum Strip, der bekanntesten Straße von Las Vegas mit ihren Palmen, Restaurants, Luxusgeschäften und Drückern, die einen auf der Straße ansprechen und eine fantastische Auswahl an Callgirls auf Hochglanzpapier anbieten. Er fährt Richtung Norden, bis der Verkehr ins Stocken gerät. Bis jetzt kam er ganz gut durch, weil er die meisten Fallstricke im Sodom der Wüste kennt. Manche sind allerdings unkalkulierbar, wie jetzt dieser Stau. So etwas entsteht im Handumdrehen, ballt sich zusammen, verklemmt sich, entzerrt sich wieder und löst sich auf, ehe es sich fünfzig Meter weiter erneut ineinander verkeilt und einrollt wie eine Schlange im Sand. Shepard hat nie verstanden, weshalb Barbara immer darauf bestand, quer durch Las Vegas zu fahren, statt das Flughafengelände Richtung Süden zu verlassen und die Straße nach Pahrump zu nehmen. Das sei zwar ein Umweg, aber, argumentierte er, immer noch besser, als inmitten von Huren und Kasinos im Stau zu stehen. Barbara pflegte darauf zu antworten, sie kenne nur diesen einen Weg: vom Flughafen aus die Paradise Road, dann links in die Tropicana, den Strip vom unteren bis zum oberen Ende und dort, nach dem Rathaus und zwei weiteren Querstraßen, die Abzweigung der 95 nach Indian Springs.

Shepard zündet sich eine Zigarette an. Auf der Höhe des Restaurants Harley mit seinem riesigen Motorrad vor den Fenstern führen zwei Wagen der Polizei von Las Vegas den Verkehr auf eine einzige Spur zusammen. An ihre chromblitzenden Autos gelehnt, spähen die Beamten hinter Sonnenbrillen nach den Fahrern. Der eine kaut Kaugummi. Als Shepard bei ihm ist, kurbelt er die Scheibe herunter und fragt nach dem Polizeipräsidium. Der Bursche mustert ihn über den Brillenrand hinweg.

»Welche Abteilung?«

»Vermisste.«

»Nach dem Stratosphere die Zweite rechts. Ein hellgelbes Backsteingebäude. Nicht zu übersehen.«

Shepard will ihm danken, als der Bulle beide Hände an die Tür stützt und sich zu ihm herunterbeugt. Sein Atem riecht nach Erdbeere.

Er fragt: »Sind Sie Peter Shepard?«

Shepard wirft einen Blick auf das Foto, das der Mann in der Hand hält.

»Ja.«

»Sie werden sowieso zu einer Aussage im Präsidium erwartet.«

Shepard schnürt es die Kehle zusammen.

»Haben Sie den Wagen meiner Frau gefunden?«

»Nach dem Stratosphere die Zweite rechts, Mr. Shepard. Fragen Sie nach Lieutenant Callum.«

Der Beamte tritt zurück und fordert ihn mit einer Handbewegung auf, weiterzufahren. Die Klimaanlage rauscht verhalten. Shepard wirft einen Blick in den Rückspiegel. Der Polizist lehnt wieder an der Fahrertür seines Wagens, und in dem Moment, als Shepard schon den Blick abwenden will, zeigt er dem davonfahrenden Geländewagen verstohlen den Mittelfinger. Anscheinend schätzen es die Bullen hier nicht, wenn Leute aus San Francisco behaupten, ihre Familie sei entführt worden.

10

Die Staubfäden in den Lüftungsschlitzen der Klimaanlage flattern im eisigen Luftzug. Der Schreibtisch von Lieutenant Callum ist mit Kaffeeflecken und den kreisförmigen Abdrücken von Bechern übersät. Verstreute Büroklammern, ein halb unter Papierstapeln verborgener Tacker, ein überquellender Aschenbecher. Shepards Nasenlöcher weiten sich, um alle Hintergrundgerüche aufzufangen. Schweiß, Tinte, kalter Rauch. Er sitzt in einem Ledersessel, dessen lockere Armlehne bei jeder Bewegung quietscht. Ein an der schmutzigen Glasscheibe des Straßenfensters befestigtes Thermometer mit Außenfühler zeigt dreiundvierzig Grad. Er blickt auf die Uhr. Eine Woge der Angst raubt ihm den Atem. Seit etwas mehr als sechs Stunden sind seine Töchter mitten in der Wüste in einem Wagen eingesperrt. Barbara, zusammengesackt auf dem Fahrersitz. Eine summende Schmeißfliege. Das Brummen des Motors und das gleichmäßige Zischen der Klimaanlage. In drei Stunden ist Nacht. Dann sinkt die Außentemperatur schlagartig ab und verwandelt das Wageninnere in einen Eiskasten. Nach Shepards Berechnungen wird bei einem Verbrauch von zwei Litern Benzin in der Stunde der Motor kurz vor Mittag mangels Nachschub stehen bleiben. Der Countdown läuft. Dann fällt auch die Klimaanlage aus, und die Temperatur steigt unerbittlich bis zum erneuten Einbruch der Dämmerung. Shepard ringt die Hände. Er stellt sich vor, wie die Mädchen nach ihrer Mama rufen. Erschöpft nicken sie ein und schrecken jäh wieder aus dem Schlaf. Sie sehen einander mit ihren kleinen Augen erschrocken an. Versuchen sich, von Schluchzen unterbrochen, gegenseitig zu beruhigen. Zerren an den Gurten ihrer Sitze, strecken einander die Hände entgegen, bis sie sich berühren. Meredith hat ihre Stoffpuppe auf den Boden fallen lassen und versucht, sie zu erreichen. Monica tritt gegen die Rückenlehne des Fahrersitzes, aber die Mama reagiert nicht. Nun beginnt sie an ihrem Fläschchen zu saugen, sie schluckt einmal, zweimal. Das Wasser schmeckt nach Tränen. Sie blickt zum Fenster, auf dem sich schon eine dünne Staubschicht gebildet hat. Sie legt die Hand an die Scheibe. Drinnen ist es eiskalt und draußen kochend heiß. Sie betrachtet die felsige Landschaft ringsum, die bis ans Ende der Welt reicht. Das weiße Licht der Wüste. In einem Winkel ihres Kinderhirns begreift sie, dass das eigentliche Monster nicht dieser böse Mann ist, der ihrer Mama wehgetan hat. Nein. Das eigentliche Monster ist die Hitze dort draußen. Monica weiß, dass sie sterben wird, aber die Vorstellung ist zu verschwommen, um ihr Angst zu machen. Wirklich traurig ist aber, dass sie ihren Papa nie wiedersehen wird. Das versteht sie nicht mit Worten oder Gedanken, sondern indem sie das wenige Wissen, das sie besitzt, zusammenfügt: Mama rührt sich nicht mehr, in ihrer Kehle brennt es, das Wasser in ihrem Fläschchen wird weniger, und Meredith schreit und wirft sich in ihrem Sitz herum, weil sie immer noch versucht, inmitten der Bonbonpapiere ihre Puppe zu erwischen. Monica drückt die Nase ans Fenster. Sie will einen Kreis an die Scheibe hauchen, aber das Glas ist von der anderen Seite her so heiß, dass sich der Beschlag, kaum gebildet, gleich wieder auflöst. Daran ist das Monster schuld: Es verschlingt das Wasser, es lässt alles verdorren. Nach und nach wird es auch die Kälte fressen, die vorn aus den Schlitzen kommt, und dann auch sie beide, ihre Schwester und sie.

Monica blickt in die Wüste, aber das Hitzeflirren und ihre Tränen lassen alles verschwimmen. Sie hat begriffen, dass sie ihr Wasser so lang wie möglich aufheben muss. Sie will es auch Meredith sagen, aber Meredith schreit und weint und will nur ihre Puppe. Monica reicht ihr das eigene Stofftier, einen gelben Plüschelefanten mit zerkautem Rüssel. Meredith stößt sie zurück. Ihre Augen fallen zu. Sie schläft ein.

11

Lieutenant Callum setzt sich hinter seinen Schreibtisch und schiebt Shepard einen Pappbecher zu. Der nimmt den Deckel ab und schnuppert an dem Getränk.

»Cappuccino?«

Der Sheriff schüttelt den Kopf. Shepard starrt ihn an, während er einen Schluck nimmt. Der Lieutenant ist ein großer Schwarzer mit rundem Gesicht und kahlem Schädel, auf dem eine Ader pocht. Rhythmisch schwillt sie an und wieder ab, und die zarte Haut darüber sieht aus, als könnte sie jeden Moment aufplatzen. Ein Geräusch wie hochgezogener Rotz, und dann spritzt das Blut zwischen die Hirnwindungen. Callums letztes Lächeln.

Der Bulle ordnet seine Papiere. Er wischt sich den Schweiß von der nassen Stirn und stößt einen Seufzer aus, der eine Kombination aus Müdigkeit, Gereiztheit und Sorge ist.

»Ich habe vier Helikopter und die Hälfte meiner Leute im Einsatz. Sie sind mit Geländewagen und Wüstenscheinwerfern unterwegs. Ich konnte sogar die Besatzung der Air-Force-Basis Nellis mobilisieren, dass sie ihr Gelände kontrollieren, falls es Ihr Mörder geschafft haben sollte, die Elektrozäune zu überwinden. Glauben Sie mir, Mr. Shepard, sie werden Ihre Familie finden.«

»Vorausgesetzt, sie wissen, wo sie suchen sollen.«

Shepard blickt wieder auf die riesige Landkarte, die mit

Reißnägeln an der Wand befestigt ist. Nevada in Gelb, Arizona in Weiß und Kalifornien in Grün. Er betrachtet den mäandernden Krater des Grand Canyon und die blaue Fläche des Lake Mead, gut dreißig Meilen östlich von Las Vegas. Die letzte Wasserstelle vor dem Meer, von Menschenhand geschaffen. Und dazwischen an die vierhundert Meilen totes Land. Sand, Felsschluchten, Schlangen. Irgendwo in dieser grenzenlosen gelben Weite steht ein verlassener Lexus mit seinen zwei Mädchen darin. Callums Stimme reißt ihn aus seinen Gedanken.

»Nach der Strecke zu urteilen, die Ihre Frau zu fahren pflegt, wenn sie nach Tokop will, gibt es zwei Möglichkeiten: Entweder dieser Mann hat sie Richtung Cactus Springs gezwungen oder quer durch die Mojavewüste zum Red Rock Canyon.«

Während Callum seine Hypothesen vorträgt, bläht sich das Fahndungsgelände auf der Karte vor Shepards Augen zu einer grenzenlosen Weite.

»Haben Sie denn den Polizeiwagen gefunden, der meine Frau aufgehalten hat?«

»Der Einzige, der sich nicht zurückgemeldet hat, gehört Melvil Crane, dem Hilfssheriff in Clark County. Der Bursche ist okay.«

»Und wurden Sie fündig?«

»Meinen Sie Crane?«

»Nein, den Wagen.«

»Noch nicht.«

»Sie verschwenden Ihre Zeit.«

»Wieso?«

»Weil der Mörder ihn zwangsläufig wegfahren musste, nachdem er meine Familie in der Wüste ausgesetzt hat.«

»Sie meinen, er ist umgedreht und mit der Kiste des alten Crane weitergefahren, um sie Gott weiß wo abzustellen?«

»So hätte ich es gemacht.«

Callum zieht ein zerknittertes Päckchen Camel hervor. Er klopft eine Zigarette heraus, die er Shepard anbietet. Shepard nimmt sie und beugt sich vor, um sie in die Flamme des Feuerzeugs zu halten, das ihm der schwarze Polizist hinhält. Der Tabak knistert. Shepard richtet sich wieder auf und sieht Callum eindringlich an.

»Wenn ich Sie recht verstehe, wissen Sie also nicht mal, von wo aus meine Familie in der Wüste verschwunden ist. Richtig?«

»Richtig.«

Callum senkt den Blick auf Shepards Aussage, die ihm die Kollegen aus San Francisco gefaxt haben.

»Also, Sie sagen, so hätten Sie's gemacht.«

»Was?«

»Sie wären zu Cranes Wagen zurückgelaufen und hätten ihn weggeschafft.«

»Ja.«

»Warum?«

»Was für eine Frage! Damit man den Eingang nicht findet!«

»Welchen Eingang?«

»Ins Labyrinth. Sie wissen nicht, wo der Eingang ist. Sie wissen nicht, wo es wieder hinausgeht. Das nennt man ein Labyrinth.«

Callum fährt sich mit einer Hand über den Schädel und die dicke pulsierende Ader. Er klopft die Asche seiner Zigarette ab.

»Sie sagen aus, dass Sie Ihre Frau am Telefon hatten, als sie angehalten wurde.«

»Ja.«

»Warum?«

»Das machen wir immer so. Sobald sie in die Nähe der US-Air-Force-Basis Nellis kommt, ruft sie mich an, um zu sagen, dass alles okay ist.«

»Hat sie gesagt, wo genau sie war?«

»Nein, aber normalerweise ruft sie an, wenn sie hinter Cactus Springs ist. Dort gibt es eine Station, wo sie Wasser kauft und noch mal volltankt, und wenn sie wieder losfährt, ruft sie an.«

»Kauft sie nie was anderes?«

»Nein, nur Wasser. Eine Zehnerpackung, für den Fall, dass sie in der Wüste eine Panne hat. Zwar trinkt sie von Cactus bis Tokop nie mehr als eine Flasche, aber sie will eben auf Nummer sicher gehen.«

»Was kann man also vernünftigerweise annehmen? Dass Cactus Springs höchstens zehn Minuten hinter ihr lag, als sie angerufen hat?«

»Ja.«

»Hat sie Ihnen das gesagt?«

»Weiß ich nicht mehr.«

Callum stößt eine Rauchwolke aus und sieht Shepard nachdenklich an. Der verbirgt das Gesicht in den Händen. Ein niedergeschmetterter Ehemann, der dem Zusammenbruch nahe ist.

»Mr. Shepard?«

»Ja?«

»Muss ich Sie darauf aufmerksam machen, wie wichtig es ist, dass Sie sich selbst das winzigste Detail dieses Gesprächs in Erinnerung rufen?«

Shepard, die Hände vor den Augen, konzentriert sich. Barbaras Schreie, das Gebrumm der Fliege, die Stare, das Geplapper der Zwillinge. Er runzelt die Stirn. Das Auf- und Zuschnappen des Feuerzeugs. Barbara raucht im Auto. Was ihn nervt.

»Sie hat gesagt, dass sie bei der Ausfahrt aus dem Flughafengelände in einen Stau geraten ist und dass ich stolz auf sie gewesen wäre, weil sie …«

»Weil was?«

»Das hat sie nicht mehr gesagt. Dann kam die Polizeisirene.«

»Ist das alles?«

»Ja.«

Callum fährt sich abermals mit der Hand über den Schädel. Er kaut Nikotinkaugummi und raucht gleichzeitig.

»Woher wussten Sie bei früheren Fahrten, dass sie in der Nähe der Luftwaffenbasis war, wenn sie angerufen hat?«

»Manchmal hat man das Dröhnen eines Jagdbombers gehört.«

»Das Gebiet, das die F16 aus Nellis überfliegen, umfasst ganz Nevada und Arizona.«

»In dem Fall kam das Dröhnen aber von einem tieffliegenden Jagdbomber.«

»Das besagt nichts.«

»Doch.«

»Warum?«

»Weil Barbara jedes Mal bejahte, wenn ich sie fragte, ob sie in der Nähe von Nellis sei.«

Callum drückt seine Zigarette aus. Shepard hat die seine weitgehend verglühen lassen. Jetzt fängt er den Aschezylinder mit der Hand und leert ihn in den Aschenbecher. Callum sieht ihm zu. Normalerweise durchläuft jemand, der einen geliebten Menschen vermisst, dieselben fünf Stadien, wie man sie auch im Trauerfall und nach der Diagnose einer unheilbaren Krankheit erlebt: Ungläubigkeit, Zorn, Niedergeschlagenheit, Auflehnung und schließlich Resignation. Shepard ist im Stadium der Niedergeschlagenheit. Aber irgendetwas an seiner Reaktion ist seltsam. Unter der Verzweiflung spürt man eine eigenartige Entschlossenheit keimen.

»Mr. Shepard?«

»Ja?«

»Korrigieren Sie mich, wenn ich mich irre: Sie sind nicht nur hier, weil Sie Ihre Familie finden wollen. Sie sind auch hier, um den Mörder zu finden, stimmt's?«

Shepards Unterkiefer verkrampft sich. Für den Bruchteil einer Sekunde blitzt es in seinen Augen auf. Schmerz ist es, sieht Callum. Aber auch Hass.

12

Shepard stellt den Tempomat knapp über der zulässigen Höchstgeschwindigkeit ein. Er hat Las Vegas hinter sich gelassen und fährt auf der 95 in Richtung Indian Springs. Im Rückspiegel sieht er die letzten Häuser verschwinden. Aus dem Radio ertönt Jazzmusik. Shepard richtet den Blick wieder auf das lange Asphaltband, das sich vor ihm in der Ferne verliert. Ein verstaubtes Schild der Nevada Rangers verkündet:

Hier beginnen die Deadlands.
Tanken Sie voll.
Nehmen Sie genügend Wasser mit.
Bleiben Sie auf der Straße.

Auf dem Asphalt tanzen kleine Staubteufel. Shepard sucht mit den Augen den Straßenrand ab. Seit er sie kennt, hat sich Barbara vor dem Sterben gefürchtet. So sehr, dass sie manchmal, wenn die Nacht kam, bleich und schweigsam wurde. Eines Abends fand er sie auf der Veranda. Sie hielt ein Glas Martini in der Hand und hatte sich in eine Wolldecke gewickelt. Er nahm sie in die Arme. Ihre Haut war eiskalt.

»Denkst du wieder an den Tod?«, fragte er leise.

Sie schauderte.

»Ist es das Verwesen, das dir Angst macht?«

»Nein.«

»Das Leiden?«

»Auch nicht.«

»Was denn?«

Sie blickte zu ihm auf und murmelte: »Ich fürchte mich davor, lebendig begraben zu werden.«

»Wegen Naomi?«

»Ja.«

»Naomi ist tot.«

Dicke Tränen liefen über Barbaras Wangen.

»Schsch, mein Schatz. Weißt du – wenn du stirbst, lasse ich dich einfach einäschern; dann können wir ganz sicher sein, dass du tot bist.«

Barbara zitterte am ganzen Leib, als er diesen Scherz machte, der sie beide gleichermaßen entsetzte.

»Sag mir, dass ich nie sterbe, Peter. Versprich mir, dass du mich nicht sterben lässt.«

»Du wirst nie sterben, Baby.«

»Schwörst du's mir?«

»Ja.«

An diesem Abend liebte er sie sanft und zärtlich, um sie zu beruhigen, um ihr die Angst zu nehmen und in der seinen aufzulösen. Das war eine Woche nach Naomis Tod, und danach redeten sie nie wieder darüber.

Die Landschaft verändert sich, je tiefer er in die Deadlands vordringt. Rechts und links tauchen die ersten Sandsenken und Schotterfelder der Wüste auf, dahinter erkennt er Hügel und Schluchten. Weil er so intensiv an Barbara denkt, gaukelt ihm die Fantasie das Phantom ihres Wagens vor, nur ein paar Meter entfernt.

Shepard dreht das Radio lauter und versucht, sich auf Miles Davis zu konzentrieren. Wie sehr haben sie die Trompete des alten Miles geliebt! Viel mehr als Lee Morgan,

Armstrong, Al Aarons. Wenn sie abends ein bisschen getrunken hatten, kam es vor, dass sie die Musik ganz laut aufdrehten und den Meister imitierten. Shepard fängt an zu heulen, in seinem Bauch brennt es wie Feuer. Er dreht noch lauter und schlägt sich im Rhythmus des Stücks auf den Schenkel. Die Tränen rinnen ihm über die Wangen und schmecken nach Salz und Sehnsucht. Miles antwortet dem Saxofon von Coltrane und dem Piano von Red Garland. Dann verfolgt er Chambers' Bass, ehe er Philly Jones am Schlagzeug in die Knie zwingt. Miles erdrückt sie alle. Mit einem einzigen Atemzug macht er sie nieder. Aus den Lüftungsschlitzen des Wagens dringt Barbaras Duft. Der Geruch wird lebendig. Breitet sich nach und nach im Wageninneren aus. Durchscheinend im roten Abendlicht, sitzt Barbara neben ihm. Sie hat ihm eine Hand aufs Knie gelegt. Shepard pfeift hohe Töne, die der Trompete nachjagen. Quer durch die Deadlands sind sie unterwegs nach San Francisco. Sie haben vollgetankt und zusätzlich noch zwei volle Kanister eingeladen, haben Berge von Essen und Süßigkeiten gekauft, auch Dutzende Flaschen Wasser. Es gibt Schokolade für die Zwillinge, die hinten vor sich hin zwitschern und ihre Klappern schwingen. Mit gespitzten Lippen begleitet Shepard Coltranes rasendes Solo. Er fragt sich, wie der Bursche es fertigbringt, nie Luft zu holen. Wie er auch noch beim Einatmen Töne hervorbringt. Im Rückspiegel blinzelt er seinen Töchtern zu, die ihm von hinten winken. Meredith strahlt übers ganze Gesicht. Monica drückt die Nase an die Scheibe und haucht Dunstkreise aufs Glas. Die Trompete holt das entsprungene Saxofon wieder ein, fährt ihm in die Parade und nimmt unter dem Applaus des Publikums die letzte Kurve. Sie schwingt sich in derartige Höhen hinauf, dass dem Bläser dabei leicht die Adern im Hals platzen könnten. Shepard wendet sich Barbara zu, die sein Lächeln erwidert.

Er hat es geschafft, es ist ihm tatsächlich gelungen, alle drei der Wüste wieder zu entreißen, und jetzt fährt er, was das Zeug hält, Richtung Kalifornien. Er schließt die Augen. Nur eine Sekunde. Als er sie wieder öffnet, ist Miles' Trompete verstummt. Barbaras Duft verebbt in der eisigen Luft aus der Klimaanlage.

13

Rechter Hand erscheinen die Elektrozäune um den Luftwaffenstützpunkt Nellis. Links ist Wüste. Shepard passiert eine Reihe von Hinweisschildern, die im Wind wippen. Das erste zeigt einen halb verdursteten Cowboy neben einem Pferdeskelett. Das zweite eine Klapperschlange, deren vor Giftzähnen starrendes Maul zu grinsen scheint. Das dritte, geschickt fünfzig Meter weiter aufgestellt, verkündet:

Barnes' Kiosk!
Kühle Getränke, Benzin und
Munition sämtlicher Kaliber.
Letzte Station vor der Hölle.
Verpassen Sie nicht Ihre Chance!

Shepard biegt in die sandige Zufahrt ein, die ihn zu einem ausrangierten, zu einer Raststation umfunktionierten alten Pullmanwaggon führt. Er stellt den Wagen auf dem Parkplatz ab und tritt ein. Drinnen ist die Luft gesättigt mit Rauch und dem Geruch nach Bratfett. Er setzt sich an die Bar und bestellt ein Bier. Ein alter Mann knallt eine kältebeschlagene Flasche Budweiser auf die Theke. Gläser gibt es hier nicht. Shepard wirft einen Blick in den Saal. Ein altes Paar. Ein junges Paar. Eine einzelne Frau. Er trinkt einen Schluck Bier und fragt den Alten hinter der Theke: »Barnes, sind Sie das?«

»Kommt drauf an, wer fragt.«

Noch ein Schluck Bier. Es rinnt ihm wie eine Liebkosung die Kehle hinab.

»Haben Sie von der Frau gehört, die heute früh in der Wüste verschwunden ist?«

»Mit ihren zwei Kleinen? Ja. Mittags sind ein paar Ranger hier aufgekreuzt. Wollten wissen, ob ich sie gesehen habe. Nein, hab ich nicht.«

»Hat sie nicht bei Ihnen gehalten, um zu tanken und Wasser zu kaufen?«

»Nein. Dabei macht sie das sonst immer, jedes Jahr. Das weiß ich, weil eine so hübsche Biene schließlich nicht alle Tage in die Gegend kommt. Diesmal war sie allerdings nicht da.«

Shepard stellt sein Bier ab. Es schmeckt auf einmal schal. Er legt fünf Dollar auf die Theke und tritt ins gleißende Wüstenlicht hinaus. Er mustert den Parkplatz. Reifenabdrücke, verrostete Getränkedosen, Burgerschachteln und hier und dort die Spur einer Klapperschlange im Sand. Er blickt zu den Deadlands hin. Vor ihm die Spring Mountains. Hinter ihm das Naturschutzgebiet von Clark County.

14

Shepard fährt schneller, je tiefer die Sonne sinkt. Er sagt sich, dass Barbara nur deshalb nicht bei Barnes gehalten hat, weil das Flugzeug mit Verspätung gelandet ist und sie bis zum Einbruch der Nacht so viele Meilen wie möglich hinter sich bringen wollte. Shepard beißt sich auf die Lippen. Vergebens versucht er, sich einzureden, dass es so war – er weiß doch, dass sie sich niemals ohne Wasservorräte in die Deadlands gewagt hätte. Es sei denn, sie hat sich schon in Las Vegas eingedeckt.

»Das tut sie nie, Shep.«

Er wischt sich die Stirn und dreht die Klimaanlage eine Stufe höher. Bis heute Morgen, bis zu der Sekunde, in der mit einem Knall seine Welt zusammengebrochen ist, hat er sich oft mit einer Mischung aus Respekt und Entsetzen gefragt, wie Menschen nach einem echten Schicksalsschlag die Kraft finden, um weiterzuleben. Nach einer Tragödie, wie ihre Freunde Mark und Naomi Stern sie erlebt haben.

Naomi starb im vergangenen Winter an einem Krebs, der ihre Eierstöcke und die linke Brust zerfressen hatte. Im sechsten Schwangerschaftsmonat erfuhr sie die Diagnose. Der Onkologe erklärte ihnen, dass die Schwangerschaft das Krebswachstum beschleunige und sie noch maximal eine Woche hätten, um mit der Therapie zu beginnen. Ob das Baby die Behandlung überleben würde, wollte Naomi wissen. Der Onkologe schüttelte den Kopf.

»Und was ist im andern Fall?«

»Andernfalls behalten Sie Ihr Baby, bis es lebensfähig ist, und wir holen es mit Kaiserschnitt. Dann überlebt es. Sie nicht.«

An diesem Tag, erinnert sich Shepard, kamen die Sterns zu ihnen, um sich Rat zu holen. Sie hatten keinen anzubieten. Barbara weinte in den Armen ihrer Freundin, und er betrank sich mit Mark draußen auf der Terrasse. Ein paar Tage später traf ihn Shepard in einer Bar, wo Mark eine Flasche Tequila leerte. An seinem tränennassen Gesicht erkannte Shepard, dass Naomi beschlossen hatte, ihrem Baby das Leben zu schenken.

Vier Wochen später wurde es überstürzt auf die Welt geholt, während für seine Mutter das Sterben begann.

Es war ein Sohn, er hieß Nathan. Drei Tage später war Naomi tot. Es war ein Donnerstag. Daran erinnert sich Shepard, weil er an diesem Donnerstag zweierlei zu erledigen hatte: Er musste zum Zahnarzt, um sich einen unrettbaren Zahn ziehen zu lassen, und er musste ins Krankenhaus, um Naomi ein letztes Mal zu sehen. Er hatte sich erst zu drücken versucht, mit einem Blick wie ein geschlagener Hund, aber Barbara ließ ihn nicht.

»Verdammt, Peter, das sind unsere Freunde! Das ist das Mindeste, was wir ihnen schuldig sind!«

Shepard kapitulierte mit einem stummen Nicken. In der Eingangshalle der Klinik kauften sie einen Rosenstrauß und gingen wortlos die Flure der Krebsstation entlang, aber je näher sie Naomis Zimmer kamen, desto fester klammerte sich Barbaras Hand an die seine. Der Geruch nach Verwesung und Erbrochenem, der ihnen entgegenschlug, als sie die Tür öffneten, war wie eine Ohrfeige.

Von Naomi Stern, seiner bezaubernden Freundin, deren wohlgeformter Leib ihn einst ins Schwärmen gebracht hatte, war nichts übrig als Haut und Knochen und zwei fieberglänzende Augen. Wo ihre Bettdecke die Brüste hätte erahnen lassen müssen, war alles flach.

Zum leisen Piepen des EKGs trat Shepard in den Raum. Mark saß auf dem Bett und hielt Naomis Hand. Ihre Augen waren weit aufgerissen und starrten Mark an, während sie mit kurzen, keuchenden Zügen atmete. Einen Moment lang fragte sich Shepard, wie es ihm erginge, säße er anstelle seines Freundes auf diesem schrecklichen Bett und sähe Barbara sterben.

Sie blieben, bis die Aufzeichnungen des EKGs in Aufruhr gerieten und Naomi bei Einbruch der Dunkelheit keine Luft mehr bekam und sich in Marks Hand verkrallte. Er streichelte immerzu ihre hohlen Wangen, weinend. Naomi traten die Augen aus den Höhlen, und Shepard nahm Barbara in die Arme, während Mark flehte: »Stirb, bitte stirb. Hör auf zu kämpfen, Liebes, und stirb.«

Naomi bäumte sich ein letztes Mal auf, ein letzter Krampf lief durch ihren Körper, sie sah ihn ein letztes Mal voller Entsetzen und Wehmut an. Marks Gesicht war zerknittert wie Papier. Dann hob er den Kopf und sagte: »Mein Gott, sie ist tot.«

Shepard nimmt ein wenig den Fuß vom Gas. Die Abzweigung nach Pahrump. Die Straße krümmt sich nach Süden in Richtung Death Valley. Er fährt vorbei. Das Thermometer zeigt neununddreißig Grad. Allmählich wird es kühler. Wenn die Sonne untergegangen ist, wird sich die Hitze auflösen wie ein Nebelschleier, wird der Kälte der Nacht und der heruntergekühlten Luft auf den heißen Gesichtern seiner Kinder weichen. Es vergeht keine Sekunde, in der Shepard nicht daran denkt. Sie werden sich erkälten, und wenn die Sonne wieder über den Horizont steigt und die Klimaanlage dann irgendwann den Geist aufgibt, werden sie nichts mehr zu trinken haben. Monica mit ihrem Asthma und ihrem ständig verstopften Näschen ist die Anfälligere der beiden. Shepard packt das Lenkrad fester und tritt aufs Gas. Der Geländewagen donnert über den Asphalt dahin und frisst die Meilen, die ihn von Barbara trennen. Von ihr entfernen. Er denkt an Naomi, die sich an Marks Hand klammert. An die Zwillinge, die in ihrer kleinen kühlen Oase inmitten der gnadenlosen Wüstenhitze an ihren Fläschchen nuckeln. Er ist im Begriff, auf die andere Seite zu wechseln. Jenseits von Leiden und Angst.

»Jetzt bin ich an der Reihe, Mark. Jetzt trifft es mich«, murmelt er, fast ohne die Lippen zu bewegen.

15

Am Rand der Straße, die ins Herz der Deadlands führt, sitzt der falsche Sheriff hinter dem Steuer des Wagens und reibt sich im ersten Morgenlicht die Augen. Er wirft einen Blick auf seine mächtige rote Swatch, die Töne von sich gibt, wenn man auf die Knöpfe drückt, und sogar die Wochentage anzeigt. Sein bester Freund hat sie ihm geschenkt, vor vielen Jahren. Sie funktioniert noch ganz gut, nur die Musik geht nicht mehr. Das Glas ist ein bisschen zerkratzt, das spürt er, wenn er mit dem Finger darüber fährt. Der kleine Zeiger steht auf der Acht. Der große auf der Sechs. Er lächelt. Seine Oma hat ihm beigebracht, die Uhr zu lesen. Acht Gürtelhiebe für den kleinen Zeiger, sechs für den großen. Sie hat ihm alles auf diese Weise beigebracht, das Zusammenzählen und Malnehmen. Wenn er zu oft etwas Falsches sagte oder aus Versehen mal bockig war, hat sie ihn in diesen endlosen Winternächten, in denen es draußen so kalt und drinnen so heiß war, an einen Heizkörper gefesselt.

Er trinkt einen Schluck Mineralwasser. In dem Polizeifahrzeug riecht es nach Kautabak und Pfefferminzbonbons. Er fährt mit der flachen Hand über das spröde Leder des Beifahrersitzes, das Plastik des Armaturenbretts, das Gummi des Lenkrads. Der Streifenwagen des alten Crane. Er hat ihn umgebracht. Spatenhieb in den Nacken. Hat so fest zugeschlagen, dass der Alte nichts gespürt hat. Dann hat er die Leiche in eine Plane gewickelt und zwanzig Meilen außerhalb von Las Vegas in der Wüste vergraben. Der Boden war recht hart, aber er hat sorgfältig gearbeitet – nicht, dass ihn womöglich die Kojoten wieder ausgraben. Als es auf den Morgen zuging, machte er sich wieder auf den Weg.

Er blickt noch einmal auf die Uhr. Zeit ist genug. Er wühlt in einer Plastiktüte voller Süßigkeiten. Reißt die Verpackung eines Schokoriegels auf, den er mit Genuss verspeist. Dann wirft er das Papier über die Schulter und inspiziert das Handschuhfach. Er nimmt den Kautabak heraus. Bricht ein Stück ab und beschnuppert es, bevor er es in den Mund steckt, zerkaut und wieder ausspuckt. Er wischt sich die Lippen ab. Nimmt noch ein Stück und verzieht das Gesicht. Was für ein widerlicher Geschmack – aber wenn der Bulle diesen Tabak gekaut hat, tut er es ebenfalls. In der Tiefe des Handschuhfachs findet er ein Fläschchen Old Spice. Er besprüht sein Hemd ein paar Mal damit. Dann reckt er sich ausgiebig und lehnt den Kopf an die Nackenstütze. Seine Brust hebt sich, die Muskeln entspannen. Schlagartig schläft er ein.

Als er die Augen abermals öffnet, zeigt der kleine Zeiger auf die Zehn und der große auf die Zwei. Er hat einen scheußlichen Geschmack nach Kautabak und Schokolade im Mund, aber er fühlt sich besser. Er ist bereit. Er wirft einen Blick in den Rückspiegel.

Von hinten nähert sich ein sandfarbener Lexus. Die Fahrerin raucht. Sie hält sich ein Mobiltelefon ans Ohr. Auf dem Rücksitz zwei kleine Mädchen, die sich einen Spaß daraus machen, ihre Füße zu fangen. Der Lexus braust an ihm vorbei, entfernt sich, wird kleiner. Der falsche Sheriff lässt seinen Wagen an und gibt Gas. Eine Staubwolke steigt auf, und unter der Motorhaube schnurren die acht Zylinder. Der Lexus vor ihm wird wieder größer. Er summt einen Vers vor sich hin, wie man ihn kleinen Kindern zum Einschlafen vorsingt:

Row, row, row your boat gently down the stream
Merrily, merrily, merrily, merrily
Life is but a dream.

Mit den Fingern trommelt er dazu auf dem Lenkrad den Takt. Lächelnd betrachtet er sich im Rückspiegel. Er sieht glücklich aus.

Er sagt: »Erinnerst du dich, Peter?«

16

Auf dem Rücksitz seines Geländewagens schreckt Shepard jäh aus dem Schlaf. Am Horizont über der unendlichen Weite Nevadas steht ein fahler Streif. Seit zwei Tagen durchkämmt er die Wüste. Seit zwei Tagen drehen die Suchtrupps der Polizei von Clark County und San Bernardino zwischen Amargosa und Death Valley jeden Stein um. Eine mühselige Arbeit – elf Helikopter und über zweihundert Ranger sind im Einsatz. Ohne Erfolg.

Shepard hat die erste Nacht in einem schmutzigen Motel am Rand von Tokop verbracht. Neun schlaflose Stunden, in denen er Unmengen Kaffee getrunken und die Landkarten der Umgebung praktisch auswendig gelernt hat.

Frühmorgens klebte er dann mit einem Ohr an dem Funkscanner, den er bei einem Großhändler in Las Vegas erstanden hatte, und hörte den Polizeifunk ab. Das Suchgebiet, erfuhr er, werde jetzt ausgeweitet. Anfangs hatte Shepard, wie auch die Polizei, die Stelle zu finden versucht, wo der falsche Sheriff den Lexus abgefangen haben konnte. Er hatte jeden Abschnitt untersucht, an dem man unentdeckt am Straßenrand parken konnte, doch der nächtliche Wind hatte alle Spuren im Sand verweht. Endlose Stunden lang versuchte er sich zu erinnern, welche Geräusche er am Telefon wahrgenommen hatte, während der Lexus auf seinem Weg durch die Deadlands war. Sein Geist spielte sämtliche Hypothesen durch, die ihn dazu trieben, wie ein Verrückter in alle Richtungen zu fahren.

Wenn der Schmerz unerträglich wurde, hielt er an der Kante eines Abgrunds, sprang aus dem Wagen und schrie nach Barbara und seinen Mädchen, bis ihm die Stimme versagte und nur noch ein heiseres Krächzen kam. Jede Stunde, die verging, jede Minute, in der die Sonne höher stieg und die Hitze zunahm, ja, jede Sekunde trieb ihn dem Wahnsinn näher. Und dann, als das Licht wieder zu schwinden begann, erkannte er mit einem Schlag seinen Fehler.

17

Shepard denkt zurück an den letzten Tag ungetrübten Glücks, den er mit Barbara verbracht hat, ehe sie mit den Kindern nach Las Vegas flog. Er ist ihm jetzt unauslöschlich ins Gedächtnis gebrannt, denn auf der Suche nach ihrem Wagen in dieser grenzenlosen Wüste hat er sich jeden einzelnen Moment davon in Erinnerung gerufen. Um nicht den Verstand zu verlieren. Um nicht aufzugeben. Je geringer die Chance wurde, seine Zwillinge noch lebend zu finden, desto mehr Kleinigkeiten tauchten an die Oberfläche.

An dem Tag war das Wetter fast schön. So schön, wie man es Anfang September an der San Francisco Bay erhoffen kann. Sie hatten in einem Fischrestaurant auf Pfählen Shrimps und gebratene Seezunge gegessen und Chardonnay dazu getrunken. Shepard, den Blick auf die Eiswürfel in seinem Weinglas gesenkt, hörte zu, wie Barbara über die Einrichtung des neuen Hauses sprach und über die kleine Villa, die sie auf Grand Bahama entdeckt hatte. Okay, das Haus auf Hawaii konnte man nicht behalten, wenn man sich auf den Bahamas einkaufte – und wieso denn eigentlich nicht? Hawaii ist eindeutig überholt, während ein Kolonialhaus in Turtle Cay doch etwas ganz anderes ist, oder? Shepard murmelte etwas Unbestimmtes, dann hörte er sich von seiner Kanzlei erzählen und von den zahllosen Entwicklungsmöglichkeiten, die sich ihm boten. Sollte das laufende Übernahmeangebot gelingen, würde er am Ende noch reicher als der verdammte Bill Gates oder, noch besser, Abgeordneter oder Senator. Ja, oder gleich Gouverneur von Kalifornien, hatte Barbara mit einem maliziösen Lächeln bekräftigt. Außerdem hatten sie über die Zwillinge geredet, die größer wurden, über den Hund, den sie sich zulegen wollten als Ersatz für Potter, den alten Beagle, der seit ein paar Wochen tot war. Und währenddessen aßen sie und sahen den Fährschiffen zu, die von Alcatraz zurückkehrten. Shepard dachte nur an seine Ängste und an den verfluchten *big one*, der ihm das Leben vermieste.

Nach dem Essen schlenderten sie erst noch die Kais entlang, ehe sie in ihr Haus am Hang zurückfuhren. Dort, zwischen Kisten und halb ausgepacktem Geschirr, gab sich Barbara ihm hin. Durch einen Tränenschleier sieht Shepard den Horizont heller werden. Als sie an jenem Abend miteinander schliefen, wusste er nicht, dass er sie zum letzten Mal in den Armen hielt, zum letzten Mal ihr Herz an seiner Brust schlagen spürte. Hätte er es gewusst, hätte er vielleicht aufmerksamer auf ihr Stöhnen geachtet und den Rhythmus ihres Atems, als sie sich dem Orgasmus näherte. Das versucht er sich jedenfalls einzureden. Denn auch wenn er sich nach Kräften dagegen gewehrt hat, war es doch jetzt so, dass ihn Barbaras Körper nicht mehr überraschte. Eine Erkenntnis, die sich hinterhältig, beinahe schmerzlich eingeschlichen hatte. Das galt vor allem für ihn. Für sie noch nicht. Er sah es an ihrem Körper, der sich seinen Zärtlichkeiten noch rückhaltlos hingab. So sehr, dass er mitunter, wenn er sie sich aufbäumen sah, während seine Gedanken schon abschweiften, eine gewisse Eifersucht auf seine Hände empfand. Als bediente sie sich ihrer um ihrer Lust willen und vergäße in ihrer Hingabe zugleich auch denjenigen, dem die Hände gehörten.

Oft fuhr ihr Shepard, wenn er sich aus ihr zurückzog, mit den Fingern durch die Haare. Dann öffnete sie die Augen und sah ihn an, und vielleicht fand sie es eine merkwürdige Gebärde bei einem Mann so kurz nach dem Höhepunkt. In Wahrheit war es weniger Zärtlichkeit als vielmehr eine Machogeste, mit der er sie aus den Nachwirkungen des Orgasmus holte. Barbara lächelte ihn dann immer an und küsste ihn sacht auf die Stirn, und als er jetzt, zwei Tage später, in diesem Geländewagen am Rand einer Schlucht in Nevada aufwacht, erinnert sich Shepard, dass er an diesem verdammten Abend, ihrer letzten Liebesnacht, der Frau, die er liebt, nicht mit der Hand durchs Haar gefahren ist. Und das nimmt er sich am meisten übel, während draußen vor den staubigen Scheiben der Tag anbricht.

18

Shepard betrachtet die leeren Fast-Food-Verpackungen und Pappbecher. Vor dem Einschlafen hat er sich nicht einmal die Mühe gemacht, sich mit diesem trüben Rest Mineralwasser, den er noch in seiner letzten Flasche hatte, den Mund auszuspülen. Der Schmerz ist da, verkrallt sich in seinen Bauch und wartet. Als der Horizont sich rot glühend färbt, bricht er erneut hervor. Drückt ihm die Gurgel zusammen, verkrampft seine Kiefermuskeln und lähmt sein Gehirn. Er ist jetzt so heftig, dass Shepard es für möglich hält, daran zu sterben. Er weiß, dass er verloren hat. Wegen eines winzigen Fehlers. Am Abend ist es ihm wieder eingefallen, als er aus dem Wagen stieg und ein glutheißer Lufthauch ihm ins Gesicht fuhr. Winzige Buchstaben, die sich wie Puzzleteile zusammensetzten, um in seinem Geist ein Wort zu bilden.

Windräder.

Das war es, das verdammte Wort, das er suchte, seitdem ihn Barbara angerufen hat. Dieses verdammte Wort, der Name für das dumpfe Hämmern, das er im Hintergrund gehört hat, als sie am Straßenrand anhalten musste. Das Surren der hinabgelassenen Scheibe. Das Knirschen von Kies unter den Sohlen des Mörders. Das Geplapper von Monica und Meredith. Und dieses Geräusch. Dieses verdammte Geräusch in der Ferne, das er für das Pumpen von Ölbohrtürmen gehalten hat. Dieses Geräusch ist der Schlüssel zu allem.

»Übrigens, Schatz, weißt du was?«

»Nein.«

»Bei der Ausfahrt aus dem Flughafen war ein monströser Stau.«

»Wie immer, oder?«

»Ja, aber diesmal kannst du stolz auf mich sein, weil ich … Oh, Scheiße.«

Beim Anblick der Staubteufel auf dem Asphalt hat er endlich begriffen, warum er auf Barbara stolz gewesen wäre. Weil sie, als sie im Stau feststeckte, ihren ganzen Mut aufgebracht hat und die südliche Route Richtung Pahrump genommen hat, die Straße, neben der riesige Windräder in den Himmel ragen.

Hundertdreißig Meilen, die er bis zum Sonnenuntergang schaffen musste. Mit durchgedrücktem Gaspedal rief er Callum an, um ihm zu sagen, dass er jetzt wusste, wo der Eingang zum Labyrinth war. Es war beinahe Nacht, als er in der Stille ringsum wieder das Vibrieren der Rotoren wahrnahm.

Er stieg aus und betrachtete einen Moment lang die

Monster aus Stahl, die den heißen Wüstenwind verrührten. Dann kauerte er sich nieder und berührte sacht den Sand, wo die Reifen des Lexus bei Barbaras vergeblichem Fluchtversuch tiefe Spuren gegraben hatten. Zu Fuß folgte er ihnen. Er stieß auf weitere Spuren jenseits der Straße. Er richtete sich wieder auf und starrte in die trockene Ödnis, in die der Mörder seine Familie verschleppt hatte. Das Herz der Deadlands. Eine abscheuliche kleine Stimme, ruhig und traurig, murmelte ihm das ins Ohr. Eine Stimme wie von einer dieser Nonnen oder Ehrenamtlichen, die dir frühmorgens mitteilen, dass deine Familie leider von einem Dreißigtonner überfahren wurde, aber das Leben muss nun mal weitergehen.

Callums Wagen bog auf den Rastplatz ein und bremste. Der große Schwarze wirkte erschöpft. Die Helikopter, sagte er, suchten diesen Sektor jetzt mit Infrarotkameras ab. Wenn der Lexus unter freiem Himmel stehe, bestehe die Chance, dass die Geräte das Wärmebild der Mädchen empfingen. Shepard gab keine Antwort.

19

Shepard steht an der oberen Kante einer Felswand und erleichtert sich. Am Horizont erkennt er die von den Geländefahrzeugen der Nevada Rangers aufgewirbelten Staubfahnen. Er pinkelt ins Leere, richtet seinen Urinstrahl in eine Tiefe von gut vierhundert Metern.

Unwillkürlich tritt er näher an die Kante. Der Sand knirscht unter seinen Füßen. Ein bitteres Lächeln spielt um seine Lippen, als er sich über den Abgrund beugt. Es wäre so einfach. Er müsste sich nur noch ein Stück weiter vorbeugen, und schon nähmen die überlegenen Kräfte des Universums die Sache in die Hand. Ein paar Augenblicke Panik und Bedauern, dann würden seine Gedanken und sein ganzes Sein auf den Felsen zerspringen wie Glas.

Ein Schwarm Aasgeier zieht am Himmel seine Kreise. Sie wittern schon ihre Beute. Shepard breitet die Arme aus. Noch ein paar Millimeter. Der sandige Boden. Über ihm die Geier. Er ist selbst beinahe schon ein Vogel. Seine Lider sind im Begriff, sich zu schließen, als ihn von fern ein plötzliches Funkeln blendet. Ein Sonnenstrahl ist auf etwas Blankes, Reflektierendes getroffen. Shepard fängt sich wieder. Er zwingt sich, den Horizont abzusuchen. Woher kam dieses Blitzen? Es war doch direkt vor ihm, nur ein paar Meilen tief in den Deadlands. Ein Stück Schrott, das die Morgensonne einfängt, inmitten eines Friedhofs aus Felsspalten und Tafelbergen.

Ohne die Landschaft aus den Augen zu lassen, geht Shepard rückwärts zum Wagen. Er öffnet die Beifahrertür und tastet im Handschuhfach nach seinem Fernglas, findet es und kehrt zur Kante der Felswand zurück. Als ihn nur noch ein Schritt vom Abgrund trennt, blitzt es wieder, ein Gleißen, das ihm in die Netzhaut sticht, aber er schließt die Augen nicht. Noch eine Weile glüht es dort in der Ferne, bis das Licht langsam schwächer wird.

Shepard hat das Fernglas auf den Punkt gerichtet, wo der Widerschein der Sonne am Verlöschen ist. Genau dort ist es, zwischen dem skelettierten Baum und diesem seltsamen Felsen, der sich etliche Meter über den Boden zu krümmen scheint. Ein Felsdach über einer von oben unsichtbaren Sandsenke. Shepard spürt, wie sein Herz zu hämmern beginnt. Das ist ein Rückspiegel, der die Sonne reflektiert. Das ist es, was er durchs Fernglas sieht. Er dreht an der Rändelscheibe, um die Optik schärfer einzustellen. Er meint eine Form zu erkennen, die für einen Felsen zu glatt ist. Er tritt abermals einen Schritt zurück und schließt jetzt doch einen Moment die Augen. Hoch über ihm schreit ein Geier. Es hört sich fast enttäuscht an. Shepard erschauert. Nein, eher wie ein Gelächter.

20

Der Motor heult auf, als der Geländewagen sich den felsigen Hang hinaufquält. Das Bodenblech schrammt über scharfe Steinkanten. Reifen drehen sich einen Moment lang in der Luft, ehe sie wieder Halt im Sand finden. Jetzt geht es gemächlich abwärts. Rechts von ihm der längst abgestorbene, praktisch versteinerte Baum. Weiter unten dieser seltsame Felsen, der eine Art Vordach bildet. Ein windgeschütztes Stück Wüste. Eine Einöde, in der Jahre vergehen können, bevor mal jemand vorbeikommt. Die Gegend scheint so friedlich – kaum vorstellbar, dass man hier sterben kann.

Am Fuß des Abhangs hält er an. Hundert Meter vor ihm steht der Lexus. Die Reifen sind beinahe vollständig unter Sandwehen verschwunden.

Shepard schaltet den Motor aus. Es ist totenstill – kein Windhauch, kein Insektengebrumm. Nicht das kleinste Dornengestrüpp ragt aus der weichen sandigen Masse der Wüste. Es ist so still, dass man sich auf dem Grund des Meeres glauben könnte.

Als Shepard aus dem klimatisierten Fahrzeug steigt, prallt ihm die Hitze entgegen, als stieße er mit dem Kopf gegen eine Wand. Den Schweiß, der ihm sofort aus allen Poren bricht und übers Gesicht und unter den Achseln rinnt, spürt er nicht. Mechanisch zählt er die Schritte, die ihn von dem Lexus trennen. Der Wind hat die Fensterscheiben mit feinem Sand bestäubt. Jetzt, wo er nur noch zehn Meter entfernt ist, erkennt er die kleinen Gestalten auf der Rückbank. Schmale Schultern und Puppengesichter, ihm zugewandt.

Monica sieht ihn näher kommen. Meredith, in ihren Sitz eingegurtet, scheint zu schlafen. Shepard schnürt es die Kehle zu. Er hat seine Kinder wiedergefunden! Gleich wird er sie in die Arme schließen und fortbringen, fort aus dieser Hölle, diesem Glutofen! Und dann ein ganzer Monat Ferien am Meer, Cape Cod oder Hawaii. Das Meer und einen ganzen Lkw kalte Limonade nur für die Kleinen.

Wenige Zentimeter vor dem Lexus ist Shepard stehen geblieben. Barbara ist auf dem Fahrersitz zusammengesunken. Es sieht aus, als schliefe sie. Shepard winkt Monica zu, die ihr Fläschchen hält und ihn immer noch unverwandt durch die Scheibe ansieht. Ihr Gesicht ist blass. Ein Näschen mit durchscheinenden Flügeln und Lippen aus Porzellan. Weißliche Spuren haben sich durch den Schmutz auf ihren Wangen gefurcht. Shepard begreift, dass Monica viel geweint hat, ehe sie eingeschlafen ist. Eine Mischung aus Speichel und geronnener Milch ist auf ihrem T-Shirt eingetrocknet. An Kinn und Hals haftet eine Kruste aus winzigen weißen Krümeln, wie Salzkörner.

Shepard ist schon im Begriff, die Tür zu öffnen, als er etwas Schwarzes, Pelziges zwischen den halb geöffneten Lippen seines Mädchens krabbeln sieht; das Blut scheint ihm in den Adern zu gefrieren. Eine große schwarze Fliege kriecht aus dem Mund des Kindes und lässt sich auf der Wange nieder, um sich die Flügel zu glätten. Gleichgültig gegen die Hitze, die ihm die Handfläche versengt, als er die glühende Karosserie anfasst, öffnet Shepard die Tür. Ein entsetzlicher Gestank nach getrocknetem Blut und totem Fleisch schlägt ihm entgegen. Er sieht die Einwickelpapiere der geschmolzenen Bonbons, die seine Mädchen zu zerreißen versucht haben. Mit den Fingerspitzen schließt er Meredith die Augen. Er drückt einen Kuss auf Monicas Stirn, streift mit den Lippen über ihre Wange. So weich ist ihre Haut, so zart. Lauwarm, fast wie im Leben.

Shepard streicht Barbara über das Haar. Ganz leise spricht er mit seinen Mädchen. Sagt ihnen, dass der Papa jetzt da ist und alles überstanden. Dann sinkt er langsam in sich zusammen und mit ihm das Universum. Er fällt erst auf die Knie, dann der Länge nach in den Sand. Zu Füßen des Wagens streckt er sich aus und blickt in den Himmel hinauf, an dem der Schwarm Geier kreist. Es tut nichts mehr weh. Er ist darüber hinweg.

III

Asche

21

Seit zweihundert Meilen döst Wendy Sullivan auf dem Beifahrersitz des großen Van vor sich hin. Die Kinder schlafen hinten. Vergeblich hat sie versucht, sie mit Singen und Händeklatschen wach zu halten, aber schließlich haben sie doch die Waffen gestreckt, und seither stellt sich auch Wendy schlafend. Truman sitzt neben ihr am Steuer und starrt unverwandt auf die Straße. Das kann er wirklich stundenlang: Ohne merklich zu zwinkern auf die Straße starren. Das hat Wendy schon immer fasziniert. Auch genervt. Kurz bevor sie eingenickt ist, hat sie ihn zum hundertsten Mal gefragt, wie es möglich ist, so auf diese verdammte Straße zu starren. Sie sind auf dem Rückweg von Mexiko, wo sie eine Woche Ferien gemacht haben, und Truman wollte unbedingt über Salt Lake City fahren, um den Kindern den großen Salzsee zu zeigen. In Idaho kurz nach der Grenze rief Wendy aus: »Das ist doch komplett irr!«

»Was denn?«

»Du schaust ständig auf die Straße und bewegst kaum die Augen.«

»Ja, ich schaue auf die Straße, alles andere ist gefährlich.«

»Du kannst dir doch ab und zu die Landschaft ansehen, das schadet doch nicht.«

»Kann man nie wissen. Und was die Landschaft betrifft – mein Gesichtsfeld ist sehr groß, ich kann sie sehen und gleichzeitig auf die Straße schauen.«

»Im Ernst, Truman, behauptest du wirklich, dass du in der Lage bist, die Straße *und* die Landschaft gleichzeitig zu sehen?«

»Ja.«

»Na gut. Was war auf der Kuppe des Hügels, an dem wir grad vorbeigefahren sind?«

»Bäume.«

»Und?«

»Ein Schild.«

»Was stand auf dem Schild?«

»Waldmotel, nach vier Meilen rechts.«

»Außerordentlich.«

Einen Moment lang starrten sie beide stumm auf die Straße, dann drehte sich Wendy wieder zu Truman.

»Und siehst du auch, was für ein Gesicht ich mache? Ohne den Kopf zu bewegen natürlich.«

»Ja, du bist genervt, du kaust Kaugummi, und dein rechter Mundwinkel ist höher als der linke.«

»Ehrlich, soll ich dir was sagen, Truman? Total beknackt, dein Trick.«

Truman zuckte die Achseln. Er ist durch nichts aus der Ruhe zu bringen, nie, vor allem dann nicht, wenn Wendy sich aufregt. Es ist zum Verzweifeln.

Sie ließ ein paar Sekunden verstreichen, dann sagte sie: »Und wie machst du das, dass du nicht zwinkern musst? Bist du ein Außerirdischer oder was?«

»Das stimmt doch nicht, ich zwinkere sehr wohl.«

»Ha, ha, Truman. Wenn ich dir sage, dass du nicht zwinkerst, dann zwinkerst du nicht!«

»Aber ich schwör's dir! Du schaust nur nicht im richtigen Moment.«

Wieder schwiegen sie eine Weile. Dann drückte Wendy auf einen Knopf an ihrer Armbanduhr, mit dem sie die Stoppuhr anhielt, und sagte: »Truman?«

»Ja?«

»Ich habe dich jetzt zwei Minuten beobachtet, und du hast kein einziges Mal gezwinkert.«

»Bist du sicher?«

»Ja.«

»Tja …«

»Ist das alles?«

»Was?«

»Ich sage, dass du vielleicht ein Außerirdischer bist und womöglich bald deine Verwandlung abgeschlossen hast, und dann wirst du mich und die Kinder mitten in der Nacht umbringen, und dir fällt dazu nichts anderes ein als ›tja‹?«

»Was soll ich denn sagen?«

»Weiß ich nicht. ›Ach so‹ vielleicht oder: ›Mist!‹, oder dein Tonfall könnte drohend werden, und du könntest so was sagen wie: ›Du hast einen schweren Fehler begangen, Wendy Sullivan: Niemals hättest du merken sollen, dass ich nicht zwinkere. Jetzt muss ich dich in die Gurgel beißen und dein Blut trinken, und das kannst du dann in einer Fernsehshow erzählen.«

»Wenn du willst.«

»Wenn ich was will?«

»Wenn du willst, kann ich das alles sagen.«

»Könntest du es sagen und dabei nur für einen Moment den Blick von der Straße nehmen?«

»Nein.«

»Warum nicht?«

»Man kann nie wissen. Es kann gefährlich sein.«

Das waren Trumans letzte Worte. Wendy war wütend und traurig und stellte sich schlafend.

22

Der große Van ist in Abilene angekommen, einem kleinen Flecken wenige Meilen hinter Portland. Hinten werden die Kinder unruhig. Wendy betrachtet die Linden am Straßenrand, ohne sie wirklich wahrzunehmen. In Abilene sehen alle Häuser einander ähnlich. Modell *middle class*, einstöckig mit Fachwerk, zaunlosem Vorgarten und betonierten Auffahrten zum Aluminiumtor der Garage.

Vor der Nummer 12, Portland Drive, bremst Truman ab. An Wendys Haus sind die Fensterläden meerblau. Am Nachbarhaus grün. Gegenüber sind sie ockergelb. Davon abgesehen unterscheidet die Häuser nur noch die mehr oder minder fruchtbare Fantasie der mexikanischen Gärtner. An der nur eines ärgerlich ist: Sobald ein Gärtner mal eine gute Idee hat, legen alle seine Kollegen genau diese Idee auch ihren Kunden ans Herz, sodass sich Wendy mit der Zeit von ihren weißen Begonien und ihren unerschwinglichen Rosenstöcken getrennt hat. Eines Tages grub sie eigenhändig den gesamten Garten um, löste ihre Beete auf und ersetzte sie durch ein viereckiges Rasenstück, ein paar Margeriten und einen japanischen Apfelbaum. Den Rest ließ sie fliesen – mit Polyesterbeton, damit die Kinder skaten konnten, ohne sich bei Stürzen die Knie aufzuschürfen. Und nach getanem Werk setzte sie sich mit einer Zigarette und einem eiskalten Bier in ihre Hollywoodschaukel und warf den Nachbarn, die das Ergebnis über die Hecke hinweg begutachteten, ein spöttisches Lächeln zu.

Der Van biegt in die Auffahrt ein. Truman drückt auf die Fernbedienung. Das Garagentor öffnet sich quietschend.

»Scheiße.«

»Truman Jordan Paul Sullivan, ich verbiete dir ausdrücklich, vor den Kindern das verbotene Wort auszusprechen!«

»Welches Wort?«

»Papa hat Scheiße gesagt, Papa hat Scheiße gesagt!«

»Seid still da hinten. Die Mama hat schrecklich Kopfweh!«

»Das Tor.«

»Was ist mit dem Tor?«

»Je höher es sich hebt, desto tiefer hängt die rechte Seite im Vergleich zur linken herunter. Siehst du?«

»Und?«

»Das heißt, in dem verdammten Antriebsmotor ist schon wieder Sand.«

»Bist du sicher?«

»Ziemlich.«

»Ich konnte dieses Tor sowieso noch nie ausstehen.«

»Ach ja? Es ist aber doch recht nützlich.«

In der Garage ist es dämmrig. Truman dreht den Motor ab. Wendy greift nach ihrer Handtasche und öffnet ohne einen Blick auf die Kinder die Tür.

»Ich kann nicht mehr«, sagt sie. »Ich muss in die Badewanne. Kümmerst du dich um die Koffer?«

»Was soll ich damit machen?«

»Du trägst sie in die Schlafzimmer hinauf. Du legst sie auf die Betten. Jeden Koffer auf das richtige Bett. Ich kümmere mich um das Abendessen.«

»Mach aber schnell: Heute Abend spielen die Cardinals gegen die Giants.«

»Wann?«

»Acht.«

»Also Pizza?«

»Ja, Pizza ist okay.«

Wendy wirft die Tür ins Schloss und beugt sich vor.

»Vegetarische Pizza, ja?«

»Mexikanisch?«

»Nein.«

»Dann Peperoni?«

»Auch nicht.«

»Ach komm, Wendy, sei nicht gemein, ich hab eine anstrengende Fahrt hinter mir, ich muss wieder zu Kräften kommen.«

»Ich bin nicht ›gemein‹, Truman. Du hast dich eine Woche lang mit Tapas vollgestopft und Tequila getrunken. Ich achte auf deine Linie, weiter nichts. Also du hast die Wahl: Peperonipizza und alkoholfreies Bier oder normales Bier und vegetarische Pizza.«

»Scheiße, Wendy, ich will Peperonipizza *und* Bier mit Alkohol. Okay?«

»Truman?«

»Ja?«

»Du hast schon wieder das Wort gesagt.«

»Welches Wort?«

»Du weißt verdammt genau, welches Wort ich meine.«

»Ah, das. Sorry. Kommt nicht wieder vor.«

Wendy sieht den Kindern nach, die ihre Skates anziehen und die Auffahrt zur Straße hinuntersausen. Gute Idee, diese Kunststoffplatten. Machen gerade genug Lärm, um den Nachbarn auf den Wecker zu gehen. Sie sieht dem Älteren nach, der abwärts flitzt. Wie immer wird er erst im allerletzten Moment bremsen.

»Ryan! Pass auf die Autos auf!«, schreit sie trotzdem vorsichtshalber.

Der Junge hört sie nicht. Er versucht zu bremsen. Die Gehsteigkante verhindert es. Er rast mit ausgebreiteten Armen und unter Apachengeschrei auf die Straße. Wendy zuckt die Achseln und steigt die Stufen zum Haus hinauf. Vor der Abreise hat sie die Fußböden gewischt, und noch immer riecht es nach Piniennadeln. Sie stellt ihre Handtasche auf dem niedrigen Tischchen ab, zündet sich eine Zigarette an und wählt die Nummer der Sprechbox.

23

Eine synthetisch klingende Stimme kündigt dreißig neue Nachrichten an. Wendy seufzt. Die ersten Anrufe stammen von Trumans Eltern. Tom und Jenny. Zwei alte Bauern aus Wisconsin. Sie ein Giftzwerg, er verbohrt wie ein Mormone. Wie immer beschweren sie sich, dass man sie nicht anruft und ihnen die Kinder nicht oft genug anvertraut. In jeder neuen Nachricht entschuldigen sich Tom und Jenny für die vorhergehende, dann werden sie wieder ausfällig und können gleich darauf erneut anrufen und sich entschuldigen. Am Ende jeder Nachricht sagen sie: »Wir küssen euch.« Wendy zuckt die Achseln. Schon lang nimmt sie dieses »euch«, in dem sie sowieso nie eingeschlossen war, nicht mehr ernst. Sie löscht jede Nachricht, die sie gehört hat, und nebenbei auch die Flut der Werbeanrufe vom Band.

Der Stimme zufolge sind es noch elf Nachrichten. Der nächste Anruf kommt, nach der Vorwahl zu schließen, aus Nevada. Wendy verspürt ein unangenehmes Brennen im Nacken. Sie kennt niemanden in Nevada. Es atmet ins Telefon. Jemand räuspert sich. Ein Windstoß fährt in die Telefonzelle. Eine leise Stimme murmelt etwas. Wendy horcht angestrengt. »Bist du sicher, dass es die richtige Nummer ist?«, glaubt sie zu verstehen.

Eine andere Stimme, viel lauter: »Ja, klar.«

»Und woher weißt du das?«

»Ich weiß es eben.«

»Okay.«

Die laute Stimme fährt munter fort: »Wendy Moore?

Hey, Wendy Moore, bist du da, oder bist du nicht da? Na komm, wenn du da bist, geh ran, heb ab, und wenn du nicht da bist, heb trotzdem ab!«

Eine Pause. Dann die laute Stimme: »Ah, Scheiße, ich glaube, sie ist nicht da.«

Die erste Stimme, noch leiser: »Falls du zufällig die falsche Nummer gewählt…«

»Ganz sicher nicht, Mann!«

Die laute Stimme dröhnt wieder ins Telefon: »Na gut, auch recht, Wendy Dings – wie? Sullivan? So heißt du jetzt? Okay, gut, ich ruf dich bald wieder an. Sag, weißt du eigentlich, wer am Apparat ist, Wendy Sullivan? Das errätst du nie. Ich würd's dir ja sagen, aber das verdirbt die Überraschung, oder? Na gut, ich ruf also bald wieder an.«

Eine kurze Pause.

»Also bist du jetzt da oder nicht?«

»Du siehst doch, dass sie nicht da ist.«

»Ja. Scheiße, ja, das ist leider schrecklich wahr.«

Ein Klicken, die Kommunikation bricht ab. Wendy spürt, wie sich in ihrer Magengrube ein Knoten bildet. Sie kennt die laute Stimme. Eine tief vergrabene Erinnerung dämmert. Sie lässt sich die nächste Nachricht vorspielen. Vom selben Tag. Dieselbe Vorwahl, aber eine andere Nummer. Sie verzieht das Gesicht und hält den Hörer weit vom Ohr ab.

»Wendy Sullivan? Iiiiiich bin's! Errätst du nicht, wer? Na iiiiiich doch!«

Es atmet.

»Äh, bist du jetzt da, oder bist du noch immer nicht da?«

Finger trommeln an die Scheibe der Telefonkabine. Die laute Stimme sagt: »Was noch?«

Die leise Stimme antwortet: »Sie ist nicht da, sag ich dir. Vielleicht ist sie das ja gar nicht, diese Sullivan.«

»Du spinnst, natürlich ist sie Sullivan. Sie hat sogar den Text auf den Anrufbeantworter gesprochen. Sie sagt: ›Guten Tag, Sie haben die Nummer von Truman und Wendy Sullivan gewählt.‹ Was sagst du?«

»Mag ja sein, dass sie Sullivan heißt, aber sie ist nicht *deine* Sullivan.«

»Doch. Ich erkenne die Stimme. Das ist meine Wendy Moore, und jetzt hat sie irgendeinen Kerl mit Aufrissnamen geheiratet und ist Miiiissis Wendy Sullivan geworden.«

»Hundert Prozent?«

»Mindestens tausend Prozent, Mann!«

»Na ja, wer weiß, vielleicht ist sie ja tot.«

»Tot?«

»Yeah. Die ganze Familie, deine Wendy, ihre Gören und ihr Autoverkäufer – vielleicht hatten sie alle einen unheilbaren Krebs, oder der Stromschlag hat sie getroffen, als sie eine Glühbirne auswechseln wollten, oder sie wurden von einem Herumtreiber massakriert und liegen jetzt im eigenen Blut in ihren Betten und verwesen.«

»Sag mal, spinnst du?«

Die laute Stimme dröhnt wieder in den Hörer.

»Hey, Wendy, du bist doch nicht tot, und der Kerl, der dir den Hals umdreht, ist noch nicht geboren, oder? Wendy, hörst du mich? Bist du da oder nicht?«

Es atmet. Finger trommeln an die Scheibe.

»Also ohne Scheiß jetzt, Wendy, wenn du nicht tot bist, dann antworte endlich. Das ist echt nicht witzig. Es ist sogar ziemlich uncool, den Leuten vorzumachen, dass deine aufgeschwemmte Leiche vor sich hin west, während ich mit dieser verfluchten Maschine rede.«

»Also bist du dir doch nicht sicher?«

»Doch, Scheiße, natürlich bin ich mir sicher.«

»Okay, wie du meinst.«

Wendy durchfährt es heiß. Mit einem Mal begreift sie,

dass die beiden Stimmen ein und derselben Person gehören. Fieberhaft durchforstet sie ihre Erinnerungen.

»Na gut, okay, Wendyschatz, du hast gewonnen. Wir sind auf dem Weg durch Nevada Richtung Las Vegas. Losgefahren sind wir im Scheiß-Idaho, und dort sind wir gemütlich durch die Wüste getrampt. Willst du wissen, warum? Ja? Na gut, okay, du hast gewonnen, ich sag's dir: Wir haben Peter Shepard aufgespürt. Na? An den erinnerst du dich immerhin, oder?«

Wendy schließt die Augen. Ein Gesicht taucht vor ihr auf.

»Na gut, machen wir's kurz, wir haben den alten Pete wieder aufgespürt, und weißt du was? Dieser Volltrottel hat das Gedächtnis verloren! Also werden wir ihm ein bisschen auf die Sprünge helfen müssen. Verstehst du?«

Die leise Stimme prustet in den Hörer, und die laute Stimme fährt fort: »Also pass auf, was ich dir sage. Während du nach wie vor nicht da bist, fahren wir weiter und tun, was wir tun müssen, und danach ruf ich dich an und erzähl dir alles. Recht so, Wendy Sullivan?«

»So, jetzt mach Schluss, wir müssen los.«

»Ja, ja, ich sag nur noch meiner Wendy Wiedersehen, dann gehen wir.«

Ein metallisches Klappern; der Mann hat offenbar eine Münze nachgeworfen und fügt hinzu: »Okay, Wendy? Also, ich sag dir jetzt Wiedersehen, und wenn wir dem alten Gauner zu seinem Gedächtnis zurückverholfen haben, ruf ich dich wieder an. Sag mal, du weißt wirklich nicht, wer am Telefon ist, oder? Hast es nicht erraten? Gut, okay, du hast noch mal gewonnen, Wendyschatz, ich sag's dir: Ezzie ist es. Erinnerst du dich jetzt, oder leidest du ebenfalls unter Hirnerweichung wie der alte Pete Daumenlutscher?«

Wieder prustet die andere Stimme in den Hörer. Sie sagt etwas, das Wendy nicht versteht, und Ezzie bricht in Gelächter aus. Dann legt er auf, und ihr wird schwarz vor Augen. Sie muss sich an dem niedrigen Tischchen festhalten. Dieser Teil ihrer Vergangenheit war so tief verschüttet, dass sie bis jetzt gebraucht hat, um sich zu erinnern. Ezechiel Brody. Wendy überläuft es kalt. Der Mann, der nach Las Vegas will, um Peter Shepard wiederzusehen, ist ein muskelbepackter Riese, der tote Hunde sammelt.

24

Die folgende Nachricht kam vor zwei Tagen. Immer zur selben Uhrzeit. Immer dieselbe Vorwahl. Auch dieselbe Stimme. Aber den Kommentator gibt es nicht mehr, jetzt spricht nur noch Ezzie. Und er hat gar nichts Munteres mehr, sondern ist nichts als Schuldgefühle und Schluchzen.

»Wendy, ich bin's, Ezzie. Ich glaube, ich habe einen Riesenmist gebaut. Ich hab was Schlimmes getan, Wendy, hörst du mich? Ich bin durch ganz Nevada gefahren und an der Grenze zu Idaho in einem Motel abgestiegen. Aber ich kann nicht bleiben. Ich muss weiter, wegen dem Mist, den ich gebaut habe. Peter hat sein Gedächtnis verloren, aber er wird sich bald wieder erinnern, und dann wird er stinkwütend werden.«

Keuchendes Atmen, ein Schluchzen. Ezzie scheint am Ende seiner Kraft.

»Ich fahre nach Clint, in Idaho. Dort wohne ich. In Clint, Idaho. Ich ruf dich morgen wieder an, okay, Wendyschatz? Und überhaupt jeden Tag. Irgendwann wirst du ja wiederkommen. Du musst da sein, verstehst du? Ich fleh dich an, Wendy, sei jetzt endlich da.«

Wieder bricht die Verbindung ab, und Wendy hört die letzte Nachricht. Sie kam gestern, wieder zur selben Zeit. Mit der Vorwahl von Idaho. Der Wind pfeift. Im Hintergrund brausen Lastwagen vorbei. Ezzies Stimme ist ruhiger, monoton, als spräche ein Schlafwandler.

»So, jetzt bin ich fast in Clint. Zu Hause. Ich habe…«

Ezzie schnieft. Wendy sieht ihn vor sich, wie er sich mit seiner dicken Pranke die Nase wischt.

»Ich brauch dich, Wendy. Ich ruf morgen wieder an.«

Weiteres Schniefen. Ezzie murmelt etwas. Wendy meint, eine neue Stimme zu erkennen, eine alte Frau.

»Putz dir nicht mit den Fingern die Nase, du Schwein, nimm wenigstens den Jackenärmel. Zu dem Zweck hat unser Herrgott nämlich Jacken mit Ärmeln geschaffen: damit Schweine deiner Sorte sich die Nase damit abputzen.«

»Ja, Oma. Entschuldige, Oma, ich mach's nicht wieder, ich versprech's.«

»Und warum machst du's nicht wieder, du widerliches kleines Schwein?«

»Weil es böse ist?«

»Ja, böse.«

Ein Lkw donnert auf dem Highway vorbei und lässt die Scheiben der Telefonkabine klirren.

Ezzie sagt: »Ich ruf dich morgen zur selben Zeit wieder an, Wendy. Morgen bin ich in Clint. Es geht mir schlecht. Bitte sei da. Ezzie bin ich. Ezechiel Brody. So heiße ich.«

Ein letztes Schniefen, dann verkündet die synthetische Stimme, dass keine weiteren Nachrichten aufgezeichnet wurden. Wendy blickt durch das große Glasfenster. Die Kinder skaten durch den Garten. Sie dreht sich zum Wohnzimmer um. Truman sitzt vor dem Fernseher. Sie wirft einen Blick auf die Küchenuhr. Der große Zeiger nähert sich der Sechs, der kleine steht auf der Sieben. Wie ein dicker Klumpen sitzt ein Schluchzen in ihrer Kehle. So hat Ezechiel die Uhr gelesen. Sie wischt sich eine Träne ab. Jetzt erinnert sie sich an alles.

25

Es regnet. Seltsam ist der Regen in San Francisco. Lauwarm und so zart, dass man den Eindruck hat, die Tropfen schwebten in der Luft und schafften es gar nicht bis zum Boden. Nebel kriecht über die Wege des Friedhofs Holy Cross. Barbara und die Zwillinge sind seit zwei Wochen tot. Sie fehlen ihm entsetzlich. Ihre Gerüche verwehen allmählich – er erinnert sich schon fast nicht mehr. Auch ihre Gesichter verblassen, langsam, aber unaufhaltsam. Er ist sich sogar ihrer Augenfarbe nicht mehr ganz sicher. Das ist das Schlimmste. Das Sterben der Gesichter.

Wie er es Barbara versprochen hat, ließ er sie alle drei einäschern, damit auch ganz sicher ist, dass sie wirklich tot sind. Shepard spürt von Neuem den entsetzlichen Schmerz, der ihn packte, als die beiden kleinen Särge hinter der Panzerglasscheibe verschwanden. Es folgte ein unheilvolles Klacken, dann ertönte, gedämpft, das *Requiem* von Dings, die Wasserstoffbrenner flammten auf, und er stellte sich vor, wie die Särge Feuer fingen, um gleich darauf von einem brennenden Mahlstrom verschlungen zu werden. Auf das Requiem folgte Vivaldis *Winter*, und in der sekundenkurzen Pause zwischen den beiden Stücken meinte er, die Mädchen in den Flammen schreien zu hören. Dann war der große Sarg an der Reihe, und Shepard, allein im Saal des Krematoriums, zerfloss in Tränen.

Als er die Asche abholte, fragte er sich, wie so viel Leben, Fleisch, Erinnerungen in derart kleine Urnen passen kann. Erschöpft ließ er sich auf die Rückbank der Limousine fallen, und sein Fahrer fragte ihn, wohin er gebracht zu werden wünsche.

Die Urnen im Arm, antwortete Shepard: »Palo Alto, zum Flughafen.«

Er drückte die Nase an die Scheibe und versuchte, Dunstkreise darauf zu hauchen. Dann öffnete er Barbaras Urne und schnupperte an ihrem Inhalt. Es roch nach nichts. Er schüttete die Asche der Zwillinge dazu und tauchte die Finger hinein. Es war weich wie Reispulver.

Die folgenden Tage verbrachte er damit, über den USA hin und her zu fliegen und die Orte aufzusuchen, an denen Barbara und er glücklich gewesen waren. Mit New York fing er an, den Alleen des Central Park, der Bank in der Nähe des Zoos, auf der sie sich zum ersten Mal geküsst hatten, dem Restaurant in Little Italy, wo sie die besten Gnocchi der Stadt gegessen hatten, und diesem Hotel in Soho, in dem sich Barbara in den Handrücken gebissen hatte, um beim Orgasmus nicht zu viel Lärm zu machen. Überall eine Prise Asche. Dann hob der Jet wieder ab und brachte Shepard an die Küste von Maine. Er suchte fast alle Hotels auf, in denen sie Urlaub gemacht, fast alle Flussufer, an denen sie gesessen und die Landschaft bewundert, fast alle Strände, an denen Meredith und Monica ihre ersten Sandkuchen gebaut hatten. Er war auch an den Orten, an denen sie traurig gewesen waren, am Fuß des riesigen General Sherman Tree im Sequoia-Nationalpark, wo sie den Eindruck gehabt hatten, sie liebten einander nicht mehr, und in diesem von Sandstürmen umtosten Motel irgendwo im tiefsten Utah, wo sie gefürchtet hatten, einander zu verlieren.

Shepards Trauerreise dauerte zehn Tage und führte ihn bis zum Grand Canyon, wo er die letzte Asche verstreute. Es war ein sehr schöner und heißer Tag, und er blickte der zartgrauen Wolke nach, die einen Moment in der Luft schwebte, ehe sie über dem Abgrund verwehte. Und dann, als er fertig war, als das letzte Stäubchen seiner Familie vom Colorado-Fluss aufgenommen war, wusste er, dass er am Ende des Wegs angelangt war.

Shepard wischt sich den Regen vom Gesicht. Er kauert nieder und fährt mit der flachen Hand über die Marmorstele, die er auf einem Rasenfleck im Holy-Cross-Friedhof hat errichten lassen. Er denkt an seine Familie, an ihre Asche an den Reifen der im Stau stehenden Autos von Manhattan oder im Magen der Fische des Colorado. Er hat gehofft, dass es ihm danach besser ginge, doch jetzt, wie er dort über einem Grab kauert, das für immer leer bleiben wird, erkennt er, wie entsetzlich ihm die drei Körper fehlen. Er steht auf und geht. Die Stele verschwindet im Dunst.

IV

Wendy Moore

26

Es ist schon lange dunkel, als Shepard in seiner Kanzlei in Palo Alto sein Büro im zweiundzwanzigsten Stockwerk betritt. *Shepard, Grant & Willcox*, die größte Anwaltskanzlei der Westküste. Um diese Stunde sind die Flure leer. Er sperrt die Tür hinter sich zu und schenkt sich einen Whisky ein. Seine Partner haben ihm diverse Nachrichten hinterlassen; er soll sich dringend melden. Shepard zerknüllt sämtliche Zettel und hört den Anrufbeantworter ab. Alle haben angerufen, und alle beklagen, dass er auf dem Handy nicht erreichbar sei. In Grants Stimme schwingt Trauer mit, er ringt nach Worten, findet sie nicht. Shepard löscht sämtliche Nachrichten. Er zündet sich eine Zigarette an und versucht, sich auf die geplante Fusion zweier Pharmakonzerne an der Westküste, Health Chemical und Barston Ingeneer, zu konzentrieren, aber die Zahlen tanzen vor seinen Augen. Wie die Gesichter von Barbara und den beiden Mädchen. Er trinkt einen Schluck Whisky und wendet sich dem Poststapel zu, der seit Tagen auf seinem Schreibtisch wächst. Zwischen allerlei vom Sekretariat bereits bearbeiteten, mehr oder minder vertraulichen Schreiben entdeckt er einen an ihn persönlich adressierten, zu hoch frankierten braunen Umschlag. Name und Adresse in Großbuchstaben. Schräg in der linken oberen Ecke steht, ebenfalls in Großbuchstaben, doch etwas kleiner: »Dringendst. Bitte ggf. nachsenden.« Auf der Rückseite kein Absender. Nach dem Poststempel zu urteilen, wurde der Brief zu Anfang der Woche in einem gottverlassenen Nest in

Mississippi aufgegeben. Er reißt den Umschlag auf. Darin findet er ein Foto, das auf den ersten Blick aussieht wie ein vergrößertes Klassenfoto. Aber die im Viereck aufgestellten Jugendlichen tragen alle identische gelbe Overalls und haben rasierte Schädel und einen missmutigen Blick. Mit rotem Filzstift sind sechs Gesichter eingekreist, darunter ein Koloss von etwa fünfzehn Jahren. Shepard betrachtet das Foto, und allmählich tauchen vergessene Geräusche und Gerüche aus seiner Erinnerung auf. Er meint sich selbst zu erkennen – auch sein Gesicht ist mit Rot markiert. Der Junge, der dem Fotografen den Mittelfinger zeigt. Neben ihm ein langer Lulatsch mit Brille. Shepard dreht das Foto um. Auf der Rückseite steht: »Jugendstrafanstalt Redemption, Mississippi, Juli 1986.«

Er lehnt den Kopf an die Nackenstütze des Sessels und schließt die Augen. Immer mehr Erinnerungen kehren zurück. Sein Atem verlangsamt sich. Ein Geruch nach Schlamm und verrottendem Laub steigt ihm in die Nase.

27

Zuerst ein Vorname. Wendy. Ein paar Buchstaben und die Musik, die sie erzeugen, wenn sie aneinandergefügt sind. Ein bildhübsches Sommersprossengesicht, eine abgeschnittene Jeans, eine Jungmädchenfigur im ärmellosen T-Shirt. Wendys Gestalt wird deutlicher. Auch die Landschaft. Weiden und wilde Feigen werfen den Schatten ihrer Kronen auf das Ufer eines sonnenglitzernden Flusses. Es riecht nach Blumen und Hitze. Insektengebrumm erfüllt die reglose Luft. Es ist heiß.

An Wendys Seite ist er selbst, Peter. Gestern ist er vierzehn geworden. Mit einem Päckchen Kuchen und einem Rest lauwarmer Limonade haben sie seinen Geburtstag gefeiert. Wendy und er sind vor drei Wochen aus Good Hope, dem Heim für straffällige Jugendliche im Norden des Staates Mississippi, ausgebrochen. Weil der Oberaufseher Webster ein Auge auf Wendy geworfen hatte.

Shepard denkt an den Tag, an dem Wendy ins Heim kam: Waise wie er, in immer neuen Pflegefamilien untergebracht, die in ihr nur eine zusätzliche Esserin sahen, war sie immer wieder ausgerissen und schließlich in die Kriminalität abgerutscht. Diesmal war sie an der Grenze zu Louisiana aufgegriffen worden, wo sie mit einem Cutter als Waffe die Kasse eines Fast-Food-Lokals hatte plündern wollen. Empört erzählte sie Peter später, wie der Ladenbesitzer bei ihrem Anblick in schallendes Gelächter ausgebrochen war, einen Baseballschläger hinter der Theke hervorgeholt und gleichzeitig nach dem Telefon gegriffen hatte, um die Polizei zu verständigen. Zwei Tage lang saß sie in einer Zelle des Bezirksgefängnisses, bis ein Richter mit schnapsroter Nase sie in einem Schnellverfahren nach Good Hope schickte. Peter sah sie zum ersten Mal, als sie aus dem Auto des Sheriffs ausstieg und sich eine Haarsträhne aus der Stirn blies.

An das Heim erinnert sich Peter nur noch verschwommen. Deutlich im Gedächtnis sind ihm nur die drei Wochen am Ufer des Mississippi. Und natürlich die Nacht ihres Ausbruchs, nachdem er den Oberaufseher Webster niedergeschlagen hatte. Dabei war es, von diesem brutalen Kerl abgesehen, in Good Hope eigentlich gar nicht so schlimm. Kein Steineklopfen, keine Feldarbeit, kein Baumwollpflücken in sengender Sonne. Nur militärische Disziplin und gelegentlich Schläge, die manchmal sogar nicht unverdient waren.

Peter betrat das Zimmer seiner Freundin genau in dem Moment, als Webster seinen Schwanz aus der Hose holte und die weinende Wendy vor sich auf die Knie zwang.

Ohne zu überlegen, griff Peter nach dem Metallstuhl und schlug ihn dem Aufseher auf den Kopf, sehr fest, ein einziges Mal. Es machte ein sonderbares Geräusch – eine Mischung aus splitterndem Knochen und zerdrücktem Blech. Webster brach ohne einen Laut zusammen, und Peter schnappte sich das Tränengasspray, das alle Aufseher am Gürtel trugen. Mit der Zuversicht seiner vierzehn Jahre warf er Wendy eine Decke um die Schultern und rannte mit ihr fort. Unbehelligt kletterten sie über die Mauer. Drei Wochen waren sie auf der Flucht und lebten vom Jagen und Sammeln an den Ufern des Flusses. Überquerten ihn auch, um den Bundesstaat zu wechseln, denn natürlich fürchteten sie, entdeckt zu werden. Peter weiß noch, wie sie das erste Mal beinahe aufgegriffen wurden. Eines Abends verließen sie ein paar Meilen vor Tallulah die Deckung des Flusses, weil sie Hunger hatten. In einer Tankstelle klaute Wendy Bonbons und Tiefkühlburger, während Peter den Kassierer ablenkte. Wie sie trug er eine Schirmmütze, die er tief in die Stirn gezogen hatte, und achtete darauf, den Überwachungskameras nicht das Gesicht zu zeigen. Auf dem Rückweg ins schützende Dickicht sahen sie, wie ein Polizeiauto des Issaquena County in den Parkplatz einbog. Der Tankstellenboss und der Bulle – ein Schlaks mit Mardergesicht – standen einen Moment lang draußen im Licht der Straßenlampe und redeten miteinander. Dann drehte sich der Schlaks zu dem Dickicht auf der anderen Straßenseite. Seine Augen schienen im Halbdunkel zu leuchten, und er hob schnuppernd den Kopf, als hätte er Witterung aufgenommen. In dieser Nacht überquerten Peter und Wendy zum ersten Mal den Mississippi.

Am anderen Ufer, im Staat Louisiana, wanderten sie etliche Tage lang flussabwärts. Für die Nacht suchten sie sich eines der wilden Inselchen, wie sie im Mississippi zahlreich sind. Während sie sich an den Händen hielten, schwammen sie fröstelnd durchs laue Wasser. Wieder auf festem Boden, zogen sie sich vollständig aus, und nichts faszinierte Peter mehr als Wendys nackter Körper, der sich unter der Decke an ihn schmiegte, wenn sie sich neben dem kleinen Feuer wieder aufwärmten.

In der siebten Nacht schlief Wendy mit ihm. Sie hatten ihr Behelfslager eingerichtet, Peter hatte zwei silbrige Fische gefangen, die sie an Zweigen brieten, und dort, unter dem Dach aus Geäst und Laub, das sie zum Schutz vor dem Sprühregen errichtet hatten, ließ Wendy ihre Shorts die Schenkel hinabgleiten, und Peter kam sehr schnell; sein Aufstöhnen mischte sich in ihre leisen Schmerz- und Lustschreie in seinem Ohr. Von da an taten sie es jede Nacht, solange sie noch in Freiheit waren, sie schliefen miteinander wie Erwachsene, und jedes Mal, bei jedem Orgasmus, ahnte Peter, dass so viel Lust nicht ewig sein kann. Vorbei war es am zwanzigsten Tag, als sie den Fehler begingen, das Claiborne County zu betreten.

28

Wendy und Peter wandern die Uferböschung entlang. Sie klatschen in die Hände und springen in Pfützen. Die Sonne ist gerade erst aufgegangen, aber es ist schon recht heiß. Fast spiegelglatt liegt der Fluss im pfirsichfarbenen Morgenlicht. Die Mücken haben sie aus ihrem Lager verscheucht, zum Frühstücken war keine Zeit, und ihre Mägen knurren. Peter sieht Wendy an. Sie ist mager geworden, das T-Shirt wogt förmlich um ihren Körper. Sie ist im Begriff, sein Lächeln zu erwidern, als sie plötzlich wie angewurzelt stehen bleibt und den Finger auf den Mund legt. Peter erstarrt ebenfalls, er sucht die Gefahr in ihrem Blick.

»Was?«, flüstert er.

Wendy deutet stumm auf das Dickicht aus Brombeerranken, die von Beeren strotzen – so dick und schwarz sind sie, dass man meinen könnte, es seien Trauben. Sie wirft Peter einen flehentlichen Blick zu. Ihm ist klar, dass die Brombeeren zu nah an der Straße sind, aber auch er ist schwach vor Hunger. Also ziehen sie ihre Espadrilles wieder an und pflücken, bald gebückt, bald auf den Knien und ohne auf die Dornen zu achten, die ihnen die Arme und Beine zerkratzen, ganze Hände voll Beeren. Mit vollem Mund und saftblauem Kinn strahlen sie einander an und schmatzen gierig. Die Brombeeren sind so köstlich, dass Wendy und Peter, ohne es zu merken, auf die andere Seite der Hecke gewechselt sind, wo jeder Autofahrer sie sehen kann. Sie sind aber auch köstlich, diese Brombeeren! Sie kleiden Kehle und Magen mit ihrer reifen Süße aus, und je mehr man davon isst, desto größer wird der Appetit – man bekommt einfach nicht genug. Mit dem Rücken zur Straße stopfen Wendy und Peter sich mit Beeren voll, und wenn der Mund leer ist, strecken sich die Arme immer tiefer ins Gestrüpp. Und dann reißt Peter weit die Augen auf, und Wendy fragt: »Was?«, und Peter rülpst laut. Das Mädchen bricht in Gelächter aus, und in dem Moment ertönt hinter ihnen eine Stimme.

»Jetzt ist ein Engel vorbeigegangen, Junge.«

Peter fährt erschrocken herum und entdeckt hinter sich einen dicken Bullen, der an seinem Wagen lehnt. An der Tür prangt das Wappen der Polizei des Claiborne County. Auf der Brust des Mannes ist zu lesen *Deputy Sheriff L. Brunswick*, und unter seinen Achseln prangen große Schweißflecken. Sein Hemd ist noch von anderen, fettigen Spuren übersät, wie Löschpapier, auf dem ein Schmalzgebäck abgelegt wurde. Obwohl er etliche Meter entfernt steht, nehmen die beiden deutlich seinen ungewaschenen

Geruch wahr. Ein Südstaatenbauer mit rotem Stiernacken und fettglänzender Haut. Ein richtiges Schweinegesicht unter dem fast neuen Hut. Das Unheimlichste aber sind die Augen des Mannes. Schmale schwarze Schlitze, völlig ausdruckslos, ohne Bosheit und ohne einen Anflug von Wohlwollen. Ein kaltes Lächeln umspielt Brunswicks dicke Lippen.

»Ich sagte: ›Jetzt ist ein Engel vorbeigegangen, Junge.‹ Das sagt man hier bei uns, wenn jemand nach dem Essen rülpst. Und was antwortet man?«

»Äh … danke?«

Der Hilfssheriff leckt sich mit einer spitzen kleinen Zunge die Lippen.

»Nein, Kleine. Im Claiborne County, wenn einer rülpst und ein anderer sagt: ›Jetzt ist ein Engel vorbeigegangen‹, antwortet man: ›Schnell, fangen wir ihn und ficken ihn in den Arsch.‹«

Brunswick wirft den Kopf in den Nacken und bricht in ein schallendes Gelächter aus, das sehr schlechte Zähne entblößt und den Schmutz in den Falten des Halses offenbart. Nach sekundenlangem Gelächter verstummt er so plötzlich, wie er angefangen hat.

»Und wenn einer furzt?«

Die Schweinsäuglein des Bullen richten sich auf Peter. Er lächelt nicht mehr. Er sagt: »Wenn man furzt, entschuldigt man sich, Junge. Man entschuldigt sich und geht seines Weges.«

Der dicke Hilfssheriff zieht ein Fläschchen Pfefferminzpastillen hervor und wirft sich eines in den Mund.

»Ihr seid wohl nicht von hier, wie?«

Wendy erblasst unter ihrer Bräune. Peter grübelt fieberhaft, während sich die Hand des Bullen zum Griff seiner Waffe bewegt.

»Das frage ich«, fügt er hinzu, »weil es im Claiborne

County gesetzlich verboten ist, Kinder unbeaufsichtigt auf der Straße herumlaufen zu lassen. Unbeaufsichtigte Kinder nehmen nur Drogen und machen Schweinkram.«

»Wir sind nicht unbeaufsichtigt, Sir. Wir sind mit unseren Eltern hier. Wir campen am Flussufer, auf der Uferböschung, zweieinhalb Meilen von hier im Süden. Wir haben uns bloß irgendwie verlaufen.«

Zwischen den Brauen des Hilfssheriffs erscheint eine Furche.

»Im Süden, sagst du?«

»Ja, Sir.«

»Dumm ist nur, Junge, dass es Richtung Süden die nächsten zehn Meilen keine Uferböschung mehr gibt.«

Peter spürt ein Stückchen Brombeere seine Kehle hinunter schrammen.

»Ich habe ›auf der Uferböschung‹ gesagt, oder?«

»Ja, mein Junge, das hast du gesagt.«

»Ich meinte aber: an der Straße entlang dem Fluss. Wir haben ein Wohnmobil, verstehen Sie?«

Brunswick genehmigt sich eine weitere Pastille. Dann richtet er den Blick in die Ferne, seufzt und sagt: »Dumm ist nur, Junge, dass diese Scheißstraße gleich hier nach Osten abbiegt, nach Hawks, und keinen Meter mehr am Fluss entlangführt.«

Ein warmer Wind streift Peters feuchte Stirn. Er will etwas erwidern, doch der Bulle hebt seine dicke Pranke.

»Ihr steigt jetzt ganz brav in mein Auto«, sagt er, »und wir fahren nach Süden und schauen, ob da irgendwo ein Wohnmobil herumsteht. Okay?«

Peter will etwas antworten, doch in dem Moment knistert es in dem Funkgerät, das an der Schulter des Polizisten hängt.

»Lee, hier Mitch, hörst du mich?«

Ohne die Kinder aus den Augen zu lassen, neigt Brunswick den Kopf zur Seite und drückt auf den Knopf des Senders.

»R5 S5, Mitch.«

»Unfall auf der 9, Höhe Kimberly.«

»Schlimm?«

»Sieht so aus.«

»Verdammt, Mitch, hast du niemand anderen bei der Hand?«

»Negativ, Lee. Sheriff Quincy hat sich Richtung Reedtown verzogen, und Barney ist besoffen.«

»Scheiße... Okay, ich fahr hin.«

»Verstanden, Lee.«

Der dicke Hilfssheriff lässt den Knopf wieder los. Dann öffnet er, unentwegt lächelnd, den hinteren Wagenschlag und sagt: »Ich muss leider weg, aber ihr wartet hier brav auf mich, bis ich wiederkomme. Stimmt's, Beißer?«

Ein cremefarbener Hund, einer Dogge nicht unähnlich, springt aus dem Wagen und baut sich zähnefletschend vor den beiden auf. Geifer rinnt ihm aus dem Maul, und das Halsband spannt sich um den muskulösen Hals.

»Darf ich vorstellen, das ist Beißer. Ein Alano. Die Konquistadoren haben seine Artgenossen als Kampfhunde gegen die Scheißazteken eingesetzt und die Südstaatler als Spürhunde, um entlaufene Sklaven zurückzuholen. Dumm nur, dass vom Sklaven nicht mehr viel übrig blieb, wenn ihn so ein Vieh aufgespürt hat. Aber keine Sorge, Beißer ist nicht die Spur böse, solang man sich nicht rührt. Setzt euch also brav hin, damit er sich eure Haltung einprägen kann. Alles klar?«

»Sir, ich...«

»Fresse, Junge, und setz dich auf deinen Arsch. Du ebenfalls.«

In Brunswicks Augen glimmt jetzt ein Licht. Peter und Wendy setzen sich im Schneidersitz auf den Boden, dicht nebeneinander, Beißer lässt sich ebenfalls nieder, und der dicke Bulle steigt ins Auto, lacht, lässt die Scheibe hochfahren und braust in einer Staubwolke davon.

29

Seit einer ganzen Weile flimmert die Luft über der Straße. Bald wird es dermaßen heiß sein, dass sogar das Gebrumm der Insekten verstummt. Peter zwinkert, um den Schweiß aus den Augen fortzublinzeln. Neben ihm sitzt Wendy und atmet sehr flach. Auf ihrem schönen Gesicht liegt ein Schweißfilm. Trotz der vielen saftigen Brombeeren, die sie gegessen hat, kommt sie vor Durst bestimmt schon um. Ohne den Köter aus den Augen zu lassen, flüstert Peter: »Wendy?«

»Was?«

»Wie geht's dir?«

»Durst!! Du auch?«

»Ja.«

Ein kurzes Schweigen.

»Peter?«

»Ja?«

»Wie kommen wir hier wieder raus?«

»Ich denk drüber nach.«

Wie ferner Donner klingt Beißers Knurren, und seine Lefzen weichen ein Stück zurück. Aus seinem Maul rinnt ein Speichelfaden.

»Reden wird man ja wohl noch dürfen, oder?«

Beißer stellt sein Rückenfell auf. Dann erhebt er sich ein Stück, entlässt einen langen Strahl Urin und setzt sich wieder, direkt in seine Pisse. Das soll wohl nein heißen. Peter versucht, sich die Landkarte von Mississippi ins Gedächtnis zu rufen, die er so oft studiert hat. Brunswick ist vor rund einer Stunde zur südlichen County-Grenze aufgebrochen, die nicht mehr als dreißig Autominuten entfernt sein kann. Geht man davon aus, dass er etwa ebenso lang dort bleibt, dann ist klar, dass die Zeit drängt. Peter will einen Blick auf die Uhr werfen, aber sie ist umgedreht, und er wagt nicht, die Hand zu heben. Wenn ihn sein Gedächtnis nicht trügt, sitzen sie weniger als drei Meter von der Brombeerhecke entfernt. Wenn man sie überwinden und in den Fluss springen könnte, ehe Beißer reagiert... Der Köter sieht ihn sonderbar an, als erriete er seine Gedanken. Er scheint fast zu lächeln. Peter bewegt sich vorsichtig. In seinem Rucksack hört er es dumpf klirren, und sein Herz setzt einen Moment lang aus. Die Spraydose des Oberaufsehers! Er hat sie nur ein einziges Mal benutzt, um einen ansonsten idealen Lagerplatz von einem Wespennest zu befreien, und konnte bei dieser Gelegenheit feststellen, dass die Dose nicht Tränengas enthält, sondern Pfefferspray. Seitdem weiß er erstens, dass Wespen leider völlig immun gegen den Reizstoff sind, und zweitens, dass die Sprühdose, als er sie das letzte Mal geschüttelt hat, bereits halb leer war. Allerdings ist Beißer zu weit entfernt; um ihn mit dem Strahl zu erreichen, muss er sich ihm nähern. Die Augen des Köters richten sich auf Wendy, die unruhig zappelt.

»Was ist los, Baby?«

»Ich muss aufs Klo.«

»Das darf nicht wahr sein!«

»Doch.«

»Scheiße, ausgerechnet jetzt!«

Wendy kann kaum noch still sitzen, und Peter fürchtet, dass sie mal wieder einen Lachanfall bekommt – das passiert ihr, wenn sie so dringend aufs Klo muss, dass sie es kaum noch aushält. Oft ist es Peter, der sie zum Lachen bringt, und dann ist Wendy sauer, was einer der Gründe ist, weshalb Peter unsterblich verliebt in sie ist. Den Blick starr auf den Hund geheftet, sagt er: »Warum könnt ihr Frauen nie pinkeln, wenn der richtige Zeitpunkt dafür ist?«

»Ich wollte es heute Morgen tun, aber dann ist es wieder vergangen.«

»Hältst du denn den ganzen Tag durch?«

»Normalerweise schon, aber jetzt hab ich zu viel Angst.«

Der Köter fährt sich mit der Zunge über die Lippen und leckt die Speichelfäden auf. Man könnte fast meinen, er versuchte, den Wortwechsel der beiden mitzubekommen.

»Pete?«

»Was?«

»Erzählst du mir was Trauriges?«

»Was Trauriges oder was Grausiges?«

»Nein, nein, auf keinen Fall was Grausiges. Was Trauriges.«

»Warum?«

»Weil ich gleich lachen muss.«

»O Scheiße, Wendy, bitte nicht jetzt!«

»Wetten?«

Peter bewegt die Zehen in seinen Espadrilles. Auf keinen Fall darf ihm irgendein Körperteil einschlafen, wenn er nachher jäh aufspringen und sich ins Gebüsch stürzen muss. Klar ist außerdem, dass Wendy pinkeln muss, bevor sie in der Lage ist zu rennen.

»Also, Pete?«

»Ich mag dich nicht mehr.«

»Was?«

»Ich hab dich nie gemocht. Ich wollte nur mit dir vögeln, und wenn wir erst in New Orleans sind, kannst du mich vergessen, dann such ich mir eine andere.«

»Meinst du das im Ernst?«

»Ja.«

Peter hört die Tränen in Wendys Stimme. Er hat ein schlechtes Gewissen, aber es bleibt ihm nichts anderes übrig.

»Und was für eine?«

»Weiß ich noch nicht. Eine Bohnenstange mit Pferdeschwanz und Flachbusen. Mit schwitzigen Händen, darauf steh ich.«

»Nein, Peter, mach das nicht, bitte!«

»Oder eine picklige Dicke mit Haaren am Kinn und Borsten in der Nase.«

Wendy beißt sich auf die Lippen. Ihre Schultern zucken.

»Du bist ein gemeiner Hund.«

»Und mit Hängetitten natürlich und Schwangerschaftsstreifen. Und vor allem hat sie die ganze Zeit weiße Spucke in den Mundwinkeln. Ich liebe weiße Spucke in den Mundwinkeln.«

Wendy beginnt, zu glucksen und sich zu winden. Beißer hebt witternd die Schnauze. Das Mädchen ist fuchsteufelswild. »Bist du jetzt zufrieden?«, flüstert sie.

»Ja. Jetzt musst du die Töle beschäftigen.«

»Scheiße, Peter, was soll ich denn machen? Ich kenn doch dieses Vieh nicht.«

»Erzähl ihm halt irgendwas, so Frauensachen. Du musst ihn nur lang genug ablenken, bis ich das Pfefferspray habe.«

»Du bist komplett wahnsinnig. Der Köter wird uns bei lebendigem Leib zerfleischen!«

»Wartest du lieber, bis Brunswick zurückkommt?«

»Nein.«

»Gut. Also lenkst du ihn ab, und auf mein Zeichen hin springst du auf, galoppierst durchs Gebüsch und schmeißt dich in den Fluss. Okay?«

»In das Brombeergestrüpp?«

»Ja.«

»Pffff.«

»Geht nicht anders, Baby. Bereit?«

»Nein, warte.«

»Was ist denn noch?«

»Wie, was ist noch! Ich hab mir in die Hose gemacht, das ist.«

»Na und? Hast du Angst, der Hund erzählt es seinen Kumpeln?«

Wendy sucht nach Worten. Zuerst muss sie seine Aufmerksamkeit auf sich lenken. Sie überlegt kurz, dann ruft sie: »Hey, Hund!«

Beißer dreht ihr den Kopf zu. Ein langes, leises Knurren rollt durch seine Kehle.

»Huch, bist du aber ein böses kleines Hündchen ...«

»Wendy?«

»Was?«

»Wenn ich dich drauf aufmerksam machen darf – das ist ein Sklavenjäger. Kein Schoßpudel.«

»Ja, dann mach's doch selber, wenn's dir so nicht passt, Schlaumeier!«

Wendy bläst gegen die Haarsträhne, die vor ihren Augen tanzt.

»Also dann eben so: Du bist ein scheußlicher Alano, der Ausreißer verfolgt, ja? Das ist ganz böse, Beißer, verstehst du? Es ist sehr, sehr böse, so was zu tun!«

Einen Moment lang tritt ein eigenartiges Schimmern in die Hundeaugen. Man könnte fast meinen, er habe ein schlechtes Gewissen.

»Glaubst du vielleicht, dass dein Papa und deine Mama stolz auf dich sind, wenn sie erfahren, dass ihr Sohnemann ein böses Monster geworden ist, das Kids terrorisiert? Als ich klein war, hab ich mit meinen Eltern in einem Häuschen mit kleinem Garten an einem Bahngleis in Tennessee gewohnt. Kennst du Tennessee? Nein, kennst du nicht, ist klar. Jedenfalls wohnten wir dort und hatten einen Pudel, der Krispies hieß. Der hieß so, weil er so winzig war, dass sein Bellen genauso klang, wie Krispies klingen, wenn man Milch darauf gießt. Trotzdem war er supernett und hat jede Nacht in meinem Bett geschlafen und sein Revier verteidigt wie ein mutiger kleiner Hund.«

Beißer wirft Peter einen schrägen Blick zu, und der erwidert ihn mit einem Achselzucken. Dann dreht er den Kopf wieder zu Wendy, die jetzt mit größerem Nachdruck spricht. Peter hat unterdessen den Verschluss seines Rucksacks erreicht und die Schnalle geöffnet. Seine Hand schiebt sich hinein, und die Finger ertasten das glatte Blech der Spraydose.

»Einmal«, fährt Wendy unterdessen fort, »strichen riesige streunende Hunde um unser Haus. Das weiß ich noch so genau, weil Thanksgiving war und meine Eltern nicht da und ich halb tot vor Angst. Ja, genau! Die Streuner waren nämlich an dem Truthahn interessiert, verstehst du? Mama hatte ihn zum Auftauen aufs Fensterbrett gestellt und nur mit einem Tuch zugedeckt, und der Geruch lockte die Meute an. Jedenfalls las ich grad eine Zeitschrift, als draußen eine Kläfferei anfing, und Krispies sprang von meinem Schoß, rannte hinaus und fing mit seinem lächerlichen Gebell an. Ich stand auf, und da sah ich die Hunde, die draußen vor dem Gartentor jaulten, und Krispies verbellte sie aus vollem Hals, um sie in die Flucht zu schlagen. Das Gartentor war zum Glück solide, aus galvanisiertem Stahl, ja? Nur hatte Papa die Pfosten nicht sehr tief im Boden versenken können, weil die Erde in unserer Gegend so hart ist.«

Peter hat die Dose aus dem Rucksack gezogen. Mit äußerster Behutsamkeit lässt er sie ins Gras rollen. Er spürt sie an seinem Hintern.

»Die Köter ahnten das anscheinend«, fährt Wendy mit

ihrer Geschichte fort, »denn einer entdeckte den kleinen Spalt unter dem Tor und fing jetzt an, wie ein Irrer den Boden aufzugraben. Aber er hatte die Rechnung ohne meinen mutigen Krispies gemacht, denn als die ekelhafte Töle tief genug gegraben hatte, um die Schnauze unter dem Tor durchzustecken, biss ihr mein Krispies in die Nase, bis sie sich heulend zurückzog. Krispies bewachte das Tor wie ein Zerberus und biss jeden Köter in die Schnauze, der versuchte, sich unter dem Tor durchzuschlängeln. Dann kam mein Papa und verjagte alle mit Gewehrschüssen. Zwei musste er sogar erschießen, die sind dann in der Mülltonne gelandet. Dann kam der Truthahn ins Rohr, und als er fertig war, setzten wir uns alle zu Thanksgiving zusammen, und Krispies bekam zum Dank für seinen Mut sämtliche Knochen.«

Peter hat inzwischen das Pfefferspray nach vorn, zwischen seine Oberschenkel, geholt. Er legt einen Finger auf den Sprühkopf, holt tief Luft und flüstert: »Okay, Wendy, ich bin so weit.«

»Was ich dir klar machen will, Beißer, ist Folgendes: Du *musst* kein scheußliches Vieh sein, das Leute beißt. Auch du kannst ein nettes Herrchen mit Häuschen und Garten finden und an Thanksgiving unter dem Tisch Truthahnknochen abnagen. Magst du Truthahnknochen?«

»Wendy? Wenn du jetzt so weit bist…? Ich wär so weit.«

»Ist dir eigentlich klar, was du mit deiner Kraft alles anfangen könntest, wenn du nett wärst? Ist dir klar, wie viele Mädchen du beschützen könntest, statt sie zu terrorisieren, sag mal?«

»Wendy, verdammt…«

»Was?«

»Ich bin so weit!«

»Ja, schon gut, reg dich ab!«

Wendy betrachtet Beißer. Sie wirkt bekümmert.

»Peter?«

»Ja.«

»Willst du das wirklich tun?«

»Hast du eine bessere Idee?«

»Wir könnten ihn doch mitnehmen?«

»Spinnst du?«

»Nein. Ich bin sicher, dass unter seiner rauen Schale ein weicher Kern steckt. Stimmt's, Beißer?«

Beißer hat sich aufgerichtet. Er wittert den Pfeffergeruch. Wieder zieht er die Lefzen zurück, und unter dem Fell zucken seine Muskeln. In dem Moment, als er zum Sprung ansetzt, schreit Peter: »Wendy! Jetzt!«

Er wirft sich zur Seite. Neben seinem Kopf schnappt das Hundegebiss ins Leere. Im selben Moment drückt Peter auf den Sprühkopf und leert Beißer den gesamten Inhalt der Dose mitten ins Gesicht, in die Augen, in die Schnauze. Beißer heult auf und wirft sich ins hohe Gras. Jaulend wälzt er sich am Boden und versucht, sich mit den Pfoten den Schmerz aus den Augen zu wischen. Er ist blind, aber nicht außer Gefecht: Außer sich vor Wut, schnappt er blindlings ins Leere. Peter wirft die Spraydose fort und stößt die kreischende Wendy vor sich her durch den schmalen Durchschlupf in der Dornenhecke. Der Widerschein der Sonne auf dem Fluss blitzt ihnen entgegen. Mit bloßen Händen biegen sie die Ranken beiseite und fliehen. Beißer setzt ihnen nach, hinter sich hören sie ihn kläffen und schnappen. Wendy ist als Erste im Freien, Peter folgt ihr auf den Fersen. Sie rennen zum Fluss und stürzen sich in die Flut. Peter fühlt das Wasser über seinem Kopf zusammenschlagen. Dann taucht er wieder auf und schwimmt, so schnell er kann, wobei er Wendy vor sich herschiebt. In etwa zwanzig Metern Entfernung vom Ufer erfasst sie die Strömung und nimmt sie mit. Peter drückt

Wendy an sich. Er blickt zum Ufer zurück. Beißer kläfft sich die Seele aus dem Leib.

30

Eng an Wendy geschmiegt, wacht Peter auf; sie liegen unter einem Dach aus Zweigen. Ihr Inselchen ist gut gewählt: Rund herum ist der Uferbereich so weich und mit Wurzeln durchsetzt, dass Boote dort nicht anlegen können. Ein zweites schwer zu überwindendes Bollwerk bilden die Ranken der Pfeffersträucher und das Sumachdickicht, und der feuchte Boden ist mit angeschwemmten toten Ästen übersät. In der Mitte der Insel ist eine vom Ufer kaum sichtbare Lichtung. Dort, hat Peter beschlossen, werden sie ein paar Tage bleiben und bei den Behörden hoffentlich in Vergessenheit geraten.

Tags zuvor, nachdem sie Beißer glücklich entronnen waren, ließen sie sich am anderen Ufer an Land treiben und wanderten weit genug flussaufwärts nach Norden, bis sie hoffen konnten, die Grenze des Claiborne County hinter sich zu haben, und als sie dieses Inselchen entdeckten, wateten sie noch einmal ins Wasser und kletterten mühsam ans Ufer. Sie zogen sich nur die nassen Kleider aus und fielen, ohne Feuer und ohne Liebe, in einen Schlaf der Erschöpfung. Jetzt hat ihn ein bohrender Hunger geweckt. Peter spürt Wendys warme Haut an der seinen. Ihre kleine Brust hebt und senkt sich. Sie schläft auf der Seite, die Beine mit seinen verschränkt, und Peter denkt, dass er gern hier mit ihr alt würde. Sie bekämen Kinder miteinander. Kinder des Flusses, die auf den Bäumen lebten und die Sprache der Reiher verstünden. Er würde gern hier sterben, denkt er in seinem Halbschlaf. Egoistischerweise kurz vor Wendy. Dann besinnt er sich: Er würde gern in derselben Sekunde sterben wie sie und sie dabei in den Armen halten.

Der Tag bricht an. Hinter seinen Lidern wird es hell. In dem Moment, als er Wendy wecken will, steigt ihm ein starker Pfefferduft in die Nase und überdeckt den Geruch des Bayou. Ein heißer, stinkender Atem haucht ihn an. Geifer tropft auf ihn herab. Er öffnet die Augen. Wenige Zentimeter über seinem Gesicht klafft Beißers Maul. Sein Fell ist gesträubt, und aus seiner Kehle kommt jetzt ein dumpfes Grollen.

Peter will einen Schrei ausstoßen, doch in dem Moment drückt sich etwas Kaltes auf seine Stirn. Er blickt auf und sieht, unverkennbar im frühen Morgenlicht, einen Gewehrlauf und dahinter, in der Verlängerung der Waffe, ein Gesicht unter einem Hut. Der Mann legt einen Finger an die Lippen und macht: »Psst.« Peter drückt Wendy an sich. Das Mädchen bewegt sich im Schlaf.

»Sind sie das?«, fragt der Mann mit dem Gewehr.

Hinter ihm antwortet Brunswick dröhnend: »Jawohl, das sind die zwei minderjährigen Kommunisten, die meinen Beißer gepfeffert haben. Komm her, Beißer. Hierher, mein Kleiner. Jetzt zahlen wir es den beiden heim.«

Peter begegnet erneut dem Blick des Bewaffneten. Der Mann hat die Statur eines Holzfällers und trägt einen langen schwarzen Vollbart. Auf seiner Uniform steht *Sheriff H. Quincy*. Wendy schlägt die Augen auf und öffnet den Mund zu einem Schrei, doch Peter legt ihr rasch die Hand auf die Lippen. Sie drückt sich an ihn. Hinter dem Sheriff steht ein Dutzend bewaffneter Polizisten. Ihren Abzeichen nach zu urteilen, kommen etliche aus dem Warren County, der Rest aus Claiborne. Offenbar befinden sie sich nicht mehr im Zuständigkeitsbereich von Sheriff Quincy. Doch dieser Sheriff, erkennt Peter, ist kein Mann, der sich von solchen Formalitäten abhalten ließe. Der Sheriff lüpft jetzt mit dem Gewehrlauf die Decke, unter der die beiden nackten Jugendlichen liegen, und seine Miene verzieht sich zu einer Grimasse des Abscheus und Zorns.

»Alles da, Lee. Und mir scheint, dein Beißer hat uns zu einem Paar verderbter Sünder geführt. Stimmt's, Knabe?«

»Wir haben nichts getan, Sir. Wir haben uns nur verirrt.«

»Ach ja, arme Seelen seid ihr, fürwahr, seid vom rechten Weg abgekommen. Aber unser Herr führt alle verlorenen Schafe zur Herde zurück. Denn es gibt kein Vergehen und keine Sünde, die Christus der Erlöser nicht verziehe.«

Der Sheriff spricht in dem exaltierten Ton eines Mormonenpredigers. Die anderen Bullen lächeln.

»Aber vor aller Erlösung musst du deine Sünden bekennen. Weit öffne die Tore deiner Seele, damit der Zorn Christi darin Ordnung schaffe. Kapierst du das, Knabe?«

»Sie müssen mir meine Rechte vorlesen und mich anschließend verhaften.«

»Zuerst der gerechte Zorn Gottes. Danach der Zorn der Menschen.«

Ein Hauch Röte färbt die Wangen des Sheriffs, und sein Atem geht schneller. Peter überläuft es kalt. Er begreift, dass der Bursche die Show, die er abzieht, wirklich genießt und dass es sinnlos und gefährlich ist, ihn anzulügen. Der Sheriff mustert Wendy, die sich krümmt, um ihre Blößen zu verdecken.

»Ich höre, Knabe«, sagt er. »Wart ihr die Werkzeuge des Teufels? Habt ihr die Sünde begangen, die das Paradies verdorren lässt? Habt ihr die Sache gemacht?«

»Welche Sache?«

»Der Sheriff will wissen, ob du deinen Schwanz in die Kleine gesteckt hast.«

Die Bullen im Hintergrund brechen in ein schadenfrohes

Gelächter aus. Der Sheriff dreht sich wortlos um, und das Lachen erstirbt schlagartig. Abermals betrachtet er Wendy.

»Hast du den Menschensohn in Versuchung geführt, Weib? Hast du ihm deine Brust und deine schmutzige Frucht gezeigt, um ihn ins Verderben zu stürzen?«

»Nein, Sir. Wir kamen aus dem Fluss und haben gefroren und unsere nassen Sachen ausgezogen und uns nebeneinandergelegt, um uns zu wärmen.«

»Schweig, Knabe, ich rede mit der Kreatur.«

»Meinen Sie mich mit der ›Kreatur‹?«

»Hör auf, Wendy.«

Aber Wendy ist nicht mehr zu stoppen. Sie ist weiß vor Wut.

»Glauben Sie ihm kein Wort, Sheriff Arsch. Wir haben uns nicht ausgezogen, weil uns kalt war. Wir haben uns ausgezogen, um *die Sache* zu machen. Wir haben sie *irrsinnig oft* gemacht. Sie sollten es auch mal versuchen, statt Ihre Frau zu prügeln und nächtelang Minderjährige zu jagen. Das würde Ihnen verdammt guttun.«

Ein seltsames Lächeln kräuselt Quincys Lippen, als er die Schnalle an seinem Gürtel öffnet und ihn durch die Schlaufen herauszieht. Er wickelt sich das eine Ende ums Handgelenk und beginnt auf die beiden einzuschlagen. Peter schlingt sich um Wendy, um sie vor den Schlägen möglichst zu schützen, und spürt kaum den Schmerz, als das Leder seine nackte Haut peitscht. Je länger die beiden einander in die Augen starren und sich wortlos geloben, nicht zu schreien oder zu weinen, desto heftiger schlägt der Kerl zu. Er schlägt regelmäßig und schwitzt dicke Tropfen, die herabfallen und auf seinen Opfern zerplatzen. Das ist der Hauptgrund, weshalb Peter sich schwört, den Sheriff des Claiborne County umzubringen: wegen dieser Schweißtropfen, die er auf den Körper seiner Freundin fallen lässt, als spuckte er sie an.

Mit einem Ruck schrickt Shepard aus dem Schlaf. Er sitzt noch immer in seinem Schreibtischsessel, am ganzen Körper nass vor Schweiß. Ein fahles Morgenlicht fällt durch das Panoramafenster, in der Ferne ragen die Wolkenkratzer von San Francisco in die Höhe. Mit einer Grimasse steht er auf. Er tritt vor den Spiegel in seinem Büro und zieht sich das Hemd aus der Hose, dann dreht er sich zur Seite und betrachtet die Spuren der Schläge, die sich in Streifen über seinen Rücken ziehen. Alte Narben, die nie ganz verheilt sind.

31

Shepard steht vor dem Fenster. Aus dieser Höhe hat er einen unverbaubaren Blick über die fünf Brücken zwischen den verschiedenen Geschäftszentren. Vom Pazifik her fahren mehrere Frachter in einer Reihe auf die Golden Gate Bridge zu. Der Himmel ist völlig wolkenlos. Shepard kneift die Augen zusammen. Etwas fehlt in all diesem Blau.

»Hörst du mir zu, Shep, oder ist dir schnurzegal, was ich rede?«

Shepard gibt keine Antwort. Er hält nach den Vögeln am Himmel Ausschau. Auf dem Schreibtisch hinter ihm türmen sich Dutzende Akten und Stapel von Faxen und Mailausdrucken. Er hat die letzten zwei Tage daran gearbeitet, die Firmenfusion unter Dach und Fach zu bringen; achtundvierzig Stunden, in denen er nie mehr als ein paar Minuten am Stück geschlafen hat. Eine Linie Koks, vielleicht zwei. Whisky. Seit Barbaras Tod ruiniert sich Shepard gewissenhaft und systematisch, um nicht denken zu müssen.

»Shep, hörst du mir zu oder nicht?«

Shepard dreht sich zu seinem Partner um. Mark Grant

ist ein gut aussehender Mann in einem Anzug, der sich salopp gibt, aber gut zweitausend Dollar gekostet hat. Grant ist beunruhigt. Auch bestürzt. Shepard sieht ihn an, als nähme er ihn erst jetzt zur Kenntnis.

»Was sagst du?«

»Seit vierzehn Minuten ist die Fusion perfekt. Der Health-Chemical-Konzern hat uns den vereinbarten Betrag samt einer kleinen Zulage überwiesen.«

»Wie viel?«

»Die vertraglich vereinbarten vierzehn Millionen plus drei Millionen pro Partner.«

»Hast du die Anteile auf unsere Überseekonten transferieren lassen?«

»Kaimaninseln, Venezuela und die Jungferninseln, wie immer.«

Grant will noch etwas hinzufügen, doch Shepard stoppt ihn mit einer Geste, denn sein privates Telefon vibriert. Er dreht sich wieder zum Fenster um.

»Shepard.«

»Hier Coleman.«

»Moment bitte.«

Shepard gibt einen Code in die Tastatur des Telefons ein. Wenn es nötig ist, ein Übernahmeangebot abzuwehren oder diskrete Erkundigungen über Konkurrenten einzuholen, wendet er sich an zwei große Detekteien, die Pinkerton Agency in Los Angeles und Stowe Brothers in Boston. Ist der Gegenstand seiner Neugier indes heiklerer Natur, so ist Coleman der Mann der Stunde. Ein Piepen ertönt, am Gehäuse des Telefons leuchtet ein blaues Lämpchen auf.

»Cole? Jetzt schieß los, die Verbindung ist gesichert.«

»Wir haben halb Nevada umgekrempelt. Vorläufig ohne Ergebnis.«

»Und die Polizei?«

»Fischt im Trüben. Keine Spur des Mörders. Wir sollten ihnen die Personenbeschreibung zukommen lassen, die wir anhand deines Telefonats mit Barbara ausgearbeitet haben.«

»Auf keinen Fall.«

»Was soll ich dann tun?«

»Die andere Hälfte von Nevada umkrempeln. Der Kerl ist ein Riese mit hörbarem Südstaatenakzent. Er *muss* irgendwelche Spuren hinterlassen haben. Welche Mittel stehen dir zur Verfügung?«

»Ich habe rund dreißig Mann auf dem Gelände. Sie durchkämmen die Motels und fahren sämtliche Straßen zwischen Las Vegas, Phoenix und Fresno ab.«

»Nimm dir dreimal so viel Leute und dehn den Suchradius aus. Zeig das Phantombild überall rum. Ich will diesen Hurensohn haben.«

»Und wenn wir ihn haben?«

»Rührt ihr ihn nicht an. Ihr sperrt ihn irgendwo ein und ruft mich an. Mach ja keinen Unsinn, Cole.«

»Warte, eben kommt ein Anruf.«

Shepard hört, wie Coleman sich auf der zweiten Leitung meldet. Er spricht gemächlich. Ihn bringt nichts aus der Ruhe. Coleman bringt nie etwas aus der Ruhe.

»Shep? Einer meiner Männer hat in einem Motel mit Videoüberwachung eine Spur deines Mörders gefunden. Das Blue Mountain in der Nähe von Wasatch.«

»Wo ist das?«

»Ein Kaff kurz vor der Grenze nach Idaho. Dein Typ hat dort eine Nacht verbracht. Er entspricht der Beschreibung. Anscheinend war er ziemlich aufgeregt und hat nach Schweiß gestunken wie Leute, die lang unterwegs sind. Außerdem hatte er Flecken an der Hose. Rost- oder Blutspuren. Der Motelbesitzer sagt, er hat nach Oregon telefoniert. Und kurz vor Tagesanbruch ist er abgefahren.«

»Haben wir ein Bild?«

»Ich schick's dir gleich.«

Ein Signal ertönt, und das Fax setzt sich in Gang. Langsam speit der Drucker ein Foto aus. Shepard zieht es heraus und betrachtet die Gesichtszüge des Mörders, vergleicht es mit dem Bild der jugendlichen Heiminsassen. Es ist der Koloss rechts im Bild.

»Cole? Das ist er.«

»Okay. Ich ruf dich an, wenn ich ihn habe.«

Shepard legt auf. Grant rutscht unruhig auf seinem Sessel hin und her.

»Wer war das?«

»Meine Mutter.«

»Deine Mutter ist gestorben, als du acht warst.«

»Nein. Sie trägt ein Pradakostüm für zweitausend Dollar und nervt mich mit Fragen, auf die ich nicht antworten will.«

»Du bist dir natürlich darüber im Klaren, was die Anwerbung von Söldnern und die Ausübung von Selbstjustiz ein Mitglied der Anwaltskammer kosten kann.«

»Wenn das nicht reicht, engagiere ich auch noch die Mafia oder die Kartelle, mir egal.«

Grant betrachtet die zerknitterten Kissen auf dem Sofa, die leeren Flaschen und Essensreste auf dem Couchtisch.

»Du brauchst Erholung, Shep.«

»Ich brauche meine Frau.«

Shepard zündet sich eine Zigarette an. Er bläst den Rauch gegen die Fensterscheibe. Er ist der Erschöpfung nahe.

»Weißt du, dass ich als Teenager eine Zeit lang in einem Heim für straffällige Jugendliche war?«

»Nein, woher. Von deiner Kindheit hast du ja nie was erzählt. Ich weiß nur, dass du adoptiert wurdest und in Illinois aufgewachsen bist. Oder in Alabama. So oder so warst du damals minderjährig, also steht davon nichts in deiner Akte.«

Grant steht auf und geht zur Tür.

»Grant?«

»Ja?«

»Wie war ich vor meiner Krankheit?«

Grant dreht sich noch einmal um.

»Ein verdammter Idiot warst du.«

»So schlimm?«

»Noch schlimmer. Ein eiskaltes Arbeitstier. Du hast maximal vier Stunden geschlafen, nur einmal am Tag gegessen und konntest hundert Stunden in der Woche arbeiten. Nie müde, nie emotional, nie zufrieden. Was dich zum besten Geschäftsanwalt an der Westküste gemacht hat und unserer Kanzlei sehr zugute gekommen ist – heute haben wir Dependancen in aller Welt und beschäftigen über vierhundert Mitarbeiter. Es hat uns auch reich gemacht. Willcox hat einen Teil seines Vermögens mit miesen Anlagen und unerschwinglichen Frauen verspielt, ich investiere nach wie vor in Nobelbaracken, in denen ich niemals wohnen werde, und du hast nie was ausgegeben und hattest trotzdem nie genug.«

»Und die Frauen, wie war ich zu ihnen?«

»Wie ich schon sagte: ein verdammter Idiot. Aber dann kam ja Barbara.«

»Und – hab ich mich da verändert?«

»Beruflich nicht. Geschäftlich warst immer ein genialer Drecksack, und die Konkurrenz weiß es. Zwischenmenschlich hat es dich immerhin zugänglicher gemacht. Als hättest du plötzlich gemerkt, dass Leute Gefühle haben – allerdings ohne deshalb selber welche zu empfinden. Es hat dich ruhiger gemacht. Es hat dir auch gezeigt, was Angst ist.«

»Du meinst meine Phobien?«

»Ja, *the big one*, die Vögel, die Brücken über die Bucht, diese ganzen Spinnereien. Willcox und ich wussten übrigens immer von deiner Bank im Golden Gate Park.«

»Habt ihr mich beschatten lassen?«

»Das hat schon Barbara besorgt. Sie war überzeugt, dass du sie betrügst, und deshalb ist sie dir mal nachgegangen und hat auf diese Weise deine Zuflucht entdeckt.«

»Sie hat nie was gesagt.«

»Was hätte sie sagen sollen? Dass sie's bereut, einen Typen geheiratet zu haben, dessen Lieblingsbeschäftigung darin besteht, den Abstand zwischen einer Bank und einem öffentlichen Abfalleimer auszumessen?«

Shepard steigen Tränen in die Augen.

»Hat sie's denn bereut?«

»Nie, Shep, das weißt du. Nie hat sie es bereut. Sie hat einfach verstanden, dass ihre Liebe Grenzen hat. Oder vielmehr: dass es Dinge gibt, gegen die selbst ihre grenzenlose Liebe machtlos war. Das hat sie eingesehen, und ich glaube, dass sie dich von da an noch mehr geliebt hat.«

»Hat sie dir das gesagt?«

»Sie hat mich angerufen und mir gesagt, dass du stundenlang auf einer Bank sitzt und ins Leere starrst. Und sie hat geweint.«

»Du weißt Dinge über sie, von denen ich keine Ahnung hatte.«

»So ist das immer, Shep.«

»Und jetzt ist sie tot.«

Grant ist auf Shepard zugegangen. Er legt ihm unbeholfen eine Hand auf die Schulter.

»Du musst es akzeptieren und damit leben. Du kannst dich nicht hier einsperren und dich mit Koks und Arbeit zudröhnen. Du musst wieder nach Hause, du musst dich von ihnen verabschieden.«

»Das geht über meine Kraft.«

»Das macht dich menschlich.«

Shepard ist jetzt allein. Er betrachtet den Himmel. Er steht hinter der Scheibe. Er hat immer hinter einer Scheibe gestanden. Er berührt das Glas. Es ist dick und kalt. Es verschluckt Geräusche. Er liebt diese Berührung. Er schließt die Augen. Ein Hauch von Barbaras Parfum steigt an die Oberfläche seines Bewusstseins. Ein Anflug vom Lachen der Zwillinge. Ein Sonnenstrahl. Das türkisblaue Wasser einer Lagune. Er schlägt die Augen wieder auf und atmet tief durch. Grant hat recht. Es ist Zeit, nach Hause zu gehen.

32

Shepard steht auf der anderen Straßenseite gegenüber dem schönen viktorianischen Haus mit seiner violetten Holztäfelung, nur wenige Meter vom Twin Peaks Park. Er betrachtet das weiße hölzerne Gartentor und den Vorgarten. Die von ihm eigenhändig gebaute Schaukel, die hier darauf gewartet hat, dass seine Mädchen alt genug für sie wären. Den Sandkasten, von dem Barbara schaudernd vor Abscheu sagte, sämtliche Katzen aus der Nachbarschaft verrichteten nachts darin ihr Geschäft. Shepard würde sich am liebsten auf den Bürgersteig legen. Aber er geht zögernd auf das Haus zu. Jetzt, wo er mitten auf der Straße steht, entdeckt er Monicas verlassenes Dreirad neben dem Azaleenbeet, das Barbara vor zwei Monaten angelegt hat. Er öffnet das Gartentor und geht den Weg entlang. Im Näherkommen erkennt er auf der Treppe zur Haustür, in sich zusammengesunken, Merediths Stoffpuppe. Vor der Tür angelangt, lauscht er dem Atem des Hauses. Er meint Stimmengemurmel zu hören, Gelächter, einen im Wind klappernden Fensterladen, Barbaras gedämpfte Stimme, die mit den Mädchen redet. Nackte Füßchen tapsen über das Parkett in der Diele. Es scharrt hinter der Tür. Langsam dreht sich der Knauf in seiner Hand. Seine Finger sind eiskalt. Auf der anderen Seite ein kleines Lachen. Und ein Flüstern: »Papa?«

Shepard berührt sacht das Holz. Seine Lippen zittern.

»Entschuldige, Monica, ich hab's nicht geschafft. Ich hab's versucht, aber ich konnte nicht.«

Ein Schluchzen. Ein Räuspern.

»Böser Papa.«

Shepard lässt den Knauf los. Monicas Geist verweht. Shepard betrachtet die Straße. Es ist beinahe dunkel. Er dreht den Schlüssel im Schloss. Drinnen riecht es nach Suppe und Wachs. Alles ist still und reglos. Shepard legt den Schlüsselbund auf die Ablage.

»Ich bin wieder da«, sagt er, wie jedes Mal.

Seine Stimme hallt durch die Stille. Er versucht es noch einmal lauter, doch seine Kehle ist wie zugeschnürt. Er lauscht. Keine kleinen Füße, die über das Parkett auf ihn zustürmen. Kein Gelächter. Kein Geschirrklappern in der Küche.

»Schatz?«

Das Wort entschlüpft ihm unwillkürlich und fällt in Klangscherben zu Boden. Normalerweise antwortet ihm Barbara. In fröhlichem Ton. Nein: in glücklichem.

Er schlägt die Hände vors Gesicht, atmet Barbaras Geruch ein, mehrmals und so tief wie möglich. Er spreizt die Finger und späht durch die Zwischenräume zur Treppe, die zu den Schlafzimmern hinaufführt. Zum Zimmer der Zwillinge, zum Elternschlafzimmer. Zwei Badezimmern. Einem Gästezimmer mit einem weiteren, eigenen Bad. Einem leer stehenden Zimmer. Toiletten. Noch einem leeren Zimmer. Einem Arbeitszimmer, seinem. Barbaras Zimmer ist im Erdgeschoss. Meistens, wenn er morgens da ist, lieben sie sich in seinem Zimmer. Meistens sind es kurze, schnelle Umarmungen. Barbara liebt es, wenn Shepard sie auf den Schreibtisch zurückbiegt und sie nimmt, einfach so, zwischen Aktenbergen.

Zwischen den Fingern hindurch betrachtet er das Erdgeschoss. Die Küche, groß, hell. Das Wohnzimmer, groß, hell. Einen Flur, von dem lauter Räume abgehen: das Spielzimmer, das Fernsehzimmer, das Billardzimmer, das Tischtenniszimmer. Ganz am Ende das Zimmer mit dem Farbtopf. Die Idee ist von Barbara – sie wollte alle Zimmer irgendwie einrichten und legte deshalb in diesem ansonsten völlig leeren Raum eine Plane aus, auf die sie einen Farbtopf stellte, und damit stand der Name fest: das Zimmer mit dem Farbtopf. Ein viel zu großes Haus. Shepard schließt die Finger wieder. Er gleitet die Wand hinab, bis er vor der Tür auf dem Boden sitzt.

33

Seit Barbara und die Mädchen tot sind, spürt Shepard die Gerüche seiner Welt sterben. Der Duft der Blumen, der Gestank der Straße, die Aromen einer Mahlzeit – alles verschwindet. Angefangen hat es, als er ihre Asche kreuz und quer in den Staaten ausgestreut hat. Jetzt geht er den Flur im oberen Stock entlang und hat das Gefühl, eine staubige Fensterscheibe zu riechen. Er bleibt stehen und beschnuppert die Wand in der Hoffnung auf einen zarten Geruch nach Holz und Farbe. Ein paar Geruchsmoleküle von Chemikalien bahnen sich einen Weg in sein Gehirn. Er geht an der offenen Tür seines Arbeitszimmers vorbei. Hier riecht es nach dem Toner des Kopierers und Druckers. Die Vorhänge sind zugezogen, kein Licht brennt. In den Regalen stehen mehrere Faxgeräte, in deren Ausgabeschächten sich die Nachrichten stapeln, zweifellos wichtige. Sein früheres Leben.

Je näher er dem Zimmer der Zwillinge kommt, desto deutlicher nimmt er einen Geruch nach Creme und Wäsche wahr. Phantomgerüche. Wenn er sich konzentriert, meint er, ein Plätschern und helles Auflachen im Bad zu hören. Barbaras Stimme. Ruhig, amüsiert, dann gespielt böse. Sie fordert Monica auf, nicht so zu toben, dass das Wasser auf den Boden spritzt. Und Meredith soll nicht das Badewasser trinken. Meredith reagiert darauf mit einem spitzen Gekreisch. Monica antwortet nicht.

Shepard ist im Zimmer der Mädchen angelangt. Tapetenkleister, der Geruch von Teppichboden. Sonst nichts. Mit zugeschnürter Kehle streicht er über die Bettdecken und Kissen. Er schnuppert an seinen Fingern, presst die Nase auf die Teddybären. Sie riechen nicht mehr nach seinen Babys, keine Spur mehr von Spucke, Erbrochenem, saurer Milch. Aus dem Bad plätschert es wieder. Barbara trällert die Titelmelodie der *Sesamstraße*. Sie ist hier, gleich hinter der halb offenen Tür, sie spielt mit den Mädchen in der großen Badewanne. Seift sie zärtlich ein.

»Ich bin wieder da«, wiederholt er.

Ein letztes Glucksen. Ein letztes Geplätscher, und Barbara flüstert den Kindern etwas ins Ohr. Dann ist alles still. Shepard stößt die Tür auf. Die Wanne ist leer, die Lampen aus, Handtücher liegen auf dem Boden. Nie ist ihm dieser Raum so riesig erschienen wie jetzt, wo ihn keiner mehr braucht. Er riecht Rost und verstopfte Abflussrohre. Als wäre das Haus, in dem er so glücklich war, gestorben und bereits in Verwesung übergegangen.

Fieberhaft leert Shepard den Wäschekorb aus, beschnuppert flüchtig einen Slip von Barbara, eine ihrer Jeans, das alte, an den Ellenbogen zerrissene Sweatshirt mit den Farbflecken, das sie bei ihrer Heimwerkerei getragen hat. Er öffnet ihre Cremedosen im Regal und verschmiert sich das Gesicht. Dann fegt er eine Reihe Flakons auf den Boden und setzt Parfumwolken frei, die er so tief einatmet, wie er kann. Die Schmutzwäsche, die er durchwühlt hat, riecht noch immer ein bisschen nach Haut, nach Schweiß, nach Urin. Und im Raum stinkt es nach Chanel, Dior und diesem grauenhaften Bioparfum, das Barbara an Sommertagen gern verwendet hat. Shepard atmet ein und ein. Es riecht schon nach nichts mehr.

Die Schmutzwäsche in der einen Hand, einen Teddybären von Monica in der anderen, betritt er Barbaras Zimmer. Seine Augen brennen. Es war immer Barbaras Zimmer. So hat sie es formuliert, wenn Shepard sie vom Erdgeschoss rief oder wenn sie irgendwas von ihm wollte. »Ich bin in *meinem* Zimmer«, sagte sie, oder: »Peter, wärst du so lieb und holst mir den Pulli, den ich auf *meinem* Bett hab liegen lassen?« Shepard korrigierte sie manchmal: »*Unser* Bett meinst du, *unser* Zimmer!« Und jedes Mal zuckte Barbara freundlich die Achseln und sagte: »Wenn's dir so lieber ist.«

»Scheiße, Baby, ja, allerdings ist es mir so lieber! Ich begreife sowieso nicht, wieso du diese Macke hast, mich auszuklammern und immer ›mein‹ zu sagen statt ›unser‹. Ist ›unser‹ nicht besser?«

»Wenn es für dich besser ist, dann ist es zwangsläufig auch für mich besser.«

»Trotzdem, warum redest du so? Das möchte ich jetzt wirklich mal wissen!«

»Ich hab's dir doch schon gesagt: weil ich als Kind nie ein eigenes Zimmer hatte.«

Reglos murmelt Shepard unter Tränen im Halbdunkel diesen billigen, tausendfach wiederholten Dialog vor sich hin.

»Willst du getrennte Schlafzimmer, ist es das?«

»Würde es dich stören?«

»Und dich?«

»Stell dir doch vor, wie klasse: ein tadellos aufgeräumtes Zimmer für mich, Chaos für dich. Ein großes Bett für jeden. Wir verständigen uns per SMS, und dann gehen wir mitten in der Nacht über den Flur und vögeln wie ein Liebespaar. Das wäre doch wahnsinnig aufregend, nicht?«

»Warum sagst du das?«

»Was denn?«

»Hast du einen Liebhaber?«

»Wie bitte?«

Anschließend folgte immer ein amüsiertes Schweigen, dann fragte Barbara, lauter, um von der Küche aus gehört zu werden: »Und, hast du *unseren* Pulli gefunden?«

Shepard hat die Kleidungsstücke und den Teddybären auf den Teppichboden fallen lassen. Barbara war spät dran an dem Morgen, an dem sie mit den Mädchen nach Las Vegas aufbrach, und er hatte versprochen, das Bett zu machen und seine Unterhose und seine Socken nicht herumliegen zu lassen. Und die Betten der Mädchen zu machen. Barbara gab ihm noch Anweisungen. »Die Kissen flach klopfen. Die Daunendecke drauf – aber erst, wenn sie gründlich ausgelüftet ist. Die Plüschtiere und Puppen nach der Größe geordnet.«

»Nach der Größe oder nach der Wichtigkeit?«

»Was?«

»Worauf kommt es an: wie groß die Plüschtiere sind oder wie wichtig für die Mädchen?«

»Peter, was soll der Blödsinn mit Größe und Wichtigkeit?«

»Na ja – wenn du mir sagst, ich soll Merediths Puppen nach der Größe ordnen, dann fange ich mit den Plastikpuppen an. Wenn es nach der Wichtigkeit geht, kommen zuerst die Stoffpuppen, dann die Plastikpuppen und dann …«

»Apropos Stoffpuppen, Meredith hat eine draußen auf

der Treppe liegen lassen. Denkst du dran, sie reinzuholen und aufzuräumen – nach irgendeinem System, das dir angenehm ist? Ja?«

Am Fuß der Treppe drehte sich Barbara zu Shepard um. Sie schien wütend.

»Aber du wirst nichts dergleichen tun, stimmt's?«

»Warum sagst du das, Baby?«

»Weil ich dich kenne. Du wirst das ganze Chaos so lassen, wie es ist, und erst in letzter Minute irgendeine Art Ordnung herstellen, und dann bleibt die ganze Arbeit wieder an mir hängen, wenn ich heimkomme.«

»Andernfalls tut es die Putzfrau.«

»Sie hat Urlaub bis Ende des Monats.«

»Wir müssen sie doch nur mal für zwei Stunden reinbestellen.«

»Peter! Sie ist mit ihrer Familie auf den Philippinen!«

Shepard hob eines der Stofftiere auf, die Barbara hatte fallen lassen, und konnte der Versuchung nicht widerstehen einzuwenden: »Auf den Philippinen! Warum um Himmels willen stellst du nicht eine Mexikanerin ein, die man im Notfall viel leichter mal herbestellen kann?«

Als er sie am Fuß der Treppe einholte, begegnete er abermals ihrem Blick; jetzt wirkte sie traurig.

»Dir ist das alles vollkommen egal, oder?«

»Ich schwör's dir – wenn es dir wichtig ist, dann ist es auch mir wichtig.«

»Das schwörst du?«

Barbara warf einen letzten Blick ins Haus, dann verschwanden sie und die Mädchen im Morgenlicht, und er räumte gar nichts auf.

Shepard legt sich aufs Bett, rollt sich in die Decken ein, beschnuppert wie ein Welpe die Kopfkissen nach Barbaras Geruch. Nach ihren intimen Gerüchen, ihren geheimen Gerüchen. Er findet Schlafanzuggerüche, nach Waschmittel und Unterwäsche. Er schnuppert. Er wühlt. Er sucht. Dort, an dieser Ecke des Kissens stößt er auf einen Geruch nach Haar und Shampoo. Und hier ist ein anderer, an dieser Stelle der Decke. Um dieses einen willen trennt er sich von den früheren Gerüchen. Dann mischt er, wechselt zwischen Decke und Kopfkissen hin und her. Er atmet sie tief ein, entleert sie von allen Erinnerungen. Das hier riecht nach Haut, dies nach Schenkel und Geschlecht. Shepard stöhnt, er atmet und schnuppert, und er kommt sehr rasch, unter Tränen. Seine Erregung fällt schlagartig in sich zusammen. Er versucht Barbaras letzte Gerüche festzuhalten, doch es ist nichts mehr da. Er drückt das Gesicht zwischen die Kissen und beginnt zu schluchzen. Erschöpft schläft er irgendwann ein, aber er weint immer noch.

34

Peter versucht, die Handgelenke und Knöchel in den schweren stählernen Fesseln zu bewegen. Es stinkt nach Schweiß und Hitze. Wendy sitzt an der Rückwand der Ladefläche. Sie lässt den Kopf hängen und versteckt sich hinter dem Vorhang ihrer Haare. Peter will sich zu ihr umdrehen, doch ein Fußtritt gegen sein Brustbein lässt ihn nach Luft japsen. Der Kerl, der ihn getreten hat, heißt D. Brooks; das steht auf dem Abzeichen an seiner Brust. Brooks hat einen kantigen, kahlen Schädel und Augen wie ein Hai. Um fester zuzutreten, hat er das Bein gehoben und Peter die Beule in seinem Schritt gezeigt. Auch dort schwitzt er. Der Kerl beugt sich vor. Sein Atem stinkt nach Bier und Karies.

»Keine Sorge wegen deiner Schlampe«, sagt er. »Sie kommt mit dir. Da kannst du sie flachlegen, wenn sie vom übrigen Abschaum dort den Arsch voll hat.«

Peter prägt sich jede Einzelheit in Brooks' Gesicht ein. Der Kerl weiß es noch nicht, doch er steht jetzt mit dem Sheriff des Claiborne County auf derselben Liste.

»Übrigens heiße ich Brooks, das kannst du dir merken«, fügt der Kerl hinzu. »Das D steht für Dean. Alles klar?«

»Na so was. Bei deiner Fresse hätte ich eher gedacht, es heißt ›Dämlack‹ oder ›Drecksau‹.«

Brooks' Gesichtszüge entgleisen. Blitzschnell hat er eine Faust vom Format eines Toasters geballt und lässt sie auf Peters Kiefer niederfahren. Peter hat gelernt, Schläge einzustecken. Er drückt die Zunge an den Gaumen und macht die Bewegung mit, sodass nur die innere Wangenhaut an den Zähnen aufreißt. Aber sein Kinn schwillt auf der Stelle an wie ein Golfball. Brooks hat ihn am Kragen seines Overalls gepackt. »Sag das noch mal, du widerlicher kleiner Rotzlöffel«, speit er ihm ins Gesicht.

Peter schluckt das Blut, das er im Mund hat.

»Ich kannte mal einen wie dich«, sagt er. »In der Gegend, wo ich herkomme. Der hieß auch Dean, aber alle nannten ihn nur den Pimmellecker, weil er dermaßen schwul war, dass er nichts anderes wollte als die Schwänze der gesamten Bowlingmannschaft lutschen.«

Zweiter Hieb mit dem Toaster. Vor Peters Augen explodiert eine Sternenwolke. Deans Faust hat ihn direkt unters Kinn getroffen. Er spuckt einen Faden Blut aus, der sich auf dem Boden windet. Dann hebt er den Kopf und sagt: »Der fragliche Dean war dermaßen schwanzsüchtig, dass er die Bowlingmannschaft auf Knien anflehte, sich von ihm einen blasen zu lassen. ›Kommt schon, Leute, nur einmal kurz eure Schwänze, und nachher zahl ich jedem einen Drink.‹ Brave Familienväter waren das. Keine Helden, die Minderjährige niederschlagen.«

Wieder eine Gerade, diesmal auf Peters Nase. Doch er redet weiter: »Egal. Wenn's ihnen irgendwann auf den

Wecker ging, dass ihnen der dicke Dean zu Füßen lag und an ihrem Hosenschlitz rumfummelte, taten sie ihm den Gefallen und ließen sich ab und zu zwischen zwei Würfen von ihm einen blasen. Irgendwas sagt mir, dass du ebenfalls ein Bowlingfreund bist, hab ich recht?«

Dean ist wachsbleich geworden. Sein Nebenmann hält ihm die Faust fest. Laut seinem Namensschild heißt er A. Hurton, und er sagt: »Nur zu, Dean, bring ihn um und sei gespannt, mit welcher Soße Reverend Esterman dich frisst.«

Brooks lässt die Faust wieder sinken. Ein kalter Hass glimmt in seinem Blick. Mit einer furchterregenden Grimasse beugt er sich über Peter.

»Weißt du wirklich nicht, wo wir hinfahren?«

Brooks' Finger schließen sich wie ein Schraubstock um Peters Kehle. Er murmelt ihm ins Ohr: »Nach Redemption. ›Erlösung‹ nennen sie es, und es ist das Tor zur Hölle. Und hinter dem Tor wartet Reverend Esterman, vor Gott der einzige Herr an Bord. Und soll ich dir was sagen? Wenn du fertig abgerichtet bist und er dich auffordert, dir die Finger abzubeißen – tja, dann beißt du dir die Finger ab.«

Unter den Nägeln, die sich in seine Kehle krallen, japst Peter nach Luft. Wieder hört er Hurtons Stimme, die wie eine ferne Brise daherweht.

»Himmelherrgott, lass ihn doch los, Dean! Der Bursche ist doch fast tot.«

35

Der Mannschaftswagen hält mit quietschenden Reifen. Grelles weißes Licht fällt ins Wageninnere und taucht Wendy in einen hellen Schein. Wie ein Engel sieht sie aus.

Draußen ertönen Pfiffe und Befehle. Wendy steigt aus. Peter denkt an ihren flachen Bauch und ihre kleinen Brüste unter dem T-Shirt. Brooks packt ihn am Kragen und wirft ihn aus dem Wagen.

»Endstation, Kleiner.«

Peter landet bäuchlings auf dem Boden. Er steht auf, die Ketten rasseln. Der Mannschaftswagen steht zwischen gut zehn weiteren seiner Art in einem Innenhof mit Lehmboden vor einem riesigen Südstaatenbauwerk mit Nebengebäuden. Schwere Holztore und ein doppelter Stacheldrahtzaun riegeln das Gelände ab. Ringsum erstrecken sich viele Quadratmeilen sonnenverbrannter Felder. Ganz fern ein Waldrand. Aber nirgends eine Farm, ja nicht einmal ein Gebäude in Sicht. Auch keine Straße, abgesehen von dem Feldweg, auf dem die Mannschaftswagen hergekommen sind. Aneinandergekettete Häftlinge kehren vom Feld zurück, die Mehrzahl in gelben Overalls, nur hier und dort sind vereinzelt blaue und rote dazwischen. Kein Aufseher ist in Sicht, auch keine berittene Garde: In dem Raum zwischen den zwei Zäunen patrouillieren Wachhunde. Sie empfangen die Häftlinge knurrend und mit gefletschten Zähnen. Peter will Wendy ein Zeichen geben, doch Brooks' Faust landet ein letztes Mal auf seinem Kinn.

»Dafür bringe ich dich um, Brooks«, sagt Peter, ehe er zu den anderen Jugendlichen hinübergeht.

Brooks gefriert beim Anblick von Peters Miene das Grinsen im Gesicht. Er flucht vor sich hin, als er zurück in den Wagen steigt. Türen knallen zu, Motoren knattern. Die Jungen im roten Overall, denen schwere Schlagstöcke an der Hüfte baumeln, lassen die gelben Overalls in der Mitte des Hofs antreten. Die Gesichter sind übersät von Narben und teilweise blühender Akne. Sie haben denselben Blick wie die Wachhunde hinter dem Drahtzaun.

Ein Pfiff ertönt. Die Alten und die Neuen stellen sich vor einem großen Kolonialhaus im Quadrat auf, die Mädchen auf der einen, die Jungen auf der anderen Seite. Peter ballt die Hände zu Fäusten, als er den scheelen Blick sieht, mit dem einer der Typen Wendy mustert. Die Geste entgeht ihr nicht, und ehe sie davongeht, flüstert sie ihm zu: »Was hast du vor, Pete? Willst du sie alle niedermetzeln, einen nach dem anderen?«

»Notfalls ja.«

»Bitte nicht! Das ist die absolute Hölle hier. Wenn sie dich umbringen und ich das alles allein durchstehen muss, werde ich wahnsinnig, das weiß ich.«

Peter hat keine Zeit für eine Antwort. Ein Schlagstock drückt sich ihm ins Kreuz. Der Knabe in Rot, der ihn hält, ist im Stimmbruch. »Kein Kontakt zwischen Mädchen und Jungen außerhalb der Pausen«, quiekt er. »Körperkontakt fördert Schamlosigkeit, und Schamlosigkeit führt zu Hässlichkeit.«

Was deine Mutter absolut bestätigen kann, will Peter antworten, doch die Worte bleiben ihm im Hals stecken, als er in den Augen des roten Overalls eine Mischung aus Grausamkeit und Panik liest. Als hätten Peter und Wendy das schlimmste aller denkbaren Verbrechen begangen. Peter geht auf das sich bildende Quadrat zu. Er hat einen langen Lulatsch mit Brille und pickeligem Gesicht ausgespäht und platziert sich neben ihn.

»Peter Shepard«, stellt er sich leise vor.

»Howard Cullen.«

»Wie lang bist du schon hier?«

»Drei Tage.«

Ein Fotograf ist aus dem Nichts aufgetaucht und macht rasch ein paar Bilder von den Häftlingen. Peter nutzt die Gelegenheit, um den gereckten Mittelfinger in die Kamera zu halten.

»Hast du eine Ahnung, wo wir hier gelandet sind?«

»In einem ehemaligen Internierungslager. Die Rebellen haben hier ihre Yankee-Gefangenen verrotten lassen. Sterblichkeitsrate an die hundert Prozent. Nach dem Sezessionskrieg wurde es ein Zuchthaus, dann eine Strafvollzugsanstalt, jetzt ist es ein Besserungsheim für Jugendliche. Aus Redemption haut man nicht ab. Man bereut und büßt und wird eines Tages entlassen. Oder auch nicht.«

»Was hast du gemacht, dass du hier bist?«

»Lokale und Tankstellen überfallen. Beim letzten Mal ging's schief. Und du?«

»Ich habe einen Aufseher in einem anderen Heim praktisch gekillt. Good Hope war das.«

»Ah, der alte Webster, das warst du?«

»Ja. Metallstuhl auf die Birne.«

»Respekt. Wir sind zu mehreren aus dem Saint-John-Heim gekommen. Eine Art Durchgangslager, in dem man auf das Urteil wartet.«

»Viele?«

»Vier. Wie die Finger einer Hand, an der einer fehlt. Wir wurden alle von Seiner Ehrwürden Richter Aloisius Barstow hergeschickt.«

»Ich ebenfalls.«

»Klar, der alte Dreckskerl hängt mit dem Oberboss hier zusammen wie Pech und Schwefel. Anscheinend kriegt er hübsch Kohle für jeden Jugendlichen, den er zu einem Aufenthalt hier verdonnert. Korruption und Co., klar? Und der Staat ist so froh, uns los zu sein, dass er beide Augen verschließt vor dem, was hier wirklich passiert.«

»Und was passiert hier wirklich?«

»Gerüchten zufolge ist hier der Kessel der Hölle, in dem nur die Unrettbaren gekocht werden. Die letzte Stufe vor den schlimmsten Gefangenenlagern von Mississippi.«

Peter begegnet dem erloschenen Blick eines Kolosses,

der nahe daran ist, seinen gelben Overall zu sprengen. »Und den dort, den Dicken, kennst du den?«

»Das ist Ezechiel Brody, aber alle nennen ihn nur Ezzie.«

»Was hat er ausgefressen?«

»Seine Großmutter mit einem Tranchiermesser abgeschlachtet. Zweiundachtzig Messerstiche. Nicht einen mehr und nicht einen weniger. Dann hat er sie ausgeweidet wie einen Hirsch, um allerlei damit anzustellen.«

»Mit seiner Großmutter?«

»Quatsch, falsche Richtung, so was liegt Ezzie nicht. Nein, angestellt hat er es mit dem, was er ausgeweidet hat.«

»Also ein Irrer.«

»Willst du nicht wissen, wieso zweiundachtzig Messerstiche und nicht achtunddreißig oder zweiundfünfzig?«

»Warum?«

»Weil es 23 Uhr 59 war, als er seine Oma gekillt hat. Dreiundzwanzig plus neunundfünfzig macht zweiundachtzig. Alles klar?«

»Super, ich bin jetzt schon begeistert.«

»Ja, aber zuerst muss er dich akzeptieren.«

»Wieso denn?«

»Er schnüffelt dir unterm Arm, und wenn ihm dein Geruch passt, ist alles okay.«

»Was? Im Ernst?«

»Ja.«

»Und wenn ihm mein Geruch nicht passt?«

»Das hängt von der Uhrzeit ab.«

»Sehr witzig.«

»Nur die Ruhe. Ezzie ist komplett durchgeknallt und bescheuert, aber ansonsten ganz cool. Ich bin sicher, er akzeptiert dich.«

»Und die anderen?«

»Die wirst du bald kennenlernen. Was du zu Brooks auf

der Fahrt hierher gesagt hast, hat sich schon rumgesprochen. Hier macht immer alles sehr schnell die Runde, das Gute wie das Schlechte.«

»Was auch für Wendy gilt, nehm ich an.«

»Ja, pass lieber auf. In Redemption verliebt sein heißt, die Hand in ein Hornissennest stecken. Total sinnlos.«

Das Gemurmel verstummt. Die Tür des Kolonialhauses hat sich geöffnet, und ein großer dürrer Mann tritt heraus.

36

Reverend Esterman hat vor den aufgestellten Jugendlichen ein Podium bestiegen. Er trägt Lederstiefel, eine makellose Jeans und darüber ein weißes Jackett mit einem kleinen Ansteckkreuz aus Silber. Seine Haare sind lang und ebenfalls weiß und seine Augen von einem beinahe durchscheinenden Hellblau. Auf dem Arm hat er einen Zwergpudel sitzen, der ständig seine Eckzähnchen fletscht. Das Gesicht des Reverends ist zu einem merkwürdig kalten Lächeln erstarrt, das sich auf die Lippen beschränkt. Er setzt den Hund zu seinen Füßen ab und knetet die Hände, wie um eine Creme einzumassieren. Reglos stehen die Jugendlichen unter der bleiernen Sonne, die furchtsamsten unter ihnen ziehen den Kopf ein. Peter betrachtet sie. Er bewegt dazu nur die Augen, den Kopf hält er still. In Redemption ist alles vertreten: sehr junge Erwachsene und andere, die eigentlich noch Kinder sind – eine Kaugummi kauende Göre, die mit den Händen in den Hosentaschen dasteht, ist bestimmt gerade mal zwölf, wie man an ihrer knabenhaften Gestalt unter dem Overall unschwer erkennen kann. Andere, schon ein paar Jahre älter, lassen ihre Finger knacken und stoßen merkwürdige Seufzer aus, und an ihren Augen, in denen verhaltene Tränen schimmern, erkennt Peter, dass sie wohl nicht mehr lang durchhalten. Bei seiner Ankunft hier hat ihm jede Faser seines Körpers die Botschaft entgegengeschrien: Hier überleben nur die Stärksten.

Der Reverend streicht sich mit langen, beringten Fingern das Haar zurück. Dann beugt er sich über das Mikro. Die Jugendlichen erstarren. An dieser warmen Stimme ist etwas vollkommen Unnatürliches. Sie vibriert geradezu vor Freude und Wahnsinn.

»Willkommen in Redemption. Ich liebe euch bereits, und auch ihr werdet lernen, mich zu lieben. Ihr steht hier unter dem Schutz des Herrn und des Staates Mississippi. Eure einzigen Rechte hier bestehen darin, zu essen, was man euch vorsetzt, Regenwasser zu trinken, zu beten, zu arbeiten und zu atmen. Ich werde euer Herz züchtigen. Ich werde das Tier, das darin schlummert, mit Haut und Haaren ausmerzen. Und wenn dereinst der heilige und unumschränkte Schrecken vor dem Herrn darin wohnt, werde ich euch wie Wölfe unter die Schafe schicken.«

Peter sieht sich die roten Overalls an. Dem Typen mit der Reibeisenstimme rinnen Tränen über die Wangen, zwischen seinen Schenkeln bildet sich ein dunkler Fleck. Seine Lippen bewegen sich, bilden Wörter in wachsendem Tempo, verhaspeln sich, verzerren sich zu einem Schluchzen und beginnen erneut mit ihren tonlosen Silben. Peter versucht, die Wörter zu lesen, die dem Jungen auf den Lippen entstehen und ersterben, er ahmt die Bewegungen nach, bis sein Hirn aus dem, was die eigenen Lippen tun, einen Sinn herausschält. Der Typ wiederholt immer dieselben drei Worte: »Willkommen in Redemption.« Und pisst sich dabei an.

Wieder tönt die Stimme des Reverends aus den Lautsprechern: »O ja, ich liebe euch bereits. Und jene, die meine Liebe erwidern, werden das Licht erblicken und Erlösung finden. Unterdessen wacht und betet, denn wahrhaftig, ich sage euch, es naht die Stunde, da der Herr kommen wird, um zu ernten. Und wer sich bis dahin nicht die Finger abgebissen hat, der fährt zur Hölle.«

Peter mustert verstohlen die Umstehenden, um sich zu vergewissern, dass er sich das, was er hört, nicht einbildet. Der Reverend überlässt seinen Platz einem dicken Jungen im roten Overall, der das Mikro mit einer Ehrfurcht ergreift, als wäre es eine Reliquie. Seine Stimme erinnert an Rabengekrächz.

»Überbleibsel der Menschheit! Mein Name ist Buster Marlow. Wie die Litze an meinem roten Overall euch verrät, bin ich der erste Vogt – oder Stellvertreter, für die Unwissenden unter euch, was die Mehrheit sein dürfte – von Redemption. Alle Träger des roten Overalls sind Vögte, aber ich bin der erste unter ihnen. Die blauen Overalls sind die Profose oder Strafvollstrecker. Wir Roten verwalten die Anstalt, die Blauen sorgen für die Disziplin. Die Gelben sind gar nichts. Pack. Schimmel in einer Dose Corned Beef. Um ein Blauer zu werden, muss man sich hart anstrengen und seine Verbrechen sühnen. Um ein Roter zu werden, muss man ein Blauer gewesen sein, einen Entlassungsbescheid erhalten *und* von ganzer Seele und reinen Gewissens beschlossen haben, freiwillig im Dienst der Sache weiterzuarbeiten. Ich werde euch jetzt die hier geltenden Regeln aufzählen. Es gibt deren zehn, wie die zehn Gebote.«

Während Marlow die Regeln herunterbetet, in denen ausschließlich von Unzucht, Homosexualität und Sühne die Rede ist, blickt Peter intensiv zu Wendy hinüber und beschwört sie stumm, zu ihm herzuschauen. Sie tut es. Er versenkt seine Augen im Blau ihres Blicks. Unhörbar formt er mit den Lippen die Botschaft: »Ich liebe dich.« Wendy antwortet etwas. Er runzelt die Stirn. Sie wiederholt es.

Er entziffert ihre Worte: »Ich steh das nicht durch.« Das Herz wird ihm schwer vor Wut und Kummer.

»Du kannst nichts dafür, Peter.«

Das kam von Howard. Ohne Wendy aus den Augen zu lassen, flüstert Peter zurück: »Wäre ich nicht mit ihr abgehauen, nachdem ich den Aufseher erschlagen habe, wäre sie jetzt nicht hier.«

»In Redemption ist Liebe tödlich. Sie tötet, weil sie schwach macht.«

»Was schlägst du vor?«

»Wir warten, bis dieser Blödmann endlich aufhört, sich beim Reden zuzuhören. Danach ist bis zur Essensausgabe eine Art Freizeit. Wir haben eine ruhige Ecke in der Nähe des Westzauns als Schlupfwinkel. Dort treffen wir uns. Ich stell dich den anderen vor.«

Der dicke Marlow beendet sein Gequatsche ins Mikro und verkündet fünfzehn Minuten Pause. »Betet für den Putzlumpen, der euch als Seele dient«, fügt er hinzu. »Betet und bereut, das ist die allerwichtigste und allerwahrste Regel in Redemption.«

Das Quadrat löst sich auf. Die meisten Neuankömmlinge verbringen die Pause damit, sich zu fragen, auf welche Weise ihnen hier der Kopf abgerissen wird. Marlow lächelt. Diese Viertelstunde Freiheit direkt im Anschluss an die Begrüßungsrede, in der die Angst Zeit hat, Wurzeln zu schlagen, war eine Idee des Reverends. Und damit es auch wirklich funktioniert, geht Marlow davon, wobei sein dicker Hintern im roten Overall wabert.

37

Eine laue Brise weht über den brennnesselüberwucherten Winkel direkt neben den ehemaligen Baracken. Um dorthin zu gelangen, muss man über eine wackelige Absperrung klettern und sich auf einem kaum sichtbaren Trampelpfad durch eine Dornenhecke zwängen. Dort hinten stinkt es bestialisch nach den Latrinen. Gegenüber ragt der mittlere Zaun in die Höhe. Dahinter erstrecken sich die Felder bis zum Horizont. Abgesehen von den Wachhunden, die hinter dem Gitter patrouillieren, fällt kein indiskreter Blick hierher. Als Peter aus der Dornenhecke auftaucht, hält er sich unwillkürlich die Nase zu.

»Scheiße, Howie, *das* ist dein kleines Paradies?«

»Wer hat je von Paradies geredet? Das hier ist das ehemalige Scheißhaus von Redemption. Wir haben grad mal das Dickicht gelichtet, um in Ruhe hier sitzen zu können.«

Howard hält die Nase in die Ausdünstungen.

»Du wirst diesen Gestank noch lieben lernen, Mann. Das ist der Duft der Freiheit!«

Peter setzt sich auf eine der im Quadrat ausgelegten Planken. Er will etwas sagen, doch Howard bringt ihn mit einer Handbewegung zum Schweigen. Jenseits der Dornenhecke werden die ersten Takte von »Row Your Boat« gepfiffen, einem Kinderreim, der im Kanon gesungen wird. Howard pfeift zwei Anschlusstakte. Im Gebüsch knackt es, und zwei Jungen tauchen auf, gefolgt von Ezechiel dem Koloss, der sich zurückhält, als Howard und die beiden Neuankömmlinge einander zur Begrüßung umarmen.

»Peter, das ist Clyde Welby, den alle Marcellus nennen, weil er für sein Leben gern Marcellus geheißen hätte, und Collie Partridge, genannt die Vogelscheuche, weil er einfach aussieht wie eine verdammte Vogelscheuche.«

Peter drückt den beiden die Hand. Der erste ist ein kleiner Hänfling, der es offenbar aufgegeben hat, das Lockengestrüpp auf seinem Kopf je mit einem Kamm zu entwirren. Er hat große schwarze Augen, und über Wange und Kinn läuft eine lange gezackte Narbe.

»Dosenöffner«, kommentiert er, als er Peters Blick bemerkt.

Peter nickt voller Bewunderung. Collie indes ist ein langer Schwarzer, so mager, dass der Overall wie ein Sack um ihn schlottert.

»Es bleibt der letzte und wahrscheinlich erste von uns. Komm her, Dicker voller Leere. Sag meinem Freund Peter guten Tag.«

Ezechiel tritt misstrauisch näher. »Weiß er Bescheid?«, fragt er.

»Ja.«

Peter sieht die anderen an. Anscheinend ist es kein Spaß. Er hebt den Arm. Ezzie beugt sich zu ihm und beriecht seine Achsel. Seine Nüstern weiten sich, entspannen sich, werden noch einmal weit, und ehe sich Peter versieht, richtet Ezzie sich auf und umschlingt ihn mit seinen baumstarken Armen. Peter spürt ein Knacken im Rücken und fühlt sich mehrere Zentimeter emporgehoben.

»Du bist mein Kumpel!«, sagt der Riese begeistert.

Dann stellt er Peter wieder ab und entlässt ihn aus der Umklammerung, tritt einen Schritt zurück und verkündet den anderen freudestrahlend: »Das ist mein Kumpel!«

Die Jungen nicken ernst. Peter muss mehrmals tief durchatmen, um seine Muskeln zu entzerren, dann fragt er Howard: »Das war's?«

»Yeah. Jetzt gehörst du zur Gruppe.«

»Aber irgendwas hat geknackt.«

Die anderen brechen in Gelächter aus.

»Sei froh! Frag mal die anderen, die Ezzies Geruchssinn

missfallen haben! Wenn die noch reden könnten, würden sie dir sagen, dass es bei ihnen *nicht* geknackt hat. Was, Ezzie?«

»Ja, nicht geknackt.«

»Was hat er mit ihnen gemacht?«

»Er hat sie an sich gedrückt, aber viel fester.«

Peter reicht Ezzie die Hand.

»Nein, Peter, nicht die Hand!«

Peter zieht gerade noch rechtzeitig die Hand zurück, bevor sich Ezzies Pranke um seine Finger schließt.

»Warum nicht?«

»Darum. Ezzie gibt man nicht die Hand. Stimmt's, Dicker?«

Ezzie lächelt. Verlegen sagt er: »Stimmt. Wenn ich wem die Hand geb, ist nachher das Geschrei immer groß.«

Die Jungen setzen sich auf die Planken. Peter ist so froh, dass er die aus der fetten Erde ringsum aufsteigenden Gerüche kaum noch wahrnimmt. Collie hat die Augen geschlossen. Seine Finger trommeln auf ein Knie, als spielten sie einen Blues.

»Er horcht, ob jemand kommt«, erklärt Howard. »Bei seinem Gehör und Ezzies Nase können wir beruhigt sein.« Und an alle gewandt, fügt er hinzu: »Jetzt sind wir fünf.«

»Nein, sechs.«

Die Jungen fahren zusammen. Ezzie ist aufgestanden. Er hält die Nase in die reglose, heiße Luft, wittert. Howard ist blass geworden.

»Fuck, Collie, sag bloß, du hast ihn nicht geortet!«

Collie hat die Augen wieder geöffnet. Seine Finger trommeln nach wie vor auf sein Knie.

»Nein«, sagt er.

»Und wieso nicht?«

»Weil die Stimme nicht gefährlich ist. Sie ist… klar. Ja genau, das ist es. Klar wie Wasser, verstehst du?«

»Verdammtes Scheißhaus, Collie Partridge! Klar oder nicht – wenn jemand daherkommt, ohne die Erkennungsmelodie zu pfeifen, sagst du gefälligst Bescheid, okay?«

»Okay.«

Howard wendet sich der Brombeerhecke zu.

»Zeig dich, oder ich lasse Ezzie los!«

Der Riese knurrt. Im Dickicht knackt es. Peters Herz macht einen Satz, als er Wendy erscheinen sieht. Howard lässt einen Hagel Flüche los, Marcellus fährt mit dem Fingernagel seine Narbe entlang. Ezzie verschränkt die Arme hinter dem Rücken. Peter ist aufgestanden; er küsst Wendy auf den Mund und legt ihr den Arm um die Schultern. »Das ist meine Freundin«, sagt er.

Wendy lächelt den anderen zu. Ihr Overall spannt sich um ihre Brüste, als sie ihre schönen Haare anhebt. Trotz der Hitze und der Angst riecht sie wunderbar gut. Marcellus schnaubt vor Wut.

»Das ist gegen die Regeln! Keine Mädchen in der Gruppe! Mädchen sind wie eine Seuche – wenn sich einer angesteckt hat, kannst du sicher sein, dass gleich auch alle anderen umfallen.«

»Jawohl, das ist das verdammte Gesetz des Universums.«

Das sagt Ezzie mit einem seltsamen Leuchten in den Augen. Peter wendet sich an Howard. »Entweder wir beide oder keiner von uns.«

Howard sieht Wendy an. Dann Peter. Dann wieder Wendy.

»Kann sie die Klappe halten?«

»Klar.«

»Kann sie auch spucken?«

Wendy nickt.

»Reicht nicht, dass sie's sagt. Sie muss es machen.«

Wendy räuspert sich zierlich und spuckt einen dünnen Strahl, der vor ihr in den Brennnesseln landet. Howard dreht sich zu Marcellus um, und der zu Collie. »Nicht so schlecht«, sagt Marcellus.

»Ezzie?«

Der Riese tritt näher. Peter drückt Wendy ein bisschen fester an sich.

»Keine Ausnahme von der Regel, Peter«, sagt Howard.

Peter rückt widerstrebend ab. Wendy hebt einen Arm. Mit ziegelrotem Gesicht beugt Ezzie sich vor und beschnuppert ihre Achsel. Seine Augen werden feucht. Er schlingt vorsichtig die Arme um das Mädchen und hebt sie hoch, ohne zu drücken. Dann stellt er sie auf einer Planke ab und sagt zu den anderen: »Erdbeere und Apfel. Bisschen Nugat auch, wegen dem Schweiß. Tschuldigung, Wendy, aber Nugat, wenn man schwitzt, das ist praktisch ein Kompliment.«

»Nicht schlecht, Dicker.«

Ezzie strahlt von einem Ohr zum anderen und legt Wendy seine mächtige Pfote auf die Schulter. Er dreht sich zu den anderen und verkündet in resolutem Ton: »Sie ist ebenfalls mein Kumpel!«

Alle setzen sich wieder auf die Planken.

»Jetzt sind wir sechs«, sagt Howard. »Wir sind also eine Gang. Und eine Gang, die was auf sich hält, braucht einen Namen. Hat wer eine Idee?«

»Ich.«

Alles dreht sich zu Ezzie. Der strahlt übers ganze Gesicht.

»Peter und Wendy – sagt euch das nichts?«

Die anderen sehen ihn verständnislos an. Ezzie ist im siebten Himmel.

»Mann, Leute!«, brüllt er. »Peter Pan – die Verlorenen Jungs! Das passt doch super, oder?«

»Mann, schrei nicht so! Sonst kommt uns noch wer auf die Spur!«

»Tschuldigung, Howie, ich freu mich nur so über meine Idee.«

Howard schweigt einen Moment. Er sieht Peter und Wendy an. Nachdenklich sagt er: »Die Verlorenen Jungs ...«

»Nicht schlecht, oder?«

Howards Blick richtet sich auf Ezzie.

»Das ist besser als nicht schlecht, Ezzie. Das ist supergut!«

Er will noch etwas hinzufügen, doch in dem Moment ertönt vom Zellentrakt her die Glocke.

38

Wendy Sullivan parkt ihren Volvo Kombi wenige Meter vor der Kirche Ewige Güte. Die Augen hinter einer Sonnenbrille verborgen, vergewissert sie sich, dass niemand sie sieht, und legt dann die Stirn ans Steuer. Seit fünf Uhr morgens ist sie auf den Beinen, weil sie wie jeden Morgen joggen war, und den restlichen Tag ist sie hinter den Kindern hergerannt, hat sich mit Truman gestritten, den Wocheneinkauf erledigt, ihren anstrengenden Stretchingkurs absolviert und ist von Haustür zu Haustür gelaufen, um die Kuchen abzuholen, die ihre Freundinnen in Abilene für das Kirchweihfest gebacken haben.

Sie schnuppert den Duft nach Äpfeln, roten Früchten und Schokolade, der mit der Zahl der Kuchen, die sie auf der Ladefläche ihres Kombis gestapelt hat, immer stärker wurde und jetzt das ganze Innere des Wagens erfüllt. Die Cremetorten stehen auf der Rückbank. Sie hat die Runde bei ihrer besten Freundin beendet, Abby Galloway, die ihren berühmten Cremeauflauf gespendet hat. Er steht jetzt unter einem Tuch auf dem Beifahrersitz, und seither kämpft Wendy gegen die Verlockung, einen Finger hineinzutauchen. Die Versuchung hat in dem Moment eingesetzt, als sie den Schlüssel ins Zündschloss gesteckt hat und der Cremeduft ihr in die Nase stieg. Was für ein köstlicher Geruch. Nicht nur verlockend: unwiderstehlich. Hundert Mal hat sie versucht, dieses kulinarische Wunder zu reproduzieren. Sie hat es mit unterschiedlichen Dosierungen und Backzeiten versucht – vergeblich. Dieser Auflauf ist der Grund, weshalb Wendy ihre Freundin so oft besucht: um endlich ihr verdammtes Geheimnis zu lüften.

Wendy dreht den Kopf zum Gegenstand ihrer Begierde. Sie fährt mit einem Finger unter das Tuch, tunkt ihn in die Cremeschicht und führt ihn zum Mund. Sie seufzt. Sie könnte schwören, dass ein Hauch Kardamom dabei ist. Auch eine Prise Kreuzkümmel und Vanillezucker. Wendy glättet die Kuhle in der Creme und lächelt selig. Das Schreckliche an Abbys Cremeauflauf ist, dass der zweite Bissen mindestens so überwältigend ist wie der erste. Manchmal sogar besser. Wendy setzt sich aufrecht hin. Ein langes Transparent am Gitterzaun der Kirche verkündet das bevorstehende Ereignis:

Grosse Kirchweih in Ewiger Güte.
Jedes verkaufte Stück Kuchen nährt einen Armen.

Sie winkt Pfarrer Bigelow zu, der ihr Lächeln erwidert. Manchmal könnte sie schwören, dass der Pfarrer sie nicht mit Priesteraugen ansieht, sondern mit dem Blick eines Mannes. Sie begrüßen sich mit Händedruck. Schon mehrmals hatten sie einander beinahe auf die Wangen geküsst, doch unwillkürlich immer wieder davon Abstand genommen. Auch auf die Gefahr hin, dass man sich in ganz Abilene die Mäuler zerrisse, gäbe Wendy viel darum, als einziges Mitglied der Gemeinde von Pfarrer Bigelow auf die Wange geküsst worden zu sein.

»Na, Wendy, wie ist die Kuchenernte ausgefallen?«

»Wie immer: Gutes und weniger Gutes.«

»Ich bin sicher, es wird alles perfekt sein.«

»Für Sie ist immer alles perfekt, Hochwürden.«

Wendy und Pfarrer Bigelow gehen den Weg zur Kirche entlang. Die Ehrenamtlichen haben bereits die Tische mit großen Baumwolltüchern gedeckt. In Karaffen wird Zitronenlimonade und Sodawasser mit Eis gebracht. Aus dem Augenwinkel überwacht Wendy, wie ihre Lieferung ausgepackt wird.

»Oh, übrigens!«, sagt sie zu Pfarrer Bigelow. »Wissen Sie, was uns das kleine Miststück Ornella auch dieses Jahr wieder angetan hat?«

»Nein?«

»Hohle Kastenkuchen.«

»Die mit den Dörrfrüchten?«

»Ja, und die Früchte dermaßen gedörrt, dass sie sich in der Kehle verklemmen und wahrscheinlich Erstickungstode nach sich ziehen.«

Der junge Pfarrer hebt die Alufolie über Ornellas Kuchen hoch. Er wiegt einen Kuchen mit der Hand ab und sagt: »Sie haben wohl recht: hohl.«

»Sehen Sie! Wenn wir diese Kuchen an die Armen unserer Pfarrei verteilen, werden sie sich wohl kaum beschweren, aber es sind immerhin unsere Gemeindemitglieder.«

Wendy fliegt von Tisch zu Tisch und stülpt Plastikglocken über die Kuchen, um sie vor den Beinen und Fresszangen der Wespen zu schützen. Sie kontrolliert die Preisschildchen vor jedem Kuchen, korrigiert das eine oder andere, bringt vor Abbys Cremeauflauf diskret den Aufkleber »verkauft« an.

»Wie war Ihr Urlaub in Mexiko?«, fragt Pfarrer Bigelow in heiterem Ton.

»Mörderische Hitze, keine Klimaanlage in den Schlafzimmern, ein schrecklich gefährlicher Pool und abgesehen davon: Tequila, Musik und Mädchen mit Dekolletés bis zum Bauchnabel.«

Der Pfarrer legt der jungen Frau eine Hand auf die Schulter.

»Was ist los, Wendy? Sie wirken erschöpft.«

»Ich bin nicht erschöpft, Hochwürden, ich bin verbraucht. Verstehen Sie – man versucht sein Bestes zu geben, aber es ist einfach nie gut genug.«

»Ist wenigstens nichts Schlimmes passiert?«

»Weiß ich nicht. Vielleicht. Manchmal hab ich das Gefühl, dass alles rings um mich zusammenbricht.«

»Wollen wir darüber reden, während die anderen die Tische fertig machen?«

Wendy betrachtet die Ehrenamtlichen durch ihre Sonnenbrille. Den Damen ist keine Silbe des Gesprächs entgangen – bestimmt schwelen sie jetzt vor Zorn. Sie lächelt und nickt.

39

Wendy und Pfarrer Bigelow sitzen in seiner kleinen Wohnung gleich neben der Kirche. Mit angewinkelten Beinen, um die sie die Arme geschlungen hat, das Kinn auf den Knien, sitzt die junge Frau auf dem Sofa.

»Warum tragen Sie diese schwarze Brille auch im Haus, Wendy?«

»Weil ich in letzter Zeit ständig weinen muss. Aus den lächerlichsten Anlässen noch dazu.«

»Heute auch?«

»Ja.«

Wendy denkt an Abbys Cremeauflauf. Sie kramt eine

Zigarette aus ihrer Handtasche hervor und zündet sie nervös an.

»Wie lang geht das schon so?«

»Weiß ich nicht mehr. Neulich war's wegen einer vegetarischen Pizza. Diesmal wegen dem Kaffee. Truman will Arabica, ich hatte Robusta besorgt. Das hat ihn rasend gemacht, und ich war sofort am Heulen.«

»Sie sollten vielleicht mal zu einem Psychologen gehen.«

»Damit alle Welt es erfährt und ich die Lachnummer von Abilene bin?«

»Sie sind ausgelaugt, Wendy. Über ausgelaugte Mitmenschen macht sich niemand lustig.«

»Sie leben in einer komischen Welt, Hochwürden.«

Wendy zieht an ihrer Zigarette. Seit Tagen weiß sie genau, warum sie traurig ist, aber sie will es sich nicht eingestehen.

»Na kommen Sie, Wendy, Sie haben doch wunderbare Kinder, ein hübsches Haus, keine Geldsorgen. Vielleicht kann Ihnen ja ein Eheberater helfen, Ihr Problem in den Griff zu bekommen.«

Wendy drückt die halb gerauchte Zigarette in einem Aschenbecher aus Blech aus. Dann verharrt sie reglos und starrt ins Leere.

»Wollen Sie vielleicht beichten?«, fragt Pfarrer Bigelow leise.

»Nein.«

»Warum nicht?«

»Weil ich alles satthabe. Truman, mein Leben, die Kinder, die Gemeinde und die Armen, diese ganzen Gottgefälligkeiten. Das nämlich hab ich mit meinem früheren Leben gemacht: Ich hab es mit Tonnen von lächerlichem Zeug zugeschüttet und Plastikblumen drauf gepflanzt.«

Wendy nimmt sich eine zweite Zigarette. Ihre Hände

zittern. Sie versucht, sie anzuzünden, und schafft es nicht. Sie steckt sie ins Päckchen zurück.

»Letzte Woche hatte ich einen Anruf. Der hat alles wieder aufleben lassen. Bedauern. So viele Erinnerungen. So viel verlorene Zeit.«

»Wollen Sie darüber reden?«

»Als ich ein Teenager war, kannte ich einen Jungen namens Peter. Es war eine wunderschöne und auch schwierige Zeit, in der etwas Furchtbares passiert ist. Etwas, das uns alle auseinandergetrieben und unser Leben völlig auf den Kopf gestellt hat.«

»Hängen Sie noch an ihm?«

»Ich habe nie aufgehört, ihn zu lieben.«

»Das ist schlecht, Wendy, das wissen Sie, oder?«

»Ja, und genau deshalb will ich ihn wiedersehen. Aber ich weiß jetzt schon, dass ich nicht den Mut haben werde.«

»Warum?«

»Weil ich's ihm übel nehme, dass er mich vergessen hat. Dass er es fertiggebracht hat, ein Leben ohne mich zu führen.«

»Sie sind ihm böse wegen der vielen Jahre, die Sie miteinander hätten verbringen können, ja?«

Wendy nickt.

»Haben Sie versucht, Kontakt mit ihm aufzunehmen?«

»Einmal. Vor ein paar Jahren. Das war in einer dieser Phasen, in denen man das Gefühl hat, dass einem alles zwischen den Fingern zerrinnt, und man ist völlig besessen von der Idee, man könnte die Phantome der Jugend noch mal heraufbeschwören. Die Rotschöpfe und Leberflecken von den Klassenfotos. Die kleinen Miststücke, die einen im Pausenhof an den Haaren gezogen haben. Sogar die Klassenbesten. Kennen Sie das? Dieses unbändige Bedürfnis, sie alle wiederzusehen, weil man wissen muss, ob es für die anderen gut läuft, oder ob es ihnen genauso schlecht geht wie einem selber?«

»Haben Sie ihn angerufen?«

»Ich bin zufällig auf einen Pressebericht gestoßen, ein Porträt von ihm. Er ist jetzt prominent, ein Staranwalt an der Westküste. In dem Bericht hieß es auch, dass er einen Schlaganfall hatte und seitdem keine Erinnerung an sein früheres Leben. Ich war wirklich in San Francisco. Als ich ankam, ging ich direkt in das Luxusrestaurant, in dem er angeblich verkehrt, wie in dem Bericht stand, und er war tatsächlich da. Ich nahm die Sonnenbrille ab und ging auf ihn zu. Er blickte auf, sah mich an. Ich bat ihn um Feuer, und er reichte mir sein Feuerzeug. Ich zündete mir die Zigarette an und sah, dass er mich wirklich nicht erkannte. Er wusste überhaupt nicht, wer ich bin.«

Wendy bohrt beide Zeigefinger in die Augenwinkel, um die Tränen zurückzuhalten.

»Das tut mir sehr leid, Wendy.«

»Daraufhin hatte ich die Idee, ihn zu verführen, um seinem Gedächtnis nachzuhelfen. Ich ging auf die Toilette, um mich zu schminken. Ich habe immer sehr gut ausgesehen, wissen Sie? Und an dem Tag war ich – wie soll ich sagen?«

»Strahlend?«

Wendy nickt.

»Ich kam auf die Terrasse zurück, und Peter lächelte mich an. Aber dass sein Lächeln nicht mir galt, merkte ich, als ich die blonde Frau sah, die auf ihn zuging. Sie machte einen Bogen um mich auf ihn zu, und sie küssten sich auf den Mund. Ach, wenn Sie das gesehen hätten, diesen Kuss. Diese Zärtlichkeit lügt nicht, nie.«

»Und dann?«

»Hab ich sie miteinander davongehen sehen. Ich beobachtete sie, solang es ging, schaute von außen in diese

Glücksblase hinein, in der kein Platz für mich war. In dem Moment, als sie ins Auto stiegen, strich sich die Frau die Haare zurück, und ich weiß noch, dass ich ihr von ganzem Herzen den Tod wünschte.«

»Warum?«

»Weil sie viel hübscher ist als ich.«

Wendy weint jetzt. Dass ihr die Wimperntusche über die Wangen läuft, ist ihr egal. Pfarrer Bigelow beugt sich vor und ergreift sanft ihre Hand.

»Sie Ärmste. Und deshalb haben Sie jetzt das Gefühl, dass Sie Ihr ganzes Leben nicht mehr ertragen?«

»Ja. Denn jetzt ist Peter wieder ins Leben zurückgekehrt, und ich muss ihn unbedingt finden, bevor es zu spät ist.«

40

Leise raschelt der Wind in den Brennnesseln. Die Sonne sinkt. Die Hitze lässt nach. Peter spürt Wendys Hand, ganz zart, ganz sanft. Ihre Lippen sind warm und süß. Durch das Dornendickicht tönt Howards Stimme: »Was treibt ihr da, Scheiße! Wollt ihr uns auffliegen lassen oder was?«

Peter umarmt Wendy.

»Heute Nacht hol ich dich ab, und wir gehen nach Mexiko.«

Er spricht es spanisch aus. »Mechiko«, sagt er.

»Und was sollen wir dort?«

»Weiß ich nicht, aber das sehen wir dann schon.«

Wendy nickt. Ihre Augen füllen sich mit Tränen, als Peter ihre Hand loslässt. Sie geht auf einem anderen Weg davon, zurück in den Innenhof, wo sich die Jungen und Mädchen wieder im Quadrat aufstellen müssen, bevor sie für die Nacht in ihre Quartiere zurückkehren. Als Redemption ein Kriegsgefangenenlager war, schliefen die Yankees in Baracken, deren Lage hier und dort noch an Resten von Grundmauern zwischen wucherndem Unkraut zu erkennen ist. Als die Anstalt in die Hände des Bundesstaats Mississippi und des Reverends Esterman überging, wurde ein neuer Zellenkomplex errichtet, ein riesiger rechtwinkeliger Betonbau hinter dem Kolonialhaus; links der Mädchen-, rechts der Jungentrakt.

Peter stößt Howard an. »Die Mädchen sind doch direkt gegenüber, oder?«

»Ja, Mann. Natürlich hat uns der Reverend strengstens verboten, Hand an uns zu legen, aber gleichzeitig stellt er uns einen ausgezeichneten Anlass dafür direkt vor die Augen. Das macht ihn bestimmt an, das alte Schwein.«

Sie verteilen sich auf die Quartiere. Jede Zelle, sieht Peter, besteht aus einem Kubus mit vier Metern Seitenlänge – drei gemauerte Wände und zum Flur hin ein Gitter –, dessen einzige Einrichtung drei Stockbetten, ein Waschbecken und ein immerhin tadellos sauberer Abort bilden. An der Wand jeder Zelle hängt ein Kruzifix neben einem riesigen vergitterten Monitor, auf dem in Endlosschleife die Reden diverser Fernsehprediger laufen. Die Betten sind mit Nieten am Boden fixiert, deren Köpfe zwischen den Fliesen versenkt sind. Alles ist sauber und kalt. Tot und kalt. Weiß und kalt.

Der dicke Buster verteilt die Neuankömmlinge auf die Zellen. Bei jedem Namen, den er ausruft, schlägt er mit seinem Schlagstock gegen das Gitter. Offenbar ist die Anstalt nicht überbelegt, denn es kommen nur vier bis fünf Häftlinge auf eine Zelle.

»Keine Sorge, Pete«, murmelt Howard in Peters Ohr. »Marcellus hat Buster bestochen. Es kostet uns eine Woche Kartoffeldienst, aber die linke Bazille hat versprochen, dich zu uns zu tun.«

Peter entspannt sich. Er sucht die lange Reihe der Mädchen am gegenüberliegenden Ende des Rechtecks nach Wendy ab und meint ihr blondes Haar in der Menge verschwinden zu sehen.

Er betritt die Zelle der Verlorenen Jungs. Marcellus klettert auf eines der oberen Betten und verkündet: »So, das ist mein Paddock, klar?«

»Spiel dich hier nicht auf, Marcellus, sonst sag ich Ezzie, er soll oben schlafen.«

»Nein, bitte nicht, Howie, oben krieg ich Angst!«

»Reg dich ab, Ezzie, das sag ich doch nur, damit Marcellus ein bisschen Muffensausen kriegt«, antwortet Howard leise.

Ezzie begreift und strahlt, und er sagt zu Marcellus: »Beweg bloß deinen Arsch hier runter, du Assel, das ist mein Bett.«

Marcellus zuckt die Achseln und will von der oberen Etage heruntersteigen. In den Augen des Riesen glimmt Panik: »Was machst du?«

»Na ja, ich lass dir das obere Bett. Wolltest du doch.«

»Nein, nein, schon gut, bleib. Oben schlafen, das ist nix für mich, da raste ich aus.«

»Okay, Dicker, alles klar.«

Aus den Lautsprechern tönt die Stimme von Reverend Esterman und ruft zum Gebet. Alles strömt wieder aus den Zellen. Peter tritt auf den Flur hinaus und späht zur anderen Seite des Gebäudes hinüber. Wendy tut, als sähe sie ihn nicht. So haben sie es während der Pause vereinbart, um keine Aufmerksamkeit auf sich zu ziehen. Peter schnürt es die Kehle zu, als Wendys Blick gleichgültig über ihn hinweggeht. Der dicke Buster brüllt. Am oberen Ende der Haupttreppe trifft der Gänsemarsch der Jungen mit der Reihe der Mädchen zusammen. Unter den kreppbesohlten Häftlingsschuhen erbeben die metallenen Treppenstufen nur wenig. Eine Stahltür gleitet zur Seite, als die Spitze der Schlange sich nähert, und gibt den Durchgang zum Südflügel des Kolonialhauses frei. Dort ist der große Gebetsraum mit seinen Kolonnaden, Holzbänken und hellbunten Glasfenstern. Es riecht nach Wachs und Weihrauch. Aus den Lautsprechern an den Wänden knistert es. Die Häftlinge setzen sich in die Bankreihen, die Jungen rechts, die Mädchen links. Der Saal endet in einer Bogenkrümmung wie die Apsis einer Kathedrale, anstelle des Altars aber stehen vorn ein Pult und mehrere Sessel mit roter Samtbespannung. Dahinter erhebt sich ein monumentaler Christus aus weißem Marmor, dem das Blut über Hände, Füße, das Gesicht rinnt. Seine Augen, blau und kalt, sind so gestaltet, dass jeder Anwesende das Gefühl haben muss, bis ins Innerste seiner Seele erforscht und durchschaut zu werden.

Die Vögte und Profose haben sich vorn vor die Ausgänge gesetzt. Peter lässt verstohlen den Blick über die Bänke der Mädchen gleiten. Hübsche und hässliche. Die Älteste dürfte vielleicht siebzehn sein. Er betrachtet ihr verschlossenes Gesicht, ihre knochige Gestalt in einem viel zu weiten Overall. Was ein Mädchen wie sie wohl angestellt hat, um in Redemption zu landen? Sie fingert an ihren Handgelenken und Unterarmen herum, und Peter sieht, dass sie den Schorf von langen Schnittwunden kratzt.

Die Glasfenster sind von hinten mit Halogenscheinwerfern beleuchtet, die besonders die Rottöne hervorheben. Unter den Fenstern hängen erbauliche Triptychen und fromme Sinnsprüche, manche in Holz geschnitzt, andere als Muschelmosaik auf Porzellanteller geklebt. Wieder andere halten die Einsichten ihrer Urheber in Form von geknetetem Salzteig fest, Rechtschreibfehler inklusive:

Gott versehrt die Fingernägel der Sünder! (Fletcher, 1979)

Redemption hat mich von meinen Perfersionen befreit (Cassy 1967)

Ich bin das Skalpell, das unreines Fleisch aufschlitzt! (Barney 1978)

Ich masturbire nicht mehr und quähle auch keine Tiere mehr, Redemption sei Dank (Chuck 1981)

Weiter entfernt hängt, wie von Kinderhand gezeichnet, das Bild eines Hackstocks, zu dessen Füßen abgetrennte Köpfe liegen, und der Text dazu lautet: »Ich bin ein Verbrecher!« Daneben verkündet ein weiteres Salzteigwerk: »Wegen meiner Vergehen wurde mir der nackte Hintern ausgepeitscht. Ehre sei dem Allmächtigen, der den Sündern den Hintern peitscht.«

Peter stößt Howard an und deutet mit dem Kinn auf die Bekenntnisse an den Wänden. »Mann, Jesus, Howie, siehst du das?«

»Ja. Wir sind hier in der großen Mangelanstalt von Mississippi. Läuterung der Seelen.«

»So schlimm ist es?«

»Ja. Total Scheiße.«

Zum ersten Mal meint Peter, einen Anflug von Furcht in der Stimme seines neuen Freunds zu hören.

Das Gemurmel verstummt, als sich eine Tür öffnet. Der Reverend schreitet herein, steigt die Stufen zu dem erhöhten Pult hinauf und lässt den Blick über die versammelte Menge gleiten. Peter erschauert. Esterman hat die gleichen blauen, eiskalten Augen wie der alles beherrschende Christus hinter ihm.

41

»Die meisten von euch sind hier, weil man euch eine letzte Chance geben wollte – ihr seid jung, und der Staat Mississippi ist schwach. Wir unterhalten hier keinerlei Verbindungen zur Außenwelt. Kein Telefon, kein Fernsehen, kein Radio. In Redemption ist kein Platz für die Lüge. Die Lüge ist der Krebs der Seele. Ich bin der Heiler.«

Der Reverend erforscht die Mienen seiner Zuhörer. Sein Zwergpudel Bingo läuft unterdessen die Bankreihen entlang, knurrt und schnappt hier und dort nach einem Bein, sodass dessen Besitzer gezwungen ist, den Fuß zu heben, um den angriffslustigen Zähnchen zu entgehen.

»Den Neuankömmlingen unter euch sei gesagt«, fährt der Reverend fort, »dass ihr auf dem Feld arbeiten und zahlreiche Dienste verrichten werdet, um den Anstaltsbetrieb aufrechtzuerhalten und für die Kosten eures Verweilens hier aufzukommen. Euer Stundenlohn beträgt fünf Cent. Der Rest geht an den Staat und an die Anstalt. Ich überlasse es den Vögten, euch über alle administrativen Fragen aufzuklären, und komme zum Wesentlichen. Die Buße, die wir hier üben, besteht in Fasten, Karzer und notfalls auch körperlicher Züchtigung. Wir verurteilen fleischliche Beziehungen jeglicher Art, ebenso Glücksspiel, Drogen und moderne Musik. Bestraft werden ferner Fluchen und der Gebrauch unanständiger Wörter. Die Profose werden euch die Liste der Ausdrücke vorlegen, die anstelle der Standardvulgaritäten zu verwenden sind, ferner die Liste der Strafen für Zuwiderhandlungen. Zur Veranschaulichung ein Beispiel: Man sagt nicht ›Scheißschwuchtel‹, sondern ›Homosexueller‹, und anstelle von ›Arschloch‹ ist ›Kommunist‹ oder ›Kubaner‹ zu verwenden …«

Der Reverend unterbricht sich und nimmt einen Schluck

Wasser. Er blickt gelangweilt ins Publikum, als wäre er von seinem Vortrag selbst angeödet.

»Vor allem und ganz besonders aber tun wir hier Buße durch Beten. Der Allmächtige erwartet es von uns. Nur um diesen Preis werden wir eure Seelen retten.«

Als er fortfahren will, hebt sich unter den Zuhörern eine Hand. Er heftet den Blick auf den Schwachkopf, der es wagt, ihn zu unterbrechen. Der Aufschrift auf seinem Overall zufolge heißt der Schwachkopf Chester Hame.

»Was macht man denn«, fragt er, »wenn man Muslim oder Hindu oder Jude ist?«

»Man hält den Mund, Homosexueller!«, tönt es von der Seite her.

Der Reverend dreht sich nach dem Blauen um, von dem die Bemerkung kam.

»Nur die Ruhe, Mr. Burton. Mr. Hame stellt eine Frage bezüglich des vom ersten Zusatz zur Verfassung der Vereinigten Staaten gewährten Rechts auf Religionsfreiheit. Nicht wahr, Mr. Hame, so ist es doch?«

Hame kräht von seiner Bank her: »Ja, ja, genau!«

Mit geschlossenen Augen flüstert der Reverend ins Mikrofon, als führte er Selbstgespräche. »Natürlich«, sagt er. »So ist es immer. Sie denken nur an ihre Rechte. Sie denken nicht an das Leid der anderen und die Wunden der Welt, sondern zählen ihre Rechte auf.« Lauter und wieder offenen Auges fügt er hinzu: »Ich bin die Verfassung von Redemption, Mr. Hame. Ich bin der Anfang und das Ende. Im Staat Mississippi gibt es eine Enklave, in der allein das Gesetz Gottes regiert. Ob Sie Jude, Muslim, Heide oder Luftkünstler sind: Sie beten. Egal, wie. Egal, warum. Sie beten mit Ihren heidnischen und muslimischen Worten, und Gott wird Sie hören. Reicht Ihnen das als Antwort, Mr. Hame?«

In den Augen des Reverends schimmert jetzt ein metallener Glanz.

»Ja«, stammelt der Junge.

»Wie heißt das, Mr. Hame?«

»Ja, Sir.«

Der Reverend wendet sich an Burton.

»Vielleicht aber haben Sie doch recht, Mr. Burton. Ich glaube fast, wir haben ein Problem mit Mr. Hame. Nicht wahr, Mr. Hame?«

Der Junge sinkt in sich zusammen. »Ich verstehe nicht«, stottert er.

»Das ist doch ganz einfach. Sind Sie Muslim, Jude, Päderast, Luftkünstler oder sonst etwas Unaussprechliches, Mr. Hame?«

»Äh … nein.«

»Wie heißt das, Mr. Hame?«

»Nein, Sir.«

Der Reverend dreht sich zu den Blauen und Roten um. Der Profos Burton grinst.

»Ich wiederhole also meine Frage«, sagt der Reverend, abermals an seine Zuhörer gewandt. »Sind Sie ein guter Amerikaner, Afroamerikaner, amerikanischer Jude, amerikanischer Muslim, amerikanischer Homosexueller oder ein verdammter amerikanischer Luftkünstler, oder sind Sie ein dreckiges kommunistisches Gewürm aus Europa oder ein dreckiges kommunistisches Gewürm aus Asien oder ein dreckiges kommunistisches Gewürm aus woher auch immer, Mr. Hame?«

»Äh … ich bin ein guter Amerikaner.«

»Muslim?«

»Nein.«

»Jude?«

»Nein.«

»Luftkünstler?«

»Nein.«

»Ungläubiger?«

»Ja.«

»Wie heißt das?«

»Ja, Sir.«

Die rosige Farbe schwindet aus dem Gesicht des Reverends.

»Kommen Sie nach vorn, bitte, Mr. Hame.«

Alle Köpfe drehen sich zu dem Jungen, der sich schamrot aus seiner Bank windet. Verfolgt von Bingo, der ihm ins Hosenbein beißt, schleicht er durch den Mittelgang nach vorn, während er den außen sitzenden Jungen zuflüstert: »Ich weiß nicht, was ich antworten soll! O mein Gott, ich weiß nicht, was ich antworten soll! Was soll ich denn sagen?«

Aber niemand hilft ihm. Hame, vor dem Pult angelangt, steigt linkisch die Stufen hinauf. Der Reverend legt ihm eine Hand auf die Schulter und erkundigt sich: »Geht es Ihnen gut, Mr. Hame?«

Der Junge wirft panische Blicke ins Publikum. Die Finger des Reverends graben sich durch den Overallstoff in sein Fleisch.

»Die Frage ist doch ganz einfach: Ich will wissen, ob es Ihnen gut geht. Ist die Frage einfach genug für Sie, oder soll ich sie auf Vietnamesisch oder Französisch oder sonst einer degenerierten Sprache stellen, die Ihnen genehm ist?«

»Äh … ja.«

»Wie heißt das, Mr. Hame?«

»Es geht mir gut.«

»Wie heißt das, Mr. Hame?«

Wieder sucht der Blick des Jungen Unterstützung bei den Zuhörern. Die meisten Mienen sind ungerührt. Einige grinsen verstohlen. Andere, in der ersten Reihe, soufflieren dem Pechvogel: »Ja, Hochwürden«, flüstert es, »ja, Reverend« oder: »Ja, Herr Oberdepp« oder: »Leck mich am Arsch.« Der Junge versucht, von den sich gleichzeitig bewegenden Mündern abzulesen. Er beißt sich auf die Lippen, als er ein »Ja, du Sack« entziffert, und kämpft gegen einen drohenden Lachanfall.

Wie Krallen bohren sich die Nägel des Reverends in seine Schulter.

»Wie heißt das, Mr. Hame?«

»Ja, du Sack?«

Hier und dort ertönt ein zaghaftes Gelächter, das aber die durchs Mikrofon schallende Ohrfeige augenblicklich zum Verstummen bringt.

»Man sagt nicht ›Sack‹, man sagt ›Hoden‹ oder ›Skrotum‹. Es hieße also: ›Ja, du Hoden‹ oder: ›Ja, du Skrotum‹. Verstehen Sie?«

Dem Jungen ist nicht mehr nach Lachen zumute. Aus dieser Nähe sieht er besser als jeder seiner Mithäftlinge den toten Blick in den Augen des Reverends.

»Ja«, sagt er.

»Wie heißt das, Mr. Hame?«

»Ja, Sir.«

Wieder eine Ohrfeige. Fester als die erste. Hames Kopf fliegt ungestüm zur Seite. Mikrofonverstärkt erfüllt sein Schniefen den Saal.

»Sind Sie dämlich oder zurückgeblieben oder mongoloid oder irgendwas von der Sorte, Mr. Hame?«

»Ich weiß nicht, was ich sagen soll.«

»Soll ich Ihnen auf die Sprünge helfen?«

»Bitte.«

»Wollen Sie das wirklich?«

»Ja, ich will es wirklich.«

»Man sagt: ›Ja, mein Gebieter.‹ Denn ich bin Ihr Gebieter, Mr. Hame. Sie der Hund und ich der Herr und Gebieter. Haben Sie das verstanden?«

»Ja, mein Gebieter.«

»Sehr gut, kleiner Welpe. Sehr gut. Nachdem Sie schon

mal hier sind, könnten Sie uns auch gleich sagen, welche Heldentat Sie sich geleistet haben, um hier zu landen.«

Der Junge murmelt etwas Unverständliches.

»Wie bitte? Was sagten Sie, Mr. Hame? Ich verstehe Sie nicht.«

»Ich habe meine Cousine vergewaltigt.«

»Danke, Herr Weiberheld. Sie können auf Ihren Platz zurückkehren.«

Hame reibt sich die Wange und steigt niedergeschmettert die Stufen hinab.

Peter beugt sich verstohlen zu Howard. »Was hättest du gesagt?«

»Weiß nicht. Ich hätte es vielleicht mit ›Ja, gnä' Frau‹ versucht. Du?«

»Ich glaube, ich hätte von vornherein das Maul gehalten.«

»Hast recht. Der Typ ist voll geisteskrank.«

42

Als sie das Gebet hinter sich haben, versammeln sich die Häftlinge in der Haupthalle, wo sie der Vogt Marlow in Teams einteilt, die er von 1 bis 30 nummeriert. Dann dreht er sich zu dem riesigen Terminplaner an der Wand und deutet mit dem Schlagstock auf die verschiedenen Spalten.

»Wer lesen kann, wird feststellen, dass jedes Team, abgesehen von der Feldarbeit, jeden Tag eine bestimmte Aufgabe zu erfüllen hat, und zwar täglich eine andere. Beispiel Team 8: Es ist, wie man sieht, heute zur Reinigung der Aborte eingeteilt und morgen für die Fußböden zuständig. An den folgenden Tagen ist dasselbe Team in den Ställen beschäftigt, mistet aus und füttert, danach versorgt es den Hühnerstall und sammelt Eier und so weiter, während andere Teams beispielsweise Arbeiten am Dachstuhl verrichten und undichte Rohre reparieren. Redemption ist eine selbstverwaltete Einrichtung, und die Kontakte zur Außenwelt beschränken sich auf das Allernötigste. Anfallende Reparaturarbeiten erledigen wir selbst und ernähren uns auch nur von eigenen Erzeugnissen. Die weiblichen Teams sind abwechselnd für die Nahrungszubereitung, den Abwasch, die Wäsche zuständig. Noch Fragen, Bande von Afteröffnungen?«

Marlow dreht sich um und genießt das Entsetzen in den Mienen seiner Zuhörer.

Die Verlorenen Jungs nutzen die kurze Pause nach dem Frondienst, um sich hinter der Reihe der Weiden ins Gras zu legen und in den Himmel zu schauen, über den pausbäckige weiße Wolken ziehen.

»Und, Pete«, sagt Howard, »was sagst du zu dem ganzen Quatsch hier?«

»Dass man schleunigst abhauen muss, sobald es irgendwie geht, und bis dahin sollte man sich möglichst bedeckt halten, um keine Profose auf sich aufmerksam zu machen.«

»Schon, aber *Unsere kleine Farm* ist das hier nicht. Hier wirst du mit keiner Laura im Stroh rummachen, während Charles draußen Holz hackt und Mrs. Ingalls Pasteten bäckt und auf dem Fensterbrett auskühlen lässt. Schon klar, oder?«

»Sicher.«

»Dass es sowieso nur eine blödsinnige Fernsehserie ist, erkennst du übrigens daran.«

»Woran?«

»Dass du eine heiße Pastete aufs Fensterbrett stellen kannst, ohne dass sie dir geklaut wird. Total absurd.«

Howard lässt seine Kaugummiblase platzen. Peter, einen

Grashalm im Mund, döst vor sich hin. Er hält Wendy, die neben ihm liegt, an der Hand.

»Mrs. Ingalls macht Pasteten?«, fragt Collie.

»Klar.«

»Scheißdreck! Kuchen vielleicht, aber Pasteten sicher nicht. Du spinnst komplett.«

»So ein Trottel. Hast du das gehört, Pete?«

»Hä? Was denn?«

»Collie sagt, dass Mrs. Ingalls keine Pasteten macht.«

»Was soll das überhaupt sein?«

»Das ist wie ein Kuchen, aber mit Teig rundherum. Also oben auch.«

»Und unten nicht?«

»Doch, natürlich, sag ich doch, bist du blöd, oder was? Eine Pastete hat rundherum Teig, oben und unten. Und die Mrs. Ingalls, die sticht sogar mit einer Gabel hinein, damit der obere Teig beim Backen nicht aufplatzt.«

»Also ich erinnere mich nur, dass sie sich dauernd frisiert.«

»Ah ja, genau, das stimmt!«

Eine Weile schweigen sie. Dann sagt Marcellus: »Wie heißt sie eigentlich mit Vornamen, die Mrs. Ingalls?«

»Missis.«

»Nein, in echt?«

»Keine Ahnung! Charlene, glaub ich. Oder Priscilla.«

»Priscilla Ingalls? Du hast sie nicht mehr alle!«

»Marilyn heißt sie.«

»Ach, ihr Quatschbirnen. Caroline.«

Das kam von Wendy, die seufzt, da sie versucht, an Peters Schulter ein wenig zu schlafen. Howie stopft sich vier Kaugummis in den Mund, und seine Backe bläht sich unter dem dicken Klumpen. Er kaut frenetisch, bis die Masse weich genug ist, bläst dann mit aller Kraft und bringt tatsächlich eine Blase von Fußballgröße zustande.

»Eh, 'eute, 'au' eu' da' an!«

Aber bevor die anderen herschauen und sein Werk bewundern können, platzt die riesige Blase, und Howards Gesicht verschwindet unter einer Kaugummidecke.

»Fuck, Leute, habt ihr das gesehen!«, ruft er, als er sich wieder befreit hat.

»Was denn? Deine Kaugummimaske?«

»Nein, die Blase!«

»Welche Blase?«

»Sagt bloß, ihr habt sie nicht gesehen! Die war absolut gigantisch! Die schärfste Blase aller Zeiten!«

Howard hat die Hände ausgebreitet, wie Ezzie es zu tun pflegt. Er dreht sich zu dem Koloss: »Aber du wenigstens hast sie gesehen, oder?«

»Willst du die Wahrheit wissen?«

»Die Wahrheit, Ezzie. Immer die Wahrheit, sonst gibt's Zoff.«

»Also die Wahrheit: Ich hab nix gesehen.«

»Scheiße. Also noch mal. Und diesmal schaut ihr her, okay?«

Howard steckt sich zwei weitere Kaugummis in den Mund. Peter richtet sich auf einem Ellenbogen auf: »Howie?«

»Ja?«

»Was soll das eigentlich werden?«

Howard erzeugt eine neue Blase, die ihm schon im Frühstadium misslingt und über seiner Nase zerplatzt.

»Ich will eine Blase machen, die so groß ist, dass sie diese Scheißwolken da oben verdeckt.«

Peter legt sich wieder hin. Neben ihm hat Wendy die Augen geschlossen, ihr Atem geht langsam und gleichmäßig. Im selben Rhythmus heben und senken sich ihre kleinen Brüste, und Peter wünscht sich nichts sehnlicher, als seine Hand daraufzulegen und mit den Brustwarzen zu spielen, die sich unter dem Overall abzeichnen. Seufzend richtet er den Blick wieder in den Himmel, schließt ein Auge und hebt einen Daumen.

»Howie?«

»Ja?«

»Wolken verdecken kann man auch mit dem Daumen.«

Eine Pause. Dann: »Ist doch beknackt mit dem Daumen.«

»Ja.«

»Aber mir wurscht, ich will sowieso Blasen machen.«

»Wenn du meinst.«

Peter streicht verstohlen über Wendys Brust. Sie rekelt sich im Schlaf.

Howard lässt wieder eine Blase platzen. »Scheiße…« Dann fügt er hinzu: »Pete?«

»Ja?«

»Willst du nicht wissen, warum mir Blasen lieber sind als dein Daumending?«

»Nein.«

Wieder eine Blase. Wieder platzt sie, und es folgt ein Fluch.

»Aber du möchtest gern gefragt werden, oder?«, sagt Peter.

»Ja.«

»Na gut. Warum?«

»Weil man mit den Blasen rote Wolken machen kann, und das schaffst du mit dem Daumen nie.«

»Das stimmt allerdings.«

»Es sei denn, du steckst ihn dir erst in den Arsch, dann hast du einen Gewitterhimmel.«

Die Verlorenen Jungs brechen in schallendes Gelächter aus, während bei Howard wieder mal eine Blase platzt. Er rammt Marcellus den Ellenbogen in die Seite, weil der sich über Collies Witz überhaupt nicht mehr beruhigen kann.

»Ihr seid so bescheuert, Leute! Außerdem ist ein Mädchen hier, vergesst das nicht!«

»Und was kratzt uns das? Sie pennt doch, deine Kleine.«

»Ich *versuche* zu pennen! Aber man lässt mich ja nicht.«

»Tschuldigung, Wendy.«

»Macht nix, Ezzie.«

Howard kaut wieder, sein Schwung erlahmt jedoch allmählich. Den anderen sind die Augen zugefallen. Peter passt seinen Atemrhythmus an Wendys Atmen an und spürt, wie er davontreibt. Er ist fast eingeschlafen. Deshalb hört er nicht, wie im Gras schwere Schritte näher kommen.

43

In seinem Traum sitzt Peter mit Wendy am Ufer des Mississippi. Ihre nackten Zehen wühlen sich in die weiche Erde. Er zeigt auf ein Inselchen in der Mitte des Flusses. Er will Wendy sagen, dass sie dort übernachten werden, doch in dem Moment dringen endlich die fremden Schritte in sein Bewusstsein. Unter der Wucht des Schlags explodiert ein Sternenschauer vor seinen Augen. Er krümmt sich vor Schmerz. Er hat das Gefühl, dass sich sein Körper um den Stiefel einrollt, der ihn in den Bauch getreten hat. Über ihm grinst die fette Fresse von Profos Burton. Hinter ihm zwei stehen weitere Blaue und schwingen den Schlagstock. Wendy schreit auf. Burton hat sie an den Haaren gepackt und schleift sie von der Gruppe fort. Die Verlorenen Jungs sind aufgesprungen.

»Nicht, Pete!«

Howards Hand um Peters Arm hält ihn davon ab, sich auf Burton zu stürzen. Peter zittert am ganzen Körper. Er wirft Burton mörderische Blicke zu. Der Kerl steht fest auf beiden Beinen und hält Wendy an den Haaren. Sie kauert zu seinen Füßen und fragt höflich: »Sag, könntest du mich vielleicht bitte loslassen?«

»Schnauze!«

Burton richtet den Blick auf Peter und die Verlorenen Jungs.

»So, Kubanerbande! Ihr habt euch also heimlich hinterm Dickicht mit Drogen zugedröhnt, wie?«

»Nein! Wir haben geschlafen!«

Das kam von Howard. Der Dicke mustert ihn argwöhnisch. »Was hast du im Mund?«

»Kaugummi.«

»Ich glaub dir kein Wort. Das ist Stoff.«

Howard macht eine Blase, die ihm auf der Nase zerplatzt. »Mit Erdbeergeschmack, der Stoff.«

Burton wirkt enttäuscht. Wendy versucht unterdessen, sich seinem Griff zu entwinden, doch er hält gnadenlos ihre Haare gepackt.

»Lässt du mich jetzt bitte los!?«, ächzt sie.

»Halt die Fresse, sag ich!«

Burton starrt die Verlorenen Jungs an.

»Na und – habt ihr euch eben vorher zugedröhnt. Seid überhaupt erst eingepennt, *weil* ihr voll dicht seid. Wer sofort gesteht, bekommt einen Strafnachlass.«

Peter befreit sich aus Howards Griff und tritt auf Burton zu.

»Ich kannte mal einen wie dich, Burton. Das war in Rockford, Illinois. Ein weicher Schwabbelpudding wie du, der auf Bowling und Schwanzlutschen stand.«

Burton macht den anderen Profosen ein verstohlenes Zeichen. Einer von ihnen holt aus und will seinen Schlagstock auf Peters Nacken herabsausen lassen, doch Ezzies Hand schießt vor und fängt sein Handgelenk im Flug. Es knackt. Der Profos erbleicht. Sein Schlagstock rollt durchs Gras. Howard macht eine Kaugummiblase.

»Lässt du mich jetzt los oder nicht?«, fragt Wendy.

Burton senkt den Blick auf Wendys Kopf und reißt heftig an ihren Haaren.

»Halt die Fresse, oder ich skalpier dich.«

Er will noch etwas hinzufügen, doch in dem Moment tritt ihm Wendy mit der Ferse ungestüm in den Schritt. Burton macht eine überraschte Miene, dann weicht die Farbe aus seinem Gesicht, und als der Schmerz einsetzt, sackt er auf die Knie. Wendy steht auf und glättet sich die Haare, als wäre nichts. Sie macht Anstalten, noch einmal zuzutreten, doch der letzte Profos hat sich bereits auf sie gestürzt. Ezzie lässt den Schläger los, und der greift mit der unverletzten Hand zu seiner Pfeife und bläst hinein. Andere Pfiffe antworten aus der Ferne. Fußgetrappel nähert sich. Ezzie hat seine dicken Arme um Peter geschlungen, und Wendy tritt wie ein wütender Dämon nach dem Profos, der sie umklammert hält. Sie versucht, ihm in die Hände zu beißen. Burton, beide Fäuste gegen den Unterleib gepresst, rappelt sich wieder auf. Mit rasselnder Stimme und Hyänenlächeln fragt er: »Hast du sie, die Kommunistin?«

»Yeah!«

Burton haut Wendy seinen Schlagstock mitten ins Gesicht. Ein rauer Aufschrei entfährt ihr. Peter durchzuckt es wie ein elektrischer Schlag. Ezzies Arme lockern für einen Moment ihren Griff, und er hört Howard brüllen: »Nein, Ezzie! Halt ihn fest!«

Ezzie versucht, ihn wieder zu packen. Peter hat sich aber schon blitzschnell gebückt und nach dem Schlagstock im Gras gegriffen. Wendy blutet, und Burton holt abermals aus: Dies ist das Bild, das Peter wahrnimmt, und er greift an. Den Rest – die herbeieilenden Profose, seine Freunde, die sich um ihn scharen, die von allen Seiten sich nähernden schaulustigen Gelben – bekommt er nicht mit.

Er denkt an die Wolken. An den Mississippi. Er ist einen Schritt von Burton entfernt, und der Kerl hat es offenbar geahnt, denn in dem Moment fährt er herum. Peters Schlagstock fährt pfeifend durch die Luft und trifft Burtons Unterkiefer. Burton spuckt allerlei aus, auch Bruchstücke von Zähnen, dann dreht er sich um die eigene Achse und bricht zusammen. Peter sieht Wendy an. Eine hässliche Schnittwunde klafft in ihrer Wange. Er blickt auf Burton hinab, der sich mit beiden Händen die Überreste seines Kiefers hält. Er sieht nicht, wie ein Pulk Profose auf ihn zustürzt. Er fühlt sich gut. Er ist im Begriff, noch einmal zuzuschlagen, als die Welt in Abertausende leuchtender Punkte zerstiebt. Heiß rinnt es ihm in den Overallkragen. Er fällt auf die Knie und sinkt ins Gras.

44

Clint, Idaho.

»Brett?«

Dr. Chandler hält den Telefonhörer ein Stück vom Ohr ab. Aus dem Lautsprecher dringt Geschrei. Klirren von zerschmettertem Geschirr.

»Brett? Hörst du mich?«

Ein Schnaufen am anderen Ende.

»Ja.«

Dr. Chandler lächelt ein wenig. Der Kontakt ist hergestellt. Als versierter Psychologe, der er ist, wird er jetzt nach den Regeln der Kunst diverse Deeskalationsstrategien anwenden.

»Ich möchte, dass du dich wieder beruhigst, Brett.«

»*Sie* hat angefangen! *Immer* fängt *sie* an!«

»Darum geht es nicht. Du musst jetzt erst versuchen,

dich wieder zu beruhigen, bevor du was tust, das du nachher womöglich bereust.«

Dr. Chandler wartet ein paar Sekunden. Er muss taktieren, das ist klar, muss die Situation unter Kontrolle bringen, ehe sie ihm vollständig entgleitet.

»Brett? Bist du noch da?«

»Ja.«

»Okay. Wir machen es zusammen.«

»Was?«

»Was wir normalerweise machen, wenn du in diesem Zustand bist. Ich möchte, dass du ruhig durch die Nase atmest und versuchst …«

»Leck mich am Arsch, du Wichser!«

»Wie bitte?«

»Du kannst mir gestohlen bleiben mit deiner Psychokacke für Idioten! Das geht mir voll auf die Eier!«

Weiteres Geschirr zerschellt, das Telefon landet auf dem Boden, eine Tür fällt krachend ins Schloss. Hysterisches Schluchzen nähert sich dem Telefon. Eine tränenerfüllte Stimme. Es ist Cherie.

»Du therapierst Geisteskranke und bist nicht in der Lage, deinen siebzehnjährigen Sohn zur Vernunft zu bringen!«

»Was daran liegen dürfte, dass ein Siebzehnjähriger noch weniger vernunftfähig ist als ein Geisteskranker.«

»Na und? Ein Versager bist du so oder so, und ich hab die Schnauze gestrichen voll von den ständigen Wutanfällen deines Sohnes. Zu schweigen von den Flausen im Kopf deiner Tochter! Willst du wissen, was ich in ihrer Schultasche gefunden habe?«

»Na ja …«

»Kondome! Gerade mal sechzehn geworden und trägt Kondome in ihrer Schultasche spazieren! Ich hab sie gefragt, was sie damit vorhat, und willst du wissen, was sie drauf gesagt hat?«

»Na ja …«

»Sie sagt, die braucht sie, wenn sie mit ihren Jungs zusammen ist, außer wenn sie …«

Neuerlicher Nervenzusammenbruch. Dr. Chandler verdreht die Augen zur Decke. »Außer wenn sie …?«

»Außer wenn sie ihnen einen bläst, dann macht sie es ohne, sie findet nämlich den Latexgeschmack widerlich. Ist dir das klar? Unsere sechzehnjährige Tochter zieht den Geschmack der Schwänze ihrer Freunde – bemerke bitte den Gebrauch der Mehrzahl! – dem Geschmack von Latex vor!«

»Cherie, ich hab's ein bisschen eilig …«

»Herrgott, Henry! Ich teile dir mit, dass deine Tochter ein Flittchen ist, und du sagst, du hast es eilig?!«

»Sheryl ist kein Flittchen. Sie ist ein Teenager, und ja, ich hab's eilig, ich möchte die Praxis zusperren, um nach Hause zu kommen und in Ruhe alles mit dir zu besprechen.«

»Deine Praxis? Du meinst dieses erbärmliche Sozialquatschzentrum, dessen Leiter du ehrenvollerweise in diesem erbärmlichen Kaff in Idaho bist? Kein Wunder, dass deine Tochter auf die schiefe Bahn gerät und dein Sohn ein Rotzlöffel ist, der zu seiner Mutter ›fick dich‹ sagt.«

»Das hat er gesagt?«

»Ja. Wundert es dich?«

»Cherie, bitte beruhige dich. Ich möchte, dass du ruhig durch die Nase atmest und versuchst …«

Ein Krachen kommt aus der Leitung. Cherie hat das Telefon auf die Arbeitsplatte in der Küche geschmissen und, wie so oft, wenn sie wütend ist, die Verbindung nicht vorher beendet. Dr. Chandler seufzt. Wieder wird im Hintergrund gebrüllt, Türen knallen. Er hört es an der Tür läuten.

»Brett, machst du bitte auf?«, ruft Cherie.

»Fick dich ins Knie!«

Cherie beginnt zu kreischen. Sheryl antwortet aus weiter Ferne mit etwas, das unverständlich bleibt, aber unflätig klingt. Die Haustür wird geöffnet, wie er am vertrauten Geräusch der quietschenden Türangel erkennt. Es folgt ein Gepolter wie von umgestürzten Möbeln. Neuerliches Geschrei. Dr. Chandler beobachtet die tanzenden Schneeflocken im gelben Licht der Straßenlaterne. Draußen ist nicht mal eine Katze unterwegs. Kein einziges Auto fährt durch die Hauptstraße von Clint, nur sein Wagen steht schräg auf dem Parkplatz des Sozialberatungszentrums. Ein Volvo Kombi unter einer zwölf Zentimeter dicken Decke aus Pulverschnee. Er denkt daran, wie viel Energie es wieder kosten wird, die Schrottkiste freizuschaufeln, um in das Narrenhaus zurückzukehren, das sein Zuhause ist. Dreihundert Meter trennen ihn von dem Gebäude am Ortsende von Clint, dessen Lichter in die Dunkelheit leuchten. Chandler horcht ins Telefon. Schritte, Geschrei, Schläge, weiteres Türenknallen. Sheryl brüllt, offenbar hysterisch vor Wut. Brett schreit dazwischen. Chandler versteht nicht, was er sagt. Von Cherie nichts mehr. Dann ist es auf einmal still. Schritte nähern sich über den Linoleumboden der Küche. Das Telefon wird aufgehoben. Es atmet.

»Cherie?«, fragt Chandler.

Niemand antwortet, es wird nur geatmet.

Dann bricht die Verbindung ab. Der Psychologe verzieht das Gesicht: Wenn Cherie einmal still ist, dann heißt das, sie ist wirklich außer sich. Er legt auf, schnappt sich den Mantel und den Eiskratzer. Er will schon das Büro verlassen, besinnt sich aber, denn aus dem Gestöber draußen ist unterdessen ein Schneesturm geworden. Er öffnet eine Schublade und nimmt ein gebrauchtes Glas und eine Flasche billigen Bourbon heraus. Er schenkt das Glas randvoll und beginnt zu trinken. Erst nippt er nur, dann schüttet er immer größere, immer gierigere Schlucke in sich hinein. Der Alkohol brennt in seiner Speiseröhre. Mit dem nächsten vollen Glas wirft er zusätzlich eine Tablette gegen Sodbrennen ein. Er grinst in die Dunkelheit. Ein Glas, um das Geschrei zu verdrängen. Ein weiteres, um die verächtlichen Blicke der Kinder auszublenden. Noch eins, um schlafen zu können, und ein viertes, um das Zittern beim Erwachen zu unterdrücken. Und so weiter, bis zum Abstecher zur Tankstelle, wo der Kauf von Bourbon in Anderthalbliterflaschen zur Gewohnheit, dann zur Selbstverständlichkeit wird.

Er will aufstehen, als er hört, wie draußen die Eingangstür geht. Er blickt auf die Uhr: 22 Uhr 15. Er seufzt. Es ist immer dasselbe mit den armen Irren: Schlecht geht es ihnen abends, tagsüber kaum und ganz bestimmt nie dann, wenn sie einen Termin haben.

45

Schon im Mantel, tritt Dr. Chandler in den schlecht beleuchteten Flur hinaus und geht zur Eingangstür, die sperrangelweit offen steht. Schnee liegt auf dem Fußboden, der zu kleinen Pfützen Schmutzwasser schmilzt. Hinter ihm ein Geräusch. Chandler fährt herum und späht mit zusammengekniffenen Augen ins Halbdunkel. Am anderen Ende, wo sich der Flur zu einem Wartezimmer weitet, erkennt er eine mächtige Gestalt, die am Kindertisch sitzt und Bauklötze stapelt. Eine leise Stimme flüstert. Eine lautere Stimme antwortet. Die erste faucht wütend. Die zweite ist ein von kurzem Schniefen unterbrochenes Jammern und Klagen. Je näher Chandler kommt, desto stärker dringt ihm ein stark menschelnder Geruch in die Nase.

»Ezechiel?«

Das Klagen verstummt. Auch die leise Stimme schweigt. Wenige Schritte vor der Gestalt, die ihm den Rücken zukehrt, bleibt Dr. Chandler stehen. Etwas hindert ihn daran, weiterzugehen.

»Ezechiel, sind Sie's?«

Dr. Chandlers Finger tasten nach dem Lichtschalter. Ezzie krümmt sich und wirft mit einer fahrigen Geste seinen Turm aus Bauklötzen um. Er fährt sich mit seiner riesigen Pranke übers Gesicht.

»Machen Sie bitte dieses scheußliche Licht wieder aus, Doc? Das sticht in den Augen.«

Dr. Chandler folgt der Bitte. Ezzie klaubt seine Bauklötze wieder auf und beginnt abermals mit dem Turmbau. Er schlottert.

»Wir sind doch erst morgen um halb elf verabredet«, sagt Dr. Chandler. »Wissen Sie nicht mehr?«

»Der kleine Zeiger auf der Zehn und der große auf der Sechs. Ich hab den ganzen Tag gewartet, dass sie endlich dort ankommen, die zwei faulen Säcke. Und bitte sehr, der kleine Zeiger ist schon da, und der große ist auf der Drei. Wenn er auf sechs steht, haben wir einen Termin.«

»Ja. Nur muss der große Zeiger morgen früh auf der Sechs stehen, nicht heute Abend.«

»Zehn und sechs morgens?«

»Ja. Wenn die beiden Zeiger sich auf der Zwölf treffen, dann ist entweder, wenn es Tag ist, Zeit fürs Mittagessen, oder es ist Nacht und Zeit zum Schlafen.«

Ezzie türmt ungestüm Bauklötze übereinander. Die kleinen unten und die großen oben. Natürlich fängt der Turm zu schlingern an, wankt und stürzt in sich zusammen. Wieder fährt sich der Riese mit seiner Pranke übers Gesicht. Die Geste erfolgt so langsam und mit derart viel Kraft, dass es aussieht, als risse er sich die Haut ab.

»Siehst du, was du schon wieder angerichtet hast, du trauriger Idiot«, tönt eine alte Stimme durchs Zwielicht. »Jetzt muss ich dir wieder die Nägel schneiden. Du willst es ja nicht anders, du widerliches kleines Schwein.«

Ezzie schüttelt den Kopf. Chandler läuft es kalt den Rücken hinunter. Seit Jahren hat sein Patient nicht mehr mit der Stimme seiner Großmutter gesprochen.

»Ich schlag Ihnen Folgendes vor, Ezzie. Nachdem unser Termin erst morgen Vormittag ist, gebe ich Ihnen jetzt ein paar Tabletten, damit Sie gut schlafen, und Sie gehen noch mal nach Hause und kommen morgen wieder, ist das okay?«

»Wissen Sie noch, was Sie mir letztes Mal gesagt haben, Doc?«

Chandler versucht nicht einmal, sich zu erinnern: Für Ezzie kann »das letzte Mal« irgendwann gewesen sein.

»Das letzte Mal haben Sie gesagt, ich kann jederzeit zu Ihnen kommen, wenn irgendwas ist, auch wenn es nur ein kleines Problem ist.«

»Jederzeit *während unserer Öffnungszeiten*, Ezzie. Das hab ich gesagt.«

»Ja, aber die Tür war ja offen. Also war's genau so, wie Sie's gesagt haben.«

»Wie denn?«

»Ja, dass offen ist, wenn's mir nicht gut geht, und dass ich kommen kann. Deswegen bin ich hier.«

Mit Ezzie logisch argumentieren zu wollen ist sinnlos, und Chandler verzichtet darauf. Er sieht zu, wie der Riese Bauklötze aufeinanderstapelt. Der Turm schwankt. Irgendetwas in ihm schreit laut, dass das Bauwerk auf keinen Fall noch einmal einstürzen darf. Er zieht seinen Mantel aus und setzt sich auf einen Stuhl. Nur einen Moment lang denkt er an den Empfang, den ihm Cherie bereiten wird, wenn er nach Hause kommt.

»Okay«, sagt er. »Sie haben gewonnen. Was ist passiert?«

Ezzies Finger halten inne. Er fährt sich über die Wangen, dann legt er die Hände flach auf den Tisch.

»Ich glaube, ich habe großen Mist gebaut, Doc.«

»Wie groß?«

Der Riese breitet weit die Hände aus und betrachtet den Raum zwischen ihnen.

»Ungefähr so.«

»Erzählen Sie. Ich hör Ihnen zu.«

»Nein, Doc, *Sie* erzählen.«

Ezzies Augen funkeln eigenartig.

»Was haben Sie das letzte Mal mit mir gemacht?«

»Ich weiß nicht – was meinen Sie?«

»Seit dem letzten Mal hab ich wahnsinnig Kopfweh. Das ist wie ein Feuer. Und gleichzeitig wie Stein. Feuer und Stein, Doc. Wissen Sie, wie das ist? Also ich stell die Frage noch mal, damit Sie mich auch verstehen, trotz Feuer und Stein. Was haben Sie das letzte Mal, als ich hier war, mit mir gemacht?«

Chandler schluckt mühsam seinen Speichel.

»Nichts anderes als sonst. Ich habe Sie in Schlaf versetzt und Ihnen dann zugehört.«

»Sie haben mich hypnosiert, oder?«

»Hypnotisiert, ja. Aber das mache ich doch jedes Mal, damit Sie leichter reden können. Erinnern Sie sich nicht, dass ich Ihnen erklärt habe, wie das funktioniert?«

»Doch. Bloß ist es mir früher beim Aufwachen besser gegangen.«

Ezzie hat sich wieder den Bauklötzen zugewandt. Acht sind noch übrig.

»Das letzte Mal«, sagt Chandler, »sagten Sie, Sie hätten ein Foto erhalten, das aus Ihrer Kindheit stammt. Das hat Sie sehr aufgeregt und traurig gemacht, aber Sie wollten nichts darüber sagen. Ich hab mir große Sorgen um Sie gemacht und Sie deshalb in tiefere Hypnose versetzt als sonst. Vielleicht ist das der Grund Ihrer Kopfschmerzen.«

»Wie wenn man zu viel getrunken hat, meinen Sie?«

»Ja, genau. Genau wie bei einem Kater.«

Ezzie hat sich die Hände auf die Knie gelegt. »Blöderweise«, sagt er, »trinke ich nur Kuhmilch und Limo, nie was anderes. Wasser ist gefährlich, weil die Leute ins Waschbecken pinkeln, und Bier und das alles, das ist was für schlechte Menschen.«

Diese letzten Worte hat Ezzie mit mehrfachem Pochen des Zeigefingers unterstrichen. Der Turm aus Bauklötzen wankt, schlingert, stabilisiert sich wieder. Dr. Chandler stößt seinen angehaltenen Atem aus.

»Kommen wir doch auf den großen Mist zurück, den Sie gebaut haben.«

»Ich hatte einen Freund. Er brauchte Hilfe. Ich hab ihm geholfen.«

»Das ist doch nichts Schlechtes, Ezzie.«

»Doch, leider schon, Doc. Glauben Sie mir: Wenn ich sage, es ist schlecht, dann ist es wirklich schlecht.«

»Hat Ihr Freund Sie gebeten, ihm zu helfen?«

»Nein. Das Foto war's. Es hat mir gesagt, dass ich Peter helfen muss, sein Gedächtnis wiederzufinden. Also hab ich mich auf die Suche nach ihm gemacht und ihn gefunden. Seine kleinen Mädels ebenfalls. Und seine Frau. Sie hieß Barbara. Ich hab sie Feuer und Stein ausgesetzt.«

Chandler gefriert das Blut nachgerade in den Adern. Er versucht, den Riesen abzulenken.

»Ezzie«, sagt er, »ich muss mal kurz telefonieren. Ich lasse Sie einen Moment allein. Aber ich bin gleich wieder bei Ihnen, und dann schauen wir, was wir tun können, um dieses Feurige und Steinige in Ihrem Kopf zu beseitigen. Einverstanden?«

Ezzie gibt keine Antwort. Aufrecht und reglos sitzt er da, ein dunkler Hüne im Dämmerlicht.

»Es dauert nur ein paar Minuten«, sagt Chandler.

»Ich hab meine Bauklötze. Ich kann warten.«

Chandler eilt in sein Büro zurück. Hinter sich hört er dumpf ein Gepolter von Holzklötzchen; offenbar ist der Turm wieder eingestürzt. Ezzie beginnt wieder von vorn. Chandler setzt sich an seinen Bildschirm. Seitdem Ezzie sein Patient ist, hat er gelernt, für die Zwischentöne aufmerksam zu werden. Diese kleinen Hinweise zu verstehen, die er in die Furchen seiner Gedankengänge pflanzt. Chandler ruft die Webseiten der großen Tageszeitungen auf. Er sucht nach einem Mord an einer Frau und zwei Mädchen in der letzten Zeit. Feuer und Stein. Chandler tippt Suchbegriffe ein. Scrollt sich durch die Ergebnisse. Pressemeldungen. Fotos. Death Valley, Nevada. Eine tote Frau in einem Lexus, in praller Wüstensonne ausgesetzt. Zwei kleine Mädchen in Kittelkleidchen, in ihren Kindersitzen festgegurtet, die mit gläsernem Blick in den Himmel starren. Chandler will nach dem Telefon greifen, als er jemanden hinter sich spürt. Eine Gestalt, so riesig, dass sie das Licht im Büro zu absorbieren scheint. Er dreht sich um und erblickt den Riesen, der ihn mit großen traurigen Augen ansieht.

»Um Himmels willen, Ezzie, was haben Sie getan?«

»Sag ich doch, Doc, ich baue einfach einen Mist nach dem anderen.«

Ezzie verstummt nachdenklich. Dann fügt er hinzu: »Das ist wie Heißhunger. Stellen Sie sich mal vor, Sie sterben vor Hunger und gehen in ein Fast-Food-Lokal und haben eine Million Dollar in der Tasche. Deswegen musste ich auch an einen Riesenhamburger denken, als ich gehört habe, wie Ihr Sohn Sie beschimpft.«

Chandler ist aufgestanden. Er weicht zurück, während Ezzie langsam näher kommt.

»Sie hätten Ihre Kinder ausklopfen sollen, Doc. Kinder müssen geklopft werden wie ein Teppich, sonst enden sie in der Hölle. Das ist das verdammte große Gesetz des Universums, und dagegen kann man nix machen. Aber keine Sorge, sie werden Sie nicht mehr behandeln wie Dreck, darauf können Sie Gift nehmen.«

Chandler stößt an die Ecke seines Schreibtischs.

»Ich bitte Sie, Ezzie, lassen Sie mich Ihnen helfen.«

»Ich weiß, was Sie denken, Doc. Sie denken, dass Sie wahnsinnig leiden und dass dieses ganze Leiden so stark ist, dass es Ihnen gleich den Schädel sprengt, aber glauben Sie mir – was echtes Leiden ist, wissen Sie nicht. Keinen blassen Schimmer haben Sie. Auf diesem Weg aus Stein und Feuer haben Sie gerade mal den ersten Schritt gemacht, aber ich bin ihn so weit gegangen, wie man sich vorstellen kann. Sie denken jetzt sicher, dass Sie sich ja eine neue Familie zulegen können, mit einer Frau, die Sie respektiert, und anderen Kindern, die Sie ausklopfen werden, damit sie ›Ja, Papa‹ und ›Okay, Papa‹ sagen und ›Ich hab dich lieb, mein liebster Papa‹. Blöd ist nur, dass das nicht vorgesehen ist, verstehen Sie?«

Dr. Chandler versucht verstohlen hinter seinem Rücken den Telefonhörer abzunehmen. Er muss nur 911 wählen und es läuten lassen. Die letzte Taste in der vorletzten Reihe unten rechts, dann zweimal die erste Taste oben links. Drei Zahlen. Nur drei Zahlen.

»Warum haben Sie das mit mir gemacht?«

»Ich habe nichts mit Ihnen gemacht, ich schwör's Ihnen.«

»Ach, schwören Sie nicht, Dr. Chandler. Der Herr kommt, um zu ernten und die Finger zu zählen, die sich ihm entgegenstrecken. Die Flammen der Hölle erwarten Sie und Ihre hässlichen plärrenden Blagen. Flammen der Vergeltung für das, was Sie mit meinem Kopf angestellt haben und weil Sie Ihr dreckiges Viehzeug nicht ausgeklopft haben. Sie sind das Schaf, und ich bin der Wolf. Also schwören Sie nicht auch noch.«

Chandler hat es geschafft, den Hörer abzunehmen. Er unterdrückt einen Laut des Entsetzens, als er die blutige Messerklinge erblickt, die Ezzie aus dem Futteral in der Brusttasche seiner Jacke gezogen hat. Eine lange Klinge aus brüniertem Stahl, ein Messer, wie es die Jäger benutzen, um ihre Beute auszuweiden. Der Psychiater hat die Neun gefunden. Mit zitternden Fingern tastet er sich aufwärts. Ezzie beobachtet unterdessen die Uhr an der Wand und lächelt.

»Jetzt haben wir unseren Termin, Doc«, sagt er.

V

Der Pakt

46

Als Peter erwacht, ist es ringsum finster und kalt. Es riecht nach Moos und Salpeter. Er fährt sich mit einer Hand über den Hinterkopf und ertastet eine hühnereigroße Beule. Er hat das Gefühl, dass sich der Schlag auf den Kopf durch seinen ganzen Körper ausgebreitet hat. Er hält sich die Hand vors Gesicht und zwinkert mehrmals, weil er nicht glauben kann, dass seine Augen wirklich offen sind. Er bewegt die Finger. Aber er kann die Lider so weit aufreißen, wie er will, er sieht seine Hand nicht. Er sieht gar nichts. Panik packt ihn. Die Dunkelheit ist so undurchdringlich, dass sie sich wie lebendig anfühlt, wie etwas Zuckendes, Pochendes, das ihm durch Nase und Mund eindringt, eine Flüssigkeit, die in seine Lunge sickert. Blindlings tastet er seine Umgebung ab. Er sitzt an einer Steinmauer, die staubig und voller Spinnweben ist. Der Boden unter ihm ist fester Lehm. An den Füßen fühlt er es krabbeln, fühlt winzige Krallen über seine Fersen die Waden hinaufklettern, und er schüttelt das Wesen angewidert ab. Auch am Fuß der Mauer ertasten seine Finger jetzt etwas Warmes, Pelziges. Er greift danach, spürt Haut und Fell und Knochen darunter. Und am einen Ende einen dünnen, kühlen Fortsatz, fest wie ein Stück Schnur. Spitze Zähnchen schlagen sich in Peters Handballen, und er drückt seinerseits fest zu. Es quiekt, und irgendetwas spritzt ihn warm an. Peter nähert noch einmal die Hand dem Gesicht. Es riecht nach Ratte. Er hält sich die Hand so nah vors Gesicht, dass er sich fast mit den Fingerspitzen in die Augen sticht.

»Scheiße, Mann, ich bin blind!«

»Reg dich ab, Peter, du bist nicht blind, hier drin ist es einfach stockfinster.«

»Howard, bist du das?«

»Ja, Mann.«

Angestrengt starrt Peter in die Dunkelheit und hofft, dass seine Augen sich allmählich gewöhnen, doch es ist alles immer nur dasselbe beängstigende, undurchdringliche Schwarz.

»Wo sind wir?«

»Im Karzer. Hier wurden früher die widerborstigen Kriegsgefangenen eingesperrt. Nicht zu fassen, oder? – Die Ärsche behandeln uns wie Yankees!«

»Und du, wo bist du?«

»Im Verlies neben dir.«

»Verrückt, wie gut man dich hört. Als wärst du direkt neben mir.«

»Das liegt an den Lüftungsschächten.«

Peter beugt sich vor. Tatsächlich weht ein Luftzug dicht über dem Boden dahin, und er fühlt danach. Der Hauch ist so kalt, dass er sich wie ein Gebirgsbach anfühlt. Er folgt ihm bis zur Quelle und stößt auf ein in die Wand eingelassenes Gitter.

»Und wo sind die anderen?«

»Auch da. He, Leute, Peter der Schreckliche ist von den Toten auferstanden!«

»Schön, dich zu hören, Pete!«

»Ist Wendy auch da?«

»Ja, drei oder vier Verliese weiter. Nachdem sie auf der Krankenstation wieder zusammengeflickt wurde.«

»Wendy?«

»Halt die Klappe, Pete. Sie pennt.«

»Wendy, hörst du mich?«

»Mann, ist der Kerl nervig! Ich sag dir doch, sie pennt!«

Etwas weiter entfernt meldet sich Ezzie. »Sie ist im Verlies neben mir, Peter. Ich hab vorhin mit ihr gesprochen. Da ging's ihr gut.«

Peter verscheucht das Ungeziefer, das abermals seine Knöchel attackiert.

»Wie lang war ich außer Gefecht?«

»Zwei Tage.«

Peter bewegt wieder die Finger vor den Augen.

»Howard?«

»Ja?«

»Das hättest du mir lieber nicht sagen sollen. Jetzt krepier ich vor Hunger und Durst.«

»Etwa vier Schritte links von dir hast du einen Krug Wasser. Einen Laib Brot auf einer Ablage über dir, und das Scheißhaus ist sechs Schritte vor dir an der Wand.«

»Und das Bad mit Whirlpool drei Tage Fußmarsch Richtung Nordpol.«

»Hey, bist du auch wach, Collie?«

»Yeah!«

Peter tastet nach dem Brotlaib und schlägt gierig die Zähne hinein – und beißt sich dabei fast einen aus. Anscheinend haben sie Kies unter das Mehl gemischt.

»Fuck! Howie, was ist das für ein Zeug?«

»Brot halt.«

47

Peter steht auf und muss sich sofort an der Wand festhalten, weil sich ihm der Kopf dreht. Der Lehm unter seinen Füßen ist kalt und hart wie Ziegelstein. Er verzieht das Gesicht. Das Kreuz tut ihm scheußlich weh. Er geht vier Schritte nach links und findet den Wasserkrug. Er taucht die Finger hinein und ertastet ein Tier auf der Wasseroberfläche, einen Käfer oder eine fette Küchenschabe. Er fischt das Tier heraus und beißt hinein. Ein bisschen Flüssigkeit spritzt heraus und rinnt ihm über die Lippen. Eine Schabe. Er verschluckt das noch lebende Insekt und trinkt einen Schluck modriges Wasser nach, um den Geschmack zu vertreiben. Dann beißt er in das Brot und nimmt noch einen Schluck. Als er Brot und Wasser zu einem Brei zerkaut hat, schluckt er und beginnt von vorn. Der Krampf im Magen lässt allmählich nach. Er setzt sich wieder.

»Ist Wendy jetzt wach?«

»Ja, Süßer, ich bin wach.«

»He, Leute, Wendy nennt ihn ›Süßer‹!«

»Halt's Maul, Howard. Wie geht's dir, Baby?«

»Mir tut alles weh. Außerdem gibt es hier lauter Viehzeug. Und ich hab *Hunger*. Aber abgesehen davon geht's.«

Eine Zeit lang sind alle still. Dann sagt Peter: »Ich hab übrigens von dir geträumt.«

»Echt? Ich auch!«

»Wir waren am Ufer des Mississippi, hatten grad miteinander geschlafen, schauten uns in die Augen, und es war schön.«

»Ich auch, aber in meinem Traum haben wir uns nur in die Augen geschaut, das war schön.«

»Sag mal, geht's noch, ihr beiden? Stören wir womöglich?«

»Stimmt, es sind ja etliche Singles unter uns!«

»Also ich stopf mir einfach die Ohren zu, wenn sie reden.«

»Das ist nett von dir, Ezzie.«

»Keine Ursache, Wendy.«

Peter bewegt wieder die Finger vor den Augen. Er meint, seine Fingernägel zu erkennen.

»Wie geht's deinem Gesicht?«, fragt er. »Wird es eine große Narbe oder nicht?«

»Wieso? Hast du Angst, dass ich zu hässlich geworden bin, und willst nicht mehr am Mississippiufer mit mir schlafen?«

»Nein. Ich möchte die Narbe im nächsten Traum unterbringen.«

»Sechs Stiche, aber es geht schon.«

»Ich bring den Kerl um, Baby.«

»Du hast ihm den Kiefer zerschmettert. Ich schätze, er wird eine Weile im Krankenhaus sein, und wenn er wieder rauskommt, wird er für den Rest seines Lebens aus einem Strohhalm trinken.«

»Trotzdem. Wenn er wieder rauskommt, bring ich ihn um.«

Peter beißt in seinen Brotlaib.

»Weiß jemand vielleicht eine lustige Geschichte?«, fragt Howard.

»Au ja, wer die lustigste Geschichte hat, gewinnt! Marcellus, fängst du an?«

Keine Antwort.

»He, Marcellus!«

»Lasst mich in Ruhe«, ertönt eine tränenerstickte Stimme.

»Hallo, Marcellus, flennst du oder pinkelst du?«

»Sei doch still, Collie! Marcellus, ich bin's, Peter, was ist los?«

»Nix. Lasst mich einfach in Ruhe.«

»Mann, du *musst* reden. Das ist die Regel im Karzer: Der Erste, der nichts mehr sagt, ist ein toter Mann.«

Ein unterdrücktes Schluchzen tönt durch die Dunkelheit, gefolgt von einem Schniefen. »Ich muss hier raus«, sagt Marcellus.

»Yeah, ich auch! Hol die Pizza, ich deck schon mal den Tisch.«

»Jetzt halt die Klappe, Collie! Ich hab keine Lust, mich

zu wiederholen, okay? Zwing mich nicht dazu, sonst wirst auch du demnächst deine Cola mit dem Strohhalm trinken. Marcellus?«

»Ja.«

»Sag schon.«

»Ich kann nicht mehr schlafen. Seit zwei Tagen erzähl ich mir lauter Scheiß, um nicht denken zu müssen, aber es hilft nicht, ich kann einfach nicht schlafen. Und wenn ich nicht sehr bald hier rauskomme, werd ich verrückt.«

»Du musst deine Angst loswerden, Mann. Du musst sie aus dir rauslassen, und dann siehst du schon, dass das alles hier nur Mauern sind und Finsternis. Nur Mauern und Finsternis, klar?«

»Pete?«

»Ja?«

»Ich muss hier raus.«

»Nur die Ruhe, Marcellus. Howard?«

»Ja?«

»Marcellus geht es schlecht.«

»Ja, hab ich gehört. Marcellus?«

»Ja?«

»Geht's dir schlecht, oder geht's dir sehr schlecht?«

»Ich bin am Ertrinken. Ich hab das Gefühl, dass meine Lunge voller Wasser ist, und ich saufe gleich ab.« Seine letzten Worte gehen in einem neuerlichen Schluchzen unter.

»Marcellus? Du musst reden, und wir müssen dir antworten«, sagt Peter. »Okay? Daran musst du dich festhalten. Ist das klar?«

Marcellus atmet durch den Mund. Er kämpft gegen die Panik an. Langsam drängt er sie zurück.

»Okay«, sagt er. »Als ich klein war, in Kensington, Alabama, wohnten wir in einem kleinen Haus zwischen lauter anderen kleinen Häusern, die alle identisch waren. Meine Mutter …«

»Langsam, Marcellus, atmen nicht vergessen.«

»Meine Mutter hieß Amanda. Ich fand diesen Vornamen immer superschön, hat mich an Dörrobst erinnert. So war sie nämlich, meine Mutter, wie Dörrobst. Ihr wisst schon – diese Früchte, die in der Sonne getrocknet werden, und dann sind sie ganz eingeschrumpelt und runzlig und zerschmelzen einem im Mund vor lauter Süße und Weichheit. Bei Kids wie uns sind die Eltern meistens total Scheiße, aber in meinem Fall stimmt das nicht, Amanda war die beste Mutter der Welt. Verstehst du das, Pete?«

»Hat sie nach Seife gerochen?«

»Nach Seife und frischer Wäsche. Und nach Talkumpuder. Sie hatte ganz flache Backen und eine lädierte Haut, aber das Schönste war für mich, wenn ich meine runden Backen an ihre flachen drücken und ihren Talkumduft riechen durfte und sie mich in den Armen gehalten hat. Das passierte vor allem nachts, wenn ich schlecht geträumt hatte. Ich weiß nicht, wie sie das geschafft hat, aber immer wenn ich voller Angst aus dem Schlaf fuhr, war sie da, als hätte sie's gespürt, dass es mir nicht gut geht. Genauso am Abend, wenn ich traurig war. Meistens war es so, dass ich im Wohnzimmer irgendwas spielte, dann schaute ich zum Fenster hinaus, sah den Abend kommen, und das tat irgendwie weh.«

»Das nennt man die blaue Stunde.«

»Was?«

»Diese Traurigkeit, die einen überkommt, wenn es Abend wird. Blau deshalb, weil das Licht weniger wird und das Blau des Himmels immer dunkler.«

Marcellus atmet mit Mühe. Er spricht weiter: »Amanda ist im Juni gestorben. Mitten im Winter fing sie zu husten an, und kurz vor Sommeranfang starb sie. Ich hab ihr bis zuletzt die Hand gehalten. Sie kam nach Hause zurück, weil man sie im Krankenhaus nicht mehr haben wollte.

In der Nacht, in der sie starb, lag ich neben ihr und hielt ihre Hand, und sie hatte die Arme um mich. Ich weiß noch, wie ihr Atem gepfiffen und gegurgelt hat, denn ihre Lunge war voller Wasser. Sie strich mir über die Haare, und ich schlief ein. Als ich wieder aufwachte, war draußen ein trauriger, regnerischer Tag. Der Sozialdienst kam zwei Tage später, weil ich nicht ans Telefon ging. Ich lag immer noch in Amandas Armen, die erstarrt waren, und ihr Atem in meinem Ohr hatte aufgehört. Daran erinnere ich mich.«

Marcellus schnieft in die Dunkelheit.

»Danach kam ich zu Onkel Mitch. Der arbeitete tagsüber in einer Gießerei, und nachts soff er und schlug mich. Wenn er morgens aus dem Haus ging, sperrte er mich in einen Verschlag ohne Wasser und Licht. So war das. Ich meine, es gibt überhaupt nichts Heldenhaftes in meinem Leben. Immer nur Schläge, Demütigungen und Geschrei. Und dann …«

»Was, Marcellus?«

»Scheiße, ich kann es nicht sagen. Ich konnte es noch nie sagen. Ich dachte, euch könnte ich es vielleicht sagen, aber ich kann's nicht.«

Wendys Stimme dringt durch die Lüftungsschächte.

»Versuchst du's mir zuliebe, Marcellus?«

Marcellus holt tief Luft. »Na gut«, sagt er und verstummt wieder.

»Marcellus?«

»Ja, ja … Also … Irgendwann kam Onkel Mitch abends in mein Zimmer. Er legte sich auf mich, und an dem Abend ist mein Leben stehen geblieben wie eine Uhr. Es war nicht nur, dass es wehtat, was er mit mir machte. Oder dass es absolut widerlich ist und man sich zu Tode schämt. Das Schlimmste war, dass mir der Onkel dabei Sachen ins Ohr geflüstert hat.«

»Was denn?«

»Er hat gesagt... er hat gesagt...«

»Nur die Ruhe, Marcellus, lass dir Zeit.«

»Er hat gesagt, dass er mich liebt.«

Marcellus stöhnt im Dunkeln. Er weint lange, und niemand spricht ein Wort.

Aber dann hallt wieder seine Stimme durch die Schächte: »Mann, Scheiße, ich hab's gesagt! O Mann, ich hab's gesagt!«

»Ja, hast du. Supertoll, dass du das geschafft hast.«

48

»Will jemand weitermachen?«

»Ich.«

»Also los, Collie.«

»Als ich klein war, wohnten wir in Palissade, Oregon. Ein richtig nobles Haus, in der Innenstadt. Mein Vater war Chirurg und meine Mutter Chefin einer Werbeagentur. Meine Schwester und ich waren ein bisschen uns selbst überlassen, ein bisschen unruhig. Nicht böse, aber wohl schwierig, anstrengend. Unsere Eltern schlugen uns mit dem Gürtel, wenn sie abends heimkamen. Dann fingen sie an, uns irgendwelches Zeug zu geben, Tabletten, die unser Vater aus dem Krankenhaus mitbrachte. Gegen Depressionen und so. Sie nahmen das Zeug selber. Deswegen hörten sie zwar nicht auf, uns zu schlagen, aber sie lächelten dabei. Wir waren alle superglücklich, versteht ihr? Wegen diesem Dreck, den wir schluckten. Wir waren dermaßen glücklich, dass wir die ganze Zeit lachten und Spaß hatten, auch wenn wir eigentlich weinen wollten. Auch wenn es absolut normal und eigentlich notwendig gewesen wäre, zu weinen.«

Collies Stimme ist heiser geworden.

»Einmal«, fährt er nach einer Weile fort, »kam meine Schwester von der Schule heim und sperrte sich bis zum Abendessen im Bad ein. Sie war kurz vorher dreizehn geworden. Als sie wieder rauskam, war Blut in der Badewanne und an ihrer Unterwäsche im Wäschekorb. Ich fragte, was los ist; ich weiß noch, dass sie gleichzeitig weinte und lächelte. Sie sagte, es sei nichts. Dann setzten wir uns an den Tisch, und die Eltern erzählten von ihrem Tag und vom nächsten Urlaub in Florida, und meine Schwester sagte plötzlich: ›Also ich bin heute vergewaltigt worden.‹ Totenstille am Tisch, aber nie werde ich diese ganzen weichen Lippen vergessen und dieses Lächeln. Einen Moment lang war die Stimmung am Kippen, und unsere Mutter sagte: ›Wie bitte?‹, aber mein Vater nahm sich Essen nach und sagte: ›Aber nein, Kleine, das kann doch nicht sein, das bildest du dir nur ein.‹ Dann war wieder alles still, und schließlich sprang meine Schwester auf und weinte und schrie. An ihrem Nachthemd war ebenfalls Blut. Sie weinte, und gleichzeitig war dieses festgefrorene Lächeln in ihrem Gesicht. Unsere Mutter sagte: ›Schatz, tu dir ein Tampon hinein, und dann komm und iss fertig.‹ Meine Schwester schrie: ›Mama, ich versuch dir zu sagen, dass ich vergewaltigt worden bin‹, aber sie, Mama, sagte nur: ›Aber nein, meine Kleine, du hast deine Tage, du wirst jetzt eine Frau.‹ Und meine Schwester sah uns alle an und versuchte ihr Lächeln abzustellen, aber es ging nicht, und sie rannte hinauf in ihr Zimmer. In derselben Nacht hat sie sich die Pulsadern aufgeschnitten. Und wisst ihr, was?«

»Was?«

»Bei ihrer Beerdigung lächelten meine Eltern immer noch. Sie versuchten aufzuhören, aber es ging nicht.«

Collie verstummt.

Peter stößt einen leisen Pfiff aus. »Marcellus?«, fragt er.

»Ja?«

»Geht's jetzt besser?«

»Wie, bitteschön, soll's mir bei diesen Drecksgeschichten besser gehen?«

Peter ist aufgestanden, um sich die Beine zu vertreten. Leise atmet er durch die Nase, macht ein paar Liegestützen. Seine Muskeln schmerzen jetzt weniger. Er nimmt einen Schluck modriges Wasser und setzt sich wieder.

»Wer macht weiter? Howard?«

»Hab nix zu sagen. Ich bin ganz normal. Keine Meise wie ihr alle. Ein Justizirrtum hat mich auf die schiefe Bahn gebracht, aber ich komm hier wieder raus, und wenn ihr dann im Todestrakt sitzt, bring ich euch Orangen.«

»Na komm, Howard, mach schon.«

Es knistert im Dunkeln. Zigarettenrauch zieht durch die Schächte. Peters Nasenflügel beben.

»Bist du das, Howie?«

»Yeah.«

»Fuck, wo hast du die Kippe her?«

»Ich hab immer eine oder zwei am Körper versteckt, für große Anlässe.«

»O Mann! Ich würde glatt wen umbringen für eine Kippe!«

Howard stößt den nächsten Schwall Rauch aus. »Ich hab erst mal nur Tiere umgebracht«, sagt er.

»Hä? Wieso das denn? Arme Tiere!«

»Ich weiß nicht. Es hat mir Spaß gemacht, und gleichzeitig war's eklig.«

»Ich hab auch ganz schön viele Tiere umgebracht!«

»Bei dir zählt das nicht, Ezzie.«

»Und wieso nicht?«

»Weil du dich sowieso nie an was erinnerst, deswegen sind das keine echten Morde.«

»Stimmt nicht! Stimmt überhaupt nicht! Klar, ich hab

nicht so viel Platz im Gedächtnis, aber deswegen muss ich mir eben die Sachen aussuchen, an die ich mich erinnern will.«

»Ach ja? Und kannst du mir sagen, wann du geboren bist?«

»Natürlich! Beim Tod meiner Mutter. Ich hab sie umgebracht, weil ich ihr von innen den Bauch aufgeschlitzt habe.«

»Mann, Ezzie, das hab ich dir doch schon hundert Mal erklärt: Man hat ihr einen Kaiserschnitt gemacht, und sie ist bei deiner Geburt gestorben.«

»Trotzdem. Das ist der Tag, an dem ich geboren bin. Also ich erinnere mich sehr wohl!«

»Und was war das für ein Tag?«

»Ein Freitag.«

»Welches Jahr?«

»Du musst mich echt immer niedermachen, oder?«, grummelt Ezzie vor sich hin. »Mister Howard Cullen erinnert sich ja an alles. Mister Howard Cullen weiß, wie meine Mutter gestorben ist, und er hat mehr Tiere umgebracht als ich.«

»Habt ihr's dann, ihr zwei? Na los, Howard, mach du weiter.«

49

Howard zieht an seiner Zigarette und schickt eine Rauchwolke durch die Lüftungsschächte.

»Also. Wir haben in Scarlton, Georgia, gewohnt. Hatten unsere Bude im ehemaligen Reichenviertel. Windiges Haus, baufällig, aber war wohl mal ganz schön, in seinen guten Tagen. Das Armenviertel, das waren früher die Schlachthofgebäude, die in Sozialwohnungen umgewandelt wurden, mit Brachflächen dazwischen, auf denen nur Müll herumlag. Jahre später stank es immer noch nach Blut und Fleisch. Ich hatte eine so glückliche Kindheit, wie es mit einem arbeitslosen Vater und einer depressiven Mutter halt ging. Also nichts, womit ich protzen könnte. Mein Vater hat mich nie geschlagen. Er war eigentlich eher gutmütig, einer, mit dem man gut reden konnte. Eher der schweigsame Typ, weil er ständig auf meine Mutter aufpassen musste, damit sie sich nicht umbrachte. Beispiel: Einmal saßen wir beim Abendessen, meine Mutter schien ganz gut drauf. Sie erzählte alles Mögliche, aß aber nichts, sondern hatte die Hände unter dem Tisch. Irgendwann wurde sie bleich, und mein Vater sah das, stand auf und sagte: ›Gib her.‹ Sie sagte: ›Was?‹, und er sagte: ›Das weißt du ganz genau.‹ Daraufhin reichte ihm meine Mutter ziemlich belämmert die große Fischschere, mit der sie sich heimlich unter der Serviette die Pulsadern aufgesäbelt hatte. Sie verspritzte ihr Blut unter den Tisch, und währenddessen plauderte sie ganz entspannt mit uns. So eine war sie, meine Mutter. Sterben war ihr Lebenszweck. Manche stehen aufs Häkeln oder aufs Lesen, andere machen ehrenamtliche Arbeit. Meine Mutter wollte sich ständig auf irgendeine Weise umbringen. Das war ihr Ding. Mein Vater überwachte sie sogar noch auf dem Klo. Nachts musste er oft aufstehen, um das Gas abzudrehen. Irgendwann fing er an, meine Mutter einfach ans Bett zu fesseln und mit Schlafmitteln vollzupumpen, damit sie nachts Ruhe gab.«

Je mehr Howard erzählt, desto mehr Erinnerungen tauchen auf, wie Blasen im Schlamm.

»Einmal vergaß mein Vater anscheinend, die Knoten ordentlich festzuziehen, aber im Nachhinein denke ich, dass er einfach die Schnauze voll hatte und sie absichtlich nicht festgebunden hat. Jedenfalls fand ich Mama morgens am

Küchentisch sitzen. Sie hatte die Fischschere in einen Spalt in der Tischplatte gerammt, die Hände im Nacken verschränkt, sich bis auf ein paar Millimeter über die Schere gebeugt und den Mund weit aufgemacht, und dann hat sie sich selber den Kopf nach vorn geschlagen. So haben sie's nachher rekonstruiert. Also die eine Klinge der Schere hat ihren Gaumen durchbohrt, die andere ist ihr ins eine Nasenloch eingedrungen. Und in der Blutlache auf dem Tisch, die dick und dunkelrot war wie Lack, lag eine leere Schachtel Schlaftabletten und eine umgekippte Whiskyflasche, ebenfalls leer. Ich machte mir eine Schale Froot Loops, setzte mich ans andere Tischende und sah Mamas Leiche an. Ich hatte die schreckliche Vorstellung, sie könnte sich wieder aufrichten und sich mit der Schere im Gesicht auf mich stürzen, und wäre eigentlich gern fortgerannt, aber ich blieb sitzen und aß meine Froot Loops. Dann kam mein Vater und sagte: ›O mein Gott‹, aber irgendwie verwischt sagte er das, und daraus schloss ich, dass er sich ebenfalls mit Schlafmitteln vollgestopft hatte.«

Howard zündet seinen erloschenen Zigarettenstummel noch einmal an.

»Im Sommer drauf hab ich mit dem Umbringen angefangen. Von meinem Vater hatte ich einen Karabiner, Kaliber .22 lfB, mit dreifach vergrößerndem Zielfernrohr, und ich verbrachte die Tage draußen auf den Feldern und feuerte auf alles, was sich bewegte. Erst nur auf Vögel und Eichhörnchen. Später knallte ich streunende Katzen ab, auch Hunde.«

»Ich hab sogar mal einen Puma erlegt!«

»Red doch keinen Scheiß, Marcellus.«

»Doch! Ganz bestimmt!«

»Ja, und wieso nicht gleich einen Tiger oder weißen Hai, wenn du schon dabei bist? Du bringst doch grad mal Regenwürmer um. Oder, Ezzie?«

»Also wenn Marcellus sagt, dass er einen Puma gekillt hat, dann glaub ich ihm das.«

»Na gut, vielleicht war's eine sehr große Katze. Weiß nicht so genau. Es war dunkel.«

»Eine wilde Katze?«

»Sowieso!«

Howard tritt seinen Stummel aus. Peter kratzt sich am Kopf, und Ezzie übernimmt.

»Also ich«, sagt er, »hab nix Besonderes zu erzählen, nur dass ich Uhren mag, die Musik machen, und dass ich meine Oma gekillt habe. Ich kann nicht sagen, dass ich sie mochte, aber gehasst hab ich sie auch nicht. Am Anfang hab ich noch dagegen angekämpft. Ich hab versucht, den Gedanken fortzuschieben, aber er kam immer wieder. Bis ich kapiert habe, dass er mein Freund war, dieser Gedanke. Also hab ich eines Abends meine Oma gekillt.«

Ezzie verstummt. Howard summt vor sich hin. Peter lässt seine Fingergelenke knacken. Collie gähnt. Marcellus scharrt mit den Füßen auf dem Boden. Wendy niest. Diese Geräusche sind wie ein aufflammendes Streichholz in der Dunkelheit. Es knistert, es wärmt einem kurz das Herz, verlöscht wieder.

»He, Leute«, sagt Howard, »wie wär's, wenn wir einen Pakt schließen?«

VI

Ezechiel Brody

50

Die Sonne brennt vom Himmel. Grelles weißes Licht fällt durch die vergitterten Zellenfenster. Drinnen ist es so heiß, dass etliche nur in Unterhosen sind. Besonders nichtsnutzige Knaben stecken ihre Schwänze zwischen die Gitterstäbe und pfeifen nach den Mädchen auf der anderen Seite des Zellentrakts.

Peter liegt mit nacktem Oberkörper auf seiner Pritsche. Drei Monate ist er jetzt hier. Wie jeden Freitag schiebt der Profos, der den Postboten macht, seinen Karren durch die Flure. Peter schaut einer Fliege nach. Er stellt sich vor, wie aufgeregt einer sein muss, wenn er Quint seinen Namen brüllen hört. Hektische Hände greifen durchs Gitter nach Umschlägen und aufgerissenen Päckchen – denn bevor sie die Post herausrücken, setzen sich Vögte und Profose zusammen und lesen die Briefe und durchwühlen die Päckchen. Es ist jeden Freitag dasselbe. Sie stopfen sich mit Bonbons und Keksen voll, und manchmal hat der Blödmann Quint noch einen schokoverschmierten Mund, wenn er die Post verteilt. Oft klauen sie auch Andenken und behalten die Fotos von Müttern und kleinen Schwestern für sich. Finden sie Mädchenunterwäsche, hinterlassen sie umgekehrt ein Andenken darauf und wischen sich noch den Schwanz damit ab, bevor sie die Sachen ins Päckchen zurücklegen. In der ersten Zeit ihres Aufenthalts hier weinen die Mädchen noch beim Anblick ihrer besudelten Wäsche. Es ist auch schon vorgekommen, dass der eine oder andere Häftling unklugerweise darauf bestand, alles ausgehändigt zu bekommen, was ihm seine Eltern, wie einer auf dem Boden des Päckchens versteckten Liste zu entnehmen ist, geschickt haben. Doch nach einer ordentlichen Abreibung ist jeder zufrieden, wenn er wenigstens seine Briefe erhält. Meist sind sie von Eltern, Tanten, entfernten Verwandten, die in schlichten Worten die trübsinnigen Tage in dem elenden Nest schildern, in dem der Empfänger seine Kindheit verbracht hat. Oft liegt ein miserables Foto von verkommenen Vorgärten und rostfleckigen Wohnwagen vor dem Holzzaun eines Häuschens bei. In der Regel schließen diese Briefe mit Ermahnungen wie: »Werde kein warmer Bruder, sonst wirst du in der Hölle schmoren!«, »Lege nicht zu häufig Hand an dich!« oder, im Fall des Briefs einer Mutter an die Tochter: »Halte dich von den Jungen fern, die alle immer nur das eine wollen, wenn dich aber doch einer erwischt und Schweinkram mit dir machen will, wehr dich nicht, denn das ist immer noch besser, als dich verprügeln zu lassen.«

Einen Brief dieser Sorte hat anscheinend die kleine Alabama erhalten. Sie hat ihn in einer Ecke ihrer Zelle gelesen und ist dann in Tränen ausgebrochen. Die Verlorenen Jungs hören das Schluchzen. Sie hören auch den Hohn und Spott ihrer Zellengenossinnen. Collie malmt wild mit den Zähnen. Er ist schwer verliebt in die Kleine. Collie, der lange Schlaks, und die zierliche Alabama. Er wollte ihre Aufnahme in die Gruppe durchsetzen. Darüber brach in dem Winkel zwischen Dornengestrüpp und Brennnesseln, in dem sie ihr Versteck haben, eine stürmische Diskussion aus. »Die Leute stehen Schlange, Collie«, sagte Howard. »Aber wir sind komplett. Wir sind die Verlorenen Jungs, klar? Nicht das Fundbüro.«

Collie ballte die Hände zu Fäusten.

»Was hast du gesagt?«

»Ich sage, dass deine Alabama eine blöde Zicke ist,

die wegen jedem Scheiß zu flennen anfängt, und wahrscheinlich verpfeift sie uns sowieso beim erstbesten Profos. Macht miteinander rum, so viel ihr wollt, aber in die Gruppe kommt sie nicht.«

»Nimm das sofort wieder zurück, How.«

Peter stand auf, um einzugreifen, aber er sah, dass Collie gar nicht angriffslustig war, sondern eigentlich todtraurig – er hatte wirklich Tränen in den Augen, obwohl er Howard die Faust unter die Nase hielt, während der sich bereits mit erhobenem Unterarm gegen einen Schlag wappnete.

»He, Leute, wir schlagen uns doch nicht wegen einer Tusse die Birne ein!«, sagte Peter.

»Vielen Dank, Peter, sehr freundlich.«

»Du weißt genau, was ich meine, Wendy.«

Als Collie Howard am Kragen packte, mischte sich Ezzie ein.

»Soll ich sie zusammenhauen, Pete?«

»Nein, Ezzie. Collie kriegt sich wieder ein, und Howard hält seine Klappe.«

»Ich will, dass Howard zurücknimmt, was er gesagt hat. Er soll es zurücknehmen, dann ist es für mich okay.«

»Okay, Collie, ich nehm's zurück, aber denken darf ich, was ich will.«

Peter richtet sich auf seiner Pritsche auf und späht in die Zelle gegenüber, die sich Wendy mit Alabama teilt. Collies Mädchen ist und bleibt untröstlich. Vom ersten Tag an hat Wendy die dicken Bauerntrampel abgewehrt, die ein Auge auf ihren Schützling geworfen hatten, und Alabama in der Pritsche unter ihr untergebracht. Manchmal, wenn sich Alabama gar zu einsam fühlt, legt sich Wendy zu ihr unter die Decke, wo die Kleine dann trotz der Hitze am ganzen Leib zittert. Natürlich haben die Bauerntrampel daraus den Schluss gezogen, dass die beiden Lesben sind.

Wendy lässt sie in dem Glauben. Nur eine gewisse Martha Pencher hat sich eingebildet, sie könne Wendy zum Kampf herauszufordern und ihr Alabama abspenstig machen. Danach war sie eine Woche auf der Krankenstation, und seither wagt keine mehr, mit Wendy Streit zu suchen.

Collie tigert in der Zelle auf und ab.

»Hat deine Heulsuse schon wieder einen großen Kummer?«

»Geh, lass ihn doch in Frieden, Howard.«

»Was ist los, Marcellus, stehst du etwa auch auf die Heulsuse?«

»Halt die Fresse, Howard!«

Collie packt die Gitterstäbe. Alabama weint. Wendy versucht, sie zu trösten. »Wendy!«, schreit Collie.

»Das ist eine ganz schlechte Idee, Collie.«

»Wendy? Was ist mit Alabama?«

Wie Peter befürchtet hat, haben die Typen in den anderen Zellen nur auf so eine Gelegenheit gewartet, und jetzt schallt der Name seiner Liebsten aus hundert Kehlen durch den Zellentrakt: »Wendy, Wendy, Wendy …« Erbost fährt Wendy herum. Peter hebt Schultern und Hände, um ihr zu bedeuten, dass er nichts dafür kann. Als das Geschrei und Gejohle nachlässt, ruft Wendy herüber: »Was ist denn, Collie?«

Diesmal fangen die Mädchen zu kreischen an. In ihr Geschrei hinein ruft Collie: »Was steht in dem Brief? Alabama, hörst du mich?«

Der Zellentrakt hallt vom Lachen und Grölen der Häftlinge wider. Peter legt Collie die Hand auf die Schulter, um ihn vom Gitter wegzuziehen. Alabama hat aufgeblickt, ihr Gesicht ist tränenüberströmt.

»Wendy, Scheiße, was ist denn los, was steht in dem Brief?«

»Weiß ich nicht! Sie will nichts sagen!«

»Leck ihr doch die Möse, dann rückt sie schon damit raus, du blöde Ziege.«

Das kam von Martha Pencher, die ihr Pferdegesicht an die Gitterstäbe drückt. Wieder bricht schallendes Gelächter aus, nur Martha vergeht das Grinsen, nachdem Wendys Blick sie getroffen hat. Collie will noch etwas rufen, doch jetzt marschieren die Profose auf und hämmern mit ihren Schlagstöcken an die Zellengitter. Das Geschrei erstirbt. Peter pflückt Collies Finger von den Stäben, die dort anscheinend festgewachsen sind.

»Komm wieder runter, Mann, mach dich nicht zum Trottel.«

Collie wirft einen letzten Blick auf Alabama, dann auf die Uhr. Noch eine Stunde bis zur Abendpause. Er schielt zu Howard hinüber, der ihn grinsend mustert.

»Halt bloß die Fresse!«

51

Die Verlorenen Jungs sitzen zwischen den Brennnesseln auf ihren Planken. Nur Collie fehlt. In der Pause hat er Alabama gesucht und ist mit ihr fortgegangen. Howard verteilt selbst Gedrehte. Nur Ezzie zieht einen Holunderstängel vor, den er raucht wie eine Zigarette, obwohl er sichtlich gegen den Brechreiz ankämpft.

Peter inhaliert den Rauch und erstickt fast. »Was ist das denn für eine Scheiße!«, krächzt er.

»Eine Pfeifenmischung und Kippenreste. Und bisschen Laub, glaub ich.«

»Absolut widerlich.«

»Ja. Deswegen ist es ja gut.«

Howard blickt zu den flauschigen weißen Wolken hinauf, die über den Himmel ziehen.

»Ob sie's ihm sagt, was meinst du?«

Wendy zieht an ihrer Zigarette und stößt, ohne zu inhalieren, den Rauch wieder aus. Sie sieht Howard an.

»Nachdem sie mir nichts gesagt hat, würd's mich wundern, wenn sie bei ihm auspackt.«

»Von wem war denn der Brief?«

»Von ihrer Mutter, glaub ich.«

»Ist sie tot?«

»Wer?«

»Na, ihre Mutter.«

»Ezzie! Wenn sie tot wär, könnt sie ihr doch nicht schreiben!«

Ezzie runzelt die Stirn, dann zuckt er die Achseln und zündet seinen Glimmstängel wieder an.

»Was ist denn eigentlich los mit Alabama, was ist ihr Problem?«, fragt Marcellus.

»Sie ist jung. Kommt überhaupt nicht klar. Und wenn es einen Menschen gibt, der in Redemption wirklich nichts zu suchen hat, dann ist sie das.«

»Ich auch nicht!«

»Doch, Ezzie, du gehörst schon hierher.«

Ein breites Grinsen zieht über das gutmütige Gesicht des Riesen.

»Ja, das stimmt.«

»Und warum sagst du, dass das Kind Alabama hier nichts zu suchen hat?«

»Sie hat niemanden umgebracht, nichts gestohlen. Sie wurde nur von ihrem Vater misshandelt. Eine degenerierte protestantische Familie. Es ist mal was Scheußliches passiert, und sie ist von zu Hause abgehauen. Seitdem ist sie hier.«

»Das stinkt doch. Sie verheimlicht dir was, die kleine Heulsuse.«

Wendy bläst gegen die Haarsträhne, die ihr vor den Augen tanzt.

»Was hast du eigentlich gegen sie, Howard? Warum bist du so gemein? Eifersüchtig oder was?«

»Ich? Hast du sie nicht mehr alle?«

»Also was dann? Bist du schwul?«

»Soll ich's dir beweisen, Wendy Moore?«

»Ich jedenfalls hab nix gegen Schwule.«

»Du halt's Maul, Ezzie.«

Ezzie inhaliert tief.

»Ich warne euch, Leute. Der Nächste, der ›Halt's Maul‹ zu mir sagt, den nehm ich sehr fest in die Arme.«

Howard setzt sich wieder. Wendy starrt ihn unverwandt an. »Alabamas Problem ist«, sagt sie, »dass sie jeden zweiten Abend nach dem Gebet den Reverend in seinem Büro besuchen muss, und manchmal bleibt sie die halbe Nacht.«

»Scheiße, spinnst du?«

»Nein. Und wenn die Profose sie zurückbringen, ist sie eiskalt und kriegt kein Wort raus, und vor allem blutet sie.«

»Wo?«

Wendy wirft Howard einen hasserfüllten Blick zu. »Wo wohl!«

»Scheiße. Das heißt, der Reverend missbraucht sie?«

»Allerdings. Und ihr schwört mir jetzt alle, dass ihr das keinem weitersagt, sonst muss ich Ezzie bitten, dass er euch zerknüllt wie Blech.«

»Mach ich, Wendy.«

»Danke, Großer.«

Wendy tritt ihre Zigarette aus.

»Nächste Woche hat sie Geburtstag. Vielleicht könnten wir sie mit irgendwas Nettem überraschen, um ihre Stimmung ein bisschen zu heben?«

»Womit denn überraschen?«

»Weiß ich nicht. Einem Kuchen?«

»Super Idee, und wieso nicht gleich mit Tischtuch und Blumen und einem Profoschor, der ›Happy Birthday‹ singt?«

»So weit würd ich nicht gehen, aber wir könnten immerhin einen Apfelkuchen machen, den wir backen und hier aufessen.«

»Ich kümmere mich um die Äpfel.«

Im Dornengestrüpp raschelt es, und Collie erscheint mit niedergeschlagener Miene und roten Augen.

»Was ist los?«

»Alabama ...«

Collie zerdrückt eine Träne. Wendy umarmt ihn und hält ihn. Ein leiser Wind weht durchs Gebüsch, in der Ferne ertönt eine Glocke. Die Häftlinge versammeln sich zum Appell.

52

Shepards Privatjet ist auf einem menschenleeren Flugplatz im Norden Nevadas gelandet. Er steigt aus und geht auf den Hubschrauber zu, der am anderen Ende der Piste seinen Rotor anwirft. Sein Handy vibriert, auf dem Display erscheint Colemans Nummer. Shepard späht die staubige Straße entlang nach Norden. Er weiß, dass der Mörder hier ganz in der Nähe war. Er nimmt den Anruf an.

»Coleman?«

»Ich hab ihn.«

»Wo?«

»Clint, Idaho. Eine gottverlassene Hütte mitten im Wald, meilenweit von jeder Zivilisation. Kein Strom, kein fließendes Wasser.«

Shepard steigt in den Hubschrauber und nennt dem Piloten die Richtung: exakt nach Norden.

»Was noch?«

»Sein Seelenklempner ist tot, samt Frau und Kindern. Die Polizei hat außerdem Pferdekadaver auf einer Koppel in der Nähe von Clint gefunden. Robuste Arbeitspferde, die Baumstämme ziehen.«

»Todesursache?«

»Wer, der Psycho und seine Familie?«

»Nein, die Pferde.«

»Bauch aufgeschlitzt.«

»Waren die Eingeweide noch drin?«

»Bleib dran, ich frag nach.«

Ein paar Sekunden vergehen, dann meldet sich Colemans Stimme wieder.

»Aufgeschlitzt und ausgeweidet. Der Psycho ebenfalls. Ich bin übrigens ganz in der Nähe. Ich könnte zur Hütte und die Lage erkunden.«

»Auf keinen Fall. Überlass das mir.«

53

Die Hauptstraße von Clint besteht aus schäbigen Lokalen, allerlei Läden, einer Autowerkstatt, einem Schrottplatz, und alles ist unter einer dicken, schmutzigen Schneedecke versunken. Eine Topasmine, die 1917 entdeckt wurde, ist schuld daran, dass Clint wie eine offene Wunde im Wald liegt. Zwei Jahre lang wurden Topase und minderwertiges Gestein abgebaut, dann war die Mine erschöpft. 1919, als die Minenarbeiter und Huren wieder abzogen, entschied der Bürgermeister von Clint, man werde sich nun auf die Holzwirtschaft verlegen, und so kam es, dass die Wunde sich nicht mehr schloss.

Shepard hat sich einen Leihwagen genommen, einen Cherokee mit ausreichend breiten Reifen, um auch auf

Forstwegen voranzukommen. Er stellt den Tempomat auf dreißig Meilen in der Stunde ein, zündet sich eine Zigarette an und öffnet das Fenster einen Spalt. Ein eiskalter Lufthauch dringt ein. Langsam fährt er an den gelben Absperrbändern vor dem medizinisch-sozialen Beratungszentrum von Clint vorbei. Davor stehen, schräg geparkt, mehrere Wagen der Bundespolizei. Hinter den gardinenverhängten Fenstern des Zentrums bewegen sich uniformierte Gestalten: Die Patientenakten des Opfers werden durchsucht. Noch mehr gelbe Bänder versperren ein paar hundert Meter weiter den Eingang zu einem alten Haus. Davor sind Blutspuren im Schnee, Kriminaltechniker sichern Spuren. Unter der Regie eines Rechtsmediziners werden die Leichen abtransportiert.

Shepard schaltet das Radio ein und sucht nach einem Sender. Es rauscht und krächzt, dann tönt ein Countrysong aus den Lautsprechern. Als er wieder aufblickt, liegt Clint bereits hinter ihm, im Rückspiegel entschwinden die letzten Häuser, und langsam schließt sich von beiden Seiten her der Wald um die Straße. Hier und dort beugen sich Äste schwer von Schnee und Eis über den Asphalt.

Shepard schaltet das Navigationsgerät ein. Ein paar Meilen weiter biegt er in eine schmale Straße ein. Er folgt dem blinkenden Punkt auf dem Display, und je weiter er sich von Clint entfernt, desto stärker wird das Rauschen aus den Lautsprechern; er schaltet das Radio wieder aus. Irgendwann ist das Asphaltband zu Ende, und er fährt auf einer Forststraße weiter, an deren Ende eine blaue Limousine quer steht. Er hält an, dreht den Motor ab, atmet die kalte Luft. Er lädt seine 9-Millimeter durch und steckt sie sich in den Hosenbund, dann steigt er aus und geht auf den Wagen zu. Er inspiziert ihn: ein paar Papiere auf der Rückbank, auf dem Beifahrersitz eine Landkarte der Gegend. Fußspuren führen vom Wagen in den Wald.

Shepard hört den Schnee unter seinen Stiefeln knirschen, als er den Spuren folgt. Hundert Meter weiter öffnet sich eine Lichtung, und dort steht, am Ufer eines Bachs, die Hütte. Er betrachtet den Kamin und die mit Jute verhängten Fenster. Nichts deutet auf die Anwesenheit eines Menschen hin. Mit gezückter Waffe öffnet er vorsichtig die Tür. Drinnen riecht es nach Öl und verdorbenen Lebensmitteln. Shepard kneift die Augen zusammen. Er erkennt einen verstaubten Tisch mit den Überresten einer Mahlzeit, ein altes Kanapee, einen an eine Batterie angeschlossenen Fernseher, eine Sturmlampe, in der eine Flamme auf kleinster Stufe brennt. Er dreht den Docht ein Stück höher. Die Flamme hinter dem Glas wächst.

54

Das Zimmer ist größer, als Shepard auf den ersten Blick vermutet hat. Am anderen Ende entdeckt er eine aufgeklappte Falltür. Fette blauschwarze Schmeißfliegen schweben brummend herauf, kehren aber, als sie die Kälte in der Hütte spüren, gleich wieder ins offenbar wärmere Untergeschoss zurück. Shepard steigt die hölzerne Treppe hinunter, die ihn in einen viereckigen Kellerraum führt, genauso groß wie der obere. Der Lampenschein wirft zitternde Schatten an die Wände. Umrisse, die er zuerst für ausgestopfte Tiere gehalten hat, erweisen sich bei Licht als tote Hunde und Katzen, die Ezzie erst ausgeweidet und dann an den gespreizten Pfoten an die Wand genagelt hat. Auch tote Eichhörnchen, Igel, Feldmäuse liegen hier, und der Raum ist erfüllt vom Gestank nach Verwesung und Kot. Gegenüber der Treppe liegt etwas auf dem Boden, und ein Schwarm Fliegen stiebt auf, als Shepard sich nähert. Er erkennt einen Pferdekadaver. Auf einem runden Tisch in der

Mitte des Raums hat Ezzie etwas mit einem Tuch zugedeckt, und als Shepard einen Blick darunter wirft, sieht er Colemans Kopf. Schrammen ziehen sich über die Wände, parallele Blutspuren, gespickt mit Bruchstücken von Fingernägeln.

Shepard steigt die Treppe wieder hinauf und stößt mit einem Fußtritt die Falltür hinter sich zu. Im Licht der Petroleumlampe inspiziert er den alten Kühlschrank, der mit aufgerissener Tür in der Ecke steht; das Kabel liegt nutzlos daneben. Ezzie hat hier Dutzende Konservendosen jeglicher Größe ordentlich aufgereiht. In einer Salatschüssel schwimmt Tomatensoße mit Inseln aus Schimmel, ein altbackenes Brot liegt daneben. Shepard schließt den Kühlschrank, und dabei sieht er die Fotos, die Ezzie mit kleinen Magnettieren an die Tür geheftet hat: dasselbe Gruppenfoto aus Redemption, das auch er besitzt. Manche Gesichter hat der Riese mit Filzstiftschnurrbärten und -brillen verziert. Daneben hängen weitere Fotos: Barbara in den Straßen von San Francisco. Barbara, die gerade aus einer Boutique kommt. Barbara auf der Terrasse eines Häagen-Dazs-Cafés. Barbara, die raucht, das Mobiltelefon am Ohr. Rechts und links von ihr, hinter leer gegessenen Eisbechern, die Zwillinge mit eisverschmierten Mündern. Shepard streicht ihnen sacht mit dem Zeigefinger über die Lippen. Dann kauert er sich nieder, um die Fotos an der unteren Türhälfte zu betrachten. Barbara über dem Steuer zusammengesunken. Meredith und Monica in ihren Kindersitzen, an ihren Fläschchen nuckelnd. Ezzie hat die Aufnahmen aus ein paar Metern Entfernung gemacht. Monica winkt dem Fotografen noch zu. Auf den weiteren Fotos ändert sich das Licht: Ezzie ist bis zum Einbruch der Nacht geblieben. Er hat Nahaufnahmen der Zwillinge gemacht. Manchmal schlafen sie. Dann wieder hämmern sie aufgeregt an die Scheiben. Ein letztes Foto mit scharfen

Blitzlichtkontrasten: Monica drückt ihren Plüschelefanten an sich. Eine dicke schwarze Fliege sitzt auf ihrer Wange, und sie schläft friedlich. Shepard schlägt die Hände vors Gesicht, weicht zurück. Er prallt gegen den verstaubten Tisch und dreht sich um. Zwischen leeren Konservendosen liegt ein Blatt Papier. Er beugt sich darüber und meint fast Ezzies Stimme zu hören, als er die runden unbeholfenen Buchstaben entziffert, die der Riese mit rotem Filzstift aufs Papier gemalt hat:

Wendy,
es ist heute. Es ist kalt. Ich muss weg weil ich hab wieder großen Mist gebaut. Ich hab jetzt immer Hunger. Ich hab dich zigmal angerufen um es dir zu sagen aber du warst nie da. Jetzt schreib ich halt. Das ist alles. Ich fahre in den Norden zurück. Übrigens bin ich Ezzie. Ezechiel Brody so heiße ich.

Shepard richtet sich wieder auf und sammelt sämtliche Fotos von seiner Frau und seinen Töchtern ein. An der Wand neben dem Kühlschrank hat Ezzie mit einem Reißnagel einen abgerissenen Zettel befestigt; darauf steht Wendys Vorname und eine Telefonnummer. Shepard steckt ihn ein und verlässt die Hütte. Draußen ist es Nacht.

55

Auf ein letztes gebrülltes Kommando der Profose hin verlöschen die Lichter im Zellentrakt. Automatisch reduziert sich der Ton aus den Lautsprechern der Monitore, die Ansprachen der Fernsehprediger verebben zu einem Gemurmel. Es ist immer noch entsetzlich heiß, und die Ventilatoren schaffen es kaum, die üblen Gerüche zu vertreiben.

Die Geräusche nehmen ab. Neben dem trüben Widerschein der Bildschirme leuchtet nur ein mattes Neonlicht hier und dort in die Finsternis. Eine solche Lampe hängt auch vor der Zelle, die sich Wendy und Alabama teilen. Die Mädchen sind nur zwei undeutliche Silhouetten am anderen Ende des Zellentrakts, aber Collie meint, ihre Gesichter zu erkennen. Die beiden sitzen nebeneinander auf einem Bett und stecken die Köpfe zusammen. Wendy streicht Alabama übers Haar. Collie gäbe alles darum, an ihrer Stelle zu sein.

»Jetzt komm, Collie, das ist doch sinnlos.«

Collie hofft immer noch, dass seine Liebste wenigstens einmal kurz aufblickt, doch Alabama hat den Kopf auf Wendys Schulter gelegt und rührt sich nicht.

»Mann, Collie, jetzt lass es bleiben und komm in die Falle!«

Collie dreht sich um. Peter schläft bereits. Ezzie fläzt auf der unteren Pritsche und schnarcht. So leise wie möglich hievt sich Collie aufs obere Bett: Er weiß, was sie alle riskieren, wenn sie den Riesen aus dem ersten Schlaf reißen.

»Collie, bist du noch wach?«, flüstert Marcellus.

»Ja.«

»Und du, Howard?«

Howard stößt ein Grunzen aus, das einem Fluch ähnelt.

»Collie?«, flüstert Marcellus weiter. »Mach dir keinen Kopf wegen Alabama.«

»Leicht gesagt. Ich liebe sie.«

Howard schnaubt verächtlich. »Was für ein Quatsch. Liebe, das ist doch nur was für Tussen. Unsereiner will sie flachlegen.«

»Ich nicht.«

»Ah nein? Du hast keinen Bock, sie flachzulegen?«

»Das hab ich nicht gesagt. Jedenfalls würde ich es nicht so ausdrücken.«

»Wie denn sonst? ›Liebe machen‹ womöglich? Sie zart

auf die Wange küssen und im Angesicht der untergehenden Sonne ihre Titten kneten?«

»Halt die Klappe!«

»Im Übrigen wär's vielleicht gut, wenn du jetzt endlich pennst, damit du für deine Heulsuse in Form bist.«

»Nenn sie noch einmal so, und ich schlag dir die Fresse ein.«

»Dafür müsstest du erst Ezzie wecken.«

»Scheiß drauf. Ich kann sowieso nicht schlafen, das weiß ich.«

»Hol dir einen runter, das beschäftigt dich.«

»Du bist echt ein Arsch.«

»Willst du behaupten, du hättest dir nie den Kasper geschnäuzt und dabei an sie gedacht, seitdem ihr zwei miteinander hinterm Dickicht herummacht?«

»Dabei würde ich nie an Alabama denken.«

»Wie bitte? Du tust es und denkst *nicht* an sie?!«

»Nein. Ich liebe sie nämlich, und das gehört sich nicht, klar?«

»Du hast 'ne Meise, Collie.«

»Ist jetzt vielleicht endlich Schluss, Leute!«

Collie konzentriert sich auf die Geräusche im Zellentrakt. Schnarchen, Schniefen, Gemurmel im Dunkeln verschwimmen zu einem akustischen Hintergrund, der wie ein elektrisches Dauersummen klingt. Er starrt an die Decke. Er denkt an Alabama. Er ist beinahe eingenickt, als ihn ein leises Quietschen wieder aufschreckt.

»Marcellus?«

»Hm?«

»Was machst du?«

»Nichts.«

Collie sieht einer fetten Schabe nach, die an der Decke entlangspaziert, und fragt sich, ob auch Alabama an ihn denkt. Das Quietschen beginnt von Neuem. Er seufzt.

»Marcellus, könntest du vielleicht endlich Ruhe geben?«

Wieder wird es still. Collie spürt einen Schwall Hitze, der sich in seinem Bauch ausbreitet. Er stellt sich vor, wie Alabama nackt mit ihm in einem Zelt liegt. Nein, nackt mit ihm in einer Scheune. Nein. Sie ist noch nicht nackt. Sie hat noch die Unterhose an, und sie küsst ihn, und dabei beschleunigt sich ihr Atem, als hätte sie Angst vor dem, was gleich passieren wird. Collie denkt an ihre Traurigkeit, um die Hitze wieder zu vertreiben, doch das Bild von Alabama im Stroh kehrt nur umso lebhafter wieder. Das Quietschen setzt wieder ein. Howard richtet sich auf einen Ellenbogen auf.

»Marcellus, was treibst du?«

»Nix mach ich. Sag ich doch.«

»Wer's glaubt, wird selig. Du hobelst dir einen, stimmt's, du Schwein?«

»Geht's noch? Ich versuche einzuschlafen!«

»Du hältst mich für beknackt, oder?«

»Leck mich am Arsch, Howard Cullen!«

»He, Collie! Marcellus würgt die Schlange.«

»Ach ja?«

»Gar nicht wahr!«

»Komm, Marcellus, du weißt, du sollst nicht lügen!«

»Ihr könnt mich alle mal, Leute, ich bin normal! Im Unterschied zu euch habe ich ein Sexleben!«

»Haha, hast du mal deine Hand nach ihrer Meinung gefragt? Wahrscheinlich traut sie sich nix zu sagen, aber auf den Sex mit dir verzichtet sie sicher gern.«

Ezzie bewegt sich im Schlaf. Er schnarcht ein bisschen lauter.

»He, Leute, seid still, sonst weckt ihr das Monster auf«, flüstert Collie.

Er versucht, sich auf seinen Kummer zu konzentrieren, aber immer wieder taucht das Bild der nackten Alabama im Stroh auf. Er schließt die Augen. Von der anderen Seite der Zelle her quietscht es wieder, und Marcellus flüstert: »Howard? Was machst du?«

»Was glaubst du wohl?«

»Scheiße, du bist wirklich das Letzte. Mich machst du nieder, und jetzt tust du's selber?«

»Ja, aber ich denke dabei an Alabama.«

Collie fährt auf. »Lass das sein, Howard! Untersteh dich! Hörst du?«

»Was soll ich sein lassen? Mir die Salami fetten? Da wird sich der Reverend aber freuen, dass ich so einen supermoralischen Kumpel habe.«

»Du weißt genau, was ich meine, Drecksack. Nämlich dass du's dir machst und dabei an Alabama denkst.«

»Du kapierst null, Mann. Ich habe gesagt, ich mache es mir und denke dabei an Alabama.«

»Ja, klar, verarsch mich nur. Du bist gewarnt.«

Marcellus und Howard glucksen im Dunkeln vor sich hin. Wieder fängt es zu quietschen an. Collie setzt sich auf.

»Also echt, Leute, seid ihr wirklich am Wichsen?«

»Yeah. Echt.«

»Das ist doch Scheiße ...«

»Machst du mit, Collie?«

»Was? Du bist ein Schwein.«

»Aber nein! So machst du nicht mit. Es ist ein Wettbewerb, verstehst du? Wer als Letzter abspritzt, hat gewonnen.«

»Und wie willst du nachprüfen, dass keiner bescheißt?«

»Bei solchen Wettbewerben wird nicht beschissen, nie. Stimmt's, Marcellus?«

»Klar.«

»Marcellus?«

»Was, How?«

»Du bescheißt.«

»Wieso?«

»Du fummelst an dir rum, während wir hier reden.«

»Ja, aber das ist ja kein Beschiss, wenn sowieso der Letzte gewinnt.«

»Auch wieder wahr.«

»Außerdem hab ich so einen Film laufen, und wenn ich den jetzt unterbreche, ist er womöglich für immer weg.«

»Nämlich was?«

»Sag ich nicht. *Topsecret.*«

»Hab dich nicht so, Marcellus, spuck's aus.«

»Du zuerst.«

»Ich stell mir meine Cousine vor. Vera heißt sie.«

»Vera? Das ist doch kein Vorname. Das ist ein Spitzname. Wie sieht sie aus?«

»Riesig, zaundürr, stark behaart.«

»Ach du Scheiße. Mann! Haare überall?«

»Natürlich nicht! Nur dort, wo sie hingehören. Und du?«

»Ich denke an Miss Fredericksen. Meine Lehrerin in der Ersten. Sehr blond, sehr schön. Einmal hatte sie eine Riesenwut und hat mir den Hintern versohlt.«

»Und daran denkst du jetzt?«

»Geht's noch? Doch nicht daran! Ich bin doch nicht krank.«

Wieder sind sie still, und man hört nur das Quietschen der Betten.

»Collie?«

»Ja?«

»Machst du mit?«

»Ja.«

»An was denkst du?«

»An Alabama.«

»Cool. Okay, jetzt halten wir's Maul, und vergesst nicht

die Regel: Keiner darf aufhören. Der Erste, der kommt, sagt: Okay, bei mir war's das.«

»Ach du Scheiße, Leute, das halt ich nie durch.«

»Wieso, Marcellus?«

»Weil du mir jetzt deine Cousine eingepflanzt hast.«

»Mann, du Arsch! Das ist immerhin meine Cousine!«

»Wieso redest du auch über sie!«

»He, Leute, was macht ihr?«

Ezzies schlaftrunkene Stimme lässt die drei zusammenfahren.

»Nix, Ezzie, schlaf.«

»Ihr habt mich aufgeweckt, und jetzt kann ich nicht mehr schlafen.«

»Doch, bestimmt, mach einfach die Augen wieder zu, und dann geht's ganz von allein.«

»Okay, bei mir war's das!«

»Was war was, Marcellus?«

»Gar nichts, Ezzie! Bist du völlig bescheuert, Marcellus, oder was?«

»Vielleicht bin ich bescheuert, aber für mich war's das.«

»Was war was, Marcellus?«

»Nix, Ezzie, schlaf.«

Ezzie achtet nicht auf das Quietschen, das neuerlich eingesetzt hat, sondern stößt einen tiefen Seufzer aus. »Übrigens, Leute«, sagt er.

»Fuck! Was denn noch, Ezzie?«

»Ich hatte einen scheußlichen Albtraum.«

»Schlaf, das geht vorbei.«

»Ich kann auf keinen Fall wieder einschlafen, wenn ich nicht vorher mit wem drüber rede.«

»Na gut, aber du schwörst, dass du nachher wieder einschläfst?«

»Ich schwör's.«

»Also schieß los.«

»Ich hab von meiner Oma geträumt. Ich bin ins Bad gegangen, und da stand sie völlig nackig mit ihren Fettwülsten und hat sich mit Gurkencreme eingeschmiert.«

»Okay, bei mir war's das, Leute!«

»Was war was, Howard?«

Collie späht zu Howard und Marcellus hinüber, die sich unter ihrer Decke suhlen. »Das darf doch nicht wahr sein, Howard, bist du jetzt völlig beknackt?«

»Nö, gar nicht.«

»Scheiße, du bist echt krank ...«

Ezzie beginnt wieder zu schnarchen. Collie schließt die Augen. Das Bild der nackten Alabama im Stroh ist verschwunden. Es bleiben ihm nur die Erinnerung an die Tränen seiner Liebsten und ein unbestimmter Geruch nach Gurkencreme.

56

Als die Verlorenen Jungs morgens aufwachen, ist Collie schon lang auf den Beinen. Er späht zu Alabamas Zelle hinüber. Die Neonlampe flackert im ersten Morgenlicht. Alabama steht ebenfalls an den Gitterstäben. Die beiden Verliebten verständigen sich mit stummen Blicken.

Ein kurzer Gong ertönt. Im selben Moment, in dem die Lichter wieder angehen, plappern auch die Fernsehprediger wieder los und füllen den Zellentrakt mit ihrem Stimmengewirr. Alabama winkt Collie einen letzten Gruß zu.

Die Profose brüllen Befehle und hämmern mit dem Schlagstock ans Gitter. Die Zellen werden geöffnet. Im Gänsemarsch begeben sich die Insassen zu den Duschen – links die Jungen, rechts die Mädchen. Zwei weiß geflieste Räume, in denen sich die nackten Körper durch den eiskalten Wasserstrahl der Brause schieben: eine Minute pro

Person, Einseifen und Abspülen eingeschlossen. Als alle durch sind, fangen die Profose wieder zu schreien an und schielen dabei nach den weißen Hintern. Die Verlorenen Jungs ziehen ihre Overalls an und reihen sich in den Gänsemarsch zum Refektorium ein.

Dort, im großen Speisesaal, stehen rund fünfzig am Boden verschraubte Tische. Mechanisch greift jeder nach einem Tablett, Plastikbesteck und einem Becher. Der Gänsemarsch führt jetzt an den Blechtrögen vorbei, in denen das Frühstück bereitsteht: Weizengrütze, zwei Scheiben Schwarzbrot pro Kopf, Rührei, dessen kompakte Klumpen in einer Art Soße schwimmen.

Collie füllt seinen Teller und schlurft zum Tisch der Verlorenen Jungs. Er setzt sich und beobachtet die verschiedenen Gangs, die sich auf das Refektorium verteilen. Manchen von ihnen haben die Verlorenen Jungs sprechende Namen gegeben: So sitzt vier Tische weiter der Clan der Grindigen – sechs Südstaatler, die einander geschworen haben, sich für immer von Wasser und Seife fernzuhalten. Ihr Anführer heißt Grady, und er stinkt noch schlimmer als die anderen. Ein Stück weiter die Gang der Giftkröten, die keine Helden des Wortes sind, aber eine sehr lockere Faust haben. Sie besetzen die Südflanke des Refektoriums. Collie seufzt. Banden wie diese gibt es in Redemption mindestens zwanzig: zahnlückige Idioten, die sich ständig gegenseitig bespitzeln und für eine Extraration Essen den Profosen petzen. Collie weiß, dass er ohne seine Kumpel sicher einer von ihnen geworden wäre. Er schlingt das Rührei in sich hinein und entdeckt endlich Alabama etliche Tische hinter den Grindigen. Sie stochert still und mit gesenktem Blick in ihrem Essen. Er starrt sie derart intensiv an, dass sie es doch spüren müsste, aber sie schaut nicht auf, sondern isst mechanisch weiter, um ihren kleinen Körper für den Tag zu wappnen.

Die Verlorenen Jungs setzen sich zu ihm und beobachten Collie, der Alabama beobachtet. Howard bricht schließlich das Schweigen.

»Sie wird noch in Asche und Rauch aufgehen, wenn du sie so feurig anstarrst.«

»Sehr witzig.« Collie wendet sich an Wendy: »Und? Hat sie dir was gesagt?«

»Sie hat endlos geweint, und dann ist sie in meinen Armen eingeschlafen.«

»Und der Brief?«

»Den hat sie mir nicht gezeigt.«

Collie will aufstehen, doch Howard hält ihn fest.

»Wo willst du hin, Chef?«

»Zu Alabama.«

»Vor dem ganzen Publikum? Und was willst du ihr sagen?«

»Dass ich sie liebe.«

»Damit dich die Profose erwischen, ja? Du weißt doch, was sie mit Verliebten anstellen?«

Collie setzt sich wieder. Natürlich hat er nicht vergessen, wie Dawson und die kleine Cassidy von den Profosen beim Knutschen im Gebüsch erwischt wurden: Dawson wurde verprügelt, Cassidy rissen sie die Kleider vom Leib, dann schleppten sie beide auf den Appellplatz und zwangen sie, einen Geschlechtsakt zu mimen. Collie denkt an ihre nackten, von den Umstehenden bespienen Körper. Cassidy hat seither kein Wort mehr gesprochen.

»Übrigens haben wir eine Idee, wie wir deine Alabama wieder zum Lächeln bringen«, sagt Peter.

»Dafür müsstet ihr sie in die Gruppe aufnehmen.«

»Die Gruppe ist vollzählig.«

»Du kotzt mich an, Howard.«

»Jetzt hör doch zu«, sagt Wendy. »Es ist einfach eine Idee. Willst du sie hören oder nicht?«

57

Collie schluckt seinen letzten Happen Grütze und legt den Löffel aus der Hand.

»Das ist eine super Idee. Ich kümmere mich um das Geschenk.«

»Was soll es werden?«

»Keine Ahnung. Ein Parfum?«

»Hallo? Wir sind in Redemption! Geht's vielleicht auch ein bisschen einfacher?«

»Eine Kette aus Nudeln womöglich!«

»Ich dachte eher an etwas, in das sich was eingravieren lässt.«

»So wie ›Für Alabama, auf ewig‹?«

»Ist schließlich kein Tattoo.«

Howard schiebt seinen Teller von sich. »Zuallererst müssen wir genug zusammenkratzen, um das Schweigen der Bandenführer zu erkaufen. Außerdem müssen wir manches eintauschen, was wir nicht direkt beschaffen können.«

»Wie zum Beispiel?«

»Mehl. Dafür muss man die Bewacher der Speisekammer bestechen. Zucker ist kein Problem, da kann man beim Frühstück immer mal was abzweigen und horten.«

»Eier sind allerdings schon ein Problem.«

»Aber nein, Leute.«

Ezzie hat schon begonnen, Rührei in eine Papierserviette einzuwickeln.

»Darf man erfahren, was du da machst, Ezzie?«

»Na, Eier horten!«

»Du Blödmann, wir brauchen doch frische Eier.«

»Die werden schon wieder kalt.«

»Liebes Dickerchen: frische Eier, das heißt nicht kalte Eier, sondern ganze, mit Schale.«

»Spinnst du? Willst du die Schale vielleicht auch reintun?«

»Nein, die Schale werf ich weg und verwende nur das Innere, das ich mit dem Mehl verknete. Dann tu ich die Butter dazu. Ah, Mist, Butter brauchen wir ja auch.«

»Gleiches Problem wie mit dem Mehl. Nur ist es in dem Fall die Küchentruppe, die wir bestechen müssen. Und das sind ausgerechnet die Grindigen. Das nervt mich übrigens ganz schön – allein die Vorstellung!«

»Eier müssen wir uns direkt aus dem Geflügelstall holen.«

»Ja. Und wie machen wir das, diese ganze feine Gesellschaft bezahlen?«

»Bringt in der Pause alles, was ihr habt. Wir brauchen auch ein Metallgefäß, um alles aufzubewahren. Was Massives, das wir in unserem Versteck vergraben können.«

»Eine Keksdose?«

»Zum Beispiel.«

»Wo gibt's denn so was?«

»Finde Kekse. Außen rum ist meistens eine Dose.«

»Es gibt noch ein Problem«, merkt Howard an.

»Nämlich?«

»Der bekloppte Collie glotzt ständig seine Alabama an.«

Die Verlorenen Jungs schauen zum Anführer der Grindigen hinüber, dem Collies Verhalten offenbar nicht entgangen ist, denn er steht jetzt auf und fährt Alabama mit seiner abstoßenden Hand über die Haare. Peter packt Collie am Ärmel und zwingt ihn, sich wieder hinzusetzen. Grady lächelt. Jetzt weiß er Bescheid.

58

Eskortiert von seinen Leibwächtern, die ihn um Haupteslänge überragen, geht Grady auf den Tisch der Verlorenen Jungs zu. Je näher er kommt, desto stärker wird der Uringeruch, der ihn umwabert. Wendy stößt ihren Teller zurück und hält sich die Nase zu.

»Was hast du denn, Blondchen?«

»Red mich nicht an, Grady. Wenn du bloß atmest, ist es kaum auszuhalten.«

Howard beißt in einen Apfelschnitz: »Himmel, Grady, du stinkst wirklich wie die reinste Latrine. Nicht duschen ist okay, aber sag nicht, dass du auch das Scheißhaus bestreikst?«

Grady erbleicht vor Wut.

»Um dich kümmere ich mich später, Klugscheißer. Jetzt hab ich was mit dem Negro zu besprechen.« Er dreht sich um und zeigt auf Alabama. »Siehst du die Kleine dort, ja?«

»Ja.«

»Hör auf, sie so anzustarren.«

»Warum?«

»Weil sie ab jetzt mir gehört und meinen Kumpeln. Kapierst du das, du dreckiger Neger?«

»Dass du ›dreckiger Neger‹ sagst, hör ich nicht gern, Grady.«

Grady dreht sich um und erblickt Ezzie, der ihn mit großen Augen anstarrt.

»Du hältst dich raus, du Schießbudenfigur, okay?«

»Dann sag nicht mehr ›dreckiger Neger‹.«

»Von dir werd ich mich nicht dran hindern lassen, zu einem dreckigen Neger ›dreckiger Neger‹ zu sagen.«

»Nein, Ezzie!«

Marcellus und Howard hängen sich an die Arme des Riesen, der im Begriff ist aufzustehen. Peter packt Ezzies dicken Kopf mit beiden Händen. Er muss seine Bizepse anspannen, um ihn zu sich herzuzwingen. Der Koloss blickt ins Leere.

»Ezzie, hörst du mich?«

»Ah! Bist du da, Pete?«

»Ja, ich bin da. Und du?«

»Was war?«

»Grady hat Streit mit dir gesucht, und du warst wieder mal auf dem Mond.«

»Ja genau, jetzt weiß ich's wieder. Aber ich weiß nicht mehr, warum.«

»Ist nicht wichtig. Bist du wieder unten? Abgeregt?«

»Ja, Pete. Wenn's mir wieder in den Ohren pfeift, sag ich's dir.«

Grady begegnet dem Blick des Riesen und schaudert. Rasch wendet er sich Collie zu. »Haben wir uns also verstanden, du Makak?«

»Grady?«

»Ja?«

»Du stinkst.«

»Ja, weiß ich. Also, was jetzt – ist das klar?«

»Nein.«

»Okay. Du willst es nicht anders. In der Pause treffen wir uns hinter den Weiden und regeln die Sache mit einer Ehrensalve.«

»Das ist total unfair. Du bist stämmig wie ein Büffel, und Collie wird vom ersten Windstoß umgeweht.«

»Das geht schon, Pete«, protestiert Collie.

»Der massakriert dich!«

»Grady, du dreckiger Südstaatentrampel aus Scheiße: Ich bin einverstanden.«

Gradys Lefzen heben sich.

»Okay, Blödmann, komm nicht zu spät zum Lynchen.«

Grady geht davon.

Collie wendet sich Peter zu: »Was meint er eigentlich mit Ehrensalve?«

59

Die Südstaatler haben eine Front gebildet. Ihnen gegenüber stehen die Verlorenen Jungs. Der Schmutz zieht schwärzliche Furchen und Schatten über Gradys nackten Oberkörper: Seitdem er sein T-Shirt ausgezogen hat, ist sein Gestank noch unerträglicher geworden. Collie hat es ihm gleichgetan und seine vorspringenden Rippen entblößt. Dann hat er sich Grady so weit genähert, dass er seinen Atem riechen kann. Peter vergewissert sich, dass der Anführer der Grindigen nichts in der Faust verbirgt. Nachdem er feierlich die Regeln verkündet hat, wirft er eine Münze in die Luft, fängt sie auf und schlägt sie sich umgedreht auf den Handrücken. Collie sagt: »Zahl« und Grady: »Kopf.« Peter deckt die Münze auf. Grady grinst. »Du darfst als Erster einstecken, Bimbo.«

Die Zeugen treten zurück. Grady lässt seine Schulter- und Handgelenke knacken. Dann verpasst er seinem Gegner einen mächtigen Fausthieb. Collie reißt es unter der Wucht des Schlags zur Seite. Über dem Backenknochen ist die Haut aufgeplatzt, ein Rinnsal Blut schlängelt sich die Wange hinab. Grady jubiliert. Einstweilen hat er seine Faust noch geschont – das Vergnügen soll ja nicht so schnell vorbei sein. Um nichts auf der Welt würde Collie zugeben, dass dies seine erste Schlägerei ist, sei's von der einsteckenden, sei's von der austeilenden Seite. Mit viel Schwung rammt er die Faust in Gradys Visage und spürt es im selben Moment im Handgelenk knacken. Er verzieht das Gesicht.

Grady grinst mit bräunlichen Zähnen. »Genau so hab ich mir das vorgestellt: weibische Wichserhände.«

Collie zwingt sich, die Augen offen zu halten, während Grady zum zweiten Mal eine Faust ballt. Er weiß, dass sein Gegner jetzt mehr Kraft aufwenden wird, wie an dem angespannten Bizeps deutlich zu sehen ist. Blitzschnell und präzise setzt Grady seinen Schlag. Vor Collies Augen explodiert ein Feuerwerk, und er spürt auf der Stelle das Lid anschwellen. Gleich darauf breitet sich der Schmerz in hellen Strahlen in seinem Kopf aus, als bohrte ein Zahnarzt ohne Betäubung in einem Backenzahn. Collie taumelt mehrere Schritte zurück. Wendy ist bleich geworden, und Peter macht sich sprungbereit. Marcellus starrt zu Boden. Ezzie schwenkt seine Riesenpranke, um ihn anzufeuern. Collie wendet sich wieder seinem Gegner zu.

»Na los, Schneewittchen, hau mir auf den Zinken, da ist ein Mückenstich, der mich juckt.«

Collie will die Faust ballen, doch ein stechender Schmerz schießt durch sein Handgelenk. Gebrochen ist es wohl nicht, aber einer weiteren Kollision wird es kaum standhalten. Also holt er aus und verabreicht Grady eine schallende Ohrfeige. Der schwankt und hält sich die Wange. Ezzie lächelt: Im Ohrfeigenausteilen war Collie immer gut. Grady reibt sich die brennende Wange, und sein Blick wird trüb.

»Fuck, was war das denn für ein Tussengetue?«

Noch eine Ohrfeige, fester. Aus Gradys Augen stürzen Tränen. Einer seiner Gefolgsleute schreit: »Regelverstoß! Buße!«

Collie wendet Peter sein geschwollenes Gesicht zu: »Zwei Ohrfeigen für einen Faustschlag, das geht doch, oder?«

»Grady, ist das okay für dich?«

»Wenn dein Kannibale glaubt, er kann mich mit Ohrfeigen außer Gefecht setzen, bitte.«

Grady holt zum nächsten Schlag aus. Jetzt will er Collie nicht mehr nur demütigen, sondern ihm auch die Kränkung heimzahlen. Collie schließt die Augen und geht mit der Faust mit, als sie seinen Kiefer trifft. Sein Mund füllt sich mit Blut, und er spuckt einen Eckzahn aus. Weiß schimmernd liegt er im Gras, und der Schmerz ist so unerträglich, dass seine Wange fast sofort taub wird. Schon verschwimmen ihm die Weiden vor den Augen, schon rücken die Stimmen seiner Freunde noch weiter in die Ferne. Grady mustert ihn voller Verachtung.

»Na los, Tusse, her mit deinen Ohrfeigchen.«

Collie versucht, die Faust zu ballen, doch wie ein Messer fährt ihm der Schmerz durchs Handgelenk und verhindert es.

Von den Weiden her ertönt eine Stimme: »Das schaffst du, Collie!«

Collie hebt den Blick zu Alabama. Er liest Stolz in ihren Augen. Wieder sieht er Grady an, und mit einem Mal schnürt ihm ein derartiger Hass die Kehle zu, dass es wehtut. Noch einmal versucht er, die Faust zu ballen.

Alabama lächelt ihm zu. »Collie?«

»Was?«

»Ich liebe dich!«

Schlagartig schwindet der Schmerz, bis fast nichts mehr zu spüren ist. Ebenso schlagartig fällt auch die Angst ab.

Grady fährt herum und stößt hervor: »Halt die Fresse, dreckige Nutte! Ich verbiete dir, einem Neger Liebeserklärungen zu machen!«

Genau das hat Collie gebraucht: diesen Zorn und Alabamas Liebe. Sein Arm spannt sich, wird stark, elastisch, schnell. Er muss gar nicht alle Kräfte zusammennehmen: Sie sind schon da.

Seine Faust schießt vor, und im Gesicht seines Gegners knackt es hörbar. In Gradys Nase ist offenbar etwas geplatzt, ein Schwall Blut schießt hervor. Grady taumelt rückwärts und wird von seiner Gefolgschaft aufgefangen. Ungläubig versucht er, sich wieder aufzurappeln. Er sieht, wie Alabama auf Collie zustürzt.

60

Shepard ist in Great Falls, Montana, eingetroffen. Es regnet so stark, dass die Scheibenwischer Mühe haben, die Wassermassen halbwegs von der Windschutzscheibe zu schieben. Er betrachtet die grauen Hochhäuser hinter den Regenschleiern. Seit zwei Tagen folgt er Ezzies Spur anhand der toten Tiere, die der Riese zurücklässt. Immer mehr Kadaver. Ezzie bewegt sich per Autostopp vorwärts. Manchmal fährt er auf Güterzügen mit. Er schläft sehr wenig und ernährt sich von dem, was er findet. Außer einmal in Missoula, wo der Kellner in einem Burgerlokal Shepard von einem Riesen berichtet hat, der hereinmarschierte und einen Fünfzigdollar-Schein auf den Tresen legte.

Der Kellner blickte den schmutzigen, durchnässten Koloss an und fragte: »Was darf's sein?«

Ezzie ließ die Augen über die Leuchttafeln mit den Großaufnahmen von saftglänzenden Burgern schweifen und sagte: »Alles.«

»Je einen von jeder Sorte, meinen Sie?«

»Ja genau, ich will alles.« Und in vertraulichem Ton fügte er hinzu: »Ich sterbe vor Hunger.«

»Und wollen Sie auch was trinken?«

Nach einem weiteren Blick auf die Leuchttafeln an der Wand antwortete Ezzie: »Ja, alles.«

»Cola? Limo?«

»Ja genau. Große Becher und keine Eiswürfel. Weil ich hab ja auch einen schrecklichen Durst!«

Der Kellner, der seinen Kunden aus dem Augenwinkel beobachtete, belud zwei Tabletts mit Burgern, und auf ein drittes stellte er ein halbes Dutzend randvolle Pappbecher.

»So, das sind zwölf Burger, davon sieben in Maxi, und sechs Getränke. Das macht dann genau neunundvierzig Dollar und dreiundzwanzig Cent.«

Ezzie beugte sich nacheinander über alle Becher und beroch die Getränke darin. Dann richtete er sich wieder auf und sagte: »Sie haben Dr. Pepper vergessen.«

»Ist leider aus.«

Den Kellner überlief es kalt, als er Ezzies Blick über seine Kehle gleiten spürte, hinab und wieder hinauf.

»Ich könnte Ihnen stattdessen Root Beer anbieten, wenn Sie wollen.«

»Nein. Kein Root Beer. Das mag ich nicht.«

»Vielleicht was anderes? Einen Milchshake? Einen Sundae? Geht auf Kosten des Hauses.«

»Was für Milchshakes haben Sie?«

»Erdbeere, Banane, Mango …«

»Mango ist gut.«

»Dann also ein Mango-Milchshake?«

»Nö, offen gestanden ist mir Dr. Pepper doch lieber.«

»Ja, aber wie ich schon sagte: Der ist aus, wir haben momentan keinen.«

Wieder glitten die Augen des Riesen die Kehle des Kellners hinab und hinauf.

»Na, macht auch nichts.«

»Sicher?«

»Ja.«

Während er in den Regen vor den Fensterscheiben starrte, verspeiste Ezzie seine Burger. Und als der letzte Bissen gegessen war, stand er auf und ging.

Im Grenzgebiet zwischen Idaho und Montana hätte Shepard beinahe seine Spur verloren. In jedem kleinen Nest, durch das ihn die Straße führte, suchte er das Büro des Sheriffs auf und fragte nach, ob in der Nähe Tiere umgebracht worden seien. In Biscane, kurz vor der Abzweigung nach Tyrani, sagte man ihm, man habe zwei Hunde ausgeweidet in ihrer Hütte gefunden und in derselben Nacht sei eine alte Frau im Schlaf erstochen worden. Aber zwischen Biscane und Tyrani wusste man von keiner Bluttat. Bis Missoula: Von dort an steckte Ezzie abermals seine Route ab und nagelte eine tote Katze an den Wegweiser nach Great Falls. Der Kadaver war frisch, die Leichenstarre hatte eben erst eingesetzt. Der Koloss musste also ganz nah sein.

Im Schritttempo fährt Shepard die Straße neben dem Bahngleis entlang. Er reibt sich die Augen; seit zwei Tagen hat er nicht geschlafen. Vor ihm taucht das Neonschild eines Motels auf. Er setzt den Blinker und hält knapp vor dem Parkplatz. Im strömenden Regen steigt er aus und flüchtet sich in eine Telefonzelle. Er faltet den Zettel auseinander, den er aus Ezzies Hütte mitgenommen hat.

61

Wendy Sullivan hat ein heißes Bad einlaufen lassen und sich ein feuchtes Frotteetuch über die Augen gelegt. Sie denkt an die Kinder, die sie für ein paar Tage zu Trumans Eltern geschickt hat: Seit Ezzies letzter Nachricht ist sie unleidlich geworden.

Sie taucht ihr Frotteetuch ins heiße Wasser und legt es auf dem Wannenrand ab. Vom Erdgeschoss tönt der Fernseher herauf; bestimmt ist Truman auf dem Sofa eingeschlafen. Sie wirft einen Blick auf die Uhr. Der kleine Zeiger steht kurz nach sieben, der große auf sechs. Gedankenverloren blickt sie dem Sekundenzeiger nach. Dann läutet das Telefon. Sie streckt die Hand aus der Wanne und greift danach. Auf dem Display liest sie die Vorwahl von Montana. Sie nimmt den Anruf an.

»Ezzie?«

Sie hört, wie der Regen gegen die Wand einer Telefonzelle prasselt.

»Ezzie, bist du das?«

»Wendy, hier ist Peter.«

Wendy schließt die Augen. Ihre Lippen beginnen zu zittern.

»Peter? Peter Shepard? Bist du's wirklich?«

Peter gibt keine Antwort. Sie hört ihn nur atmen. Seine Stimme ist metallhart geworden, denkt sie.

»Weißt du denn was von Ezzie?«, fragt er schließlich.

»Er hat mich diese Woche mehrmals angerufen und Nachrichten auf dem AB hinterlassen. Er war außer sich, weil er dir offenbar einen schlimmen Streich gespielt hat. Er hatte Angst, dass du ihm böse bist. Ich hab allerdings nur so viel begriffen, dass er das Auto deiner Frau gestohlen hat und mit deinen Töchtern in der Wüste herumgefahren ist. Aber er hat es nicht böse gemeint, weißt du. Ezzie meint es nie böse.«

»Dieses verfluchte Monster hat sie alle drei massakriert, und dann hat er Fotos gemacht und an seinen Scheißkühlschrank geklebt! Und ich war nicht da, als sie gestorben sind. Ich habe sie übers Telefon sterben hören, und ich war nicht da.«

Peters Stimme bricht. Wendy schlägt sich die Hand vor den Mund.

»Nein, Peter, das kann doch nicht sein. Doch nicht Ezzie«, stößt sie hervor.

»Er hat ein Foto von uns aus Redemption bekommen. Ich nehme an, das war der Auslöser.«

Wendy presst die Lippen zusammen. Sie legt das Telefon ab und steigt hastig aus der Badewanne. Sie kniet nieder, krümmt sich über die Toilettenschüssel, übergibt sich. Dann greift sie nach einem Handtuch und wickelt sich darin ein, als sie ihrem Blick im Spiegel begegnet. Sie hält sich das Telefon wieder ans Ohr.

»Das hat Redemption aus uns gemacht«, sagt sie. »Euer Scheißpakt und das, was wir tun mussten, um unsere Haut zu retten. Seitdem laufen wir nur noch als Gespenster durchs Leben.«

»Wir hatten keine andere Wahl, Wendy.«

»Wo bist du?«

»Great Falls, Montana.«

»Vor zwei Tagen hat Ezzie noch einmal eine Nachricht hinterlassen. Er sagte, er hat eine Hütte in Gipsy, nicht weit von der kanadischen Grenze. Morgen Abend bin ich dort.«

Wendy legt auf und zieht ihren Bademantel an. Sie geht in ihr Zimmer. Aus einer Schublade nimmt sie ein Bündel Geldscheine und steckt es zusammen mit zwei, drei Kreditkarten in ihre Handtasche. Dann ruft sie am Flughafen von Portland an und bucht einen Platz in der Abendmaschine nach Montana. In den Koffer packt sie nur das Nötigste. Sie zieht eine Jeans an, einen Pullover, Sneakers. Sie steckt sich mit einer Klemme das Haar auf. Ehe sie das Zimmer verlässt, betrachtet sie die Bilder von Truman und den Kindern, die sie auf der Kommode stehen hat. Behutsam legt sie die Fotorahmen um. Dann öffnet sie ihren Schrank und stöbert zwischen den Pulloverstapeln, bis ihre Finger die Versandtasche aus Packpapier ertasten. Sie zieht den Umschlag aus seinem Versteck. Auf der Vorderseite steht: »Wendy Moore. 12, Portland Drive. Abilene.« Und darunter hat dieselbe Hand ebenfalls in Großbuchstaben hinzugefügt: »Dringendst. Bitte ggf. nachsenden.«

Wendy zieht das Foto heraus und betrachtet die Gruppe Jugendlicher, die in die Kamera starren. Einer der Rotzlöffel zeigt dem Fotografen den gereckten Mittelfinger. Sie fährt mit der Hand über Peters leicht unscharfes Gesicht. Sorgfältig verstaut sie das Foto in ihrem Koffer und schließt ihn. Sie verlässt das Zimmer, zieht leise die Tür hinter sich zu und schleicht auf Zehenspitzen die Treppe hinunter. Wirft einen letzten Blick ins Wohnzimmer. Trumans Haarschopf ragt über die Rückenlehne des Sofas. Er schnarcht.

62

In der Abendpause, nach einem Tag reinster Schinderei, den sie damit zugebracht haben, in lähmender Hitze Erdklumpen zu zerstoßen, sitzen die Verlorenen Jungs auf den Brettern in ihrem Versteck. Howard leitet die Zusammenkunft.

»Wo ist Collie?«

»Auf der Krankenstation. Bei der Feldarbeit hat sein Handgelenk endgültig schlappgemacht.«

»Schlimm?«

»Nö. Er schwebt sowieso in den Wolken, seitdem er Grady fertiggemacht hat.«

Howard wendet sich Peter zu. »Wie stehen wir mit Grady?«, fragt er.

»Er wird nix sagen. Verhandeln kann man trotzdem mit ihm. Er hält Geschäft und Privates strikt auseinander. Stinkt wie die Hölle, ist aber korrekt.«

»Ein verfluchter Rassist ist er, wenn du mich fragst.«

»Ja, schon, aber korrekt.«

»Wie viel will er für Butter und Milch?«

»Vierzig Kippen. Echte, keine selbst Gedrehten.«

»Vierzig Kippen für ein Stück Butter und einen halben Liter Milch? So ein Drecksack. Wir müssen eine neue Salve für ihn veranstalten, und diesmal mit Ezzie.«

Der scheint schon seit Beginn der Besprechung auf Kohlen zu sitzen und horcht auf, als sein Name fällt.

»Was ist übrigens los, du Unruheherd?«, fragt ihn Howard. »Musst du mal für kleine Jungs?«

»Nein, ich hab was zu sagen!«

»Na los, du hast das Wort.«

»Echt? Kann ich's dann behalten?«

»Nein, Ezzie, Scheiße, das hab ich dir doch schon tausend Mal erklärt: Wenn man zu jemandem sagt, dass er das Wort hat, dann heißt das nicht, dass die anderen für immer das Maul halten müssen, klar?«

»Dann muss ich's nachher wieder zurückgeben?«

»Ach, vergiss es. Was war denn so wichtig?«

Der Riese zieht die Brauen zusammen und stöbert in seinem Gedächtnis. »Ah ja!« ruft er nach einer Weile und tippt sich mit dem Zeigefinger an die Stirn. »Also, ich hab mich jedenfalls schon mal um die Äpfel gekümmert!«

»Jetzt schon?«

»Absolut!«

Mit dramatischem Empfinden fördert er aus seiner Tasche ein in ein verstaubtes Taschentuch gewickeltes Päckchen zutage, das er behutsam vor sich hinlegt, ehe er es auspackt. Wendy beißt sich auf die Lippen, um nicht loszulachen, Howard aber rastet aus.

»Bah, Scheiße! Was für ein Dreck ist das denn?«

»Na, Äpfel!«

»Die sind doch total verfault, deine Äpfel! Widerlich! Wo hast du diese Scheiße her?«

»Lag im Gras. Wieso?«

»Wir brauchen keinen Schweinefraß, Mann, sondern Äpfel für einen Geburtstagskuchen!«

»Und hättest du mir vielleicht freundlicherweise sagen können, dass ich sie von den Bäumen pflücken soll, Mister Howard-ich-mag-kein-Rührei-und-keine-faulen-Äpfel? Jetzt muss sich der dicke Ezzie auf Bäume raufquälen, dabei braucht man sich doch nur zu bücken und findet die köstlichsten weichsten Äpfel im Gras! Aber nein, Mister Howard Cullen hat beschlossen, den Bäumen wehzutun, und der dicke Ezzie muss gehorchen und hoffen, dass die Bäume ihm verzeihen.«

Grimmig zerquetscht der Riese zwei Äpfel zu Brei. In solcher Erregung haben ihn die anderen noch nie erlebt. Er legt das Taschentuch wieder über seinen Schatz. Er ist beleidigt. Howard zündet eine Zigarette an und reicht sie Peter, der sie auf seinem Daumennagel festklopft.

»Was machen wir jetzt mit Grady?«

»Kommt nicht infrage, dass wir ihm diesen Preis zahlen. Wenn die anderen erfahren, dass wir vierzig Kippen berappt haben, verlangen sie für das Mehl das Doppelte.«

»Außerdem bräuchten wir sowieso keine Hilfe von irgendwem, wenn wir so viele Kippen aufbringen könnten.«

Über das Gestrüpp hinweg ertönt ein Pfeifen, und Collie taucht mit eingegipstem Handgelenk auf; sein Arm hängt in einer Schlinge. Er setzt sich neben Wendy. Howard tritt seine Zigarette aus.

»Habt ihr mitgebracht, worum ich euch gebeten habe?«

Wendy schiebt mit der Fußspitze eine große Blechdose zu ihm hinüber.

»Wo hast du das her?«

»Das ist ein Geheimbriefkasten. Im Mädchentrakt vertreiben wir uns die Zeit damit, dass wir uns kleine Nachrichten hinterlassen.«

»Echt? Das ist ja klasse, das Teil. Und wo legt ihr jetzt eure Liebesbriefe rein?«

»Das sind keine Liebesbriefe. Das sind Frauensachen.«

»Okay. Leert eure Taschen und legt alles, was ihr habt, in Wendys Kiste.«

Die Verlorenen Jungs tun wie geheißen, und bald füllt sich die Kiste mit Stahlkugeln, einem Kamm, einem halb leeren Töpfchen Pomade. Peter und Marcellus legen ein paar Zigaretten und fünf eselsohrige Baseball-Sammelkarten dazu.

»Ist das alles?«

Ezzie kramt in seinen Taschen und legt eine Handvoll welkes Laub in die Kiste.

»Was ist das?«

»Blätter, die ich aufgehoben habe, um eine Pflanzensammlung anzulegen und meiner Liebsten zu schenken, wenn ich eine habe.«

»Die einzige Liebste, die du je haben könntest, ist ein Traktor oder Bagger.«

Ezzies Augen beginnen zu glänzen, und er knetet seine Hände wie ein Kind, das den Tränen nah ist. Wendy wirft Howard einen wütenden Blick zu. »Ich bin sicher, dass du eines Tages ein ganz tolles Mädchen findest«, sagt sie. »Und sie wird total verrückt nach deiner Pflanzensammlung sein, ganz bestimmt.«

Ezzie wischt sich mit dem Ärmel die Nase ab.

»Howard? Kann ich meine Blätter vielleicht wiederhaben?«

»Na klar, Großer.«

Ezzie verstaut die Blätter vorsichtig in seiner Tasche. Howard betrachtet den Inhalt der Kiste.

»Bei dieser Ausbeute wird sich Grady leider krumm und schief lachen.«

Alles schweigt und denkt angestrengt nach.

»Wieso ziehen wir keinen Handel mit Baseballkarten auf? Hier sind jede Menge Leute, die welche besitzen, das weiß ich.«

»Okay, Marcellus, und gegen was willst du sie eintauschen? Murmeln?«

»Wir könnten ein Pokerturnier organisieren, mit Baseballkarten als Blatt.«

»Cool! Ich streue die Info an den richtigen Stellen aus. Wir machen es in den Pausen, am Zaun! Sehr gut. Was noch? Pete?«

»Ich hab noch eine andere Idee, aber das ist verdammt riskant.«

»Was?«

»Wir schleichen uns ins Quartier der Profose ein und klauen ihnen ein, zwei Pornohefte. Dann schneiden wir die Bilder aus und verkloppen sie.«

»Sensationelle Idee. Jetzt brauchen wir nur noch einen, der lebensmüde genug ist, um bei den Profosen einzusteigen.«

»Ich mach es.«

Das kam wie aus der Pistole geschossen. Alle Köpfe drehen sich zu Marcellus.

63

Es hatte sich die Nachricht verbreitet, dass die Verlorenen Jungs die Anführer sämtlicher Banden im Pokern herausforderten, und alle hatten zugesagt. Das Turnier sollte unter strenger Aufsicht in der Nähe der Scheunen stattfinden. Die vorgesehenen Teilnehmer waren sechs der insgesamt elf Banden: Howard hatte die verlässlichsten gewählt: diejenigen, die sich eher von den Profosen in Scheiben zersägen ließen, als irgendjemanden zu verpfeifen.

Als Howard den Verlorenen Jungs das System erklärte, mit dem er ihnen die guten Karten zuschustern wollte, wäre Collie beinahe wieder abgesprungen.

»Spinnst du, How? Wenn die anderen dahinterkommen, dass wir sie verarschen, sind wir tot!«

»Na komm, Angsthase! Du hast Grady mit einem einzigen Schlag fertiggemacht, und jetzt, wo du in die Geschichte eingehen sollst, kriegst du auf einmal kalte Füße?«

»Grady war was anderes.«

»Von dir und Peter will ich nur eines, nämlich dass ihr den Einsatz in die Höhe treibt. Du, Collie, hast jedes zweite Mal eine sauschlechte Hand. Die guten Karten kriegt vor allem Pete, weil er gut blufft, er kann das.«

»Und ich soll mit beschissenen Karten den Einsatz erhöhen, ja?«

»Genau, und Pete streicht ein. Klar?«

»Klar.«

»Und ich?«

»Du, Marcellus, du schaust zu und bist der Reservemann, falls Collie Mist baut. Hast du dir übrigens schon was einfallen lassen, wie du ins Quartier der Profose reinkommst?«

»Ich bin dran, How.«

Dabei huschte ein Schatten über Marcellus' Miene. Furcht war es und noch etwas anderes. Alle hatten es gesehen. Aber sie waren zu gespannt auf die bevorstehende Partie, um darauf zu achten.

64

Wieder brennt die Sonne vom Himmel, die Gesichter glänzen schweißnass. Die Spieler, die im Schutz des Gestrüpps im Kreis sitzen, belauern sich gegenseitig. Manche haben das Oberteil des Overalls abgestreift und protzen mit Muskeln und Tätowierungen. Howard kaut auf einem Riesenklumpen Kaugummi herum. Neben ihm sitzt Peter und raucht einen Holunderstängel. Collie sitzt gegenüber. Das Turnier soll sich, mit den zwangsläufigen Unterbrechungen natürlich, über zwei Tage hinziehen. Die Bandenführer haben ihre härtesten Burschen auf die unmittelbare Umgebung verteilt. Sie haben Befehl, bei der geringsten Bewegung Alarm zu schlagen.

Der Pot in der Mitte enthält bereits ein Dutzend Baseballkarten. Howard hat den Blind auf drei Karten festgelegt. Manche protestieren, der Form halber. Howard gibt.

»Und wer sagt, dass deine beschissenen Karten nicht gezinkt sind?«, fragt Grady.

»Wie denn bitte? Bin ich ein Zauberer?«

»Erst zeigen, dann reden.«

»Leck mich. Kommt nicht infrage, dass ihr mit euren Dreckspfoten meine nagelneuen Karten befummelt.«

»Und wie sollen wir spielen, wenn wir sie nicht anfassen dürfen? Etwa mit Telepathie?«

»Telekinese heißt das.«

»Was quatschst du, Neger?«

»Telepathie heißt Gedanken lesen können. Gegenstände mit Gedankenkraft bewegen, das nennt sich Telekinese, du Südstaatentrottel.«

Grady will schon auffahren, doch in dem Moment ertönt hinter dem Gestrüpp der Warnruf: »Achtung! Die Profose!«

Howard fegt seine Karten zusammen und versteckt die Einsätze unter einem Wurzelballen. Grady kratzt sich eine Wange blutig, und Peter sagt zu Ezzie: »Schnell, hau mir eine rein!«

»Ach nein, Pete, das kann ich nicht. Du bist doch mein Freund.«

»Eben! Mach schon!«

Peter dreht sich in dem Moment um, als Howard ausholt und ihm einen Faustschlag verpasst, der fest genug ist, um ihm die Wange aufzureißen. Peter zahlt es ihm sofort heim, und die anderen Bandenchefs tun es ihnen nach. Grady wirft einem seiner Leutnants, der für seinen Geschmack zu viel Kraft in den Schlag gelegt hat, einen mörderischen Blick zu.

Die Profose Surgeon und Helliwell eilen herbei. Argwöhnisch mustert Helliwell die geschwollenen Gesichter.

»Was treibt ihr hier, ihr schlampigen Luftkünstler aus der Unterwelt?«

»Wir haben uns geprügelt.«

Das kam von Johnny Pistazie, dem Anführer der Giftkröten. So heißt er, weil er ständig Pistazien zerbeißt und zielsicher die Schalen ausspuckt; und er trifft immer. Woher Johnny seine Pistazien hat, weiß kein Mensch, jedenfalls hat er immer die Taschen voll. Helliwell pflanzt ihm den Schlagstock unters Kinn. »Krieg der Chefs, wie?«

»Yeah.«

Helliwell lässt seinen Schlagstock auf Johnnys Schädel sausen, sodass der in die Knie geht. »Hier gibt es nur einen einzigen Chef, du Testikel!«, brüllt er. »Und das bin ich, kapiert?«

Johnny rappelt sich wieder auf. Blut rinnt ihm über die Wangen.

»Von mir aus könnt ihr eure Warme-Brüder-Geschichten unter euch ausmachen«, ruft Helliwell über die Schulter zurück, ehe er davongeht, »aber Schläge ins Gesicht sind verboten. Haut dorthin, wo man's nicht sieht.«

Hasserfüllt blicken die Bandenchefs den Profosen nach, die hinter der Reihe der Weiden verschwinden, und warten, bis die Späher Entwarnung geben. Ein Pfiff ertönt. Die Pokerrunde setzt sich wieder zusammen. Peter zündet seinen Holunderstängel wieder an und sieht Howard beim Mischen zu.

65

Dicke Schweißtropfen rinnen nackte Oberkörper hinab. Zwischen zwei Einsätzen wirft Howard mit einer so präzisen und raschen Geste die Karten hin, dass die Bandenchefs davon wie hypnotisiert wirken. In den ersten Runden hat er ganz normal gegeben, um keinen Verdacht zu erregen. Auf diese Weise haben die Verlorenen Jungs etliche ihrer Baseballkarten eingebüßt, die sich jetzt vor den Bandenchefs stapeln. Dann begann Howard wie vereinbart zu schummeln und wechselt jetzt gewinnende mit verlierenden Händen ab. Seit einigen Minuten ist der Druck merklich gestiegen. Mehrere wertvolle Karten sind bereits auf seinem und Peters Stapel gelandet, darunter eine fantastische Bobby Ayala und drei Bagwells, die er Johnny Pistazie mit einem Vierling abgeknöpft hat. Totenstille liegt über der Pokerrunde. Howard hat gegeben, und der Pot ist bereits beachtlich: Josh Becketts, mehrere Brian Bass, einer davon auf Glanzpapier, Camerons und Shawn Camps und vor allem zwei Joe Carters und ein D.J. Carrasco, bei dessen bloßem Anblick die Spieler den Atem anhalten und sich mit der Zungenspitze über die ausgedörrten Lippen fahren.

Pistazie, der sich seiner Hand sicher ist, hat eben zwei nagelneue Blackburns ausgespielt, als irgendwo auf dem Gelände ein Geschrei und Gezeter anhebt. Um die Ordnungshüter abzulenken, zetteln die Vizes jeder Bande in allen vier Ecken Scharmützel an, kleine, brutale Keilereien, mit denen sie die Profose zwingen, angerannt zu kommen. Die Aufpasser schieben die Unruhe wahrscheinlich auf das herannahende Gewitter, das schon am Horizont grollt, was sie allerdings nicht daran hindert, den Schlagstock und den Ochsenziemer einzusetzen. Davon zeugen die Schmerzensschreie. Grady hebt den Kopf und wittert wie ein Kojote.

»Fehlt nur noch, dass die Vollidioten es übertreiben und die Drecksau von Reverend uns Hausarrest gibt.«

»Wieso heulen sie auch wie Tussen, deine Helden?«

Grady blickt zu Howard, dem das schweißnasse T-Shirt am Körper klebt. »Wen meinst du mit Tussen?«

»Dich und deine Miezen.«

Hinter Grady lassen die Grindigen die Fingergelenke knacken, und Grady zieht eine Art Kurzklinge aus dem Stiefel. Das Messer besteht aus einem Stück Stahl, das mit Isolierband am Stiel einer Zahnbürste befestigt ist. Johnny Pistazie und die anderen Bandenchefs zücken ebenfalls ihre Waffen und legen sie vor sich hin: Steinschleudern, etliche selbst gebaute Schlagringe, spitz zugefeilte dicke Schrauben. Peter zieht zu guter Letzt eine Feile hervor, und Howard legt lässig einen Stichel neben seinen Einsatz, ehe er zwei Willie Bloomquists und einen DiMaggio ausspielt.

Grady bringt mit einer wegwerfenden Handbewegung das Gemurmel im Publikum zum Schweigen. Er wischt sich den Schweiß vom Nacken. Er versucht, sich nichts anmerken zu lassen, doch seine Äuglein funkeln.

»Der ist ja eine Antiquität, dein DiMaggio!«

»Tja, du hättest wohl gern noch ein Autogramm dazu, wie?«

»Und Eselsohren hat er außerdem.«

»Na und, er ist trotzdem locker vier Bloomquists wert.«

Grady kratzt sich am Kopf und denkt an das Full House, Könige über Buben, das er mit seinen Karten und den aufgedeckten hinlegen kann. Verstohlen mustert er Peter. Der Typ zuckt mit keiner Wimper. Dann betrachtet er seinen Stapel Baseballkarten. Boccabellas hat er noch, ein paar Bernie Allens und einen Don Cardwell 1982. Sein Schatz. Damit kann er Peters Verteidigung mit einem

Knall zum Einsturz bringen, das weiß er. Dumm ist nur, dass sein Gegner eine völlig ungerührte Miene hat und trotz der Hitze kein einziges feuchtes Haar.

»Also, Grady, spielst du jetzt deinen Cardwell aus, oder wartest du, bis du noch mehr stinkst?«

»He, Scheiße, woher weißt du, dass ich einen Cardwell habe?«

»Alle hier wissen dreierlei, Grady: dass du stinkst, dass du blöd bist wie ein Traktorreifen und dass du einen Cardwell hast.«

»Beeilt euch, Burschen, die Zeit drängt.«

»Scheiß auf die Zeit, Marcellus. Also, Grady?«

Grady schwitzt immer stärker. Er tut cool, aber dass er dermaßen schwitzt, nervt ihn. Er denkt an sein Full House. Er sieht seinen Cardwell an. Er betrachtet seine zwei abgegriffenen Brian Andersons, seinen Lou Boudreau und drei Oil Can Boyds. Das, um den Einsatz zu erhöhen. Aber es juckt ihn wahnsinnig, einen Showdown zu machen. Wahnsinnig! Er deckt einen Oil Can Boyd und einen Brian Anderson auf. Kleiner Vorgeschmack. Ja. Das will er. Diesen dreckigen kleinen Idioten Peter zwingen, seine Karten aufzudecken, und dafür schlimmstenfalls seine Boyds einbüßen, aber nicht seinen Super-Cardwell. Eine Fliege landet auf seiner Stirn. Grady bläst aufwärts, um sie zu verscheuchen, aber sie rührt sich nicht. Er beobachtet Howard, der lächelt, und Peter, dessen Miene unverändert ausdruckslos ist. Sein Blick kehrt zu seinem Full zurück. Er weiß, dass sich eine Gelegenheit wie diese so bald nicht mehr bieten wird. Er weiß auch, dass die Profose demnächst pfeifen werden und die Pause zu Ende ist. Er wirft einen Blick auf den Pot. Howards DiMaggio zwinkert ihm zu. Die anderen Karten ebenfalls. Ein irrer Pot ist das! Grady deckt langsam seine zwei Andersons und seinen Lou Boudreau auf und erhöht den Einsatz mit seinem Cardwell. Die Fliege krabbelt über seine Stirn. Jetzt ist Peter dran. Der zieht an seinem Holunderstängel, stößt einen Rauchkringel aus und legt, ohne eine Sekunde nachzudenken, drei Billy Buckners und einen Ginger Beaumont im 1a-Zustand über Gradys Cardwell. Grady schluckt mühsam. Howard deckt einen armseligen Königinnen-Dreier auf, Collie zwei lächerliche Paare. Jetzt ist Peter wieder dran. Bedächtig zeigt er seine Karten vor, die er neben dem Board ablegt. Der Kerl hat tatsächlich vier Asse. Gradys Herz setzt einen Moment lang aus. Er schließt die Augen, während sich Peter seinen Cardwell greift und sich anscheinend nicht mal freut. Grady juckt es wahnsinnig, jemanden umzubringen. Wahnsinnig!

66

Laut dem letzten Hinweisschild, an dem Shepard vorbeigefahren ist, sind es noch fünf Meilen bis Gipsy. Seit Stunden ist er unterwegs, und außer ein paar Streifenwagen und Militärlastern, die den Highway entlangrasen, ist ihm niemand begegnet. Ein paar Meilen hinter Camden hält ihn eine Straßensperre der Staatspolizei von Montana auf. Nagelbänder für die Autoreifen, Sturmgewehre: Die Jagd ist eröffnet. Aber Ezzie ist ja nicht von gestern und hat den Highway längst verlassen, um sich querfeldein durchzuschlagen.

Während Shepards Identität überprüft und sein Wagen von oben bis unten durchsucht wird, versucht er, dem Polizisten Auskünfte zu entlocken. Ein Landstreicher werde gesucht, knurrt der Beamte missmutig.

»Was denn für einer?«

»Großer Typ.«

»Wie groß?«

»Groß halt.«

Endlich darf er weiterfahren und sieht die Straßensperre im Rückspiegel kleiner werden. Der Wald rast an ihm vorbei. Bis Great Falls hat er noch gedacht, er könnte seinen Rückstand aufholen. Weit gefehlt.

Shepard erreicht die Außenbezirke von Gipsy. Heruntergekommene graue Häuser, Brachflächen dazwischen, eine Großbaustelle, aus der ein Einkaufszentrum hätte werden sollen, die aber wohl für immer aufgegeben wurde. Werbetafeln von Bauträgern bieten Grundstücke für Einfamilienhäuser zu absolut unschlagbaren Preisen an: Je näher man Gipsy kommt, desto billiger wird es – die Stadt wird verramscht.

Shepard folgt der Hauptverkehrsader. Die Geschäfte sind mit Rollgittern verschlossen, der Parkplatz des Supermarkts ist leer. Ein Kino verkündet, dass auf Geheiß des Sheriffs sämtliche Vorstellungen heute abgesagt sind. Die Schauplätze der Morde dieser Nacht – Gärten und Teile von Grünanlagen – sind mit gelben Bändern abgesperrt. Ein letztes Aufbäumen. Die letzten Meilen. Shepard sieht Ezzie vor sich, wie er in Redemption im Gras liegt. Er sieht den Lexus in praller Wüstensonne stehen und die in ihren Kindersitzen erstarrten Zwillinge. Immenser Hass und abgrundtiefe Trauer schnüren ihm die Kehle zu. Und endlose Reue. Er versucht, sich Wendys Gesicht in Erinnerung zu rufen. Ob er sie gleich erkennt? In der Tiefe seines Gedächtnisses sucht er nach dieser Liebe seiner Jugend. Barbaras Gesicht schwebt über Wendys Körper.

Shepard passiert weitere gelbe Absperrungen, weitere Teams von der Spurensicherung, weitere verrammelte Häuser. Er parkt seinen Jeep vor der Dienststelle des Sheriffs von Gipsy und steigt aus. Im Hof steht ein mit einer Plane abgedeckter Container. Shepard hebt eine Ecke der Plane an und späht hinein: Der Container ist randvoll mit den Leichen von Katzen und Hunden. Eine kompakte Masse aus Fell, Pfoten, Zähnen. Shepard lässt die Plane fallen und wischt sich die Hände ab.

67

In den Räumen drinnen steht der Zigarettenrauch wie eine Nebelwand. Auf dem Fußboden laufen die Spuren schmutziger Schuhsohlen kreuz und quer durcheinander, und es riecht nach abgestandenem Kaffee und dem Mief überarbeiteter Polizisten. Shepard zeigt der Frau am Empfang einen Fahnderausweis.

»Ich möchte den Sheriff sprechen. Ich bin hinter derselben Beute her wie er und habe Informationen, die ihn interessieren dürften.«

»Warten Sie hier.«

Die Frau öffnet eine Tür und streckt den Kopf hinein. Durch den Spalt sieht Shepard eine Meute Bullen, die sich vor einer riesigen Landkarte an der Wand drängen. Erregte Stimmen, alle reden durcheinander. Die Frau schließt die Tür wieder und deutet auf einen anderen Raum.

»Da hinein, bitte. Der Sheriff empfängt Sie gleich.«

Shepard setzt sich in einen zerschlissenen Ledersessel und lässt den Blick über das Reich des Sheriffs wandern. An den Wänden hängen Jagdtrophäen, die Köpfe erlegter Wildschweine und Hirsche. Sogar ein Puma mit aufgerissenem Maul ist darunter. Gipsy, die Heimat der Enthaupter. Draußen wird eine Tür zugeknallt, und gleich darauf öffnet sich die Tür zum Büro des Chefs. Herein kommt, noch mit erdverkrusteten Stiefeln, der Sheriff und verbreitet einen Geruch nach Blut und modrigem Wald. Er lässt sich in seinen Sessel fallen, füllt einen Becher mit Kaffee und einem Schuss Schnaps und schiebt ihn Shepard hin. Er leert seinen eigenen Becher und schenkt sich noch einmal nach, diesmal mit einem großzügigeren Schuss Schnaps. Trinkende Jäger.

Shepard nimmt einen Schluck kalten Kaffee und sagt: »Ich verfolge den Mörder seit Idaho. Eigentlich seit Las Vegas.«

»Idaho oder Las Vegas?«

»Las Vegas.«

»Wie sieht er aus, Ihr Mörder?«

»Er bringt Katzen und Hunde um. Auch alte Frauen.«

Die Miene des Sheriffs hat sich verdüstert.

»Sind Sie ein Scheiß-Kopfgeldjäger oder so was in der Art?«

»So was in der Art.«

Der Sheriff versucht nachzudenken, aber er ist zu kaputt. Er seufzt und zündet sich einen Zigarrenstummel an.

»Die Tiermorde haben gestern Abend Schlag zehn angefangen. Wir dachten zuerst, es ist irgendein bescheuertes Spiel von Halbwüchsigen, das irgendwann gekippt ist – wir haben hier ja jede Menge jugendliche Arbeitslose. Sie saufen sich zu und machen allen möglichen Scheiß, aber sie meinen's nicht böse.«

»Und dann haben Sie die Leichen gefunden?«

»Yeah. Und haben gesehen, *was* der Dreckskerl mit den Katzen angestellt hat. Und mit den Hunden! Er weidet sie bei lebendigem Leib aus, und die Eingeweide nimmt er mit.«

Der Sheriff leert seinen Becher auf einen Zug. Er schnieft.

»Danach kam eine Information aus dem Missoula County. Offenbar ist es den Kollegen gelungen, von der Überwachungskamera eines Fast-Food-Ladens Fotos des Verdächtigen zu gewinnen. Die Aufnahmen sind allerdings ziemlich unscharf und wurden in ein Speziallabor nach Boston geschickt. Ich erwarte eine genaue Personenbeschreibung im Lauf des Tages.«

»Und nach wem fahnden Sie unterdessen?«

»Nach Leuten, die nicht von hier sind und sich im Wald herumtreiben. Das beschäftigt die Männer.«

»Das wird ordentlich viele Camper treffen ...«

»Gut, ich hab genug erzählt, jetzt sind Sie dran.«

»Nach meinen Erkenntnissen ist der Flüchtige ein kanadischer Serienmörder.«

»Gibt es Serienmörder in Kanada? Na, geschieht ihnen recht.«

»Er heißt Carrey Preston, aber das ist nicht sein richtiger Name. Erscheinung wie ein Handelsreisender. Mittlere Größe, Glatze. Manchmal trägt er Anzug, manchmal Jeans und Karohemd.«

Der Sheriff macht sich Notizen auf einem Block.

»Wenn ich Sie wäre, würde ich ihn laufen lassen«, sagt Peter.

»Hä?«

»Er ist hier fertig. Er zieht jetzt weiter. Warten Sie, bis er an der Grenze verhaftet wird.«

»Geht nicht.«

»Warum nicht?«

»Erstens, weil der Hurensohn meinen Hund umgelegt hat. Einen alten Beagle, der sein Leben lang mit mir auf der Jagd war. Und zweitens, weil er nicht nur mordet. Er hat auch ein elfjähriges Mädchen entführt, das auf dem Heimweg von der Schule war.«

Der Sheriff öffnet eine Schublade und legt auf den Papierwust, der seinen Schreibtisch bedeckt, ein Foto. Ein hübsches kleines blondes Mädchen mit traurigen, sehr blauen Augen.

68

Shepard hat seinen Jeep ein paar Meter vor dem Coffeeshop geparkt. Er starrt ins Schaufenster eines Reisebüros, das allerlei Sonderangebote anpreist und die jeweiligen Daten nennt. Er schaltet sein Navigationsgerät ein. Im tiefsten Wald beginnt ein roter Punkt zu blinken.

Auf der anderen Straßenseite hält ein Toyota Kombi. Eine junge Frau steigt aus. Sie zündet sich eine Zigarette an, die sie austritt, bevor sie zu Ende geraucht ist. Sie überquert die Straße, geht die Fensterfront des Cafés entlang. Shepard beobachtet sie. Wendy. Es ist, als wäre sie nie aus seiner Erinnerung verschwunden. Als wäre Barbara nicht tot.

Wendy tritt ein und setzt sich an einen der langen Tische, um die ringsum Bänke laufen. Das Lokal ist sonst beinahe leer. Shepard folgt ihr und schließt die Tür hinter sich. Er setzt sich ihr gegenüber. Sie hebt den Kopf und bläst gegen eine Haarsträhne, die ihr in die Stirn hängt. Peter betrachtet sie schweigend. Sie senkt den Blick und sagt: »Wie absurd …«

»Was denn?«

»Ich war richtig panisch, du könntest mich hässlich finden, und hab mich geschminkt. Bisschen zu stark womöglich …«

Peter streicht ihr über die Wange. Unter seinen Fingern spürt er mehr, als er sie sieht: die lange Narbe, die ihr der Profos Burton mit seinem Schlagstock beschert hat.

»Ich hab mich zwei Mal operieren lassen«, sagt sie verlegen. »Man sieht praktisch nichts mehr. Außer morgens, wenn ich aufstehe.«

»Du bist sehr schön.«

»Nett von dir.«

Peter gibt der Kellnerin ein Zeichen. Er räuspert sich. »Du bist also verheiratet?«, fragt er.

»Ja. Truman heißt er. Er leitet eine Auto-Niederlassung.«

»Im Ernst, Baby, wie um Himmels willen kann man einen Autoverkäufer heiraten, der Truman heißt?«

Wendy verbirgt ein Lächeln hinter ihren Händen. Ihre Wangen haben sich zartrosa gefärbt.

»Ich hab auch drei Kinder. Unausstehliche Blagen.«

»Lebst du schon lang in Montana?«

»Ich lebe in Oregon.«

»Ah ja, stimmt.«

Ein Streifenwagen im Einsatz rast die Straße entlang, der Widerschein des Blaulichts huscht über den Gehsteig und durch das Lokal. Peter kippt einen ordentlichen Schuss Zucker in seinen Kaffee und sieht sich um. An den Wänden hängen alte Fotos längst verstorbener Schauspieler. »Hübsch hier, oder?«, sagt er.

»In Montana?«

Peter lächelt.

»Was ist? Was hab ich gesagt?«

»Nichts. Ich meine dieses Café hier.«

Wieder tritt ein verlegenes Schweigen ein. Wendy kramt in ihrer Handtasche.

»Hast du Ezzie gefunden?«

»Ich weiß, wo er ist.«

»In seinen letzten Nachrichten hat er was davon gesagt, dass er Stimmen hört.«

»Ja, deswegen muss ich ihn finden.«

»Du bist hier, um ihn umzubringen, oder?«

Wieder rast draußen ein Streifenwagen vorbei, Blaulicht zuckt durch den Raum.

»Sollen sie ihn lieber verhaften?«

»Ich wünsch ihnen viel Glück.«

»Sie sind ziemlich besoffen, Wendy. Bald haben sie seine

Beschreibung. Sie werden ihn aufspüren und abschlachten. Oder sie richten ihn entsetzlich zu und schicken ihn dann in den Strafvollzug, wo er jahrelang in der Todeszelle sitzen wird, bis er auf dem elektrischen Stuhl verbrutzelt. Willst du das?«

Tränen laufen über Wendys Wangen.

»Wären wir doch noch in Redemption. Könnte ich neben dir im Gras liegen und den Wolken nachschauen.«

Wendy will noch etwas hinzufügen, doch ihre Lippen zittern zu sehr. Peter steht auf und küsst sie auf die Stirn. Sie blickt ihm nach, als er davongeht.

69

Nachdem sie nicht zum Pokerturnier eingeladen wurden, beschlossen die Mitglieder der Ku-Klux-Klan-Bande, sich für die Kränkung zu rächen. Sie waren Hünen mit unmissverständlichen Tattoos. Die meisten von ihnen hatten schon mehr als vier Jahre Redemption hinter sich und sich im Lauf der Zeit gewisse Privilegien erarbeitet, etwa das Recht auf gemeinsame Leibesertüchtigung und das Recht, mit ausgestrecktem rechten Arm und zusammengeschlagenen Hacken zu salutieren. Ansonsten waren sie wortkarg und verkehrten nicht mit den anderen, außer um die Schwächsten zu terrorisieren und auf die verschiedenen Tauschgeschäfte der Anstaltsinsassen eine Provision zu erheben.

Ihr Anführer, der sich Hermann nennen ließ, protzte mit einem tätowierten Adler auf dem Rücken und einem Feuerkreuz auf seiner fetten Brust. Mit dreizehn hatte man ihn aus dem Verkehr gezogen, nachdem er ein altes jüdisches Ehepaar zu Tode gefoltert hatte. Seit fünf Jahren war er jetzt hier und damit nicht nur der älteste Häftling, sondern auch der gefährlichste. Der Kummer des dicken Hermann war, dass er so viele Gewichte stemmen konnte, wie er wollte – sein Wanst hing ihm trotzdem immer über die Hose. Alle wussten, dass er in Wirklichkeit Donald hieß, und eines Tages hatte ihm ein kleiner Schlauberger in aller Öffentlichkeit zugerufen: »Hey, Mann, stimmt es, dass dich deine Mama nach einer Ente genannt hat?«

Am selben Abend hatten ihn die Profose von Fausthieben entstellt im Gebüsch gefunden. Außerdem waren seine Knöchel gebrochen, und allen war jetzt klar, dass der Ku-Klux-Klan-Trupp von Redemption nicht einfach eine Gang war. Beunruhigender war, dass die meisten Profose und Vögte, wie die Häftlinge bald mitbekamen, ebenfalls tätowierte Feuerkreuze trugen, woraus man den berechtigten Schluss ziehen konnte, dass die Ku-Klux-Klan-Gang die wichtigste Kaderschmiede für die blauen und roten Overalls war.

Nach dem Turnier schickte Hermann einen seiner Schläger los, um die Verlorenen Jungs zu beeindrucken. Der beauftragte Scherge, der sich Helmut nannte, redete Peter an, als sie alle in Reih und Glied zum Gebetsraum marschierten.

»Ich höre, du hast einen Cardwell?«

»Was soll das sein?«

»Weiß ich nicht, aber ich hab gehört, du hast einen.«

»Dann bist du schlecht informiert.«

Der Schläger lächelte und zeigte dabei seine braunen Zähne.

»Du verstehst mich nicht, Kleiner. Wenn ich sage, du hast einen Cardwell, dann hast du einen Cardwell. Wenn du ihn hast, isses gut. Wenn nicht, beschaff dir schleunigst einen und bring ihn Hermann. Heute vor Anbruch der Dämmerung.«

»Helmut?«

»Ja.«

»Warum müsst ihr unbedingt uns allen hier auf den Geist gehen und belasst es nicht einfach bei euren schwulen Arschfickereien zwischen zwei Trainingssessions?«

Helmuts Hände ballten sich in den Overalltaschen zu Fäusten.

»Diesmal habe ich nichts gehört, kleine Sau. Wie lautet die Antwort?«

»Sag dem dicken Hermann, dass ich ihm in den Arsch pisse, ihm und seiner ganzen Bande von Weichbäuchen.«

»Das soll ich ihm sagen? Im Ernst?«

»Ja. Und frag ihn auch, wie er zu Bowling steht. Dann kapiert er schon.«

70

Am folgenden Tag war Howard derjenige, der beim Frühstück Hermanns Zorn ausbaden musste. Als er sein Tablett vor sich her zum Tisch trug, stolperte er über das Bein, das ihm der Dicke gestellt hatte, und ging unter Geklirr und Gepolter von fallendem Geschirr zu Boden. Als er wieder aufstand und Hermanns Blick begegnete, war ihm klar, dass Ärger anstand.

»Mann!«, rief er zornig. »Du hast meinen Kakao ausgekippt!«

»Wie nennst du mich?«

Helmut kam Howards Antwort zuvor und kläffte dazwischen: »Wenn man den Chef anspricht, dann mit Achtung, du Trottel, das könntest du allmählich wissen.«

»Was soll der Scheiß?«

»Tu's einfach!«, herrschte ihn Helmut an.

Howard pflanzte sich also vor Hermann auf, schlug die

Hacken zusammen und schrie zackig: »Achtung! Du hast meinen Kakao ausgekippt, du Trottel!«

Tödliche Stille legte sich über das Refektorium. Hermann leerte sein Glas Milch und wischte sich seine dicken Lippen mit dem Overallärmel ab.

»Howard Cullen, oder?«

»Jawohl! Aus Scarlton, Georgia!«

»Cullen, was is'n das für ein Name? Bist du ein Jid?«

»Was?«

»Er will wissen, ob du ein dreckiger Jude bist, Kotzbrocken!«, bellte Helmut dazwischen.

Howard bückte sich und tat, als wollte er retten, was von seinem Porridge noch übrig war. Und bevor Peter eingreifen konnte, knallte er Helmut den Napf auf den Kopf, sodass dem der Brei über das Gesicht lief.

Hermann stoppte seinen Handlanger mit einer knappen Geste. An Howard gewandt, sagte er: »Du bist tot, Judensau. Noch vor heute Abend bist du tot.«

Peter packte seinen Kumpel am Arm und zerrte ihn hinter sich her zum Tisch der Verlorenen Jungs, die alle ein Stück von ihrem Frühstück für Howard abzweigten. Lange sagte keiner ein Wort, bis Wendy schließlich finster hervorstieß: »Ganze Arbeit, Leute. Zumindest kann man sagen, dass ihr's versteht, euch die richtigen Leute zu Feinden zu machen. Super.«

»Ich kann diese Sorte nicht ausstehen. Ein beknackter Südstaatler wie Grady, okay, aber einer von den Weißkutten, nein.«

»Was ist eine Judensau, Howard?«

»Red nicht so, Ezzie! Wenn du dieses Wort noch ein einziges Mal sagst, polier ich dir die Fresse!«

»Tschuldigung, Howard. Was heißt das denn?«

»Das ist ein Schimpfwort für ›Jude‹.«

»Und was ist ein Jude?«

»Iss, Ezzie.«

»Bist du wirklich ein Jude, Howard?«

»Ja, Marcellus. Warum – stört's dich etwa?«

»Nö. Du hast halt nie was davon gesagt.«

»Und warum hätte ich es sagen sollen?«

»Was ist ein Jude?«

»Die Juden sind ein Volk, das in Ägypten gefangen war, und Gott sagte zu ihm: ›Pack deinen Krempel zusammen, durchquer die Wüste, dann teile ich für dich die Fluten des Roten Meers.‹«

»Sakrament ...«

»Genau. Und als sie die Wüste durchquert hatten, sagte er zu ihnen: ›Bitte sehr, hier ist das Land, das ich euch verheißen habe. Züchtet goldene Kälber und trinkt Milch.‹«

»Echte goldene Kälber?«

»Natürlich! Deswegen sind so Leute wie dieser Hermann ja so sauer auf uns.«

»Ach du Scheiße. Und was sind Weißkutten?«

»Du gehst mir auf den Wecker, Ezzie.«

»Schlimmer als ein Profos oder Vogt?«

»Ja, circa tausend Mal schlimmer.«

»Also Weißkutte, das ist nix für mich.«

»Ein Glück.«

»Und Jude, ginge das?«

»Ist nicht so einfach. Um Jude zu sein, muss man sich ein Stück Pimmel abschneiden lassen und jede Menge beten, damit Gott dir nicht wieder wegnimmt, was er dir gegeben hat.«

Gedankenverloren aß Ezzie weiter, bis Peter sagte: »Trotzdem haben wir jetzt ein Problem.«

»›Problem‹ ist wohl stark untertrieben! Wir sind praktisch tot!«

»Wenn ich sie einen nach dem anderen auslösche, kann

ich dann Jude werden, ohne mir den Pimmel abzuschneiden?«

»Mann, Ezzie, du siehst doch, was das für eine Gang ist! Mit denen wirst nicht mal du fertig. Außerdem stehen sie unter dem Schutz des Reverends. Willst du sechs Monate im Karzer faulen?«

»Wenn ich eine andere Idee habe, sag ich's dir, Howard.«

»Okay, Großer.«

»Was machen wir also?«

»Wir müssen sie loswerden, bevor sie uns bei den Profosen hinhängen.«

71

Die Verlorenen Jungs sitzen zwischen den Brennnesseln auf ihren Brettern. Howard, einigermaßen nervös, zählt die Baseballkarten. Er klappt die Metallkiste zu, wickelt sie in ein Stück Jute ein und versenkt sie in der Grube, die sie in der weichen Erde ihres Verstecks ausgehoben haben.

»Das reicht nicht.«

»Mist...«

»Marcellus, was gibt's Neues von der Pornofront?«

»Die Sache geht heute Abend über die Bühne.«

»Bist du sicher, dass du es selber machen willst?«

»Wieso? Glaubst du, ich schaff es nicht, meinen Teil zu erfüllen?«

»Ich meine nur, dass dein Teil bei Weitem der riskanteste ist...«

»Leck mich, Cullen! Ich bin keiner, der sich drückt!«

»Schon gut, Mann, entspann dich wieder.«

Peter zündet einen Glimmstängel an und reicht ihn Wendy. Sie pafft, dann reicht sie ihn weiter. Marcellus reißt sich zusammen, um nicht zu husten. Heiser fragt er: »Was machen wir mit den Weißkutten?«

»Die einzige Möglichkeit ist, sie irgendwie reinzureiten.«

»Was schwebt dir vor?«

»Weiß nicht.«

»Pornohefte?«

»Ich weiß, worauf du hinauswillst, Marcellus, aber die Profose werden die Sache auf jeden Fall vertuschen, schon allein deswegen, weil sie bestimmt keine Lust haben, sich vom Reverend fragen lassen zu müssen, wo das Zeug herkommt. Nö, es bräuchte irgendwas, das die Sau Esterman direkt trifft. Er toleriert die Weißkutten, weil sie ihm die meisten seiner Handlanger stellen, aber sympathisch sind sie ihm nicht, da gehe ich jede Wette ein.«

Im Gestrüpp raschelt es, und Ezzie zwängt sich durch die Dornenranken. Die Verlorenen Jungs drehen sich zu ihm um. Er ist seltsam verlegen und hält die Hände hinter dem Rücken versteckt.

»Wo warst du denn?«

»Och, spazieren. Wegen den Äpfeln, du weißt schon.«

»Ezzie?«

»Ja?«

»Was versteckst du vor uns?«

»Nix, Howard, ich schwör's!«

»Und warum hast du dann die Hände hinter dem Rücken?«

Der Koloss windet sich.

»Na gut, ich sag's euch. Ich habe Mist gebaut.«

»Scheiße, Ezzie, wir haben dir doch gesagt, du musst dich von Hermann fernhalten!«

»Nö, Peter, das war's nicht, sondern ich war grad auf dem Weg hierher, als Bingo aus einem Gebüsch rausgeflitzt kam und mich ins Schienbein gebissen hat.«

»Der Dackel des Reverends?«

»Das ist ein Pudel, Wendy.«

»Äh – das *war* ein Pudel, Howard.«

»Wie, das *war* ein Pudel?«

Ezzie zeigt den Jutesack, den er hinter dem Rücken versteckt hat. Blut tropft heraus und auf die Brennnesseln.

»Allmächtiger! Ezzie, heißt das etwa, der Hund des Reverends ist in diesem Sack?«

»Ist nicht meine Schuld, Pete. Bingo hat sich total in mich verbissen, und ich wollte ja machen, dass er loslässt, aber er hat nicht losgelassen, und deswegen hab ich das Bein gegen einen Baumstamm geschlagen und …« Der Riese beginnt zu schluchzen. Er hebt den Sack auf Höhe seines Gesichts und spricht ihn direkt an. »Ich habe Bingo umgebracht!«

»Wenn das der Reverend spitzkriegt, sind wir erledigt …«

»Graben wir ihn halt ein. Oder verbrennen ihn.«

»Das nützt doch nichts. Irgendwann merkt der Irre, dass seine Töle fehlt, und stellt ganz Redemption auf den Kopf, bis er sie findet.«

»Was hast du grad gesagt, Howard?«

»Ich sagte, er stellt ganz Redemption auf den …«

»Nein. Du hast gesagt, wenn der Reverend das spitzkriegt, sind wir tot.«

»Ja. Und?«

Gleich darauf leuchtet Howards Miene auf.

»Denkst du dasselbe wie ich, Pete?«

»Ja, Mann.«

Howard blickt zu Ezzie hinauf. »Du hast unseren Einsatz gerettet, Großer. Im Namen des heiligen Josef, des Ochsen und des Esels erkläre ich, dass du von jetzt an Jude bist.«

72

Knisternd dringt die Stimme des Reverends aus den Lautsprechern. Die Reihen formieren sich und setzen sich in Marsch zum Gebetsraum. Howard späht nervös zwischen die Bäume.

»Was treibt der Kerl so lang, verdammt!«

»Entspann dich, How. Er schafft es schon.«

»Das kann man nur hoffen… O Mann!«

In Howards Gesicht zuckt es nervös. Vorhin hat er den Fehler begangen, sich von der Gruppe zu entfernen, um in der Deckung der Weiden zu pinkeln. Als er sich umdrehte, stand Helmut vor ihm, grinste ihn mit seinen braunen Zähnen breit an und schwang einen Baseballschläger, in den »Peacemaker« eingeritzt war.

»Nur die Ruhe, Judensau«, sagte er. »Ich will dir nur mal kurz die Kniescheibe raushauen.«

In dem Moment, als Helmut den Schläger hob, ließ ihn ein monumentaler Hieb mit einem Holzscheit zu Boden gehen. Ehe er ein zweites Mal ausholte, knurrte Ezzie: »Rühr ja nicht noch mal meinen Kumpel an, dreckiger Weißkuttenjude!«

»Weißkutte allein reicht, Ezzie.«

»Was ist?«

»Der hier ist eine Weißkutte. Wir beide sind Juden, klar?«

»Jude und Weißkutte, das passt nicht zusammen, oder?«

»Echt nicht.«

Howard lässt den Blick über die Reihen schweifen. Die Mitglieder der Ku-Klux-Klan-Gang schauen her und machen die Geste des Halsabschneidens. Helmuts Kopf ist in einen blutigen Verband gewickelt. Howard spürt Ezzies massige Gestalt beruhigend hinter sich. Der Riese wurde als sein Leibwächter abgestellt. Er nimmt seinen Job sehr ernst, und wann immer Howard Anstalten macht, seitlich auszuscheren, packen ihn zwei Pranken an den Schultern und führen ihn auf den rechten Weg zurück. Entnervt dreht sich Howard irgendwann zu Ezzie um und fragt: »Und wenn ich scheißen muss, was dann?«

»Kein Problem, How. Wir gehen zusammen.«

»Na, das kann ja heiter werden.«

Die Verlorenen Jungs sind beinahe im Gebetsraum angelangt, als Howard endlich Peter entdeckt, der außer Atem neben der Reihe her auf ihn zurennt. Seine Hände sind erdig.

»Alles gut?«, fragt Howard.

»Ja.«

»O Mann, Pete, du bist der Beste! Was machen wir jetzt?«

»Ruhig halten und abwarten.«

73

Zwei Stunden nach Beginn der Nachtruhe zerreißt ein schriller Glockenton die Stille im Zellentrakt. Gleich darauf befiehlt die eisige Stimme des Reverends über Lautsprecher sämtlichen Häftlingen, sich augenblicklich zur Versammlung einzufinden. Die Gittertüren öffnen sich. Die Profose brüllen Anweisungen und sorgen mit dem Schlagstock dafür, dass die Reihen sich schließen. Die Jugendlichen treten in den Hof hinaus, der mit Halogenscheinwerfern taghell ausgeleuchtet ist. Die Hitze des Tages steht darin. Lautlos stellen sie sich im Quadrat auf. Die meisten Blicke sind auf die Tür des Kolonialhauses gerichtet, andere heften sich auf die Profose und Vögte, die alle sichtlich in Panik sind. Nun öffnet sich die Tür, und der Reverend tritt heraus. Mit beiden Händen drückt er eine Plastiktüte an die Brust. Langsam steigt er die Stufen zum Podium hinauf. Sein weißes Haar ist wirr. Während er sacht die Plastiktüte streichelt, lässt er seinen erbarmungslosen Blick über die Häftlinge gleiten. Schließlich öffnet er die Tüte und zieht ein Pudelmäntelchen hervor, dessen gelbe Wolle blutbefleckt ist, dazu ein ledernes Halsband mit Glöckchen.

»Was ihr dem geringsten meiner Brüder getan habt, das habt ihr mir getan«, spricht der Reverend mit zornbebender Stimme und fügt hinzu: »Wer dazu beiträgt, die Schuldigen zu entlarven, empfängt einen roten Overall und ist von der Feldarbeit freigestellt.«

Es herrscht wieder Stille im Hof. Ezzie ist den Tränen nahe, und Howard flüstert: »Es ist nicht deine Schuld, Großer!«

»Doch. Ich habe Bingo umgebracht und dem Reverend Kummer bereitet.«

»Der Reverend ist ein Aas. Erinnerst du dich?«

Estermans blitzende Augen gleiten über die Verlorenen Jungs hin. Wieder tönt seine Stimme aus den Lautsprechern: »Ich fordere euch auf, euch nicht von der Stelle zu rühren.«

Auf sein Zeichen hin bläst ein Profos einmal kurz in seine Pfeife. Augenblicklich eilen aus dem Schatten weitere Blaue herbei und führen die Wachhunde, die Maulkörbe tragen, an ihren Würgehalsbändern. Der Reverend ist vom Podium gestiegen. Er geht auf die Köter zu und hält jedem Bingos Mäntelchen vor die Schnauze. Die Hunde versuchen trotz Maulkorb, in die Wolle zu beißen: Sie haben diesen abscheulichen Pudel, der sie tagein, tagaus aus der Sicherheit hinter dem Zaun provoziert hat, schon immer mit Inbrunst gehasst. Esterman packt einen Hund brutal am Nackenfell und drückt ihm die Nase in das Pudelmäntelchen. Der Hund jault auf vor Unbehagen, und als es ihm gelingt, sich dem Griff des Reverends zu entwinden, senkt er sofort die Schnauze auf den Boden und nimmt Witterung auf. Seine Kollegen tun es ihm gleich und wedeln voller Hoffnung, dass sie den Kleinköter jetzt endlich zu fassen bekommen.

»Lasst sie los!«

Die Köter springen zu den Bäumen davon. Am Fuß der Weide, an der Ezzie Bingo zerschmettert hat, zögern sie kurz, folgen dann aber schnell und mühelos dem Blutgeruch bis zu dem Geviert, in dem die Ku-Klux-Klan-Gang ihre Freiluft-Ertüchtigungsanstalt hat. Zwischen den aus Traktorachsen gebastelten Hanteln beginnen sie aufgeregt und mit seligem Gekläff in der frisch umgeackerten Erde zu scharren. Alle Köpfe drehen sich zu den Mitgliedern der Ku-Klux-Klan-Gang, während die Profose zu den Hunden eilen, um ihnen den Jutesack abzunehmen, den sie ausgegraben haben. Hermann begegnet dem Blick des Reverends, der ihn unverwandt anstarrt. Der Gangführer wendet sich an den Vogt Marlow.

»Fuck, Marlow!«, zischt er. »Du musst mir helfen.«

»Wenn du dir nichts vorzuwerfen hast, musst du auch nichts fürchten.«

Die Hunde stoßen ein Todesgeheul aus, als die Blauen sie wieder hinter den Zaun führen. Den erd- und blutverkrusteten Jutesack am ausgestreckten Arm, kehrt der Profos Helliwell zum Appellplatz zurück. Marlow entfernt sich ein paar Schritte von Hermann. Der flüstert entsetzt: »Mensch, Marlow, du siehst doch, dass das eine abgekartete Sache ist! Keiner meiner Leute wäre so bescheuert, dieses Stück Scheiße ausgerechnet dort einzugraben!«

»Wenn es Bingo ist, kann ich nichts mehr für dich tun, Mann.«

Helliwell hat den Sack vor dem Reverend abgelegt. Der kauert sich nieder und faltet langsam die Jute auseinander.

Als er sich wieder aufrichtet, streckt er Marlow die Hand hin, und der legt seinen Schlagstock hinein. Ohne ein Wort beginnt er, auf den dicken Hermann einzuschlagen, der sich die Arme vors Gesicht hält und schaurige Schreie ausstößt. Bald liegt er auf dem Boden, und der Reverend schlägt noch immer auf ihn ein. Minuten später hält Esterman endlich inne und sagt atemlos und mit schweißnassem Haar zu Marlow: »Bringen Sie diesen Abschaum im tiefsten Karzer unter. Wenn kein Karzer tief genug ist, sprengen Sie ein Loch in den Fels, um diese Kreaturen darin zu verscharren, wie sie meinen Bingo verscharrt haben.«

Mit blau geschwollenem, blutendem Gesicht findet Hermann noch die Kraft, lauthals seine Unschuld zu beteuern, doch ein Fußtritt von Marlow bringt ihn zum Schweigen. Die Profose legen seinen Gangmitgliedern Ketten an und führen sie zum Karzer ab. Helmut jault, er habe Panikattacken im Dunkeln, doch es nützt ihm nichts. Der Reverend hat den Jutesack aufgehoben und drückt ihn an sein Herz. Die Tür des Kolonialhauses schließt sich hinter ihm.

74

Shepard beobachtet den roten Punkt, der auf dem Display seines Navigationsgeräts blinkt. Der blaue Punkt, der seinen Jeep darstellt, nähert sich ihm langsam. Um den Straßensperren auszuweichen, hat er kurzerhand querfeldein abgekürzt, und nachdem er sich vergewissert hat, dass ihm niemand folgt, ist er in den Wald eingebogen. Jetzt fährt er auf zunehmend holprigen Forstwegen dahin, und die Reifen seines Jeeps versinken im welken Laub.

Der blaue Punkt hat den roten Punkt fast erreicht.

Shepard stellt den Wagen ab und geht zu Fuß weiter, gut eine Meile durch den Wald. Die Sonne steht niedrig über dem Horizont, der Wald liegt in tiefem Schatten, als er sich der Lichtung nähert, auf der die Hütte steht. Ein Bach fließt hier vorbei, und der Wald öffnet sich zur Landschaft hin. Zwischen Wildblumen liegen drei tote Polizisten. Ezzie, ein Gewehr mit Zielfernrohr neben sich, sitzt auf den Stufen vor der Hütte. Er trägt eine alte schwarze Schirmmütze. Auf seinem Schoß kauert ein Hundewelpe. Peter kneift die Augen zusammen. Nein, das ist kein Hund, sondern ein Wolfsjunges, grau und mager, und der Riese sitzt da, den Blick zum Horizont gerichtet, und streichelt es. Er hat sich einen guten Ort ausgesucht: Die Hütte steht auf einer Anhöhe, von der aus man freie Sicht auf die Straße hat, die sich weiter unten dahinschlängelt.

Shepard tritt aus der Deckung des Waldes. Der Riese setzt den kleinen Wolf ab und legt sein Gewehr an. Kaliber .50, für die Hirschjagd geeignet. Shepard steigt über die Leichen hinweg. Die schwarze Öffnung des Gewehrlaufs folgt ihm auf jedem Schritt. Das Auge, das der Riese zusammengekniffen hatte, um zu zielen, öffnet sich weit.

»Peter! Bist du das?«

»Ja.«

Eine Träne rinnt die Wange des Riesen hinab. Er wischt sie mit dem Handrücken ab und legt das Gewehr wieder an.

»Gibt nur eine Art, das zu beweisen, oder?«

Shepard pfeift die ersten Takte des Lieds, das die Erkennungsmelodie der Verlorenen Jungs war. Ezzie pfeift die Fortsetzung und lässt das Gewehr sinken.

»Du bist es wirklich, oder?«

»Ich bin's wirklich, Großer.«

Außer sich vor Freude stürzt Ezzie auf Peter zu, umarmt ihn, klopft ihm mit seinen mächtigen Pranken auf den Rücken. Peter spürt, wie er den Bodenkontakt verliert. Seine Rippen knacken, und er bekommt kaum noch Luft.

»Sachte, Ezzie, sachte.«

Der Riese lässt ihn frei und wendet sich dem Wolfswelpen zu, der die beiden kläffend umspringt. Ezzie klatscht in die Hände.

»Wolf, lass mich dir meinen Freund Peter vorstellen.«

»Grüß dich, Wolf.«

Peter kauert nieder und streckt dem Welpen die Hand hin; der leckt ihm die Finger und beißt vorsichtig darauf herum. Ezzie applaudiert und brüllt: »Er mag dich, Pete! Mannomann, er mag dich genauso wie mich!«

Der Riese legt Shepard den Arm um die Schultern.

»Komm, wir setzen uns auf die Treppe. Es ist schön um diese Tageszeit.«

»Wir müssen erst reden.«

»Immer reden, was, Pete? Aber man muss doch ab und zu auch mal schweigen können, oder?«

»Doch, manchmal schon.«

»Also gut, gehen wir rein und reden wir. Aber du musst ein reines Herz haben, Peter Schaf. Sonst müssen mein Wolf und ich dich aufessen. Hast du ein reines Herz?«

»Ja.«

Peter steigt die Stufen hinauf, die unter seinen Schritten knarzen. Drinnen ist es dunkel und kühl. Ein schlecht gehobelter Tisch, wackelige Stühle. In einem alten gusseisernen Ofen brennen knisternd ein paar Holzscheite. In den Regalen reihen sich Konservendosen aneinander. Wie in der Hütte von Clint ist eine Klapptür in den Fußboden eingelassen, und Shepard erstarrt innerlich, als er auf den Bodenbrettern die blutigen Abdrücke von Stiefeln und Pfoten sieht. Er tastet nach seiner Waffe, die er hinten im Hosenbund stecken hat, und entsichert sie. Der Riese erhitzt unterdessen in einer leeren Konservendose Milch auf dem Ofen. Das Wolfsjunge kläfft und schnappt spielerisch nach den Hosenbeinen seines Herrn.

»Ruhig, Wolf, mein Sohn. Papa ist gleich fertig.«

Peter sieht zu, wie Ezzie mit einer Gabel die Haut von der Milch fischt.

»Hast du gesehen, Pete? Ich nenne ihn ›Sohn‹. Dann denkt er nämlich, ich bin sein Vater, wenn er groß ist, und ich bringe ihm die Sprache der Menschen bei.«

Der Riese trägt die Milchhaut ans andere Ende des Zimmers, wo sie auf einem Haufen weiterer getrockneter Häutchen landet. Er kehrt zum Ofen zurück und fragt, ohne sich umzudrehen: »Kannst du Wölfisch, Peter?«

»Was?«

»Ich frage, ob du die Sprache der Wölfe kannst. Die meisten Menschen können Hündisch oder Hyänisch oder Kojotisch, ohne es zu wissen, aber Wölfisch ist noch besser.«

Ein seltsamer Laut dringt aus Ezzies Kehle, während er die Milch umrührt. Es hört sich an wie ein fernes Heulen. Das Wolfsjunge sitzt zu seinen Füßen und versucht ebenfalls ein Geheul, das einstweilen aber eher ein Fiepen ist.

»Hörst du das, Pete? Er weiß, dass ich die Sprache der Wölfe spreche.«

Der Riese nimmt die dampfende Konservendose vom Ofen und verteilt die Milch auf zwei Metallbecher und Wolfs Napf. Der taucht sofort seine Schnauze hinein und beginnt zu schlabbern.

»Owu taheju huta, Wolf!«, sagt Ezzie.

Das Wolfsjunge hebt eine milchweiße Schnauze und wedelt. Ezzie lächelt.

»Wie möchtest du deine Milch, Pete? Mit Zucker? Honig?«

»So, wie sie ist.«

Ezzie setzt sich ans eine Tischende, Peter ans andere. Er

sieht zu, wie der Becher zwischen den Pranken des Riesen verschwindet, als er ihn an den Mund hebt und schmatzend seine Milch trinkt.

»Ich bin hier, um dir zu helfen, Ezzie.«

Der Riese wischt sich mit dem Ärmel den Mund ab. Dann kratzt er sich unter der Mütze am Kopf und sagt: »Wie damals, als du geschworen hast, du holst uns alle aus Redemption raus, ja?«

Ein Rinnsal Blut schlängelt sich sein Gesicht hinab.

»Ezzie?«

»Ja.«

»Du blutest.«

Ezzie fährt sich mit der Hand übers Gesicht und betrachtet seine Finger, dann hält er sie Wolf zum Ablecken hin. Mit gedankenverlorener Miene sagt er: »Das liegt an den Stimmen in meinem Kopf. Feuer und Stein, Peter. Diese ganzen Stimmen und die Lava, die sind dran schuld, dass es mir so schlecht geht. Ich versuche, sie wegzutun, aber es geht nicht.«

»Du versuchst, sie wegzutun?«

»Ja. Am Anfang hab ich mir die Haare ausgerissen. Jetzt bohre ich mit einer Gabel.«

Ezzie nimmt die Mütze ab und beugt den Kopf vor. Peter dreht es beim Anblick der offenen Fleischwunden den Magen um. Der Riese setzt seine blutige Mütze wieder auf und leert seinen Becher.

»Du brauchst Hilfe, Ezzie.«

»Nein, nein, das geht schon. Notfalls nehm ich einen kleinen Bohraufsatz und führe ihn vorsichtig ein, um die Stimmen rauszuholen.«

»Das wird nicht genügen, und ich glaube, das weißt du auch. Du bist krank.«

Peter blickt in die geweiteten Pupillen seines alten Kumpels. Er hört ein Knirschen von Blech und sieht, wie der

Becher zwischen Ezzies Händen zerknittert, als wäre er aus Pappe. Eine Mischung aus Hass und Trauer steht in seiner Miene – mehr Trauer als Hass.

»Ich bin nicht krank, okay, Pete?«

»Okay, Ezzie, komm wieder runter.«

Die Hände des Riesen entspannen sich. Von seinem Becher ist nicht viel mehr übrig als ein Häufchen zerknülltes Blech. Sein Blick verschleiert sich. Er schaut Peter an und fragt: »So was, du bist da, Pete! Das freut mich enorm, dass wir uns wiedersehen.«

»Mich auch, Ezzie.«

»Hast du denn deine Püppchen wiedergefunden?«

In seiner Stimme ist nicht der geringste Anflug von Grausamkeit, nur Besorgnis und Zärtlichkeit schwingen darin mit.

»Jetzt geht's ihnen gut«, sagt Peter.

»Das hab ich mir gedacht. Siehst du, Wolf? Wenn Peter sagt, er rettet die Leute, dann rettet er die Leute.«

»Ezzie?«

»Ja?«

»Du blutest wieder.«

»Was? Ah ja. Zur Zeit blute ich wahnsinnig viel. Deswegen hab ich auch so fürchterlich Hunger. Ich esse die ganze Zeit und hab trotzdem immer noch Hunger.«

»Bringst du deshalb die ganzen Leute und die vielen Tiere um?«

»Was redest du, Pete? Ich rühr mich doch nie von meiner Hütte weg. Wenn ich aus dem Wald rausgehe, werden die Stimmen viel zu laut.«

In der Ferne ertönt ein Geheul. Wolf macht eine kleine Pfütze. Ezzie springt auf und hastet die Stufen vor seiner Hütte hinab. In der Mitte der Lichtung bleibt er wie angewurzelt stehen. Peter geht ihm nach. Der Riese zuckt zusammen.

»Ah, bist du da, Peter? Das ist gut.«

»Was ist los, Ezzie?«

»Die anderen. Sie kommen.«

Peter blickt auf die Straße hinab, deren Kurven und Kehren stellenweise zwischen den Bäumen verschwinden. Gut zwanzig Polizeifahrzeuge sind auf dem Weg zu ihnen herauf. Der Riese schnieft.

»Du hast Meredith und Monica nicht gerettet, oder?«

»Nein. Ich hab's nicht geschafft.«

Tränen rinnen über Ezzies Wangen. Er öffnet und schließt seine mächtigen Pranken.

»Tut mir sehr leid, Pete. Ach, wenn du wüsstest, wie leid mir das tut!«

Peter legt ihm die Hand auf die Schulter.

»Komm, Ezzie. Gehen wir wieder rein.«

»Mir wär's lieber, wenn wir es hier draußen machen.«

»Was machen?«

»Das, wozu du gekommen bist, Peter. Du bist doch gekommen, damit es aufhört, oder?«

»Ja.«

»Also mir wär's lieber, wenn wir es hier unter den Bäumen tun. Ich will nicht, dass sie mich mitnehmen. Ich will nie wieder eingesperrt werden. Das ertrag ich nicht mehr.«

»Du kommst in ein Krankenhaus, Ezzie. Wenn du zulässt, dass ich mich darum kümmere, wirst du nicht eingesperrt, sondern in einem Krankenhaus behandelt.«

»Gefängnis ist Gefängnis, oder, Pete?«

»Ja.«

»Also mir wär's auch lieber, wenn es aufhört.«

»Bist du sicher?«

»Ja.«

Peter hat seine Waffe gezogen. Schwer liegt sie ihm in der Hand.

»Du machst es gut, ja?«

»Ja.«

»Schnell und gut?«

»Schnell und gut.«

Unten auf der Straße zerreißen die Blaulichter die Abenddämmerung, und die Sirenen heulen. Peter legt Ezzie den Lauf seiner Waffe in den Nacken. Der Riese erstarrt.

»Wart noch, Pete. Es ist Abend. Ich möcht noch mal riechen, wie der Wald riecht. Ich möcht noch mal ganz, ganz tief alle Gerüche einatmen, bevor ich gehe.«

»Lass dir Zeit, ich warte, bis du so weit bist.«

Ezzie atmet die Düfte des Waldes ringsum. Sein Brustkorb weitet sich. Er atmet lang, tief, ruhig. Er lächelt. Er ist glücklich.

Peter schließt die Augen. Ein Knall, und es reißt die Waffe zurück. Die glühend heiße Patronenhülse fällt ins Gras. Ezzie ist bereits tot, als er in all seiner Massigkeit zusammenbricht. Die Polizeifahrzeuge halten im Wald, Dutzende Männer verteilen sich zwischen den Bäumen. Sie tragen schusssichere Westen und Kriegsgerät. Peter kniet neben Ezzie auf dem Waldboden. »Es ist vorbei, Großer«, sagt er. »Jetzt ist es vorbei.«

Er kehrt in die Hütte zurück. Öffnet die Falltür. Parfumduft steigt aus der Tiefe herauf und leise Musik. Am Fuß der Leiter befindet sich, matt erleuchtet, ein großer Raum, in dessen Mitte ein breites Bett steht. Inmitten vieler Puppen liegt ein kleines Mädchen und schläft. Peter steigt zu ihr hinab und nimmt ihre Hand. Sie schlägt die Augen auf. Er trägt sie in den Armen die Leiter hinauf und setzt sich mit ihr auf die Stufen vor der Hütte.

»Wo ist Ezzie?«, fragt sie.

»Hat er dir was getan?«

»Nein.«

»Er ist fort.«

Dem Mädchen fallen die Augen zu, und es sinkt müde an seine Schulter. Peter streicht dem Kind über das Haar. Die ersten Polizisten wagen sich aus der Deckung des Waldes. Eine Vielzahl roter Punkte gleitet über das Gras und den toten Riesen. Andere wandern die Stufen herauf und verharren auf Peters Schultern und Gesicht. Eine Stimme schreit: »Nicht schießen!«

Peter sieht die roten Punkte über seinen Oberkörper tanzen. Er drückt die Kleine an sich, atmet den Geruch ihrer Haare. Er murmelt: »Na los, Leute, macht schon.«

75

Nachdem sie noch einmal entzückt die Szene haben Revue passieren lassen, wie die Weißkutten in den Eingeweiden von Redemption verschwinden, schlafen sie ein, und Peter träumt im selben Moment von Wendy, wie Wendy von Peter träumt. Das tun sie jeden Abend, um die Gefangenschaft zu überstehen: Bevor sie sich trennen müssen, einigen sie sich auf Landschaften und Gerüche und skizzieren das Traumszenario ihrer Nacht. Diesmal haben sie vereinbart, einander am Ufer des Mississippi zu treffen, nicht weit von dem Brombeergestrüpp, vor dem sie der Hilfssheriff Brunswick verhaftet hat.

Peter trifft zuerst ein. Er setzt sich ans Ufer und wartet auf Wendy. Je tiefer er in seinen Traum eindringt, desto deutlicher werden die Konturen der Landschaft. Zum Zeitvertreib kehrt er die Fließrichtung des Mississippi um. Er setzt noch ein paar Wolken an den Himmel und lässt es nach Regen riechen, fügt hier und dort ein Vogelgezwitscher hinzu. Er seufzt. Hinter ihm knackt es im Geäst. Er wittert ein Parfum. Peter dreht sich um und beißt sich auf die Lippen, um bei Wendys Anblick nicht in Gelächter auszubrechen: Sie steht in einem bodenlangen Brautkleid vor ihm.

»Was ist das denn? Ein Heiratsantrag?«

Wendy errötet bis zu den Ohren, dann verschwindet sie kurz und kehrt in Shorts und ihrem alten, ärmellosen T-Shirt zurück. Sie setzt sich neben Peter und hängt die Füße ins Wasser.

»Soll ich zu unserem nächsten Treffen in Südstaatleruniform kommen?«

»Ja, schon gut, Peter. Kann man denn nicht ein bisschen träumen?«

»Tun wir das nicht gerade?«

»Doch, aber ich darf dich darauf aufmerksam machen, dass wir uns immer nur in deinen Träumen treffen, nie in meinen.«

»Scheiße, Baby, das hab ich dir doch schon erklärt: In Sachen Romantik bin ich ein hoffnungsloser Fall.«

»Aber so schwierig ist es auch wieder nicht.«

Wendys Füße plätschern im Wasser. Sie hat die Augen geschlossen. Peter sieht, wie das dahinströmende Wasser sich bonbonrosa einfärbt.

»Wendy?«

»Ja?«

»Woher kommt denn dieses rosarote Wasser?«

Wendy schlägt die Augen auf, das Wasser wird wieder blaugrau. Peter küsst sie auf den Hals. »Willst du mich heiraten?«, fragt er.

»Meinst du das ernst?«

»Ja.«

»Dann musst du mich im wachen Leben auch noch mal fragen, nicht nur im Traum!«

Wendy ist sauer. Das sieht man an ihrer Blässe und den zusammengekniffenen Lippen. Peters Mundwinkel heben sich. Er lässt seine Hände über ihre Schultern und Brüste spazieren. Wendy seufzt. »Du hast das nur gefragt, um mich rumzukriegen.«

»Nein! Das stimmt nicht, ich schwör's!«

»Wenn es nicht stimmt, nimm sofort deine Dreckspfoten von mir.«

»Wendy, du weißt doch, wie's mit den Träumen so ist: Wenn's am schönsten ist, wacht man auf. Also schlag ich dir vor, dass wir erst miteinander schlafen und später debattieren, okay?«

»Ja, und dann wachen wir genau dann auf, wenn wir eigentlich mit dem Reden anfangen sollten!«

»Je mehr wir darüber debattieren, desto größer ist die Gefahr, dass genau das passiert.«

»Du bist so bescheuert, Peter!«

Ein kühler Wind kommt auf, Böen fegen durch die Luft, und die Wolken sind dunkelgrau geworden. Peter konzentriert sich, um wieder mehr Blau an den Himmel zu zaubern, aber es gelingt nicht. Wendy starrt zum anderen Ufer hinüber. Sie wirkt bedrückt. Peter legt ihr einen Arm um die Schulter.

»Was ist los?«

»Los ist, dass alles sowieso nur ein Traum ist und wir immer noch in Redemption sind.«

»Morgen«, murmelt ihr Peter ins Ohr, »frag ich dich, ob wir im Traum heiraten, solang es in echt noch nicht geht.«

»Und ich darf die Zeremonie bestimmen?«

»Alles. Du schmückst es aus, wie du willst, ich tue nichts dazu. Außer, dass ich es wahnsinnig gern am Mississippiufer machen und unsere Kinder gern auf diesen wilden Inselchen aufziehen würde.«

»Also wirklich, Peter, kannst du dir vorstellen, wie ich auf einer Insel voller Dornenranken und Gestrüpp unsere Kinder versorge, während du Fische fängst, die nach Schlamm stinken? Nein, ich möchte eine Hochzeit wie früher. Mit einem weiß gestrichenen Pavillon und großen Tischen voller Blumen und einer Kapelle.«

»Okay, und ich kümmere mich um die Hochzeitsnacht.«

»Du bist schon wieder bescheuert!«

»Wendy, wenn du es willst, dann will ich es auch. Du musst mir die Sache nur ein bisschen beschreiben, damit ich beim nächsten Einschlafen nicht abstürze.«

Seit ein paar Sekunden ist der Himmel wieder blau, und die Vögel zwitschern. Wendy streckt den Arm aus und lässt am anderen Ufer ihren nächsten Traum auftauchen. Peters Augen werden weit.

»Scheiße – sogar Reiter?«

»Das sind nicht einfach Reiter, das ist eine Truppe Parforcejäger.«

»Ach nein, Wendy, bitte keine Parforcejäger …«

Nebelschwaden überdecken Wendys Vision.

»Du hast es geschworen, Peter. Von jetzt an sind wir verlobt.«

»Okay.«

»Peter?«

»Ja?«

»Nimm deine Hand weg.«

»Wendy! Wir heiraten! Da kann man doch miteinander schlafen, oder?«

»Das machen wir morgen, wenn du mich geheiratet hast.«

»Ach komm, Wendy, sei nicht gemein!«

Sie lächelt. Ihre Gestalt wird durchscheinend und verblasst zusehends, während Peter aus dem Schlaf auftaucht. Schlagartig beginnen die Monitore zu plärren. Frustriert springt Peter von seiner Pritsche und späht durch das Gitter zur anderen Seite hinüber. Wendy ist ebenfalls aufgestanden. Sie drückt einen Kuss auf ihre Fingerspitzen und wirft ihn ihm durch den Zellentrakt zu.

76

Die Reihen formieren sich zum Duschgang und setzen sich in Bewegung. Die Jungen und die Mädchen streben aufeinander zu. Collie lächelt Alabama an, Wendy streift Peters Hand, aber der zuckt unwillig zurück. Sie runzelt die Stirn. Die Reihen laufen wieder auseinander. Im Duschraum rechts krakeelen die Mädchen und kreischen los, sobald der Wasserstrahl sie trifft. Howard versucht sich vor Peter zu drängen, um noch einen Blick auf einen nackten Mädchenkörper zu erhaschen, ehe es in die Dusche für Jungen geht, doch Ezzies große Pranke packt ihn an der Schulter und schiebt ihn zurück in die Reihe.

»Was soll das, Mann!«, schreit Howard entnervt. »Bist du meine Mutter, oder was?«

»Nö. Dein Leibwächter.«

»Scheiße, Ezzie, das braucht's nicht mehr, die Weißkutten sind weggesperrt!«

»Mag sein, aber solang mir keiner sagt, es ist vorbei, mach ich weiter.«

»Pete? Kannst du dem dicken Trottel bitte sagen, dass er mir den Buckel runterrutschen soll?«

»Nein. Kann doch sein, dass die von der Ku-Klux-Klan-Gang Freunde haben, die sie rächen wollen. Also lass dieses kleine Dreckstück nicht aus den Augen, Ezzie, okay?«

»Geht klar.«

»Ezzie, du lässt mich jetzt sofort los! Das ist ein Befehl vom Präsidenten der Verlorenen Jungs!«

»Du bist der Präsident meines Arschlochs, Howard.«

»Ich schmeiß euch raus, alle beide! Ihr seid aus der Gruppe ausgeschlossen, klar?«

»Kann er das, Pete?«

»Nein.«

Howard will etwas antworten, doch in dem Moment schiebt ihn Ezzie in den eiskalten Wasserstrahl. Sein Schrei ähnelt dem Kreischen der Mädchen. Rasend schnell seift er sich ein, duscht sich ab, rubbelt sich trocken, steigt wieder in seinen Overall. Ezzies Faust treibt ihn vor sich her zum Refektorium, wo er seinem Schützling einen Suppenteller bis zum Rand füllt. Peter legt eine Scheibe weiches Brot auf seine wässrigen Eier und geht zu Wendy, die schon am Tisch sitzt.

»Guten Morgen, mein Schatz«, sagt sie fröhlich.

Peter bringt die Zähne nicht auseinander. Wendy trommelt mit den Fingernägeln auf den Tisch. »Dürfte ich erfahren, was ich dir getan habe?«

»Das weißt du ganz genau.«

»Nein.«

»Unser Traum heute Nacht.«

»Klär mich auf.«

»Wir haben zusammen geträumt. Vergessen?«

»Peter, wenn ich aufwache, weiß ich nie, was ich geträumt habe.«

»Scheiße, das ist ja das Allerneueste! Also wir denken uns jeden Abend ein Szenario aus, und du hast am Morgen alles vergessen?«

Wendy hört die anderen hinter ihr hämisch lachen.

»Könntest du vielleicht etwas leiser reden?«

Wendy sieht ihn an, doch er weicht ihrem Blick aus.

»Na gut, das reicht jetzt, Pete. Du erklärst mir auf der Stelle, was los ist, oder ich frühstücke woanders.«

»Heute Nacht im Traum wollte ich mit dir schlafen, und du hast dich geweigert.«

»Ach du Schande, bin ich so eine Zicke! ... Das Problem ist, Peter, dass du immer nur vögeln willst! Als wir auf der Flucht waren, hätte ich den ganzen Tag nackt am Mississippiufer herumlaufen können, wenn's nach dir gegangen wäre. Und jetzt sagst du mir, du bist sauer auf mich, weil ich in deinem Traum nicht mit dir geschlafen habe, ja?«

»In *unserem* Traum, Wendy! Aber wahrscheinlich ist es ganz anders, und du gehst gerade fremd, während ich am Mississippi sitze und auf dich warte.«

»Peter Stanley Shepard, du redest absoluten Quatsch! Wie bescheuert ist das denn?«

Peter schaufelt sich stumm Rührei in den Mund.

»Aber eins kapiere ich doch nicht«, sagt er schließlich.

»Was?«

»Wie kann es sein, dass du mich im Traum abblitzen lässt, wenn du doch gar nicht da bist? Ich meine: Wenn es nur *mein* Traum war, gibt's ja keinen Grund, dass du Nein sagst, oder?«

Wendy beugt sich über ihren Teller, um eine aufsteigende Röte zu verbergen. Es gelingt nicht. Peter wirft seine Gabel hin. »Aha! Du erinnerst dich also sehr wohl!«

»Peter, du nervst.«

Howard, gefolgt von seinem menschlichen Schutzschild, setzt sich zu ihnen. Er hat Peters letzten Satz mitbekommen und lässt sich die Gelegenheit, sich über die beiden lustig zu machen, natürlich nicht entgehen.

»Ich hab heute Nacht ebenfalls von dir geträumt, Wendyschatz. Und zwar hab ich als Material das benützt, was Peter letztes Mal erzählt hat, als wir uns den Lauch poliert haben.«

»Als ihr *was* habt?«

Howard lässt den Worten die Geste folgen. Wendy erbleicht.

»Peter, du tust so was in deiner Zelle und erzählst dabei deinen Kumpeln von *uns*?«

»Das stimmt nicht, Wendy, ich schwör's. Howard behauptet...«

Peter bringt den Satz nicht zu Ende, denn in dem Moment klatscht ihm Wendys Kaffee ins Gesicht. Unter beifälligem Gejohle der Zuschauer ist sie aufgesprungen und marschiert wütend davon.

»Bist du jetzt zufrieden?«, fragt Peter.

»Hättest du mich halt von meinem Leibwächter befreit«, antwortet Howard.

77

Ezzie hat sich davongemacht, um durch den Apfelhain zu streifen, und Collie ist auf dem Weg zu den Hühnerställen. Es dämmert schon, aber es ist kein Grad kühler geworden. Peter sitzt bei seiner Liebsten. Von Zeit zu Zeit bläst er ihr Kühlung auf die Lider und die Stirn. Wendy lächelt und schmiegt sich fester an ihn. Es sieht aus, als träumte sie. Howard kommt von seinem Treffen mit Grady und Johnny Pistazie zurück, mit denen er über die Zutaten für den Kuchen verhandelt hat. Er wiegt das Päckchen Mehl und das in Packpapier gewickelte, bereits zerfließende Butterstück in der Hand.

»Alter Wichser, dieser Pistazie. Für das bisschen Mehl hat er uns Gradys Cardwell abgenommen!«

»Hast du wenigstens nachgeprüft, dass es nicht mit Sägespänen gestreckt ist?«

»Logisch. Trotzdem – ein nagelneuer Cardwell für ein bisschen Mehl und das restliche Päckchen für eine halb zerlaufene Butter, das versaut einem doch den Tag, oder?«

»Nein.«

»Natürlich, der Herr ist ja verliebt und steht über so was.«

Wendy streckt Howard, ohne die Augen zu öffnen, die Zunge heraus.

»Du erklärst mir hoffentlich eines Tages, wie ihr Frauen

das hinkriegt, am Morgen auf den Typen stinksauer zu sein und am selben Abend mit ihm zu kuscheln. Logisches Denken ist Glückssache, wie?«

Peter bläst seinem Mädchen auf die Wangen. Howard will schon eine weitere ätzende Bemerkung loslassen, als hinter dem Dornengestrüpp die Erkennungsmelodie ertönt.

»Schon recht, Leute, wir wissen, dass ihr's seid.«

Aber hinter dem Dickicht pfeift es abermals, und Wendy öffnet ein Auge und sagt: »Vielleicht ist es ja ein Vogel. Was, Pete?«

»Wenn du das sagst, glaub ich's auch.«

Wendy und Peter küssen sich. Howard zuckt die Achseln. Wieder wird die Melodie gepfiffen, nachdrücklicher. Howard ist dermaßen genervt, dass er zweimal ansetzen muss, ehe Ezzie die Güte hat, sich mit Collie im Gefolge durchs Gestrüpp zu zwängen. Mit einem breiten Grinsen arbeitet sich der Koloss ins Freie. Um der Abreibung zuvorzukommen, die Howard ihm zweifellos verpassen wird, führt er stolz die Pappschachtel vor, in der ein Dutzend rote Äpfel liegen. Von jedem hat er einen großen Bissen genommen.

»Ja, geht's noch! Wieso bringst du nicht gleich bloß die Apfelbutzen!«

»Ich musste doch schauen, dass keiner faul ist.«

Howard prüft die Eier, die Collie auf dem Boden abgelegt hat. Wieder pfeift es, dann raschelt und knackt es im Gebüsch, und Marcellus erscheint. Er öffnet den Reißverschluss seines Overalls und zieht ein Päckchen Magazine heraus, auf deren knalligen Titelseiten Cheerleaderinnen ihre üppigen Formen vorführen. Howard stürzt sich mit aufgerissenen Augen darauf.

»Fuck, Marcellus, wie hast du das denn hingekriegt?«

»Hab die Frühstückspause der Profose ausgenutzt. Und ich hab noch was geklaut. Bitte sehr.«

Stolz zieht Marcellus zwei kleine Scheren mit abgerundeten Klingen aus der Hintertasche.

»Bloß eine Frage, Jungs. Für was braucht ihr dieses Zeug denn noch, wo wir doch alles Nötige für den Kuchen schon haben?«

»Um bei der Küchenmannschaft Cola zu kaufen.«

Wendy hat sich zu Peter gesetzt, der ihr ein Magazin und eine Schere reicht. Mit spitzen Fingern durchblättert sie das Heft.

»Und woher soll ich wissen, welche Fotos ich ausschneiden soll?«

»Nimm nur die fetten Titten und die fetten Ärsche. Die Typen in den Werkstätten fahren total drauf ab.«

»Peter, die haben alle fette Titten.«

»Weiß ich.«

»Findest du das schön?«

»Was? Fette Titten und fette Ärsche? Du spinnst wohl.«

»Dann kannst du den Mund ja wieder zumachen.«

»Mann, Leute, schaut euch das hier an: ›Ich heiße Cynthia, Körbchen 95 D, und ich liebe dicke Geländewagen und Waffeln mit Schlagsahne.‹«

»Hey, Cynthia!«

Wendy seufzt, während die Jungen begeistert ausschneiden und ausreißen und ihre Beute mit geradezu liebevoller Sorgfalt stapeln, als ginge es darum, die Wände ihres Zimmers zu schmücken.

»Pass auf, Ezzie! Gleich hast du ein Prachtpaar Titten zerschnitten!«

»Keine Sorge, Howard, das da sind meine Bilder.«

»Hä? Zeig her.«

Der Riese dreht das Foto von den nackten Brüsten um und hält es hoch. Auf der Rückseite ist eine Werbung: ein romantischer Sonnenuntergang und darunter der Spruch: »*Chevrolet: An American Revolution.*«

»Auf Titten stehst du nicht, was?«

»Nö, das ist nix für mich. Ich finde Sonnenuntergänge schöner.«

78

In der Nacht vor Alabamas Geburtstag grollte stundenlang ein fernes Gewitter vor sich hin, ohne näher zu kommen und die ersehnte Erleichterung zu bringen; nur ein paar dicke Tropfen zerplatzten auf den Wellblechdächern der Unterkünfte. Morgens verdeckte ein schwerer Wolkenpanzer den Himmel, und die Hitze war unerträglich.

Am Ende des Tages treffen sich die Verlorenen Jungs hinter dem Dornengestrüpp. Es fehlt nur Collie, der auf das Signal wartet, um Alabama herzubringen. Howard und Peter haben die Fotos aus den Magazinen gegen zwei Flaschen Cola eingetauscht, die jetzt in einem Gefäß mit Wasser liegen und kalt werden sollen. Alle hocken um die Feuerstelle. Ezzie facht mit Howard die Glut an, Ezzie schneidet mit Peter die Äpfel klein, Ezzie knetet mit seinen dicken Pfoten unter Wendys Anleitung den Teig. Er befolgt alle Anweisungen und beherrscht sich, um nicht die Teigfäden abzulecken, die von seinen Fingern hängen. Er legt die Apfelschnitze in konzentrischen Kreisen auf dem Teig aus und streut vergnügt Zucker darauf. Dann beobachtet er Wendys geheimnisvolle Gesten, mit denen sie den Kuchen zum Backen in die Glut stellt. Er klatscht in die Hände.

»Wenn er ganz heiß ist, gell, dann darf ich ihn aufschneiden!«

»Ezzie, du nervst! Immer willst du alles machen!«

Der Riese tut, als hätte er Howard nicht gehört. Er sieht Wendy an, die in die Glut bläst. Ihre Wangen sind gerötet.

»Gell, Wendy, schneiden darf ich ihn auf?«

»Aufschneiden darf ich ihn, so heißt das, Ezzie.«

Sie richtet sich auf. Sie hat die Handflächen auf die Knie gelegt. Dann nickt sie.

»Ich hab dich lieb, Wendy Moore«, murmelt Ezzie.

Die anderen rauchen schweigend und lauschen dem Zischen der Äpfel unter dem Deckel der Kuchenform. Es riecht nach Bratäpfeln und Zucker. Ezzie reibt sich die Hände. Er sieht Wendy an, die den Kopf an Peters Schulter gelegt hat. Er tritt mit den Fersen die Erde unter seinen Füßen fest und sagt: »Wendy? Gell, ich darf Alabama ihr Geschenk geben?«

»Nein. Das muss Collie machen.«

»Ich hab dich lieb, Wendy Moore«, murmelt Ezzie mehrmals hintereinander sehr leise.

Sie öffnet weit die Augen und begegnet seinem flehentlichen Blick. »Nein, Großer«, sagt sie. »Du musst dich entscheiden: entweder Kuchen oder Geschenk.«

»Dann entscheid ich mich für den Kuchen und helfe Collie das Geschenk tragen, wenn er es Alabama gibt.«

»Wenn du willst.«

»Du bist wirklich erschreckend schwach gegenüber diesem Orang-Utan.«

»Halt die Klappe, Howard! Ich rede mit Wendy!«

»Also die Typen, in die du dich verliebst, sind entweder dicke gutmütige Irre wie Ezzie oder Verbrecher wie Peter, versteh ich das richtig?«

Wendy dreht den Kopf zu Howard. Der Präsident der Verlorenen Jungs liegt kaugummikauend auf seiner Planke und reckt den Daumen in den Himmel.

»Mit dir streite ich heute nicht, Howard.«

»Wieso nicht?«

»Weil Alabama Geburtstag hat.«

»Ach, Scheiße, das tut mir aber leid, Wendyschatz. Aber

wetten, dass ich's trotzdem schaffe, dass du dich mit mir streitest – trotz Geburtstag der kleinen Heulsuse?«

»Hör nicht auf ihn, Wendy. Wenn du ihm antwortest, stachelst du ihn nur an.«

Howard spuckt seinen Kaugummi ins Feuer, und er prallt von der Kuchenform ab, ehe er in der Glut verbrutzelt. Ezzie wirft ihm einen finsteren Blick zu. Auf der anderen Seite des Gestrüpps wird die Erkennungsmelodie gepfiffen.

»Ist sie fertig, deine Scheiße?«

»Meine was?«

Wendy sieht den Zorn in Howards Augen funkeln und erschrickt.

»Ich hoffe, du erklärst mir mal, warum du ständig so gemein bist.«

Howard lächelt. Er pfeift die Fortsetzung des Signals.

79

Die Hände auf ihren Hüften, schiebt Collie Alabama vor sich her durchs Dickicht. Sie hat ihm versprochen, die Augen erst zu öffnen, wenn er es ihr erlaubt. Collie dirigiert sie zu den Planken, dann lässt er sie los und setzt sich zu den anderen. Ezzie hält sich den Mund mit seinen dicken Pranken zu, um nicht laut herauszuplatzen.

»Collie?«

»Jetzt darfst du die Augen aufmachen.«

Zwischen Alabamas Lidern leuchtet es hervor wie zwei kleine blaue Edelsteine. Sie betrachtet die Verlorenen Jungs, das Feuer, die Zeichnungen, die Blätterbüschel, die sie an einer Schnur aufgehängt haben. Ein Tränenschleier trübt die blauen Edelsteine ein.

»Ach du Scheiße, gleich flennt sie wieder los!«

»Halt's Maul, Howard!«

Alabama versucht zu lächeln. »Ist das für mich?«, fragt sie.

»Zum Geburtstag!«

»Und wonach riecht es hier?«

Ezzie stürzt vor und reißt den Deckel von der Kuchenform. Er bläst sich auf die verbrannten Finger. »Das ist ein *Kuchen*!«, schreit er begeistert.

Die Verlorenen Jungs setzen sich auf die Planken. Wendy führt Ezzie beim Aufschneiden des Kuchens die Hand. Howard reicht Alabama eine Flasche lauwarmes Cola und prostet ihr mit der anderen zu. »Gläser gibt's nicht, Kleine«, sagt er.

Er trinkt aus der Flasche, wischt sich mit dem Handrücken den Mund ab und stößt einen so gewaltigen Rülpser aus, dass Ezzie zusammenzuckt. Alabama nimmt einen Schluck Cola, dann öffnet auch sie den Mund und rülpst kurz und leise, aber doch vernehmlich.

»Leck mich, Collie, dein Mädel kann ja rülpsen!«

»Ja.«

Die Flasche geht von einer Hand zur anderen. Die Jungen veranstalten einen Wettbewerb, wer das längste Wort rülpsen kann. Marcellus erstickt beinahe an dem Cola-Geysir, der ihm zur Nase herauskommt. Collie traut sich nicht. Wendy schmollt, während Peter »Redemption« rülpst und die anderen applaudieren. Nun ist Ezzie an der Reihe. Der Riese nimmt einen langen, mit ordentlich viel Luft durchsetzten Schluck, hält sich dann die Hände wie ein Megafon vor den Mund und rülpst in einem Zug: »Heut ist der Geburtstag von Alabaaaaama.« Die anderen starren ihn mit offenem Mund an. Er wird dunkelrot und entschuldigt sich schüchtern. In erwartungsvollem Schweigen sehen alle zu, wie Wendy auf Rindenstücken die dampfenden Kuchenstücke verteilt.

»Aber erst das Geschenk!«

»Ein Geschenk gibt es auch noch?«

»Hol's her, Ezzie.«

»Ich darf's überreichen!«

»Nein, das macht Collie.«

»Ach komm, Wendy, bitte.«

»Na gut, Großer, wenn es unbedingt sein muss.«

»Ja? Collie? Darf ich?«

Ezzie hat die Keksschachtel geöffnet. Andächtig nimmt er die Halskette heraus, die Collie in ein Papiertaschentuch gewickelt und mit Klebstreifen umschnürt hat. Eine Träne rinnt dem Mädchen über die Wange, als sie das Geschenk auspackt. Sie schlingt sich das Lederband um die Finger und hebt den Anhänger hoch, der im Widerschein des Feuers rötlich schimmert.

»Das ist eine Zwölfer-Dichtung für Heizkörper. Aber wenn's dir nicht gefällt, kann ich es auch umtauschen.«

»Mir hat noch nie jemand eine Zwölfer-Dichtung geschenkt.«

»Und hast du gesehen? Da ist auch was eingraviert.«

»Hast du das selber gemacht?«

»Na klar, sonst wär's doch kein richtiger Schmuck.«

Alabama entziffert die Gravur, die Collie mit einem Stichel aus den Werkstätten eingeritzt hat: ein von einem Pfeil durchbohrtes Herz mit den Buchstaben A und C rechts und links davon. Alabama hebt ihre Haare hoch, damit ihr Collie das Lederband im Nacken zubinden kann. Sie lächelt die Verlorenen Jungs an, die sie bewundern: Mit der Kette sieht sie noch hübscher aus als sonst. Sie beißt in ihr Kuchenstück. Ihr Lächeln wird ein wenig starr. Vorsichtig beginnt sie zu kauen. »Hmmm!«, macht sie.

Auf dieses Signal hin kosten die Verlorenen Jungs ebenfalls ihren Kuchen. Die Äpfel sind sauer und weitgehend roh, der Teig hart. Sie kauen angestrengt und spülen jeden Bissen mit einem Schluck Cola hinunter. Alabama ist mit ihrem Kuchen fertig. Wortlos greift sie in ihre Overalltasche und zieht den Brief hervor, den sie Collie reicht.

»Du musst nicht, weißt du?«

»Weiß ich.«

Collie liest, und seine Miene verdüstert sich zusehends. Als er fertig ist, reicht er den Brief weiter. Er geht von einer Hand zur nächsten. Wendys Kinn zittert, als sie ausgelesen hat und das Blatt an Howard weitergibt. Der Präsident der Verlorenen Jungs liest laut die Zeilen vor, die Alabamas Mutter auf einem Blatt mit dem Briefkopf eines Hotels in New Orleans geschrieben hat.

Alabama. Ich habe deinen langen sinnlosen Brief erhalten, in dem du die Dreistigkeit besitzt, dich wieder einmal darüber zu beklagen, was dir Papa angeblich letztes Weihnachten angetan hat. Ich habe mit ihm darüber gesprochen. Er meint, du solltest allmählich begreifen, dass es für einen Vater mehrerlei Möglichkeiten gibt, eine Tochter zu lieben, und dass Zärtlichkeit auf einen Teenager, der womöglich etwas zu naseweis ist, missverständlich wirken kann. Du sagst mir, dein Drama sei es gewesen, dass du zu hübsch bist. Das ist von bodenloser Arroganz, die umso gravierender ist, als nichts von alledem geschehen wäre, wenn nicht du selbst deinen Papa verführt hättest, indem du ständig in Unterwäsche vor ihm herumläufst. Ich hoffe, du nutzt deine Zeit in der Anstalt, um darüber nachzudenken. Papa ist bereit, dir zu verzeihen, vorausgesetzt, du hörst auf, diesen Unsinn zu verbreiten. Wir küssen dich, mein Schatz, und hoffen auf baldiges Wiedersehen.

Alabama nickt. »Siehst du, Howard«, sagt sie. »Ich heule gar nicht mehr.

»Sehr gut, Kleine.«

»Ach, Mist…«

Alabama errötet und wischt sich mit dem Zeigefinger die Augen. Dann schnieft sie kurz auf und lächelt wieder. Sie sieht glücklich aus. Howard legt den Brief auf die Glut. Das Papier knistert und geht in Flammen auf.

»Ich hab auch ein Geschenk«, sagt Howard.

Alabama blickt auf und sieht, wie er Ezzie ein Zeichen gibt. Der Riese tritt näher. Ohne sie zuvor zu beschnüffeln, hebt er sie hoch und sagt: »Sie ist auch mein Kumpel!«

»Jetzt bist du die Heulsuse unserer Bande.«

»Danke, Howard.«

Ezzie, der auf seinen Platz zurückkehrt, kippt die Colaflasche um, und Howard stöhnt entnervt. Wendy nimmt den Riesen in Schutz. Peter zündet einen Holunderstängel an und blickt in die untergehende Sonne. Niemand bemerkt die traurige Miene, mit der Marcellus die Felder hinter dem Zaun betrachtet, als ahnte er allein, dass die Verlorenen Jungs ihre letzten glücklichen Augenblicke erleben.

80

Shepard steht in seinem Hotelzimmer am Fenster und starrt durch die Gardinen auf die Hauptstraße von Gipsy hinaus. Die Nacht bricht herein. Die Straßenlaternen leuchten auf und werden nach und nach heller. Die Leute treten vor ihre Türen, um den von der Jagd zurückkehrenden Streifenwagen nachzuschauen. Der Sheriff hat seine Kollegen aus den umliegenden Countys zu Hilfe gerufen, und die haben ihre Stiefel poliert, ihre Waffen gefettet und sich für die entgangene Beute an dem kleinen Wolf schadlos gehalten. Ein Gewehrschuss, eingebettet in mehrere M16-Salven, und zu guter Letzt noch ein Pistolenschuss aus allernächster Nähe, dann war von dem Wolfswelpen praktisch nichts mehr übrig.

Die Gaffer applaudieren, als der Transporter mit Ezzies Leiche vorbeifährt. Manche spucken aus. Andere heben Steine auf und werfen sie nach der Karosserie. Nach und nach wird in Gipsy wieder Ordnung einkehren. Die gelben Absperrbänder werden von den Plätzen und aus den Gärten verschwinden, die Leute werden sich neue Katzen und Hunde anschaffen. Schon jetzt haben die Bars wieder geöffnet. Und das Kino.

Die Tür knarzt leise, Schritte tappen über das Parkett. Ein Schwall Parfum weht der eintretenden Gestalt voraus. Eine Hand greift nach der Automatikpistole, die Shepard auf den Tisch gelegt hat. Er zuckt nicht einmal, als er das Metall im Nacken spürt. Wendy hat die Waffe entsichert. Peter atmet tief ihr Parfum ein.

»Na los, Wendy, mach schon. Ich hab's genauso gemacht. Ich hab ihm den Lauf in den Nacken gehalten und gewartet, bis er so weit war, dann hab ich die Augen geschlossen und abgedrückt.«

Wendy schluchzt auf. Der Druck im Nacken lässt nach, weicht. Wendy wischt sich mit dem Handrücken die Tränen ab.

Peter sieht den Leuten zu, die draußen den letzten Polizeiwagen nachwinken. Er dreht sich um. Wendys Gesicht sieht im Licht der Straßenlaternen wie gebleicht aus. Sie hat die Waffe auf den Tisch zurückgelegt. Er streicht über die Narbe auf ihrer Wange, spürt behutsam den kaum merklichen Erhebungen mit den Fingerspitzen nach. Er küsst die Narbe. Er streicht mit den Lippen über ihre Haut. Wendys Mund begegnet dem seinen. Ihre Körper drücken sich aneinander. Peter erstarrt, weicht aus. Wendy schmiegt sich an ihn. »Macht doch nichts«, flüstert sie. Sie legt sich zu ihm aufs Bett. Sie umschlingen einander. Die Rhythmen ihres Atems beruhigen sich, passen sich einander an, vereinigen sich.

Als Shepard am Morgen aufwacht, sieht er die Kuhle, die Wendy auf der Bettdecke hinterlassen hat. Im Bad läuft das Wasser. Er steht auf und wirft einen Blick durch die Gardinen auf die Straße. Alles ist ruhig.

»Wendy?«

Keine Antwort. Peter schlägt auf einmal das Herz bis zum Hals. Dieselbe Stille wie zu Hause in San Francisco. Er schiebt die Tür zum Bad auf. Wendy liegt in der Wanne. Ihre Augen sind halb geschlossen, ihr Kopf ihm zugeneigt. Kein Hauch kommt von ihren Lippen. Auf dem Rand des Waschbeckens liegt umgekippt ein Fläschchen Lexomil. Peter beugt sich zu dem weißen Körper im dampfenden Wasser hinab. Er kniet nieder. Er betrachtet Wendys Hände, die auf ihrem Schamhaar liegen, und als er den Kopf hebt, fällt sein Blick in den Spiegel direkt über der Badewanne. Wendy hat etwas in den feuchten Beschlag geschrieben. *Redemption*. Erlösung. Er haucht auf ihre Augenlider und flüstert ihren Namen. Er küsst sie. Sie erwidert den Kuss nicht. Aber nach einer Weile spürt er auf einmal doch eine Regung in ihren Lippen. Peter greift ins Wasser hinein, drückt sie an sich. Er zittert am ganzen Körper. Wendy hebt eine Hand, legt sie ihm nass an die Wange. »Schsch«, flüstert sie in sein Ohr.

VII

Collie Partridge

81

Shepard sitzt in der Business Class einer Maschine nach Washington. Wendy schläft neben ihm, den Kopf an seiner Schulter. Draußen ist es hell geworden. Die Stewardessen schenken heißen Kaffee und Mineralwasser aus. Durch das Fenster erkennt Shepard die Bucht von Chesapeake, und im gleichen Moment kündigt der Pilot den Landeanflug auf Dulles an. Vor ihrem Abflug rief Shepard bei Grant und Willcox an, um sie wissen zu lassen, dass er nicht an der Tagung mit den französischen Partnern der Kanzlei in Paris teilnehmen werde. Dann wählte er die Nummer des Mannes, der sie vor vierundzwanzig Jahren aus der Hölle von Redemption befreit hat. Im Hauptquartier des FBI war er endlich auf ihn gestoßen: Er hat Karriere gemacht, ist jetzt Abteilungsdirektor, zuständig für die Ostküste. Shepard musste nicht wenige Telefonhürden überwinden, um zu ihm durchzudringen. Endlich hörte er seine Stimme aus dem Telefon. Genau wie früher, nur vielleicht ein wenig tiefer.

»Ackermann.«

»Hier ist Peter Shepard. Ich weiß nicht, ob Sie sich an mich erinnern. Ich bin …«

»Grüß dich, Peter.«

Peter atmete auf, als er diese Antwort hörte.

»Wissen Sie noch, was Sie sagten, als der Notarzt kam, um uns nach dem Massaker von Redemption abzuholen?«

»Ja.«

»Gilt das noch?«

»Mehr denn je.«

Shepard erzählte ihm so gut wie alles über Ezzie – in einem langen, atemlosen Schwall floss es aus ihm heraus.

Dann schwiegen sie beide, und nach einer Weile fragte Direktor Ackermann: »Was kann ich für dich tun, Peter?«

»Ich brauche Ihre Hilfe, um die anderen wiederzufinden.«

Wieder trat ein Schweigen ein. Dann sagte Ackermann: »Ich habe einen Zweitwohnsitz zwei Autostunden von Washington entfernt. Westminster, Maryland. Dort bin ich morgen.«

»Wendy ist bei mir.«

»Na so was, die kleine Moore?«

»Tja, sie ist jetzt groß geworden, wissen Sie.«

»Schande über uns...« Nach einer Pause fügte Ackermann hinzu: »Ich freu mich, dich wiederzusehen, Peter.«

Washington leuchtet im frühen Morgenlicht. Shepard versucht, sich Barbaras Gesicht ins Gedächtnis zu rufen. Sie ist nur noch ein Lächeln, das undeutlich in der Tiefe seiner Erinnerung schwebt.

82

Shepard hat am Flughafen von Dulles einen Lexus gemietet. Seitdem sie unterwegs nach Maryland sind, sitzt Wendy neben ihm. Kaut Kaugummi und beobachtet ihn verstohlen. Manchmal begegnen sich ihre Blicke.

»Was ist, Baby?«

»Ich will wissen, ob du ab und zu zwinkerst.«

»Wieso?«

»Nur so. Ich finde es schön, dass du zwinkerst.«

Peter zündet sich eine Zigarette an. Wendy fingert am Handschuhfach herum.

»Pete?«

»Ja?«

»Kannst du mich anschauen, während du fährst?«

»Die ganze Zeit, meinst du?«

»Nein, Quatsch. Nur ab und zu.«

»Natürlich kann ich, Baby.«

Peter führt es vor. Wendy legt eine Hand auf seine. Sie lehnt den Kopf an die Scheibe und schläft ein. Peter lächelt. Schon als Teenager war sie in der Lage, in jeder Lebenslage und zu jeder beliebigen Uhrzeit einzuschlafen. Selbst bei strömendem Regen. Wenn ein Wolkenbruch sie fernab von einem Unterstand überraschte, krochen sie ins tiefste Unterholz, wo der Boden immer trocken ist. Dort lehnte sich Wendy an Peters Knie, zog sich den Mützenschirm über die Augen und schlief ein. Während die Meilen vorüberziehen, macht sich Peter einen Spaß daraus, solche kleinen Erinnerungen wieder auszugraben. Er streckt die Hand aus und streicht Wendy übers Haar, und zum ersten Mal seit Barbaras Tod ist der Schmerz erträglich.

Wendy schlägt die Augen auf. Sie fahren jetzt auf einer Nebenstraße durch ausgedehnte Kiefernwälder. Ein Schild verkündet: »Westminster 10 Meilen.« Sie öffnet das Fenster einen Spalt und atmet den harzigen Waldgeruch ein.

»Ich hab von Ezzie geträumt«, sagt sie. »Er spazierte durch einen riesigen Wald. Ab und zu blieb er stehen und schaute zu den Wolken hinauf. Er lächelte. Er sah glücklich aus.«

83

Shepard sitzt neben Direktor Ackermann auf einer Bank. Sie rauchen und schauen in den Himmel. Von Zeit zu Zeit hebt Peter den Daumen vor die Augen, um eine Wolke auszublenden. »Eine unglaubliche Weite hat dieser Himmel«, sagt er.

»Das wird an der offenen Landschaft hier liegen.«

»Nein, glaub ich nicht ... Sperren Sie so einen Himmel zwischen zwei Häuserreihen ein, und Sie werden sehen, dass er noch immer genauso riesig ist. Als wär er hier näher.«

Shepard zieht an seiner Zigarette. Ackermann räuspert sich. »Es tut mir leid, Peter.«

»Was?«

»Seit Redemption hätte ich mich doch mal erkundigen müssen, wie es euch allen geht. Ich habe oft dran gedacht, aber dann ...«

»Wir waren Abschaum, Sam.«

Peter senkt den Blick zu dem Park rund um das Haus, den hohen Mauern, dem Meer von Bäumen dahinter.

»Wo sind wir hier eigentlich?«

»In meinem Refugium. Kein Telefon, kein Fernseher. Niemand kommt je hierher.«

Peter lässt seine Kippe auf den Boden fallen und sieht ihr nach. Er stellt den Absatz darauf.

»Haben Sie was rausgefunden?«

Ackermann überreicht Peter eine dicke Flügelmappe.

»Da drin sind drei Dossiers in verschlossenen Umschlägen. Wenn ich du wäre, würde ich erst mal nur einen aufmachen und die anderen dann, wenn der richtige Zeitpunkt gekommen ist.« Ackermann verstummt. »Wir haben Collie Partridge aufgespürt.«

»Wo?«

»Das steht im ersten Umschlag. Mach ihn erst auf, wenn du wieder weg bist.«

84

Reglos steht Peter in den Tabakfeldern. Seit vier Monaten ist er jetzt in Redemption. Er blickt die staubige Piste entlang, die sich durch die Ebene schlängelt. Eine gnadenlose Sonne brennt herab. Rings um ihn zertrümmert ein Dutzend Mithäftlinge granitharte Erdschollen. Peter steht auf seinen Spaten gestützt und wischt sich die Hände an seinem durchgeschwitzten Overall ab. Seit einigen Tagen sind die Verlorenen Jungs nur noch Schatten ihrer selbst. Howard hat stark abgenommen. Collie pfeift nicht mehr bei der Arbeit, und Marcellus' Gesicht wird von Ticks gebeutelt. Sogar Ezzie wirkt gezeichnet. Ihre Nächte sind still geworden und die Zusammenkünfte in ihrem Versteck seltener.

Nach Alabamas Geburtstag hatten sie gedacht, sie müssten einfach nur eng zusammenrücken wie Kids um ein Lagerfeuer, um diese Durststrecke zu überstehen. Aber als die Vögte ihr erstes Verbrechen als Selbstmord tarnten, dämmerte ihnen, dass sie Redemption vielleicht nicht überleben würden.

Das Opfer war Martha Pencher, das dicke Bauernmädchen, das mit Wendy Streit gesucht hatte. Sie war seit einer Woche tot, weil sie am Ende einer Beichte etwas zu sagen gewagt hatte. An dem Tag hatte sie sich gleich zu Beginn der Stunde gemeldet, war ungeduldig in ihrer Bank hin und her gerutscht und wollte unbedingt an die Reihe kommen, doch der Reverend hatte Cassandra Mahonne das Wort erteilt, einem bildhübschen Mädchen, das erst einmal in Tränen ausgebrochen war, ehe es sein Laster gestehen konnte: Leimschnüffeln. Der Reverend betete für Cassandra, dann faltete er die Hände und erklärte die Sitzung für beendet. In dem Moment hielt es Martha nicht länger, sie schoss wie ein Schachtelteufel aus ihrer Reihe.

»Was soll das heißen, für heut ist Schluss, Sie Wichser? Und was ist mit mir?! Was ist mit meinem kleinen Bruder, den ich in der Badewanne ertränkt habe? Der ist Ihnen scheißegal, bloß weil ich keinen Arsch wie Cassandra habe, oder?«

Der Reverend würdigte sie keines Blickes. Er nickte nur kurz den roten Overalls zu und verließ den Raum.

Peter wischt sich den Schweiß ab, der ihm den Nacken hinunterrinnt. Lebend war Martha zuletzt im Refektorium gesehen worden, wo sie allein an einem großen leeren Tisch saß, und als sie aufstand, um ihr Tablett zurückzubringen, wies ihr ein Profos mit seinem Schlagstock die Tür neben der Küche. Durch diese Tür verschwand Martha, und am nächsten Morgen wurde sie gefunden. Sie hing erdrosselt im Stacheldraht des Zauns.

Soweit Peter sehen konnte, ehe die Vögte das Gelände absperrten, hatte es Martha offenbar fertiggebracht, ohne Leiter oder Schemel den Zaun bis auf halbe Höhe hinaufzuklettern; dann hatte sie ein Stück Stacheldraht aus dem Verhau herausgezogen und sich daran aufgehängt.

Und da sie eine ganze Nacht dort oben hing, wurde sie zur Beute wilder Tiere, die ihr die Knöchel und Waden bis auf die Knochen und Sehnen abfraßen, sodass die Überreste ihrer Füße, als die Profose ihre Leiche abnahmen, praktisch nur noch an Fäden baumelten.

Das letzte Bild, das Peter von ihr in Erinnerung hat, ist diese dicke blaue, weit aus dem Mund hängende Zunge, das violett angelaufene Gesicht und der schreckensstarre Blick. Dieses Entsetzen ist etwas Seltsames. Es weicht nicht mit Eintritt des Todes. Außerdem trug ihre Leiche Spuren von Schlägen, und nach dem unnatürlichen Winkel zu schließen, in dem die Handgelenke von den Unterarmen abstanden, mussten sie wohl gebrochen sein.

Als Peter klar geworden war, dass sich Martha keinesfalls ohne fremde Hilfe hatte umbringen können, musste er einsehen, dass der Reverend und seine Schergen offenbar endgültig der Umnachtung verfallen waren. Immer wieder in den vergangenen Wochen hatte er vor dieser Erkenntnis die Augen verschlossen, jetzt ließ sie sich nicht länger verdrängen: Der irre Blick des Reverends, sein Geschrei, das nachts bis in den Zellentrakt hallte, die halb hämische, halb panische Miene der Profose und Vögte, ihr eigener Wahnsinn sprachen eine deutliche Sprache. Im Grunde war Peter schon länger klar, dass es aus Redemption keinen Ausweg gab – man geriet hinein wie in eine Fischreuse und fand nie mehr heraus. Als er einmal nachts nicht schlafen konnte, hatte er probeweise am Gitter seiner Zelle gezogen und zu seinem Schrecken festgestellt, dass es nicht verriegelt war. Mit flauem Magen hatte er einen millimeterbreiten Spalt geöffnet, ehe er das Gitter lautlos wieder einrasten ließ, und seither war ihm klar, dass die eigentlichen Wächter in Redemption nicht der Stacheldraht waren, nicht die Hunde und nicht die Profose, sondern die Bewachten selbst, die Masse der gelben Overalls, eine Armee von Jüngern. »Jünger« – dieses Wort war Peter in dem Moment in den Sinn gekommen, als er das Gitter geschlossen hatte. In der Mehrzahl verehrten sie Reverend Esterman mit einer Liebe, die ihrer Furcht vor ihm entsprach. Das andere Wort, »Sekte«, hatte erst Martha Penchers Tod abwarten müssen, um in sein Bewusstsein einzudringen.

An den folgenden Tagen standen die Häftlinge unter Schock und zeigten sich so folgsam wie nie, sodass der Reverend und seine Schergen in ihrer Brutalität nachzulassen schienen, und Peter war beinahe versucht, Marthas Tod als schlechten Traum abzutun. Aber dann unternahm der Häftling Hoockney einen Ausbruchsversuch.

85

Peter wischt sich mit einem schmutzigen Taschentuch Gesicht und Schädel ab, ehe er seine Mütze wieder aufsetzt. Sie passt zum Overall; vorn ist in Rot die Botschaft eingestickt: »Redemption empfiehlt seinen Bewohnern, sich vor der Sonne zu schützen.« Neuankömmlinge weigern sich meist, das Ding aufzusetzen, aber nach zwei Tagen im Feuerofen der Feldarbeit knickt jeder ein.

Die Gelben machen Pause. Sitzen dürfen sie nicht. Wie eine Armee Vogelscheuchen stehen sie unter dem wolkenlosen Himmel und sehen dem Wasserkanister zu, der von Hand zu Hand wandert.

In der Ferne bellen die Wachhunde. Peter blickt zum Horizont. Seit dem Morgengrauen sind die Köter frei und jagen eine besondere Beute.

Am Abend zuvor, als die Reihen sich formierten, um vom Gebetsraum ins Refektorium zu ziehen, hat ihm Howard zugeflüstert: »Heute setzen wir uns um.«

»Du weißt, dass uns die Profose seit dem Zwischenfall mit Burton im Auge haben. Noch ein Mal Mist bauen, und sie stecken uns in Einzelzellen.«

»Egal, wir müssen mit Batman reden.«

Howard blickte zu einem langen Lulatsch hinüber, dessen wollbemützter Kopf die Reihe weit überragte.

»Was willst du denn von dem?«, fragte Peter.

»Der will heute Abend ausbüxen.«

Peter schluckte. »Okay, ich sag's den anderen weiter.«

Mit ihren gefüllten Tellern steuerten die Verlorenen Jungs auf Batmans Tisch zu. Der aß wie immer allein. Howard widmete sich eine Zeit lang seinem Kartoffelbrei und fragte dann mit vollem Mund: »Ist Batman eigentlich dein echter Name?«

»Was geht dich das an?«

»Nix, ich will nur was reden. Der Fraß ist widerlich wie immer, also red ich lieber.«

»Hoockney heiße ich.«

»Woher kommt dann Batman?«

Hoockneys Mundwinkel hoben sich zu einem Zombielächeln, das spitz zulaufende Zähnchen offenbarte.

»Bah, das ist ja eklig!«

»Ja. Das Feilen hat Jahre gedauert. Musste immer wieder aufhören und Schmerzmittel nehmen und warten, dass sich die Nerven zurückziehen.«

»Und wozu das Ganze?«

»Ich stehe auf Fledermäuse.«

»Glückwunsch, Mann. Du hast sogar den passenden Atem.«

»Danke.«

Howard stocherte eine Weile im Essen auf seinem Teller herum, dann sah er sich verstohlen um, ob sie belauscht wurden, und fragte mit gesenkter Stimme: »Ist es wahr, dass du heut Abend abhauen willst?«

Hoockneys kartoffelbreibeladene Gabel erstarrte auf halbem Weg zwischen dem Teller und dem mit Fledermauszähnchen gespickten Mund. Er musterte Howard finster und sagte: »Da hat dir wer einen Scheiß erzählt.«

Howard schluckte einen Bissen Corned Beef und spülte mit Wasser nach, ließ sich aber nicht beirren. »Wie willst du's anstellen?«, fragte er.

»Kapierst du's nicht? Ich sagte: Da hat dir wer einen Scheiß erzählt!«

»Verkauf mich nicht für blöd, Hoockney. Wir wollen auch abhauen. Wir wollen nur sichergehen, dass du nicht dieselbe Tour vorhast, damit du uns nicht den Abgang versaust.«

Hoockney starrte Howard eine Zeit lang forschend an.

»Wart ihr das mit Burton?«

»Mein Kumpel Peter. Sag dem Fischmaul guten Tag, Peter.«

Peter nickte vom anderen Tischende herüber. Hoockney nickte zurück, dann beugte er sich zu Howard.

»Hey, Arsch, nenn mich noch einmal Fischmaul, und ich komm zu dir in die Zelle und saug dir das Blut aus.«

»Also sag schon, wie hast du's vor?«

»Was?«

»Mann, Trottel, verarsch mich noch länger mit deinen Vampirzähnen, und ich steck's den Profosen, dass du die Fliege machen willst.«

»Wer sagt denn, dass du nicht sowieso petzen willst?«

»Wenn ich das wollte, hätt ich's längst getan.«

Hoockney legte seine Gabel nieder und seufzte. Dann raunte er: »Jeden zweiten Freitag bringt ein Lkw den gesamten Lagermüll weg. Er fährt die paar Meilen zur nächsten Halde. Dort kippt er seine Ladung aus und zieht wieder ab.«

»Und der Abendappell?«

»Alles geklärt. Hab einen Kumpel, der meine Stimme geübt hat.«

»Und die Köter, die das Tor bewachen, hast du daran gedacht? Wenn die Profose mitkriegen, dass du auch beim Morgenappell fehlst – und ich schwör dir, dass sie's mitkriegen –, dann hetzen sie dir die Köter auf den Hals, und du hast keine Chance.«

»Ich fresse seit Tagen Kohlehydrate und trainiere wie blöd. Wenn die Tölen los sind, bin ich längst über alle Berge.«

»Mutig, aber verdammt gefährlich.«

»Nicht gefährlicher, als hier zu bleiben und sich mit diesem Scheißfraß zu vergiften.«

»Da hast du auch wieder recht.«

Damit war das Gespräch beendet. Hoockney stand mit seinem Teller auf, vergewisserte sich, dass ihn kein Profos beobachtete, und verschwand im Mülltonnenraum.

86

Das Gekläffe kommt näher. Die Häftlinge sehen einander an. Den ganzen Tag während der harten Feldarbeit haben sie zum Himmel gefleht, dass Batman es schafft, die Bundesbehörden zu alarmieren. Einige murmelten Stoßgebete mit bangem Blick zum Horizont. Peter betrachtet seinen erdverkrusteten Spaten. Manchmal ist seine Verzweiflung derart überwältigend, dass er nahe daran ist, sein Werkzeug zu packen und es dem nächstbesten Profos über den Schädel zu ziehen. Seine Hände zittern vor Zorn. Howard reicht ihm den Kanister. Peter hält ihn an den Mund und trinkt ein paar Schlucke warmes Wasser.

»Was meinst du, Pete, haben sie ihn geschnappt?«

»Woher soll ich das wissen?«

Wieder kläffen die Hunde, und jetzt sind sie ganz nahe. Und da tauchen sie auch schon auf: Sie rasen quer durch das Feld auf den Palisadenzaun zu. Aber sie würdigen die Häftlinge keines Blickes, sondern galoppieren einfach zwischen ihnen hindurch. Ihr Fell ist triefend nass, manche haben blutverschmierte Schnauzen. Die Flotte der Jeeps ist unterdessen am Gitterzaun angelangt. Auf der Ladefläche eines Pick-ups liegt Hoockney, übel zugerichtet, zwischen zwei Vögten.

»Scheiße, jetzt sind wir aufgeschmissen.«

Peter hat keine Zeit zu antworten. Die Schlagstöcke der Profose treiben die gelben Overalls in den Innenhof zum Appell. Dort zerren die Vögte Hoockney vom Wagen. Um seine Handgelenke und Knöchel liegen schwere

Eisenschellen, die eine Kette miteinander verbindet. Beim Anblick dessen, was von seinem Gesicht noch übrig ist, brechen manche in Tränen aus: Er sieht aus, als hätten sich die Vögte mit Stiefeltritten an ihm abreagiert. Auch die Hunde haben ihn angegriffen – er blutet aus zahlreichen Bisswunden. Zwei rote Overalls packen Hoockney unter den Achseln und schleppen ihn davon. Sein gebrochener Knöchel stößt gegen einen Stein, und aus seinen aufgerissenen Lippen dringt ein Heulen. Mühsam dreht er den Kopf zu den im Quadrat aufgestellten Häftlingen und ruft: »Sechs Meilen nach Norden. Hastings. Kleinstadt.«

Ein Tritt in die Leber lässt ihn vornüberfallen. Er erbricht einen blutigen Brei. Ehe er im Kolonialhaus verschwindet, schreit er: »Vergesst mich nicht, Leute, bitte, vergesst mich nicht!«

Die Hunde beginnen, die Blutspuren aufzulecken, die er zurückgelassen hat, und die Profose jagen sie mit Treibstöcken zurück in den Raum zwischen den Zäunen. Peter sucht Wendys Blick. Sie wankt, ihre Augen sind fiebrig, sie scheint ihn nicht mehr zu erkennen. Es überläuft ihn kalt. Er fürchtet, sie zu verlieren.

Die Tür des Kolonialhauses öffnet sich wieder. Der Reverend ist tadellos gekleidet wie immer, trägt jetzt aber auch weiße Handschuhe. Es wird gemunkelt, dass er sich seit einiger Zeit weigert, Gegenstände und Menschen zu berühren. Er tritt an sein Mikrofon.

»Der Kriminelle, der zu flüchten versuchte«, haucht er hinein, »wurde auf die Krankenstation gebracht, wo er auf seinen Transport ins nächstgelegene Krankenhaus wartet. Er hat uns verraten, gewiss. Dennoch werden wir für sein Seelenheil beten.«

Bedächtig reibt er seine behandschuhten Hände aneinander und lässt den Blick über die versammelten Häftlinge gleiten. »Von heute an«, sagt er, »biete ich jedem Gelben, der einen Verräter anzeigt, einen blauen Overall. Im Gegenzug mögen sich diejenigen, die etwa die Absicht hegen, ihrerseits einen Fluchtversuch zu unternehmen, bewusst sein, dass mein Zorn dem Zorn Gottes in nichts nachsteht. Wir versammeln uns jetzt im Gebetsraum zur Beichte. Ich werde in euren Seelen lesen, denn eure Seelen sind Spiegel.«

87

»Für schmutzige Seelen ist kein Platz mehr in Redemption. Kein Platz mehr für Sünde und Lüge. Ich liebe euch bereits, und ihr – ihr werdet mich hassen. Und dann wird euch das Licht der Erkenntnis leuchten, und ihr werdet begreifen, dass außerhalb der Festungsmauern von Redemption keine Hoffnung ist. Denn Redemption ist das neue Jerusalem, und ihr seid die Erwählten.«

Die Augen des Reverends wechseln die Farbe. Wenn er gelassen ist, sind seine Augen von sehr hellem Blau; gerät er aber in Erregung, erscheint ein grünliches Funkeln in all dem Blau.

»Ich war wie ihr. O ja, auch ich war ein Verbrecher, ein Gewalttäter, ein Spielball meiner Triebe. Dann richtete Gott Seinen Blick auf mich. Er peitschte mich aus, bis ich sühnte und in Seinem Blut, Seinen Tränen, Seinem Schweiß gerettet wurde. Ihr werdet mir sagen, ihr seiet Pumas, wo ihr in Wahrheit doch nur Hyänen seid. O ja, das seid ihr, und das war auch ich: eine Hyäne Gottes. Aber Gott liebt euch bereits. Ihr, ihr werdet Ihn hassen, doch Er liebt euch um jeden Preis. Ich war ein Hund, jetzt bin ich ein Wolf. Einen Wolf belügt man nicht. Man sagt ihm nicht: ›Ich bin ein Lamm‹, wenn man in Wahrheit ein Ziegenbock ist oder eine kleine stinkende Zicke.«

An Estermans Schläfe schwillt und pulsiert eine blaue

Ader, in seinen Mundwinkeln bilden sich Schaumbläschen. Trotz seiner fiebrigen Augen und des Schweißfilms auf seiner Stirn bleibt seine Stimme ruhig. Kunstvoll schraubt sie sich aufwärts zu den hohen Tönen, ehe sie wieder tief hinabgleitet. Sie beherrscht die Jugendlichen, manipuliert und kommandiert sie, hebt sie empor und stößt sie hinab, rammt jedes Wort wie einen Nagel in die weiche Masse der Hirne.

»Es gibt kein Vergehen und keinen Fehler, die unser Herr nicht verziehe. Was ich heute haben will, sind eure Geheimnisse, eure schmutzigen kleinen Wunden, eure verborgenen Krusten und der Eiter eurer Seele. Ich will wissen, was niemand sonst weiß. Das Warum und vor allem das Wie. Das Wie ist die Wunde, das Warum der Eiter. Hört ihr und versteht?«

Hier und dort erhebt sich ein »Ja!« im Gebetsraum. Vorläufig ist es nur ein Gemurmel, aber es will nichts anderes, als das ganze Gewölbe zu erfüllen.

»Hört ihr und versteht?«

Die Jugendlichen gehorchen: »Ja! Ja!«, ertönt es erneut, vielstimmig, deutlich und laut. Die Tonwelle schwillt an, wiederholt immer dasselbe Wort in einem Konzert hoher und tiefer, kindlicher und bereits erwachsener Stimmen. Dann verebbt der Lärm wie eine am Strand auslaufende Brandung, und aus den Lautsprechern trieft wieder die Stimme des Reverends.

»Wer will beginnen?«

Alle sehen sich verstohlen um und lauern auf eine Hand, die sich aus dem Wald der Köpfe, Haare, Münder in die Höhe reckt. Sie rutschen in den Bänken hin und her. Angst macht ihnen nicht die Aussicht darauf, an die Reihe zu kommen, als vielmehr der Gedanke, sich dem Blick der anderen zu stellen, ohne etwas vorbereitet zu haben. Sie gehen in sich und versuchen, den Mut aufzubringen, den es braucht, um sich freiwillig zu melden. Unbewusst bemühen sie sich, den Reverend zu erfreuen.

»Ich.«

Alle Köpfe wenden sich der dünnen Stimme zu, die gerufen hat – ein Kristallsplitter im bleiernen Schweigen. Wie eine im Meer treibende Plastiktüte ragt die Hand, die zu dieser Stimme gehört, zwischen den Haarschöpfen hervor. Die Augen des Reverends heften sich auf Wendy. Er winkt sie zu sich. Sie steht auf und macht sich auf den Weg durch den Mittelgang nach vorn. Peter starrt sie beschwörend an. Blicklos geht sie an ihm vorüber. Bald ist sie nur noch ein Rücken inmitten der Köpfe, die sich nach ihr drehen. Sie steigt die Stufen zum Pult hinauf, bis sie zur Rechten des Reverends steht. Er mustert das Geschöpf vor ihm von Kopf bis Fuß. Er riecht am Haar des Mädchen.

»Wie heißen Sie?«

»Wendy Moore.«

»Sind Sie ein Lamm oder eine schmutzige kleine Zicke, Wendy Moore?«

Peter spürt Howards Hand auf seinem Arm. Er lässt Wendy nicht aus den Augen.

»Ich bin eine schmutzige kleine Hündin voller Eiter.«

Wendy ist am Ende ihrer Kraft. Eine Träne rinnt ihr über die Wange. Sie wischt sie ab, ehe sie die Lippen erreicht. Wieder erhebt sich die Stimme des Reverends, säuselnd wie eine Brise weht sie daher, als käme sie von allen Seiten zugleich.

»Wir hören, Wendy Moore.«

»Darf ich mit einer Fürbitte anfangen?«

Der Reverend scheint unschlüssig. Er glättet sein langes Haar und sagt: »Ja, wenn Sie uns danach sagen, welchen abstoßenden Schmutz Sie unter der Schale Ihres hübschen Körpers verbergen. Werden Sie uns das alles sagen, Wendy Moore?«

»Ja.«

»Wir hören.«

Wendys tiefes Lufttholen dringt als Knistern und Rauschen aus den Lautsprechern.

»Für euch alle, Abschaum, Kadaver, Böcke und Schweine. Für euch, rote Overalls, und euch, blaue Overalls, Mörder unseres Kumpels Hoockney, ich scheiße auf euch und verfluche euch. Auch für Sie, Reverend Esterman, Mädchenschänder und Gotteslästerer. Für diese Hölle, deren Tore nur unser Tod öffnen wird, verfluche ich Sie, Sie ganz besonders.«

Wendy schluchzt. Der Reverend tätschelt ihr ermutigend die Schulter. Peters gesamter Körper verkrampft sich, und Ezzie muss ihm seine dicke Pfote auf die Schulter legen, um zu verhindern, dass er aufspringt.

»Wir hören, Wendy Moore.«

Wendy fährt sich mit beiden Händen über ihre tränenverschmierten Wangen.

»Für dich, allmächtiger Herr, Gott der Schweine, Hunde und Ziegen. Für deine Morde, deine Versprechungen und deinen Verrat. Auch für dich, elender und krimineller Jesus, der du uns verlassen hast, bete, spucke, kotze ich.«

Nach diesen letzten Worten bricht Wendys Stimme ab. Sie fühlt den Atem des Reverends im Nacken. Sie spürt, wie seine langen Arme sich um sie schlingen. Sie schmiegt sich an ihn. Das Mikrofon mit der einen Hand dicht vor den Lippen, während er mit der anderen über die Haare des Mädchens streicht, murmelt er: »Danke für Ihre Fürbitten, kleine eitrige Hündin. Für heute wollen wir es genug sein lassen, doch später, o ja, später werden wir noch viel mehr von Ihnen hören, Sie werden Ihr Versprechen erfüllen. Denn Sie wollen doch Ihr Wort halten und uns alles sagen, nicht wahr, Wendy Moore?«

Wendy drückt ihre Lippen auf die des Reverends. Sie atmet den Atem des heiligen Mannes ein. »Ja«, haucht sie.

88

»Wer möchte noch das Wort ergreifen?«

Hier und dort heben sich Hände. Zunächst nur ein paar. Dann sind es auf einmal Dutzende. Stirnen und Wangen sind fiebrig gerötet. Ein junges Mädchen mit frisch vernarbten Handgelenken schwenkt den Arm und trampelt mit beiden Füßen. Der Reverend läuft durch den Mittelgang und hält ihr sein Mikrofon hin.

»Wie heißt du?«

»Sandra Meyer. Ich bin dreizehn, und ich bin ebenfalls eine dreckige kleine Hündin, die auf den Staat Mississippi scheißt.«

»Wir hören, Sandra.«

Das Mädchen ist aufgesprungen.

»Ich komme aus der Nähe von Augusta. Ich wohnte mit meinen Eltern auf einer Farm, die sehr abgelegen und so primitiv war, dass wir keinen Strom und kein fließendes Wasser hatten. Wir bauten Mais und Tabak an. In einem Pferch hielten wir Schweine. Mein Vater schlug meine Mutter mit der gusseisernen Pfanne; dieses *Klong*, das die Pfanne auf ihrem Kopf machte, werd ich nie vergessen. Mich kniff er immer, vor allem in den Hintern und in die Brust. Als ich größer wurde, fing er an, schlimme Sachen mit mir zu machen. Das soll jetzt aber keine Ausrede sein! Ich sage nur, dass mein Vater schlimme Sachen mit mir machte und dass meine Mutter soff, wenn sie nicht geprügelt wurde. Übrigens machte nicht nur er diese Sachen mit mir, sondern meine Brüder und Vettern machten sie auch, aber das soll jetzt keine Ausrede sein, ich sag's nur.«

»Das ist gut, Sandra, sprich weiter.«

Sandra windet sich. Ihre Augen glänzen. Sie beginnt, hysterisch zu kichern. Dann presst sie eine Hand zwischen die Beine und fragt: »Darf ich aufs Klo?«

»Später, Sandra. Sind es die Schweine, über die du mit uns reden möchtest, oder ist es deine Mama?«

»Die Schweine.«

»Wir hören.«

»In dem Pferch waren auch Ferkel, die sich in der Scheiße wälzten. Vor allem eines war supersüß. Ich taufte es Oliver, nach meinem kleinen Bruder. Schlimm war nur, wenn ich es streicheln wollte und die Hand über den Zaun streckte, dann kam nämlich die Muttersau daher und versuchte, mir die Finger abzubeißen, und ich stach sie mit einer Mistgabel in den Hintern, und diese dämliche Sau stieß ein Geschrei aus, das war … wie soll ich sagen?«

»Kehlig?«

»Ja! Ganz genau. Ich bin nicht so ganz sicher, was das Wort eigentlich heißt, aber so ungefähr. Also die alte Sau fing an, mich zu hassen, und es wurde immer schwieriger, Oliver zu fangen, aber einmal stellte ich es besser an. Ich kam nämlich nachts mit Gummistiefeln und Küchenhandschuhen, als die Schweine schliefen, und watete in den Pferch. Ich packte Oliver und drückte ihn an mein Nachthemd, aber er zappelte rum und rutschte mir aus den Fingern, weil er so voller Scheiße war. Aber ich hielt ihn fest und trug ihn in die Scheune, wo wir einen großen Ofen hatten, der an eine Gasflasche angeschlossen war. Unser Vater sperrte uns manchmal dort ein, meine Brüder und mich, wenn wir nicht brav gewesen waren, und sagte, dass er jetzt das Gas aufdreht. Jedenfalls hab ich auch Oliver dort hineingetan. Ich hab ihn auf die Schnauze geküsst und in den Ofen gesteckt und die Tür zugeknallt. Dann riss ich ein Streichholz an und schob es in die

Klappe, bis die Zündflamme anging. Dann drehte ich das Gas auf, bis mit einem *Wooooof* die ganze Heizschlaufe aufflammte. Ich drehte die Gaszufuhr auf kleinste Stufe und wartete.«

Sandra versagt die Stimme. Sie zerkratzt sich vorsichtig das Gesicht.

»Möchtest du für heute aufhören?«, fragt der Reverend leise.

»Nein! Nein! Ich will beichten, was ich mit Oliver gemacht habe. Ich möchte ihn nicht mehr hören und nicht mehr riechen müssen jeden Abend beim Einschlafen, verstehen Sie?«

»Ja. Ich verstehe, Sandra.«

Sandra wischt ungeduldig ihre Tränen ab. Ein wenig besänftigt fährt sie fort: »Am Anfang war Oliver ganz friedlich. Er lag hinten im Ofen und grunzte leise wie ein Ferkel, das seine Mama sucht, wissen Sie?«

Der Reverend nickte.

»Danach wurde er unruhig. Das fing erst langsam an, aber schließlich wurde er immer wilder, weil die Heizschlaufe den Boden des Ofens aufwärmte. Ich sagte: ›Sei tapfer, Oliver, es dauert nicht sehr lange.‹ Und dann muss die Temperatur wohl einen großen Sprung gemacht haben, denn Oliver grunzte laut und rannte hin und her und stieß innen an die Wände, und jedes Mal, wenn er mit der Pfote auf eine Heizplatte kam, verbrannte er sich und schrie. Ich saß draußen auf einem Stuhl und redete Oliver gut zu, um ihn zu beruhigen. Ich redete schweinisch, verstehen Sie? Aber das reichte nicht, und Oliver fing an, ganz seltsame Schreie auszustoßen.«

»Wie ein Kind?«

»Ja! Genau! Haben Sie schon mal so was mit einem Ferkel gemacht, mein Gebieter?«

»Nein. Hat es jemand anderes schon getan?«

Vereinzelte Hände heben sich. Der Reverend hält das Mikro einem Albino hin, dessen narbenübersätes Gesicht von unvergleichlicher Hässlichkeit ist.

»Ich heiße Barney. Ich bin eine Ratte und ein Krimineller. Ich habe es nicht mit einem Ferkel gemacht, aber …«

»Du verdammter Dreckskerl von einem Scheißlügner! Die Frage war doch, ob es schon mal jemand mit einem *Ferkel* gemacht hat!«

Eine kleine Dicke mit Brillengläsern wie ein Flaschenboden hat sich eingemischt. Augenblicklich eilen zwei Profose herbei und schleppen sie fort, während sie brüllt: »Ich schwöre, ich sage keine Schimpfwörter mehr! Lasst mich los, ihr Wichser, wenn ich's euch doch schwöre, dass ich keine Schimpfwörter mehr sage!«

Die Tür schließt sich über ihrem Protestgeschrei. Der Reverend wendet sich wieder an Barney, der verlegen stottert: »Ich habe es mit einer Katze im Backrohr gemacht. Katzen zählen doch auch, oder?«

»Natürlich, Barney, warum sollten Katzen nicht zählen?«

Sandra ist zornig, dass man ihr die Schau gestohlen hat. Ungestüm kratzt sie an ihren vernarbten Handgelenken. Der Reverend fordert Barney auf weiterzusprechen.

»Genauer gesagt, war es ein Kater, ein dicker streunender Kater, den ich mit einer Büchse Sardinen überlistet hatte. Ich musste Gartenhandschuhe anziehen, um ihn einzufangen, weil er sich wehrte wie ein Tiger, aber ich erwischte ihn und steckte ihn ins Backrohr. Er fauchte und zerkratzte die Glasscheibe wie ein Teufel, als ich die Temperatur ganz aufdrehte. Im nächsten Moment stieß er ein fürchterliches Geheul aus. Und dann fing sein Pelz Feuer, und seine Augen zerliefen.«

»Weißt du noch, was du in dem Moment empfunden hast?«

»Soll ich es sagen?«

»Wenn du dich stark genug dafür fühlst.«

»Befriedigung.«

»Gut, Barney. Sandra? Willst du uns erzählen, was dann geschah?«

»Es kam dieser schreckliche Geruch aus dem Ofen. Wie wenn man sich am Gasherd eine Zigarette anzündet und sich die Haare ansengt.«

»Du sollst doch nicht rauchen, Sandra.«

»Weil es schlecht ist?«

»Ja.«

»Helfen Sie mir aufzuhören?«

»Natürlich.«

Sandra sieht den Reverend mit so viel Liebe an, dass es Peter vor Beklemmung die Kehle zuschnürt.

»Als Oliver schrie wie ein Kind, hielt ich mir die Ohren zu und fing leise zu singen an, ich flehte zu Gott, dass er dieses Geschrei aufhören lässt, denn ich hatte eine Heidenangst, dass es meinen Papa aufweckt. Aber Oliver beruhigte sich nicht, und deshalb drehte ich das Gas ganz weit auf, sodass der Ofen volles Rohr zu heizen anfing. Oliver schrie noch eine Zeit lang weiter, aber dann war er still, und es kam dieses Geräusch wie brutzelndes Fett und ein scheußlicher Geruch nach Karamel und verbrannten Haaren.«

»Ja, genau! Genauso hat es gerochen, als der dicke Kater im Backrohr verbrannte.«

»Später, Barney. Und dann, Sandra? Was ist von Oliver übrig geblieben, und was hast du damit gemacht?«

Wie Sturzbäche rinnen jetzt die Tränen aus Sandras Augen. Sie bemüht sich gar nicht mehr, die Flut aufzuhalten.

»Als ich die Ofentür wieder aufmachte, war Oliver sehr mager geworden und seine Haut irgendwie zerstört. Ich nahm ihn raus, um ihn zu seiner Mama in den Schweinepferch zurückzubringen. Und …«

»Nur Mut, Sandra, du hast es bald hinter dir.«

»Und wissen Sie, was die Sau mit ihrem Ferkel gemacht hat?«

»Nein.«

»Sie hat eine Weile dran geschnüffelt, und dann fing sie einfach an, es aufzufressen, und dazu grunzte sie ganz behaglich. Sie hat es vollständig aufgefressen, und am nächsten Tag hat sie es vor meinen Augen ausgeschissen. Da war mir klar, wie Mütter sind. Sie lügen uns an, und wenn wir tot sind, essen sie uns auf, und tags drauf scheißen sie uns aus.«

»War das der Grund, weshalb du deiner Mama wehgetan hast?«

»Ja.«

Der Reverend nimmt Sandra in die Arme. Das Mädchen schluchzt zum Steinerweichen. Esterman streichelt die braunen Locken und murmelt: »Alles gut, Sandra, alles gut.«

Lauter fragt er dann: »Wollt ihr für Sandra beten?«

»Ja!«

»Hat es Sandra verdient, dass wir für sie beten?«

»Ja!«

Daraufhin beginnen die jugendlichen Häftlinge zu beten, sie singen und weinen und strecken die Hände nach Sandra aus, und Peter flüstert: »Herrgott, Howie, die drehen alle noch komplett durch!«

Als er keine Antwort bekommt, dreht er sich um: Howard klatscht in die Hände und singt und vergießt dazu heiße Tränen.

89

Der Regen prasselt auf die Karosserie, der Scheibenwischer schlägt gleichmäßig hin und her. Wendy lenkt mit der einen Hand und hält mit der anderen eine Zigarette. In Abständen beleuchten entgegenkommende Scheinwerfer ihr Gesicht. Sie fahren eine schnurgerade, endlose Straße nach Westen. Shepard schaut durchs Seitenfenster auf die vorbeiziehenden Felder. Vorhin ist ihm wieder eingefallen, dass er in der Nacht nach Wendys Beichte irgendwann aufwachte und Ezzie auf einem Schemel sitzen sah. Ein Schluchzen ließ seine mächtigen Schultern erbeben, und Peter hatte den Eindruck, dass die Stimme, die ihm Fragen stellte, nicht dieselbe war wie die Stimme, die antwortete. Er kletterte von seinem Bett und legte dem Riesen die Hand auf den Rücken. Der wandte ihm sein dickes tragisches Gesicht zu.

»Tschuldigung, dass ich dich aufgeweckt habe, Pete.«

»Macht nichts. Was hast du denn?«

»Nichts. Ich fühle mich nur einsam.«

»Wir sind doch da, oder?«

Ezzie schniefte und sagte: »Das stimmt, aber was so wehtut, ist, dass ich hier eingesperrt bin, wo es keine Bäume gibt. Ich brauch den Wald so, verstehst du? Ohne Bäume kann ich nicht leben, und hier hat es nur Staub und Felder und keinen einzigen Baum.«

»Ich weiß, Ezzie, aber du musst durchhalten.«

»Ich glaub, das kann ich nicht. Außerdem ist da noch was.«

»Was denn?«

»Meine Oma. Sie fehlt mir.«

Peter versuchte, seine Arme um den Riesen zu schlingen, um ihn zu trösten, aber es gelang nicht, und stattdessen ließ er sich von Ezzie umarmen. Ungeschickt fuhr er ihm über die Haare und murmelte: »Komm, Alter, mach dir keine Sorgen. Ich hol uns hier raus.«

»Schwörst du das, Pete?«

»Ja, Mann, ich schwör's bei dem, was mir auf der ganzen Welt am liebsten ist.«

Dabei spähte Peter zu den Mädchenzellen hinüber. Im bleichen Licht der Nachtlampen zeichnete sich eine Silhouette ab. Eine wohlgeformte Gestalt, die am Gitter stand und die Stirn an die Stäbe lehnte. Sie starrte in die Dunkelheit, doch Peter hätte geschworen, dass sie zu ihm herüberblickte.

90

In der Raststätte nahe Brozeman, wo sie Pause machen, sitzt Wendy Shepard gegenüber. Seit Maryland haben sie kein Wort miteinander gewechselt. Wendy schlürft ihren Kaffee, während sie die Unterlagen durchsieht, die Ackermann ihnen zu den drei verschlossenen Umschlägen ausgehändigt hat. Hinter den dunklen Brillengläsern betrachtet Peter gedankenverloren ihre Brüste. Er ist sicher, dass Wendy es bemerkt hat, denn jetzt spielt sie mit der einzelnen Perle, die sie als Anhänger um den Hals trägt.

»Das ist völlig irre«, sagt sie. »Unser ganzes Leben ist hier dokumentiert. Sie wissen von meinem Mann, meiner Gemeindearbeit, von dem Pfarrer, der mich unterstützt.«

Peter lacht. Wendy wirft ihm einen vernichtenden Blick zu.

»Lachst du über mich?«

»Ja. Vertraust du dich etwa einem Pfarrer an – du?«

»Pass auf, was du sagst.«

Wendy ist genervt, wie man an ihrem hübschen Unterkiefer sieht, der, während sie weiterliest, die Kaumuskeln spielen lässt.

»Übrigens hast du mir noch immer nichts von deinem Mann erzählt.«

»Da gibt's nicht viel zu sagen.«

»Und dein Leben in Abilene? Deine Freundinnen? Deine Tupperware-Partys?«

»Halt die Klappe, Peter Stanley Shepard.«

Ohne aufzublicken, zerknabbert Wendy ein Pommesstäbchen. Dann greift sie nach ihrem Milchshake, und Shepard sieht zu, wie die eiskalte zähe Flüssigkeit durch den Halm aufwärts steigt. Zwei Schlucke, drei vielleicht; dann stellt sie den Becher wieder ab und macht sich ein paar Notizen. Shepard blickt durchs Fenster auf den Parkplatz, wo jetzt ein Van vorfährt und anhält. Eine hübsche dunkelhaarige Frau steigt aus, gefolgt von zwei kleinen Mädchen, die sie an der Hand nimmt. Die eine zerrt ungeduldig am Arm der Mama, die andere drückt ein Schmusetier an sich und geht brav neben ihr dahin. Die drei betreten die Raststätte und setzen sich hinten an einen Tisch. Kaum hat die Mutter sie losgelassen, galoppiert die Ältere wie wild durch den Saal. Die Mutter wirft Wendy einen Blick zu, zuckt mit den Achseln, lächelt, greift aber nicht ein. Die Kleine rast an Shepard vorbei, der einen Moment lang ihren Geruch nach Feuchtigkeitscreme und Haarshampoo wahrnimmt. Sie ist am Ende der Sitzreihe angelangt, macht kehrt und trottet gemächlicher zurück, das Trinkfläschchen im Mund. Plötzlich stolpert sie und fällt der Länge nach hin, beide Hände und die Stirn schlagen auf dem Boden auf. Augenblicklich setzt ein Sirenengeheul ein. Shepard springt auf und hebt sie auf. Er streicht ihr die Haare aus dem Gesicht, greift nach einer Papierserviette und tupft die Blutströpfchen ab, die sich auf ihrer Stirn bilden. Die Kleine schreit und weint. Er legt das Gesicht an ihren kleinen Hals und atmet die Geruchsmischung aus Creme und Haut ein. Er wiegt sie sacht in den Armen.

Die Mutter ist herbeigeeilt. Sie sieht nicht nur ihre Tochter, sondern auch den Mann weinen. Langsam, fast widerstrebend lässt Shepard das Mädchen los. Die Mutter trägt die Tochter davon, und Shepard kehrt an den Tisch zurück. Wendy ist mit ihrer Lektüre fertig. Sie schlürft den Rest Flüssigkeit aus ihrem Becher, was ein eigenartig lautes Geräusch erzeugt, sammelt ihre Unterlagen ein und sagt: »Fahren wir?«

91

Wieder folgen sie der langen schnurgeraden Straße nach Westen. Die Stirn an die Fensterscheibe gelehnt, atmet Peter Wendys Parfum ein. Seit der Raststätte brennt ihm die Erinnerung an Barbara und die Zwillinge in der Kehle wie verschluckte Tränen. Wendy spürt es. Sie setzt den Blinker und biegt in eine schmale, von Linden gesäumte Nebenstraße ein, die zum Parkplatz eines Motels führt.

»Wo willst du hin?«

Wendy stellt den Motor ab und verschwindet eine Weile in der Rezeption. Mit einem Schlüssel kommt sie zurück. Sie öffnet die Beifahrertür und nimmt Peter bei der Hand, führt ihn zu einem hübschen hellen Bungalow. Sie schließt die Tür hinter ihnen, dann nimmt sie Peter in die Arme. Ihre Lippen suchen die seinen. Peter erstarrt und wendet sich ab. Wendy hält mit beiden Händen sein Gesicht fest. »Sie ist tot, Peter«, murmelt sie. »Du musst sie gehen lassen.«

Sie nimmt ihm die dunkle Brille ab und küsst seine Lider. Sie fährt ihm mit der Hand durchs Haar. Er lässt sich von ihr ausziehen. Lässt sich aufs Bett legen. Wendys Hand führt ihn in sich ein. Sie beugt sich über ihn. Sie atmet an seinem Hals, ihr Atem geht schneller. Peter streichelt ihre Brüste und dringt tiefer in sie ein. Sie kommt. Sie bleibt auf ihm liegen. Sie bewegt sich noch eine Weile sacht auf ihm. Sie bläst gegen die Haarsträhne, die ihr ins Gesicht fällt. Er hört auf zu zittern. Er schläft ein.

Wendy sitzt auf der kleinen Terrasse vor dem Bungalow. Ein Sonnenstrahl lässt ihr Gesicht leuchten. Sie raucht und blättert dabei in einer Zeitschrift. Vor ihr steht ein Tablett mit Toast, Pancakes, einer Kanne Kaffee, einem Kännchen Ahornsirup. Shepard stellt sich unter die Dusche und zieht sich an. Er zwingt sich, an Barbara zu denken. Der Schmerz hat ein wenig nachgelassen. Er setzt sich Wendy gegenüber. Sie hat die drei verschlossenen Umschläge auf den Tisch gelegt. Auf dem obersten steht ein Name, mit Leuchtmarker nachgezogen, Collie Partridge.

»Mach du«, sagt er. »Ich mach den nächsten auf.«

Wendy reißt den Umschlag auf. Darin findet sie, übersichtlich auf zwei Blättern dargestellt, Collies weiteres Leben, dazu einige Fotos, die bei Antritt einer Gefängnisstrafe gemacht wurden. Wendy liest und fasst gleichzeitig zusammen.

»Nach Redemption ist er in einen Vorort von Baltimore gezogen. Hat diverse Minijobs gemacht und gleichzeitig Abendkurse besucht. Dann Heirat und Anstellung als Autohändler in der Firma seines Schwiegervaters. Drei Kinder. Nach der Geburt des jüngsten wurde er depressiv. Und gewalttätig. Begann, seine Frau zu schlagen, und saß ein halbes Jahr im Knast. Sie sind geschieden.«

Wendy nimmt sich das nächste Blatt vor.

»Nach der Entlassung aus dem Gefängnis ging er nach Norden. Portland und die Küste von Maine. Weitere Minijobs, Antidepressiva, schließlich kam er auch noch auf Drogen. Um seinen Konsum zu finanzieren, überfiel er Tankstellen. Weitere Gefängnisstrafen. Ein ganzes Paket Entziehungskuren und mehrere Selbstmordversuche. Zum letzten Mal wurde er vor fünf Jahren auf einer Autobahnraststätte aufgegriffen, wo er einen Van mit einer urlaubenden Familie überfiel. Genauer gesagt, die Eltern. Beim polizeilichen Verhör weigerte er sich, seine Tat zu erklären.«

Als Wendy zum Ende kommt, zwinkert sie immer häufiger. Sie legt die Blätter aus der Hand.

»Was?«

»Collie hat Aids im Endstadium. Er liegt in einem HIV-Hospiz am Ortsrand von Forsyth.«

92

In warmem Sprühregen überqueren Peter und Wendy die Grenze nach Pennsylvania. Von Zeit zu Zeit zündet Wendy eine Zigarette an und reicht sie Peter, ehe sie sich selbst eine ansteckt. Sie rauchen schweigend. Je näher sie Forsyth kommen, desto stärker wird der Regen. Sie haben noch ein paar Kreuzungen vor sich, noch ein paar Tankstellen, noch ein paar Einfamilienhäuser in armseligen, verwilderten Gärtchen.

Der Wagen hält auf dem Parkplatz des Hospizes von Forsyth, eines Gebäudekomplexes aus schmutzigem, rissig gewordenem Beton. Es sind ein Würfel und zwei Quader: Der Würfel beherbergt den Empfang, in den auf beiden Seiten anschließenden Quadern sind rechts die mittellosen Patienten untergebracht, die im Sterben liegen, und links die mittellosen Patienten, die auf Verlegung in den rechten Quader warten. Der Bungalow der Sterbenden ist ein elender Kasten, dessen schmutzige Fensterscheiben mit Gardinen verhängt sind. Vor den Fenstern überwuchert Gestrüpp die einstigen Rasenflächen, deren betonierte Einfassungen unter dem Druck der Wurzeln geborsten sind. Wendy starrt in den strömenden Regen, der auf die Windschutzscheibe prasselt.

»Ich kann das nicht, Pete, ich bin halb tot vor Angst.«

Shepard streicht ihr über die langen blonden Haare.

»Du warst ihm mal wichtig, Wendy. Du warst uns allen wichtig.«

Er öffnet die Tür, steigt aber nicht aus. Schwingt nur die Beine aus dem Wagen. Regentropfen zerplatzen auf seiner Jeans.

»Ich kann dich verstehen, wenn du das nicht schaffst. Collie wird es auch verstehen.«

»Du findest mich erbärmlich, stimmt's?«

»Bring mir jemanden, der so über dich denkt, und ich polier ihm die Fresse.«

Er wirft die Wagentür zu, steuert auf den Haupteingang zu, stößt die Tür auf. Ein überwältigender Geruch nach Ammoniak schlägt ihm entgegen. Er erspäht eine erschöpft wirkende Krankenschwester und fragt sie nach der Zimmernummer von Collie Partridge.

Sie konsultiert das Patientenregister.

»Sind Sie ein Angehöriger?«

»Er ist mein Bruder.«

Die Schwester blickt auf, mustert ihn, dann zuckt sie die Achseln. »Er liegt im Sterben«, sagt sie.

»Ich weiß. Ich bin hier, um mich zu verabschieden. Ist er bei Bewusstsein?«

»Zeitweise. Aber wenn er aufwacht, fantasiert er oft.«

»Was sagt er?«

»Er spricht von Verliesen und offenen Zellen. Manchmal wird er aufgeregt und schreit nach ›verlorenen Jungs‹. Sie hätten ihn dort unten vergessen, sagt er.«

»Wo denn?«

»Remission oder so, ich hab's nicht genau verstanden.«

»Redemption?«

»Könnte sein, ja. Er sagt, man muss dem letzten Morgenstern folgen, und dahinter ist dann gleich die Hölle. Sagt Ihnen das was?«

»Was – die Hölle?«

Die Schwester versucht zu lächeln, aber so richtig gelingt ihr das schon lange nicht mehr.

»Zimmer 412. Sie haben eine Stunde. Wenn er stirbt, während Sie da sind, geben Sie mir bitte Bescheid, bevor Sie gehen. Das sage ich deshalb, weil die Angehörigen oft glauben, der Patient sei einfach wieder eingeschlafen, und dabei ist er tot.«

Shepard öffnet die Brandschutztür, die den Zugang zum rechten Quader abtrennt. Seine Sohlen quietschen auf dem abgetretenen Linoleum. Im staubflirrenden Neonlicht kreisen Fliegen, und hinter den geschlossenen Zimmertüren piepen Apparate, fauchen Beatmungsmaschinen, röcheln Sterbende.

Shepard steht vor der Tür zu Zimmer 412. Einen Moment lang hofft er, Collie in einem Sessel vor dem Fenster mit einer Zeitschrift in der Hand vorzufinden – vielleicht könnten sie's sogar schaffen, die Wachsamkeit der Schwester zu überlisten, und sich einen Spaziergang gönnen. In Redemption pflegte Collie, wenn es bei der Feldarbeit zu regnen anfing, den Kopf in den Nacken zu legen und die Hände auszubreiten; dann öffnete er weit den Mund, wie um das ganze Himmelswasser zu trinken. Shepard späht durch die Glasscheibe in der Tür. Collie liegt seitlich eingerollt auf seinem Sterbebett, das Gesicht dem Fenster zugewandt. Er blickt in den Regen hinaus.

93

Im Zimmer riecht es nach Formalin. Peter setzt sich auf den Plastikstuhl, den einzigen im Raum; sich auf die Bettkante zu setzen, wagt er nicht. Sein Blick verschleiert sich.

»Collie?«, sagt er leise.

Collie atmet kurz und stoßweise. Peter legt eine Hand auf die knochige Schulter seines alten Kumpels, der bei der Berührung zusammenzuckt, und er erkennt, dass Collie mit offenen Augen geschlafen hat. Er hilft ihm, sich auf den Rücken zu drehen. Sekundenlang wird Collie von einem hohlen Husten geschüttelt, und er bäumt sich auf. Dann sinkt sein Kopf auf das Kissen zurück.

»Pete? Verdammt, Pete, bist du's wirklich? Wo bist du denn die ganze Zeit gewesen?«

»Jetzt bin ich hier.«

»Du bist tatsächlich zurückgekommen!«

»Ja.«

Collie streckt seinen skelettartigen Arm aus, der an eine Morphiuminfusion angeschlossen ist, und greift mit spindeldürren Fingern nach Peters Hand.

»Du hast dich verändert. Nicht sehr, aber immerhin.«

»Du auch.«

Gleich darauf muss er Collie stützen, damit der lachen kann, ohne zu ersticken. Auf seinem Kinn sind Blutspuren; Peter wischt sie mit einem Papiertuch ab. Collie legt sich wieder hin und fragt: »Bist du wirklich da, oder hab ich Halluzinationen?«

»Ich bin wirklich da.«

»Das heißt, ich kann die Augen zu- und wieder aufmachen, und du bist immer noch da?«

»Ja.«

Collie schließt die Augen. Dann öffnet er sie und lächelt. »Schön, dich wiederzusehen, Peter.«

»Find ich auch, alter Bruder.«

»Bist du gekommen, um mich rauszuholen?«

»Ja, Collie. Ich lass dich nicht hier. Ich bin mit Wendy hier, sie wartet draußen.«

»Wendy? O Scheiße, Pete, ich will nicht, dass sie mich so sieht.«

»Keine Sorge. Sie hat auch Schiss.«

Ein feuchtes Röcheln dringt aus Collies Kehle. »Würde es dir was ausmachen, meine Hand zu halten, falls ich einschlafe?«

»Nein. Ich bleibe jetzt bis zum Ende.«

»Und wann ist das?«

»Ich nehme dich mit.«

Collies Finger klammern sich in Peters Jacke. In seinem Blick flackert pure Panik.

»Bitte lass nicht zu, dass sie mich in die Klärgrube schmeißen! Das tun sie hier, Pete. Wir sind Scheiße, und wenn wir sterben, kehren wir zu Scheiße zurück.«

»Das werde ich auf keinen Fall zulassen, Collie.«

»Weißt du, was gut wäre? Wenn man mich in einem schönen Keramikofen verbrennt und meine Asche nachher in einen Fluss streut. Ein Fluss ist gut.«

Collie ist erschöpft. Manchmal gerät sein Atem ins Stocken; dann ringt er so verzweifelt nach Luft, dass ihm die Augen aus den Höhlen treten.

»Ich bin immer noch in Redemption, weißt du?«

»Das tut mir sehr leid, Collie. Ihr habt es leider nicht geschafft, rauszukommen. Ich schon.«

»Daran ist unsere letzte Nacht dort schuld. Die ist der Grund, warum wir nie losgekommen sind. Wir sind ein Stück von Redemption geworden. Ein Stück Mauer und Stacheldraht. Wie die verfluchten Seeleute des *Fliegenden*

Holländers, die ihr Schiff nicht mehr verlassen konnten und irgendwann am ganzen Körper mit Algen und Muscheln bewachsen waren. Was wir in dieser letzten Nacht getan haben, das hat uns nie mehr losgelassen. Es frisst uns auf. Manchmal denke ich, das wird sogar nach meinem Tod noch weitergehen, und das macht mir wirklich Angst.«

»Nicht sprechen, Collie. Ruh dich ein bisschen aus.«

»Nein. Ich möchte nicht *damit* abkratzen. Am Ende wache ich noch mit muschelverkrusteter Schwarte wieder auf. Ich will nicht mit dem Maul voller Muscheln enden, Pete, verstehst du das?«

»Ist es wegen Alabama?«

»Ja. Ich hab sie sterben lassen, ohne einen Finger zu rühren. Ich hatte eine Scheißangst, Pete, weißt du?«

»Wir hatten alle eine Scheißangst, Collie.«

»Schon, aber bei mir war es was anderes, ich hab sie geliebt.«

Ein neuerlicher Hustenanfall zwingt Collie, sich aufzurichten. Peter stützt ihn behutsam, um ihm nicht wehzutun, und nimmt den Geruch nach Urin und Tränen wahr, den sein Kumpel verbreitet. Er wiegt ihn so lange in den Armen, bis Collie einschläft. Ab und zu hebt er den Kopf und sieht in den Regen hinaus, der ans Fenster peitscht, dann blickt er wieder auf das von der Krankheit verwüstete Gesicht. Er legt die Stirn an Collies Stirn. Der Sterbende stöhnt im Schlaf.

94

Die Jugendlichen stehen reglos im Gebetsraum und warten, seit einer Stunde schon. Sie starren auf das Kruzifix hinter dem Pult. Aus den Lautsprechern knistert es. Draußen im Treppenhaus hallen Schritte und erregte Stimmen. Irgendwo im Gebäude fällt eine Tür zu. Ein paar, die schon im Begriff waren, sich niederzusetzen, besinnen sich, als sie den bangen Blicken der anderen begegnen. Die Profose belauern sie ununterbrochen – wie sie es anstellen, weiß man nicht, aber sie sehen alles. Die Häftlinge beobachten sich gegenseitig. Manche räuspern sich, andere scharren mit den Füßen. Peter flüstert in Howards Ohr: »Was ist denn schon wieder – was meinst du?«

»Keine Ahnung. Hoffentlich nicht wieder ein Ausbruch.«

Eine Tür öffnet sich, und der Reverend erscheint, flankiert von vier Vögten. Die Häftlinge halten den Atem an. Ohne den Blick zu heben, umfasst Esterman mit beiden Händen die Kanten seines Pults und steht lange Zeit schweigend da. Nur seine Lippen bewegen sich lautlos, als betete er. Dann seufzt er tief.

»Meine Kinder. Es sieht so aus, als hätte der Verbrecher, der vor einigen Wochen zu fliehen versucht hat, den Behörden eine Nachricht zukommen lassen. Morgen treffen Inspektoren des Jugendamts in der Stadt ein. Übermorgen werden sie hier sein.«

Ein Murmeln läuft durch die Zuhörer. Die Gesichter der Vögte tragen Spuren von Handgreiflichkeiten. Ihre Augen sind blutunterlaufen, und Peter begreift, dass der Zorn des Reverends fürchterlich gewesen sein muss.

»Was wir befürchtet haben, tritt jetzt ein, und siehe, die äußeren Mächte bedrohen unser Jerusalem. Sie sind der Schatten, und wir sind das Licht. Ich habe den Schwur getan, euch zu beschützen, und ich werde ihn halten. Sie werden das Gericht in unsere Mauern tragen. Sie werden nicht einsehen, dass allein die nackten Seelen und gezüchtigten Körper die Bollwerke Zions überwinden können.«

Die Jugendlichen blicken zu jenen hinüber, die kleine metallene Flügel am Overall tragen. Kaum gereifte Mädchen und Jungen, Kinder noch, die der Reverend als Gespielen seiner Nächte auserkoren hat. Etliche stehen mit gesenktem Blick, andere wiederum recken stolz die Köpfe. Wieder hebt die Stimme des Reverends an.

»Die Feldarbeit ist für heute ausgesetzt. Abends erhaltet ihr die dreifache Essensration, und ihr werdet früh schlafen gehen. Wenn sie euch morgen Fragen stellen, antwortet ihr aus reinem Herzen. Es liegt allein an euch, ob alles gut geht und die Außenstehenden dorthin zurückkehren, wohin sie gehören.«

Der Reverend starrt auf die Hand, die sich über all die reglosen Köpfe und fiebrigen Blicke emporreckt. Ein junges Mädchen namens Rosie Carter erhebt sich halb aus der Bank. Ihre Sitznachbarin zerrt an ihrem Ärmel und versucht vergeblich, sie am Sprechen zu hindern.

»Was gibt es, Rosie?«

»Mein Gebieter, ich halte es für meine Pflicht zu melden, dass Laura Billings soeben gesagt hat, sie wird den Dämonen, die von draußen kommen, alles sagen.«

Die Lippen des Reverends zucken nervös.

»Stehen Sie auf, Laura Billings. Zeigen Sie uns Ihr Gesicht.«

Laura gehorcht. Sie ist zu groß und zu dick. Ihr Gesicht strotzt von Pickeln, die sich, wenn sie sich schämt, röten wie Brandwunden.

»Wir hören, Laura Billings.«

Lauras Kinn beginnt zu zittern. Ihre Augen huschen fahrig über das versammelte Publikum, das sie anstarrt.

»Ich schwöre, ich habe nichts gesagt.«

Rosie Carter springt auf und versetzt Laura eine schallende Ohrfeige.

»Du lügst, fette Kuh! Sag unserem Gebieter die Wahrheit!«

Rosies Hand hat einen scharlachroten Abdruck in Lauras Gesicht hinterlassen. Laura rinnen die Tränen über die Wangen, und unter der Nase erblühen Rotzbläschen. Monatelang hat sie ihre Zunge gehütet – jetzt ist ihr ein einziges Mal ein halblauter Satz entfahren, und das ist ihr Verderben.

»Ich habe gesagt, dass ich alles den Dämonen erzählen werde, aber das bereue ich jetzt.«

Aus verzerrten Mündern und speichelfeuchten Lippen dringt erst Raunen, dann empörtes Geschrei. Laura sinkt in sich zusammen. Sie wischt sich den rinnenden Rotz ab.

»Kommen Sie vor zu mir, Miss Billings.«

Rosie Carter tritt Laura gehässig ans Schienbein, als die sich aus der Bank zum Mittelgang windet. Auf dem Weg nach vorn treffen weitere Fußtritte ihre Waden und Schenkel, einmal lässt sie der gut gezielte Stoß eines Knies furchtsam aufschluchzen. Sie hat das Podium beinahe erreicht.

»Bleiben Sie, wo Sie sind.«

Laura blickt in verzerrte Gesichter. Sie sieht Rosies hasserfüllte Miene. Sie waren wie Schwestern, sie und Rosie, und jetzt kennt die Freundin sie nicht mehr; das schmerzt am meisten.

»Ich möchte Sie bitten, sich zu entkleiden, Miss Billings.«

»Wie bitte?«

»Sie belügen uns seit Monaten. Jetzt ist der Zeitpunkt gekommen, dass Sie nackt vor uns stehen sollen, um Ihr Urteil zu empfangen.«

»Bitte nicht! Bitte nicht das!«

»Weshalb?«

»Das dürfen Sie nicht!«

»Nein, Laura, das ist nicht der Grund, und das wissen Sie. Sagen Sie uns, weshalb.«

Die Häftlinge werden unruhig und rufen durcheinander: »Mach schon, Dreitonnenlaura! Sag uns, warum du dich immer unter der Bettdecke umziehst, warum du beim

Duschen mit deinem fetten Hintern die Wand entlangschrammst!«

»Ja, und sag uns auch, wie du's machst, dass du bei den Rationen, die wir hier kriegen, immer noch so fett bist!«

Laura will antworten, doch die Fragen prasseln zu rasch auf sie ein.

»Ein Wort von dir, und ich schicke dich fort, Laura. Willst du das?«

»Sie würden mich gehen lassen?«

»Selbstverständlich. Ein Telefonanruf, und du sitzt den Rest deiner Strafe fern von hier ab.«

Laura starrt in die boshaften Mienen und traurigen Augen.

»Alle hassen mich.«

»Aber nein, natürlich nicht. Du musst ihnen nur einen einzigen Grund geben, dich zu lieben.«

Eine Stimme im Raum sagt: »Na komm, Billings, bleib.«

Laura versucht vergeblich zu erkennen, wer der Sprecher war. Sie ist errötet und stammelt: »Und wenn sie mich hässlich finden? Wenn sie über mich lachen?«

»Sie sind deine Familie. Du musst es akzeptieren oder gehen.«

Laura keucht. Mit zitternden Fingern hantiert sie am Reißverschluss ihres Overalls. Darunter trägt sie ein T-Shirt und einen Schlüpfer, der ihr bis zum Nabel reicht. Sie lässt den Overall zu Boden fallen und tritt auf die Hosenbeine, um ihre Füße freizunesteln. Ihr milchweißer Bauch wogt, als sie Halt suchend nach einer Bank greift. Asthmatisch pfeift der Atem in ihrer Kehle. Sie schwitzt.

»Sehr gut, Laura«, ermutigt sie der Reverend.

Laura schließt die Augen und zieht ihren Schlüpfer aus. Ihre Wangen glühen dunkelrot. Sie verdeckt ihre Scham mit einer Hand und windet sich aus dem T-Shirt, das sie sich einhändig über den Kopf zieht. Ihre Achseln sind schwarz behaart. Prustend machen sich die Mädchen gegenseitig auf Lauras Brüste und Schenkel aufmerksam. Die Jungen sind erheitert.

»Laura Billings«, sagte der Reverend, »möchte geliebt werden und weiß nicht, wie sie es anstellen soll. Möchte ihr jemand dabei helfen?«

Eine Hübsche meldet sich: »Ich, ich!«, ruft sie eifrig. Sie ist schlank und strahlend, und als sie aufsteht, wirft sie ihre üppige blonde Mähne in den Nacken.

»Ich heiße Amber Chilton, und ich bin dafür, dass die fette Sau schleunigst die Fliege macht und aus unserem Jerusalem verschwindet, weil sie total eklig ist mit ihrem schlaffen Fettarsch. Hörst du, Billings? Du stinkst, du bist fett, und du verdienst es nicht, hier zu sein.«

Amber heischt um Zustimmung beim Publikum.

»Nur zu, Laura«, schaltet der Reverend sich ein, »das ist der richtige Augenblick.«

»Amber – möchtest du mir sagen, was ich an mir verbessern kann, damit du mich ein bisschen magst?«

Überrascht lässt Amber die Hände sinken.

»Meinst du das ernst?«

»Ja. Wenn du mir zeigen kannst, wie ich es anstellen soll, um eine Spur so hübsch zu werden wie du, wäre ich glücklich.«

Mit angewiderter Miene mustert Amber Lauras Bauch und Busen. »An dir ist doch alles total falsch. Du musst alles verändern, alles.«

»Möchte noch jemand Laura helfen?«

Eine große Dunkelhaarige steht auf und stellt sich als Audrey vor. »Vielleicht könntest du mal damit anfangen, dir nicht mehr heimlich den Bauch vollzuschlagen?«

»Ich bemüh mich ja, aber ich hab immer Hunger.«

»Dann iss wenigstens was anderes als immer nur Kartoffeln.«

»Was denn zum Beispiel?«

»Weiß ich nicht. Gemüse.«

»Und Wasser! Jede Menge Wasser!«

Dies kam von Amber. Laura dreht sich zu ihr.

»Und Milchprodukte, was ist damit?«

»Auf keinen Fall! Alles aus Milch setzt sich in null Komma nichts in der Wampe fest.«

Ein anderes Mädchen steht auf, dann noch eines; alle haben Anregungen.

»Du müsstest dich auch mehr pflegen.«

»Wie denn?«

»Fang mal damit an, dass du dich frisierst und die stinkenden Stellen gründlich einseifst.«

»Wenn du willst, zeig ich dir, wie man sich mit nichts schminkt.«

»Und du musst auch Bauchmuskelübungen machen.«

Laura betrachtet all diese perfekten Münder, die ihr Ratschläge erteilen. Sie entdeckt einen Anflug von Sympathie in den Augen, die sie ansehen. »Ja«, stammelt sie, »aber wenn ich Bauchübungen mache, dann stinke ich nachher doch noch mehr.«

»Na und? Vielleicht erlaubt dir der Reverend, abends noch mal zu duschen oder eine Waschschüssel in deiner Zelle zu haben.«

Laura blickt zum Reverend.

»Eine Waschschüssel. Ja«, sagt der. Und die anderen fragt er: »Wer will sich um Laura kümmern?«

»Ich! Ich überwache sie, damit sie sich nicht mehr vollstopft!«

»Und ich berate sie wegen ihrer Haare!«

»Ja! Wir helfen dir alle!«

Laura wischt sich mit beiden Händen ihre tränennassen Wangen ab. Sie denkt gar nicht mehr daran, dass sie nackt ist.

95

Ein lauer Wind weht durch den Park des Kolonialhauses. Die Häftlinge wurden in verschiedene Kommandos eingeteilt und sind seit Stunden damit beschäftigt, alles blitzsauber zu machen und zu schmücken. Die einen tragen kübelweise Wasser in die Zellen und Flure und wischen sie aus, bis überall ein künstlicher Zitronen- und Kiefernadelduft weht. Andere wurden von den Profosen angewiesen, die Zufahrten und Wege zu fegen und in den Blumenbeeten Unkraut zu jäten. Und im Hof sind Häftlinge beiderlei Geschlechts unter Leitung des Profoses Meier in einem Kreisbogen aufgestellt und proben.

Wenn ein Jugendlicher in dem Begrüßungslied, das sie einüben, einen falschen Ton singt, gibt ihm Meier mit dem Schlagstock einen Klaps auf den Schenkel oder den Hintern, aber es ist wirklich nur ein Klaps und nichts Schlimmeres. Alabama gehört zu den begabtesten Sängern und wurde mit einem Solopart betraut. Glockenhell schwingt sich ihre Stimme über den Chorgesang, und Meier zollt ihr mit einem Augenzwinkern seine Anerkennung. Alabama wird dunkelrot. Collie, der mit seinem Wischtrupp vorbeizieht, versucht, ihren Blick auf sich zu lenken, doch die Kleine hat nur Augen für Meier. Ein Stück weiter schneidet Wendy mit ein paar anderen Mädchen Blumen, um das Refektorium und den Gebetsraum zu schmücken. Vor der Krankenstation hat sich eine Schlange von Häftlingen gebildet, die ihre Blutergüsse und Quetschungen behandeln lassen wollen. Nur Peter und die Verlorenen Jungs sitzen untätig unter einem Baum. Ihre Aufgabe war es, alles welke Laub auf den Wiesen zusammenzurechen, und sie haben einen großen Haufen aufgetürmt, den Ezzie mit seinem mächtigen Leib beschwert, damit der Wind die Blätter nicht wieder verweht. Peter sieht den Häftlingen zu, die sich unter dem Geschrei der Profose abschuften, und kaut auf einem Halm. Er ist überzeugt, dass Helliwell sie gesehen hat, aber es fällt ihm nicht ein, einen Finger zu rühren.

»Was machen wir?«

»Warten.«

Peter spuckt seinen Halm aus und sucht sich einen neuen, auf dem er nervös herumkaut. Aus dem Augenwinkel sieht er, dass Helliwell sein Funkgerät ans Ohr hebt. Er spricht hinein, dann hängt er es an den Gürtel zurück und kommt auf die Verlorenen Jungs zu. Howard richtet sich auf. Peter rührt sich nicht. Der Schlagstock des Profoses prallt gegen den Baumstamm.

»Schwingt euch, Faulpelze. Ich habe eine Sonderaufgabe für euch.«

Howard hat beim Knallen des Schlagstocks auf Holz unwillkürlich den Kopf eingezogen. Er sieht ihn am Handgelenk des Profoses baumeln. Helliwell grinst und zeigt seine platten, kariösen Zähne. Er treibt das Kommando vor sich her am Trupp der Blumenpflückerinnen vorbei. Die Mädchen haben das Refektorium fertig geschmückt und flechten jetzt Kränze, die sie auf einem weißen Tuch stapeln. Peter versucht, Wendys Blick zu begegnen. Zum ersten Mal seit Langem hat er wieder das Gefühl, dass sein Mädchen glücklich ist.

In den Fluren riecht es nach frischer Farbe. Der Profos rasselt mit den Schlüsseln und pfeift vor sich hin. Im Erdgeschoss neben der Treppe sperrt er ein Gitter auf, hinter dem eine Reihe feuchter Steinstufen abwärts führt. Neben dem Gitter ist eine Tür, die er ebenfalls entriegelt; dann tritt er beiseite, um die Häftlinge eintreten zu lassen. Der Raum ist ein sechs mal drei Meter großes Rechteck voller Metallregale, in denen Dutzende Schachteln mit rotem oder weißem Deckel stehen. An der Decke flackern zwei verstaubte Neonröhren.

»Diese ganzen Schachteln müssen dort hinunter«, sagt der Profos. »Die Schachteln mit weißem Deckel stapelt ihr ordentlich im Keller, die roten kommen in den Brenner. Und zwar unbesehen: Hineinschauen verboten!«

Die Häftlinge betrachten die aufgereihten Schachteln, unter deren Gewicht sich die Regalböden biegen. Auf den Deckeln stehen ein Zugangs- und ein Abgangsdatum. Jeder nimmt sich zwei Schachteln, nur Ezzie schafft die doppelte Menge, weil er sich zwei unter jeden Arm klemmt.

Am Fuß der Treppe ist eine Tür, die uralt zu sein scheint. Der Profos betätigt einen Lichtschalter. Reihen von Neonröhren flammen nacheinander auf und erhellen einen langen Flur, dessen Wände aus mörtelverfugtem Bruchstein bestehen. Der Boden unter ihren Füßen führt leicht abwärts. An den Wänden sind etwa auf Schulterhöhe hier und dort eiserne Ringe zu erkennen, in denen einst Fackeln steckten. Eine Handbreit über dem Boden sind weitere Ringe einzementiert, mächtige, schwere Eisenteile, und der gestampfte Lehm darunter scheint leicht ausgehöhlt zu sein. An der Wand sind Kratzspuren und dunkle Flecken.

Am Ende des Tunnels huscht ein flackernder Widerschein über die Wände, und als die Verlorenen Jungs dort angelangt sind, stehen sie in einem weiten quadratischen Raum. Vor sich sehen sie einen riesigen Heizkessel und einen Brenner. Helliwell öffnet die Ofenklappe, und mit dem Feuerschein schlägt ihnen ein Schwall Hitze entgegen, der ihre Gesichter röstet. Die Häftlinge starren ins breite Maul des Brenners. Der Ofen scheint groß genug, um darin einen ganzen Menschen einzuäschern. Auf Helliwells Aufforderung hin werfen sie die Schachteln hinein. Die Flammen schlagen höher und werden fast weißglühend, als das Ungeheuer sein papierenes Futter verschlingt.

Rechts und links des Kessels sind zwei Türen aus Holzbohlen, die mit mächtigen Vorhängeschlössern aus Stahl abgesperrt sind. Helliwell schließt die linke Tür auf und hängt das Schloss über den Riegel. Der Keller ist ein großer Raum mit gekalkten Wänden. Die Luft hier unten ist staubtrocken und wirkt so sauerstoffarm wie in großer Höhe. Stapelweise Decken und Leintücher liegen hier, und viele Schachteln mit weißen Deckeln stehen kreuz und quer durcheinander auf Paletten. Zum Teil scheinen sie uralt; etliche sind aufgerissen und haben eine Flut von Postkarten, Briefen, Zeichnungen auf den staubigen Boden ausgespien. Helliwell schiebt sie mit dem Fuß zusammen und wirft eine Decke darüber. Die Häftlinge stellen ihre Schachteln ab und steigen die Treppe wieder hinauf, um die nächste Fuhre zu holen.

Drei Stunden später füttert ein Teil des Kommandos noch immer den Ofen, und die Hitze, die dabei entsteht, ist so gewaltig, dass sich die Jungen bis auf die Unterhose ausgezogen haben. Die Verlorenen Jungs hingegen sind für den Schachteltransport in den Keller zuständig. Helliwell beaufsichtigt die Verbrennung der roten Schachteln. Hin und wieder knistert sein Funkgerät, und er entfernt sich einen Moment lang. Die Verlorenen Jungs haben eine Kette gebildet und reichen einander die Schachteln weiter. Als Peter, der am ganz am Ende steht, im hinteren Teil des Kellers einen Stapel alter Zeitungen beiseiteräumt, um Platz für neue Schachteln zu schaffen, entdeckt er eine Falltür, über der ein halb vermoderter Teppich liegt. Sie quietscht, als er sie aufklappt. Darunter führen mehrere Holzstufen in eine geheime Kammer tief unter der Erde. Howard ist hinzugetreten und späht ihm über die Schulter.

»Mach bloß wieder zu, Pete – wenn Helliwell uns dabei erwischt, sind wir geliefert.«

Peter aber schüttelt Howards Hand ab, die ihn am

Overall festzuhalten versucht, und steigt die Stufen hinunter. Dort unten riecht die Luft vollends tot. Er findet einen Lichtschalter und betätigt ihn; eine nackte Glühbirne erhellt den Raum. Entlang der Wände türmen sich Kleidungsstücke in allen Größen und aus allen Epochen. Sie sind sortiert: ein Haufen aus zerknitterten Hemden, einer aus unförmigen Joppen und Mänteln, ein dritter aus kurzen und langen Hosen, ein vierter aus Unterwäsche – letzterer ist zweigeteilt in Männerunterhosen auf der einen Seite, Schlüpfer, BHs und Unterhemden auf der anderen. Ein Stück weiter erheben sich ein kleiner Berg aus Socken und ein größerer aus Schuhen: Mokassins, Stiefel, zerfetzte Turnschuhe, auch recht neue Halbschuhe darunter. Über Peters Kopf trappeln die Sohlen der Verlorenen Jungs auf den Bodenbrettern. Er hört Schleifgeräusche und Stimmengemurmel. Und Howard ruft halblaut durch die Klappe: »Verdammt, Peter, was treibst du da unten?«

Peter gibt keine Antwort. Die rechte Seite des Raums nimmt ein mächtiger, grob gezimmerter Bücherschrank ein. In den Schubladen findet er Brillen, darunter uralte Gestelle, aber auch wesentlich jüngere Modelle. Außerdem Ketten, Anhänger, Medaillons, kleine Kreuze. Und schließlich Taschentücher mit eingestickten Monogrammen, und eine ganze Schublade ist mit Gebissen gefüllt. Schaudernd schließt Peter sie wieder. Der Rest des Schranks besteht aus Schiebewänden, hinter denen er Fächer voller Akten, Krankenberichte, Fotos von Häftlingen am Tag der Aufnahme findet. In anderen Fächern entdeckt er leere Flakons, Glasbehälter mit alten Bonbons, Brieftaschen, einen kleinen Stapel Pläne und Landkarten, darunter auch einige kunststoffbeschichtete. Peter durchblättert sie. Seine Finger beginnen zu zittern.

»Mann, Pete, verdammt! Helliwell ist im Anmarsch!«

Ohne nachzudenken, lässt Peter eine der Landkarten in seinem Overall verschwinden und stürmt die Stufen hinauf.

96

Im Innenhof sind die Häftlinge im Quadrat aufgestellt. Die Sonne steht noch tief, aber es ist schon glutheiß. Peter unterdrückt ein Gähnen. Er war nachts lange wach, um im bleichen Licht der Nachtlampen die in die Karte eingezeichneten Wege und Straßen mit dem Finger nachzufahren und sich einzuprägen. Als er überzeugt war, das Wesentliche zu wissen, trennte er eine Naht an seiner Matratze auf und schob seinen Fund hinein. Danach lag er schlaflos im Bett, starrte an die Decke und dachte an den Mississippi.

Zwei Stunden vor Sonnenaufgang ertönte das Wecksignal. Die Häftlinge marschierten schweigend zur Dusche und schweigend zum Frühstück und starrten durch die großen Glasfenster in den erblassenden Himmel hinaus. Dann, nachdem sie eine gewissenhafte Inspektion über sich hatten ergehen lassen müssen, versammelten sie sich im Innenhof.

Peter blickt über die Felder, die das Anstaltsgelände beschließen, zum orange glühenden Horizont. Wendy trägt wie ihre Kolleginnen von der Blumentruppe ein langes weißes Kleid über dem Overall und hält einen riesigen Strauß in der Hand. Peter bildet sich sekundenlang ein, dass ihr Lächeln ihm gilt, muss aber einsehen, dass sämtliche Mädchen der Truppe genau gleich lächeln; anscheinend haben sie vor dem Spiegel in der Dusche geübt. Er dreht sich zu Howard um. Der hat sich zwar mit einer Nadel gestochen und ein paar Blutstropfen mit den Fingern auf seinen Wangen verrieben, doch geholfen hat es nicht viel – sein Kumpel ist aschgrau.

In der Ferne erscheint eine Staubwolke. Der näher kommende Wagen ist eine schwarze Limousine mit getönten Scheiben. Gleißend spiegelt sich die Sonne auf der Windschutzscheibe, als der Fahrer die letzte Biegung nimmt. Es ist so still, dass man den Kies unter den Reifen knirschen hört. Die Limousine biegt in den Hof ein und hält wenige Meter vor dem Quadrat der Häftlinge an. Das schwere Tor schließt sich. Eine Frau und ein Mann steigen aus. Er ist groß und mager, trägt einen anthrazitgrauen Anzug und hat sich den Schädel kahl rasiert. Sie ist mittelgroß, in geschäftsmäßigem Kostüm, und hat eine prall gefüllte Aktentasche bei sich. Der Mann sieht sich den rings um das Gelände laufenden Doppelzaun an. Die Wachhunde, die mit valiumhaltigen Fleischbällchen lahmgelegt wurden, versuchen matt ihre Zähne zu fletschen, aber es wird nur ein Gähnen daraus.

Auf ein Zeichen des Reverends hin tritt Profos Meier als Dirigent vor den Chor. Sie singen »Amazing Grace«. Alabama eröffnet mit den ersten Takten, und als die kristallklare Stimme ihr Vibrato erklingen lässt, schnürt es den Häftlingen das Herz zusammen. Dann fällt Syrius ein, der einen ergreifenden, melancholischen Bariton besitzt und Alabamas Gesang umhüllt wie ein Schleier, und endlich setzt auch der Chor ein und unterlegt den Wechselgesang der Solisten mit einem weichen Teppich. Einer, ein Rotschopf, der es besonders gut meint, wirft schmetternd den Kopf in den Nacken, gerät aber aus dem Takt, und Meier tastet schon nach dem Schlagstock an seinem Gürtel, bis ihm einfällt, dass er ihn, wie alle Profose, in der Waschküche abgelegt hat. Er wirft einen Blick zurück zum Reverend, doch der schüttelt kaum merklich den Kopf. Das Lied kommt zum Ende, die Stimmen verklingen, und alles ist wieder still. Wendy tritt vor und reicht dem Inspektor ihren Blumenstrauß. Der legt ihn auf dem Wagendach ab, tritt auf den Reverend zu und streckt ihm die Hand entgegen, doch der Reverend mustert sie nur voller Abscheu und ergreift sie nicht. Die Inspektorin nimmt ihre Sonnenbrille ab, hinter der schöne graue Augen zum Vorschein kommen.

»Kirsten Mitchell und Jasper Collins, vom Jugendamt.«

Nach kurzem Zögern fügt sie hinzu: »Wird denn hier jeden Morgen gesungen?«

»Ja, das ist gut für die Stimme.«

Die Inspektorin setzt die Brille wieder auf.

»Wir hätten gern, dass Sie so tun, als wären wir nicht da. Wir werden vormittags die Jugendlichen bei verschiedenen Aktivitäten beobachten und nach dem Mittagessen Einblick in ihre Akten nehmen. Und bevor wir wieder abfahren, würden wir uns noch gern mit einigen Ihrer Schützlinge unterhalten.«

Die Lippen des Reverends werden schmal. Mit einer Handbewegung fordert er die Jugendlichen auf, an ihre Arbeiten zu gehen, und die Häftlinge ziehen gehorsam zu dem Gebäude mit den Werkstätten davon. Maschinen werden eingeschaltet. In großen Körben haben die Profose Lederriemen und Schnallen bereitgelegt, aus denen Gürtel hergestellt werden sollen. Die Inspektoren schlendern durch die Gänge und sehen zu, wie die jugendlichen Handwerker hingebungsvoll Löcher stanzen und mithilfe von Nieten, die sie mit kleinen Hartgummihämmern flach klopfen, Schnallen montieren. Alle lächeln. Einer lässt seinen Hammer fallen, der auf seinen Zehen landet, und stößt einen halblauten Fluch aus, bis er dem finsteren Blick eines Profoses begegnet: Gleich wird aus der schmerzverzerrten Grimasse wieder ein Lächeln, und er reicht den fertiggestellten Lederriemen der nächsten Mannschaft weiter, die für die Brandmalerei zuständig ist und mit erhitzten Sticheln die Gürtel mit hübschen Mustern verziert.

Der weitere Vormittag verläuft ohne Zwischenfälle. Die Jugendlichen ziehen perfekt ihre Nummer ab. Nach den Werkstätten begeben sich alle in den Gebetsraum, wo die Profose vorsorglich die suspekten Inschriften und Votivbilder entfernt haben. Der Reverend verliest einen Abschnitt aus dem Evangelium und schlägt ein gemeinsames Gespräch darüber vor. In heiterem Tonfall äußern die Häftlinge allerlei Meinungen und Einsichten, bis unversehens Betty Patterson, die geistig nicht ganz auf der Höhe ist, die Hand hebt. Der Reverend verwechselt sie aber und erteilt ihr unvorsichtigerweise das Wort. Betty steht auf.

»Und was ist mit der Beichte?«, fragt sie.

Die Jugendlichen blicken den Reverend gespannt an. Er räuspert sich.

»Ich kann dir nachher die Beichte abnehmen, wenn du möchtest.«

»Ich möchte aber lieber öffentlich beichten.«

»Du kannst dich jetzt wieder setzen, liebe Betty.«

Betty scheint ihn nicht zu hören. Wild reißt sie mit den Zähnen an der Nagelhaut, bis sie blutet, und mit blutfleckigem Mund stößt sie hervor: »Ich weiß, dass ich hässlich und dumm bin und Sie lieber hübsche junge Mädchen haben, aber nachdem jetzt die Geilheit wieder angefangen hat und ich die ganze Nacht nicht aufhören kann, mich anzufassen, muss ich unbedingt mit jemandem reden.«

Das Publikum ist wie gelähmt. Die Inspektoren machen sich Notizen. Der Reverend ist sehr bleich geworden.

»Maureen, könntest du Betty wohl dazu bringen, dass sie sich wieder setzt?«

Die Sitznachbarin packt Betty an der Hand und zieht sie auf die Bank. Betty gehorcht. Sie wirkt verwirrt. Auf ein Zeichen des Reverends hin stehen alle auf, formieren sich und ziehen zweireihig zum Refektorium. Das Mittagessen verläuft schweigend. Die Inspektoren rühren ihr Essen kaum an. Bettys Platz ist leer, und die Inspektorin fragt den Vogt Marlow nach ihrem Verbleib, doch Marlow zuckt die Achseln. »Vermutlich bei der Beichte«, sagt er.

»Sagen Sie dem Reverend, dass ich sie nachher zu sprechen wünsche.«

»Sagen Sie ihm das mal lieber selber, schöne Frau.«

Ein kaltes Funkeln ist in Marlows Blick. Die Inspektorin will etwas antworten, doch der Auftritt des Reverends unterbricht sie. Mit schweißfeuchter Stirn schreitet er durch das Refektorium und murmelt Marlow etwas zu. Der nickt. Die Inspektorin nippt an ihrem Kaffee und sieht sich im Raum um. Die Häftlinge lächeln nicht mehr.

»Ich muss mit dem jungen Mädchen sprechen, das vorhin beichten wollte«, sagt die Inspektorin zum Reverend.

»Sie hatte einen Nervenzusammenbruch. Ich musste ihr ein Beruhigungsmittel verabreichen. Jetzt schläft sie.«

»Öffentliche Beichten?«

»Wie bitte?«

»Ich möchte wissen, ob solche öffentlichen Beichten öfter vorkommen.«

»Bei uns werden gefährliche und instabile Jugendliche verwahrt. Mir bleibt nur die Zeit, die sie hier interniert sind, um sie auf den rechten Weg zurückzubringen.«

»Es ist uns zu Ohren gekommen, dass Sie Ihre Schutzbefohlenen schlagen und manche von ihnen sogar missbrauchen.«

Esterman mustert die Inspektorin von Kopf bis Fuß.

»Das sind Gerüchte.«

Der Gong verkündet das Ende der Mahlzeit. Die Häftlinge stehen auf und danken Gott, ehe sie das Refektorium verlassen. Der Inspektor legt seine Serviette nieder.

»Wir möchten den Zellentrakt besichtigen.«

Der Reverend gibt Marlow ein Zeichen. Der geht voraus, die Inspektoren folgen. Die Tür des Refektoriums fällt hinter ihnen ins Schloss.

97

Es ist kaum 15 Uhr, als Marlow außer Atem in Estermans Büro stürzt und dem Reverend mitteilt, dass die Inspektoren unvorhergesehen zum Aufbruch drängen. Esterman blickt von seinen Akten auf.

»Ist etwas vorgefallen?«

»Sie sind ziemlich plötzlich aus der Zelle gekommen, in der Martha Pencher untergebracht war, Sie wissen schon – dieser Bauerntrampel mit dem Selbstmord im Stacheldraht. Ich war hinter ihnen und habe gesehen, wie die Gefangene Gloria Smith dieser widerlichen Schlampe von Inspektorin einen Brief zugesteckt hat.«

Bei den letzten Worten hat Marlows Stimme zu flattern begonnen. Seine Hände zittern. Seine Wangen sind gerötet, und sein Atem geht rasch.

»Gefällt sie dir?«

»Wer? Die Inspektorin? Nein! Niemals! Ich schwör's Ihnen!«

»Buster ...«

»Na gut, okay. Sie gefällt mir. Aber ich kann sie sowieso nicht haben, oder?«

»Nein. Und deswegen beruhigst du dich jetzt am besten ganz rasch wieder.«

»Ja, mein Gebieter.«

Der Reverend lehnt sich in seinem Schreibtischsessel zurück.

»Du hast also gesehen, wie die Freundin dieser Martha der Inspektorin einen Brief gegeben hat, ja?«

»Ja. Ein roter Umschlag war es, den sie unter der Matratze versteckt hatte, und sie hat ihn ihr in dem Moment zugesteckt, als die beiden sich die Hand gaben. Die Inspektorin warf einen Blick drauf, dann sah sie wieder Gloria an, die beiden flüsterten was, und als sie davonging, fiel mir auf, dass Gloria geweint hatte. – Ich kann sie umbringen, mein Gebieter. Diese ganzen Drecksäcke und Mistviecher von Weiberschlampen, ich kann sie für Sie abmurksen.«

»Buster?«

»Ja, mein Gebieter?«

»Drück dich bitte gewählter aus.«

»Was? Ach was, verdammter Drecksmist, in Zeiten wie diesen scheißen wir doch auf die gewählte Sprache, oder? Ich leg sie um, ich mach sie kalt, die Nutte. Die Nutte ganz besonders!«

»Ich habe dich gebeten, dich zu beruhigen, Buster. Und ich bin es leid, ständig alles wiederholen zu müssen.«

Der Reverend greift zu seinem Sprechfunkgerät und kontaktiert die am Tor postierten Profose. Er bittet sie, die Inspektoren aufzuhalten. Dann wählt er eine Telefonnummer in Hastings.

»Quincy? Hier Markus. Wir haben ein Problem mit dem Jugendamt.«

Er legt auf und sieht Marlow an. In den Augen des Vogts schimmern Tränen.

»Ich schwöre Ihnen bei meinem Leben, dass nie wieder ein Schimpfwort über meine Lippen kommen wird, wenn Sie mir den Job geben!«

»Quincy ist unterwegs. Du weißt, was du zu tun hast?«

»Ja, mein Gebieter! Danke, mein Gebieter!«

Der Reverend steht auf und verlässt das Büro, Marlow hinterdrein. Sie eilen die Treppe hinunter und treten genau in dem Moment in den Innenhof hinaus, als die beiden Inspektoren auf ihren Wagen zusteuern. Es ist Pause, und die Häftlinge haben sich gruppenweise im Park verteilt. Der Reverend beschleunigt den Schritt. Die Inspektoren vor ihm stecken die Köpfe zusammen und verständigen sich halblaut und hörbar nervös. Im Gehen reicht die Inspektorin ihrem Kollegen den roten Umschlag. Er zieht zwei kleine Blätter heraus und überfliegt sie, doch beim Anblick der vier Profose, die an seinem Wagen lehnen, gibt er sie ihr rasch zurück. Die Profose haben sich wieder mit ihren Schlagstöcken bewaffnet, die ihnen vom Gürtel baumeln. Die Inspektorin bittet sie, den Weg freizugeben, doch die blauen Overalls schütteln nur stumm den Kopf. Marlow entfernt sich von Esterman. Während er »Amazing Grace« vor sich hin pfeift, schwingt er fröhlich seinen Schlagstock und ruft mit einer ausladenden Armbewegung seine Kollegen zu sich. Der Anblick des Reverends lässt die Inspektorin erbleichen.

»Wollen Sie uns denn schon verlassen?«, fragt Esterman.

»Wir möchten weder Ihre Zeit noch Ihre Gastfreundschaft über Gebühr beanspruchen.«

»Ein Mindestmaß an korrektem Verhalten hätte aber geboten, dass Sie vor dem Aufbruch zu mir kommen, damit wir gemeinsam die Ergebnisse Ihrer Inspektion besprechen, finden Sie nicht?«

Die Inspektorin wirft ihrem Kollegen rasch einen Blick zu, dann sagt sie resolut: »Das ist unnötig. Wir haben keinerlei Bedenken zu formulieren, und unser Bericht wird positiv ausfallen.«

Bei diesen Worten versucht die Inspektorin, die zwei kleinen Blätter in der Tasche ihrer Kostümjacke verschwinden zu lassen. Der Blick des Reverends heftet sich auf die zwei Ecken des zerknitterten roten Umschlags. Im selben Moment ertönt ein zartes Rascheln, und als er den Blick senkt, sieht er eines der klein beschriebenen Blätter zu Boden segeln. Er bückt sich danach und nimmt dabei den Duft nach billigem Parfum wahr, der den Kleidern der Beamtin entsteigt. Er überfliegt die Zeilen, die Gloria Smith geschrieben hat. Sie berichtet vom Mord an Martha Pencher und den Gefangenen im Kellerverlies. Er liest die Wörter »Vergewaltigungen« und »Misshandlungen«. Er faltet das Blatt zusammen und überreicht es der Inspektorin, die es mit zitternden Fingern entgegennimmt. Jetzt halten beide das Blatt fest. Sie ist leichenblass.

»Können wir jetzt fahren?«, stammelt sie.

Auf ein Zeichen des Reverends hin treten die Profose vom Wagen zurück. Die Inspektorin hat die Hand schon am Türgriff, als sich Estermans Hand auf ihre Schulter legt. Sie zuckt zusammen und fährt herum.

»Vergessen Sie nicht Ihre Blumen«, sagt er mild.

Mit ausgedörrter Kehle greift sie nach dem Blumenstrauß, der auf dem Wagendach vor sich hinwelkt, und steigt ein. Hastig zieht sie die Tür zu und tastet nach dem Sicherheitsgurt. Ihr Kollege braucht drei Anläufe, bis es ihm gelingt, den Motor anzulassen. Der Reverend beugt sich zur Inspektorin hinunter und fordert sie mit einer Geste auf, das Fenster zu öffnen. Sie gehorcht.

»Was hält Sie dort draußen?«, fragt er.

»Wie bitte?«

»Ein depressiver Ehemann, eine miese kleine Spitzelarbeit, ein Hungerlohn? Warum bleiben Sie nicht bei uns? Sie könnten in der Küche arbeiten, fegen oder Hauslehrerin unserer lieben kleinen Teufel werden.«

»O Gott, Sie sind wirklich verrückt…«

Der Reverend lächelt eigenartig. Er fordert die Profose auf, das Tor zu öffnen. Dann beugt er sich noch einmal zu ihr hinunter und sagt: »Gute Fahrt wünsche ich Ihnen.«

98

Peter und die Verlorenen Jungs stehen am Zaun, Howard und Collie machen sich einen Spaß daraus, die Wachhunde zu ärgern.

»Sieh an, die Inspektoren hauen schon wieder ab!«, sagt Marcellus.

Peter blickt auf und sieht die Limousine davonfahren. Sie fährt zu schnell. Sie ist schon ein gutes Stück entfernt, als plötzlich in einer Staubwolke ein Polizeiwagen des Countys auftaucht und sich quer zur Straße stellt. Die Limousine ist zu einem scharfen Bremsmanöver gezwungen und schlittert über die Bankette. Der Inspektor steigt aus und geht rasch auf das Polizeifahrzeug zu, das mit eingeschaltetem Blaulicht wartet. Die Scheibe wird herabgelassen. Peter kneift die Augen zusammen und meint die Umrisse einer Sheriffmütze zu erkennen. Der Inspektor beugt sich vor. Er gestikuliert. Seine Körperhaltung strahlt Furcht aus. Er wendet den Kopf und deutet mit ausgestrecktem Arm auf Redemption. Die Hand des Bullen schnellt aus dem Wagen und packt ihn am Nacken. Der Inspektor schreit auf und versucht sich zu befreien, doch der Sheriff rammt ihm mit der anderen Hand den Lauf seiner Waffe in den Mund und drückt ab. Es knallt, und in hohem Bogen schießt ein Blutstrahl aus dem Hinterkopf des Inspektors, den es rücklings niederstreckt. Starr vor Schreck beobachten die Verlorenen Jungs den Vorfall, Collie hält sich mit beiden Händen den Mund zu. Aus der Limousine gellt ein Schrei des Entsetzens. Panisch krabbelt die Inspektorin auf den Fahrersitz und lässt den Motor wieder an. Die weißen Rücklichter leuchten auf, als sie den Rückwärtsgang einlegt.

Sheriff Quincy ist ausgestiegen. Wie beim Training stellt

er einen Fuß zurück und hebt mit gestrecktem Arm die .45 Automatik. Er senkt den Kopf, schließt ein Auge und zielt auf die Limousine, die mit durchdrehenden Reifen über die weiche Erde schlingert. Vier Mal hintereinander ertönt der trockene Knall eines Schusses. Mit vier zerplatzten Reifen kommt der Wagen zum Stehen. Die Inspektorin hat die Beifahrertür geöffnet. Auf allen vieren kriecht sie hinaus. Seltsamerweise drückt sie noch immer ihren Blumenstrauß an sich. Wieder kracht ein Schuss, und wenige Meter vor ihr stiebt eine Staubfontäne auf. Die Frau schreit in Todesangst auf und flieht querfeldein, stolpert, strauchelt.

»He, Leute, schaut!«

Von einem Feldweg her hat ein Jeep mit mehreren Vögten an Bord die Böschung erklommen. Der Sheriff hat nachgeladen, spannt den Hahn und zielt in aller Seelenruhe. Es sieht fast aus, als zählte er. Wieder eine Detonation. Am Oberschenkel getroffen, stößt die Inspektorin einen Schrei aus und bricht zusammen. Der Jeep mit den Vögten bremst jäh ab. Mit einem Satz springt Marlow heraus und brüllt Quincy an, der die Achseln zuckt und die Waffe sinken lässt. Die Inspektorin hat ihren Blumenstrauß verloren. Sie stößt grässliche Schreie aus, hält sich das Bein und versucht aufzustehen. Es gelingt ihr nur beinahe, sie stürzt wieder hin. Marlow hat unterdessen von der Ladefläche des Jeeps eine blutfleckige Axt geholt und schwingt sie hoch über den Kopf. Die Klinge blitzt kurz im Sonnenlicht auf. Selbst noch auf dem Boden liegend, versucht die Inspektorin zu fliehen. Marlow krempelt sich die Ärmel auf, pfeift. Er legt sich das schwere Beil über die Schulter und marschiert auf die Frau zu; dabei ahmt er ihre Schreie nach. Mit einer verzweifelten Anspannung aller Muskeln schafft sie es diesmal aufzustehen. Sie versucht zu laufen, aber bei jedem Schritt mit dem angeschossenen Bein entfährt ihr ein kurzer Schmerzensschrei. Sie gerät in eine Mulde im Boden, verdreht sich den Fuß und fällt. Wieder beginnt sie zu kriechen. Marlow hat sie unterdessen eingeholt und schlendert gemächlich neben ihr her. Er spuckt sich in die Hände. Dann stemmt er den Stiefel gegen den Rücken der Inspektorin und hebt die Axt.

»He, Leute, was ist da los?«

»Nicht, Wendy! Schau weg!«

Peter ist herumgefahren und sieht Wendy auf sich zukommen. Sie trägt noch ihr weißes Kleid und Blütenknospen im Haar. Augenblicklich bilden die Verlorenen Jungs eine Mauer und hindern sie daran, den Anblick mitzuerleben. Sie reckt den Hals und versucht, etwas über sie hinweg, an ihnen vorbeizusehen, weil sie wissen will, was es mit dem Geschrei auf sich hat. Dann weiß sie es. Ihr Gesicht erstarrt. Sie legt eine Hand auf den Mund.

»Schsch, Baby, schsch, ich bin da.«

Peter drückt Wendy an sich. Sie vergräbt das Gesicht in seiner Halsbeuge. Aus der Ferne tönt Marlows Ächzen, das Heulen der Frau. Bei jedem Axthieb krümmt Wendy sich tiefer in Peters Arme. Er wendet den Kopf. Die Inspektorin schreit nicht mehr. Marlow tobt sich weiter an ihrer Leiche aus.

99

Die Verlorenen Jungs haben gewartet, bis alles schläft, und sich dann als Schemen an den Tisch gesetzt. Aus den anderen Zellen ist hier und dort, nur unvollständig von Schnarchen übertönt, verhaltenes Schluchzen zu hören. Bei Kerzenschein teilt Peter eine Dose Sardinen in fünf gleiche Portionen: Seit einer Woche wurden die Essensrationen um die Hälfte gekürzt, und die Häftlinge sind fast immer hungrig. Peter und Collie jedoch denken nur an ihre Mädchen, in deren Augen seit dem Mord an den beiden Jugendamtsinspektoren alles Leben erloschen ist. Peter denkt daran, wie der Polizeiwagen im Rückwärtsgang davonfuhr, als wäre er auf der Flucht, während Marlow seine Wut und seinen Wahnsinn mit der Axt abreagierte. Danach stopften die anderen Vögte die Leichen in die vorsorglich mitgebrachten Säcke, warfen sie auf die Ladefläche und fuhren in Richtung Wald davon. Als sie zurückkamen, holten sie Gloria Smith aus ihrer Zelle. Sie folgte, ohne aufzumucken. Seitdem spricht Alabama kein Wort mehr, und Wendy nötigt ihr löffelweise Nahrung auf. Am Abend nach dem Verbrechen, als Peter seine Liebste umarmen wollte, erwiderte Wendy die Geste ohne Kraft und Gefühl. Er nahm ihre eiskalten Hände in die seinen. Auch ihre Lippen waren eiskalt. »Ich hol uns hier raus«, flüsterte er. »Glaubst du mir das, sag?«

»Ja«, sagte sie, aber Peter sah in ihrem Blick, dass sie alle Hoffnung aufgegeben hat.

Die einzigen Minuten, in denen es den Mädchen der Gruppe besser ging, waren die Treffen in ihrem Versteck. Deshalb fingen sie an, den Mädchen, wenn sie nicht alle zusammen sein konnten, abwechselnd Gesellschaft zu leisten, um sie möglichst selten allein zu lassen. Doch je tiefer der Reverend im Wahnsinn versank, desto strenger wurde leider auch die Überwachung durch die Profose, und die gelben Overalls bespitzelten sich gegenseitig, weil sie hofften, ihre Lage durch Denunziation verbessern zu können.

Inzwischen verschwinden immer mehr Jugendliche. Angefangen hat es mit dem Rotschopf aus dem Chor, einem gewissen Hurley, der wegen Marihuanaanbau und -verkauf in Redemption gelandet war. Niemand wusste, wie er es angestellt hatte, den Anbau und Handel in der Anstalt fortzusetzen – jedenfalls hatte Rebecca, eine vierzehnjährige Gelbe, seine Plantage entdeckt. Die Profose gossen eines Morgens Benzin darüber, und während der Gebetsstunde, nachdem der Reverend Hurley zu sechs Monaten Karzer verurteilt hatte, packten sie ihn. Nie wird Peter die Schreie des Rotschopfs vergessen, als ihn die Profose an den Füßen packten und fortschleiften: »Bitte nicht! Nicht ins Verlies! Ich hab Platzangst! Im Verlies krepiere ich!«

Hurley klammerte sich mit beiden Händen an den Türstock, durch den er endgültig verschwinden sollte, und Rebecca, die jetzt einen blauen Overall trug, trat ihm gegen die Finger, damit er losließ. Dann schlug die Tür zu, und Hurley ward nicht mehr gesehen.

»Isst du deine Sardine nicht mehr, Pete?«, fragt Ezzie.

Peter blickt auf. »Willst du sie?«

»Nein. Höchstens, wenn du sie ganz bestimmt nicht mehr willst...«

»Nein, nimm sie nur.«

Peter legt seine Sardine in die mächtige Pranke, die der Riese ihm entgegenstreckt. Ezzie verschlingt sie mit einem Satz und betrachtet die übrigen Hände. Sie sind leer.

»Vielleicht«, sagt Peter, »weiß ich jetzt endlich, wie wir hier rauskommen.«

Ezzie leckt sich die Finger ab.

»Willst du vielleicht meine auch noch abschlecken, wenn du schon dabei bist?«, fragt Howard.

»Hallo? Habt ihr gehört, was Peter sagt?«

»Ja, Marcellus. Peter der Träumer macht seinen Trip. Er stellt sich vor, wie er allein sämtliche Piraten aus der Zitadelle verjagt und uns mit seinem Dornröschen unterm Arm in die Freiheit führt. Leider sind wir hier nicht in Nimmerland, Pete.«

Peter sieht Howard scharf an. Das ist die Wirkung, die Redemption auf seine Bewohner ausübt: Das Dasein hier lässt jede Hoffnung verdorren. Peter steht auf, packt die Stäbe und schiebt das Gitter ein paar Zentimeter zur Seite.

»Scheiße!«, ruft Howard. »Haben sie vergessen abzusperren?«

»Sie sperren nie ab.«

»Spinnst du?«

»Ich verwette meine nächste Mahlzeit, dass Dutzende von uns davon wissen, und trotzdem haut keiner ab. Wie erklärst du dir das?«

»Wohin sollen sie denn abhauen? Bis zur nächsten verriegelten Tür?«

»Ich verwette den Fraß einer ganzen Woche, dass auch die anderen Türen offen sind. Ich wette, dass sie überhaupt alle offen sind, nur das Haupttor nicht.«

»Ich frag dich noch mal: Wozu denn?«

Peter zieht das Gitter noch ein Stück weiter auf und streckt einen Arm hinaus.

»Pete! Bist du wahnsinnig!«

»Verstehst du jetzt?«

Howard nickt. Er starrt die Stäbe an, als wären sie aus Lebkuchen.

»Was schlägst du vor?«

Peter fährt mit einer Hand in den Bezug seiner Matratze und zieht eine alte Landkarte heraus, die er auf dem Tisch ausbreitet. Die Verlorenen Jungs beugen sich über seine Schultern.

»Das ist ein alter Plan des Fundaments von Redemption. Den hab ich in dem Raum unter dem Keller gefunden. Ich hab euch nicht gleich davon erzählt, weil ich ihn erst studieren wollte.«

»Ist das ein Yankeetunnel?«

»Nein. Es sind viel zu viele unterirdische Gänge. Ich tippe eher auf einen ehemaligen Steinbruch. Wahrscheinlich wurde der Plan von Hand gezeichnet und im Lauf der Zeit immer wieder nachgezogen, damit er lesbar blieb.«

Währenddessen ist Peter mit dem Finger einem unterirdischen Gang bis ans Ende gefolgt. Laut Plan befinden sich dahinter ein Wäldchen und ein Teich. Sicher der alte Wald, dessen Rand man vom Zaun aus sieht.

»Blöd ist nur, dass der Plan garantiert nicht maßstabsgetreu ist und dass manche Gänge im Lauf der Jahrzehnte womöglich eingestürzt sind. Das heißt, einer von uns muss hinunter, um die Lage zu erkunden.«

»Und wo fängt er an, dein Tunnel?«

»Im Verlies.«

100

Die Karzertür fällt ins Schloss, Schritte entfernen sich. Peter wedelt mit den Händen vor den Augen und verzieht das Gesicht. Um sich einsperren zu lassen, hat er sich direkt nach dem Frühstück eine Gruppe von Profosen ausgesucht, die im Innenhof standen und diskutierten, und sich in Habachtstellung vor ihnen aufgebaut. Helliwell heftete den Blick auf ihn.

»Was willst du, Rotzlöffel?«

»Was ist gleich wieder die Belohnung für eine Anzeige?«

»Roter Overall für Flucht, blauer für verbotene Geschäfte. Zusatzration für alles andere.«

»Dann lohnt sich's nicht.«

»Was willst du denn, Abschaum?«

»Zigaretten.«

»In Redemption wird nicht geraucht.«

»Okay, dann zwei volle Tabletts bei der nächsten Mahlzeit. Das ist mein letzter Preis.«

»Okay, Auswurf, aber gnade dir Gott, wenn sich's nicht lohnt.«

Peter rückte näher an Helliwell heran, bis er seinen Atem riechen konnte.

»Ich habe gehört, dass du Mädchenunterhosen trägst, und die zieht es dir in die Arschfalte. Stimmt das, oder ist es Quatsch?«

Bei seinen Worten hatte sich das Gesicht des Profoses Helliwell ziegelrot verfärbt. »Na gut, Schlaumeier«, stieß er zwischen den Zähnen hervor, »du kriegst deine zwei Tabletts. Spuck den Namen aus.«

»Warte, es kommt noch mehr. Der Betreffende behauptet außerdem, dass du als Kind mit deinem Vetter Arnold gern Doktorspiele gemacht hast. Angeblich hattest du den Spitznamen ›Zipfellutscher‹. Stimmt das?«

»Wer sagt dir, dass ich einen Vetter Arnold habe?«

»Und stimmt es, dass ihr eines Tages von der Lehrerin erwischt worden seid, als ihr euch auf dem Klo gegenseitig die Schwänze angefasst habt, und sie hat euch vor aller Welt den nackten Hintern versohlt, und du hast nachher geflennt wie eine Trine und dir mit beiden Händen deinen knallroten Arsch gehalten? Stimmt's, oder stimmt's nicht?«

Schwer atmend zielte Helliwell mit dem Schlagstock auf Peters Gesicht.

»Jetzt sag schon, wer diesen Scheiß über mich erzählt, oder du bist tot.«

»Ich, Chef.«

Helliwell war so überrascht, dass er nicht sofort reagierte, und Peter nutzte sein Zögern zu einem saftigen Fußtritt in seine Eier. Mit einem Aufschrei schlug der Profos hin und wälzte sich auf dem Boden. Als er endlich wieder aufstehen konnte, waren die anderen blauen Overalls schon längst über Peter hergefallen, und Helliwell begnügte sich mit dem Schrei: »KAAAARZER!«

Peter massiert sich die Rippen und den Bauch, um seine Muskeln zu entspannen. Blind vor Wut hat ihn Helliwell nur flüchtig abgetastet, ehe er ihn barfuß im Finsteren einsperrte. Hätte er ihn gründlicher durchsucht, hätte er wohl den in seinen Overall eingenähten Plan entdeckt, ebenso die tags zuvor vom Schlüsselbund eines Vogts geklaute Minitaschenlampe und eine Reihe von Dietrichen, die Peter eigenhändig in den Werkstätten gebastelt hat.

Als der Schmerz halbwegs erträglich ist, steht Peter auf und tastet sich blindlings die Wände entlang. Er stößt auf die Tür. Sie ist schwer und leistet Widerstand. Er behilft sich mit der Schulter. Sie gibt einen Spalt nach, ein Luftzug dringt herein. Peter schlüpft hinaus und drückt die Tür hinter sich zu.

Im Flur herrscht tintenschwarze Dunkelheit. Peter tastet sich vorwärts und versucht, nicht an die Viecher zu denken, auf die er mit seinen nackten Füßen tritt. Dem Plan zufolge befindet sich der Zugang zu den unterirdischen Gängen am Ende des Flurs hinter einer schweren Tür aus Holzbohlen. Nachdem er übungshalber Dutzende Schlösser mit dem Dietrich geöffnet hat, weiß er, dass dieses Modell zwar darauf angelegt ist, Schlägen zu widerstehen, der Schließmechanismus aber immer recht einfach ist. Er schleicht die Wand entlang. Alle drei Meter gleiten seine Finger über die raue Oberfläche einer Karzertür. Er zählt sieben Türen. Seine Hände ertasten die letzte. Er kniet nieder, packt sein Werkzeug aus und klemmt sich die Taschenlampe zwischen die Zähne. In der pechschwarzen Finsternis verbrennt ihm der Lichtstrahl fast die Netzhaut.

Er braucht weniger als drei Minuten, bis er ein erstes Klicken vernimmt. Das zweite dauert etwas länger, weil das Ding offenbar verrostet ist. Einer seiner Dietriche verbiegt sich; Peter sucht sich einen anderen, stärkeren, und stochert damit im Schloss herum, um den Stift aus dem

Riegel zu hebeln. Gleichzeitig drückt er mit dem Knie gegen die Tür. Es knackt, und dann gibt die Tür ächzend nach. Ein lauer Luftzug weht ihm entgegen. Er knipst die Lampe aus und atmet tief durch. Der säuselnde Lockruf frischer Luft leitet ihn. Hinter der Tür ist der Boden sandig. Peter schließt die Tür hinter sich.

Dem Plan zufolge wird sich der Gang mit den kreidigen Wänden, den er jetzt entlanggeht, irgendwann gabeln. Die Abzweigung nach rechts führt nirgendwohin. Links beginnt eine Art Rundweg um sämtliche Stollen, der mit einer leichten Steigung ins Freie führt. Etwa alle hundert Meter zweigt ein Stollen ab: Peter hat sich eingeprägt, dass er sich die ersten vier Mal systematisch links halten, dann drei Mal rechts und ein letztes Mal wieder nach links abbiegen muss. Unterdessen hat er die Weggabelung erreicht. Von links weht frische Luft. Rechts riecht es nach Moder und Schimmel. Er biegt in den Rundweg ein. Seine Finger zerreißen Spinnweben, die sich über die Wandflächen ziehen. Manche Netze sind bewohnt und klebrig. Zwischen den Füßen fühlt er flüchtende Ratten. Er trifft auf weitere Gänge, in denen die Luft steht. Er verliert alles Zeitgefühl. Manchmal hat er den Eindruck, dass die Finsternis weicht und ein trübes Licht in die Gänge strömt, doch gleich darauf liegt wieder alles in Dunkelheit, und ihm ist, als ginge er auf dem lichtlosen Grund eines tiefen Sees dahin.

Aber er zählt gewissenhaft die Kreuzungen. Die Entfernungen scheinen sich endlos in die Länge zu ziehen. Er bemüht sich, die Lampe so selten wie möglich einzuschalten, und wenn er es tut, hält er die Finger davor, um nicht geblendet zu werden. Fieberhaft prüft er im gefilterten Lichtschein die Karte. Nie hätte er sich vorgestellt, dass das Geflecht dieser unterirdischen Stollen dermaßen ausgedehnt ist. Allmählich dämmert ihm, dass man hier unten wochenlang unterwegs sein könnte, ohne je den Ausgang zu finden. Jetzt aber spürt er, dass der Boden leicht ansteigt, und der Luftzug wird deutlicher wahrnehmbar. Frischer auch. Wieder wedelt er mit den Händen vor seinem Gesicht, und nun ist er sicher: Es ist tatsächlich weniger finster. Seine Schritte werden länger. Plötzlich, nach einer Biegung, leuchtet ihm aus der Ferne eine Helligkeit entgegen, die wie eine Mondsichel geformt ist. Der Fleck wird größer – man möchte fast meinen, dass er blau ist. Peter spürt sein Herz stürmisch klopfen. Der Ausgang ins Freie!

101

Peter blickt die mächtigen Baumstämme hinauf, zwischen denen er ans Licht gekrochen ist. Der Tunnelausgang befindet sich im Dickicht des Unterholzes und ist vollkommen unsichtbar für den, der nichts von ihm weiß. Er atmet, füllt seine Lungen mit den Gerüchen von Rinde, Moos, Laub, er atmet so tief, dass sich ihm nach den Grabesdünsten der Tunnels bald der Kopf dreht. Jetzt spürt er auch, dass er vor Hunger fast umkommt. Er blickt zum Himmel, der sich hoch über den Baumkronen wölbt: Nach dem Sonnenstand zu urteilen, dürfte seine Wanderung durch die unterirdischen Gänge knapp zwei Stunden gedauert haben. Beim Gedanken an den Rückweg schaudert ihn – hier in diesem lichtdurchfluteten Wald ist ihm allein die Vorstellung unerträglich. Er wendet sich nach Norden. Hastings ist gute sechs Meilen entfernt, und das bedeutet mindestens zwei weitere Stunden Fußmarsch. Ein Krampf reißt an seinen Waden, und er muss sich eingestehen, wie riskant es ist, in einer Kleinstadt herumzulaufen, in der jeder jeden kennt. Ganz zu schweigen von den lokalen Behörden, die wahrscheinlich durch und durch korrupt sind, wie etwa jener so menschenfreundliche Richter, der die Verlorenen Jungs nach Redemption geschickt hat. Ausgeschlossen, sich noch länger in der Gegend hier herumzutreiben. Aber ebenso ausgeschlossen ist es, in Häftlingsklamotten dort aufzukreuzen. Peter zieht sich aus und versteckt seinen Overall im Dickicht.

Nach zwanzig Minuten Fußmarsch hört er auf einmal Gelächter und Rufe im Wald. Er erschrickt und versteckt sich hinter einem Baumstamm, um sich umzusehen. Er erspäht eine Lichtung: Von dort kommen die Stimmen. Er schleicht über welkes Laub bis zu einer Reihe von Büschen unweit der Lichtung, und von hier aus sieht er das Wasser eines Teichs zwischen den Bäumen blitzen. Ein hölzerner Steg führt hinein, dessen vorderes Ende, halb vermorscht, wie es ist, schon im Wasser versunken ist. Eine Gruppe junger Leute tobt im Wasser. Dann schwimmen sie um die Wette zu einem Inselchen in der Mitte des Teichs. Hin und wieder blitzt ein weißer Hintern aus dem Wasser. Peter späht hinter den Büschen hervor und entdeckt schließlich den Platz, an dem die Badenden ihre Kleider abgelegt haben. Neben Hosen, schmutzigen T-Shirts und Sandalen liegen etliche leere Flaschen Bier auf dem Waldboden. Die Burschen im Wasser stoßen ein Indianer-Geschrei aus. Peter wartet, bis sie im Schilfgürtel rund um das Inselchen verschwunden sind, dann schleicht er zu dem Kleiderhaufen, rafft alles an sich und rollt es zu einer Kugel. Er will schon kehrtmachen, als ihn ein unvermitteltes Schnarchen erstarren lässt. Mit angehaltenem Atem sieht er sich um und entdeckt am Fuß eines Busches eine schlafende Gestalt auf dem Waldboden, einen Kerl vom selben Schlag wie der Profos Helliwell. Noch ist der Typ nicht bei Sinnen, doch er rührt sich bereits. Peter packt einen umgestürzten Baumstamm, dünn, aber schwer genug, und stemmt ihn hoch über den Kopf. Dann lässt er ihn mit maßvoll dosierter Wucht auf den Schläfer fallen. Es kracht das Holz, es knackt der Knochen, das Schnarchen bricht ab.

Das Kleiderbündel an sich gedrückt, flieht Peter hinter das Dickicht. Nach mehreren hundert Metern hält er atemlos inne und lauscht. Nun ist alles still, nur in den Baumkronen rauscht es leise, und hier und dort knackt ein Zweig. Er sucht sich eine Jeans und das am wenigsten ekelhafte T-Shirt aus, dazu ein Paar Sandalen, eine Sonnenbrille und eine alte Texaco-Mütze. Über die restlichen Kleidungsstücke häuft er welkes Laub. Dann inspiziert er die Hosentaschen: In der einen findet er einen Schlüsselbund, einen Zehndollar-Schein und ein paar Münzen. In der anderen ein zerdrücktes Zigarettenpäckchen und ein Feuerzeug. Peter zündet sich eine an und stößt genüsslich den Rauch aus.

102

Peter hat den Ortsrand von Hastings erreicht. Heruntergekommene Häuser, ein Schrottplatz, aufgelassene Lagerhäuser. Stränge von Bahngleisen zwischen wucherndem Gestrüpp. Unter seinen Füßen beginnt der Boden zu zittern, dann fährt ein gewaltiger, endloser Güterzug an ihm vorbei Richtung Süden – New Orleans, verkündet ein an eine Tür gestecktes Schild. Beim Anblick einer halb geöffneten Waggontür gerät Peter ins Träumen: Man müsste nur aufspringen und mitfahren, weit weg in die großen Städte im Süden und in der Menge aufgehen. Von dort käme er weiter zum Mississippidelta und bestiege ein Schiff nach Mexiko. Er denkt an Wendy und die Verlorenen Jungs. Auch an die anderen gefangenen Jugendlichen, die Opfer des Wahnsinns in Redemption. Die Räder des Güterzugs rattern über die Weichen, und jetzt zieht auch der letzte Waggon vorbei und davon.

Getarnt hinter Mützenschirm und Sonnenbrille, geht Peter an einem Lagerhaus entlang. Ein riesiger Hund wirft sich kläffend gegen den Gitterzaun. Peter beschleunigt und biegt an der nächsten Kreuzung ab. An der Ecke ist eine Tankstelle, die asphaltierte Fläche mit Ölflecken übersät. Der Tankwart seift mit einem Schwamm die Windschutzscheibe eines alten Pick-ups ein, und Peter grüßt ihn mit einem Nicken. Der Mann reagiert nicht, starrt ihn aber unverwandt an.

Die Hauptstraße von Hastings ist eigentlich nichts anderes als die Nationalstraße, die beim Durchgang durch den Ort lediglich ein wenig schmaler wird. Peter stopft die Hände in die Hosentaschen und duckt sich unwillkürlich, wenn die Schwertransporter vorbeidonnern und die Luft zum Beben bringen. Es riecht nach Diesel und verbranntem Plastik. Eine eiserne Brücke führt ihn über einen phosphoreszierend blauen Fluss, und als er aufblickt, sieht er ein Stück weiter eine Chemiefabrik, die anscheinend die Verursacherin dieser widernatürlichen Farbe ist, weil sie ihre ätzenden Abwässer im Fluss entsorgt.

Beim Anblick der Ortsmitte von Hastings wird ihm fast schlecht. Schmutzige Wohnhäuser, Fast-Food-Lokale, Ersatzteillager, Haushaltswarenläden – das ist das Leben hier. Peter zwingt sich, mit normaler Geschwindigkeit weiterzugehen. Erst jetzt ist ihm klar geworden, dass die Jungen, denen er die Kleider gestohlen hat, zwangsläufig in der Gegend hier wohnen – sehr leicht möglich, dass jemand die Klamotten erkennt, die er am Leib hat. Vor allem die Texaco-Mütze. Instinktiv zieht er den Kopf ein, als an der Kreuzung vor ihm ein Streifenwagen des Claiborne County abbremst. Der Fahrer scheint kurz zu zögern; dann biegt er in die Hauptstraße ein und kommt auf ihn zu. Durch die schmutzige Scheibe erkennt Peter eine Dienstmütze und eine massige Gestalt. Er denkt an Wendy. An diesem Gedanken hält er sich fest, um an nichts anderes zu denken. Der Wagen ist nur noch fünfzig Meter entfernt, als plötzlich ein Golden Retriever auftaucht und freudig wedelnd auf ihn zutrabt. Als sie zusammentreffen, leckt ihm der Hund die Hände, und Peter nutzt die Gelegenheit, um niederzuknien und ihm den Rücken zu streicheln und die Flanken zu tätscheln, während das Polizeiauto quälend langsam vorbeifährt. Die Sekunden ziehen sich. Peter spürt den Bullenblick im Rücken. Der Hund leckt ihm das Gesicht. Der Polizeimotor dröhnt und beschleunigt, der Wagen biegt um die Ecke. Peter richtet sich wieder auf und geht weiter. Es schnürt ihm die Brust zusammen. Ein Stück weiter entdeckt er seine erste Telefonzelle seit knapp einem Jahr, und es juckt ihn unbändig, auf der Stelle irgendeine Nummer zu wählen, nur um eine andere Stimme zu hören als die der Wahnsinnigen von Redemption. Gegenüber ist ein Lokal, und bei dem Anblick beginnt sein Magen zu knurren. Vergeblich ruft er sich zur Vernunft – er schafft es einfach nicht, der Verlockung eines Frühstücks zu widerstehen. Das Acht-Dollar-Menü – Rühreier mit Speck, ein Kaltgetränk und Kaffee nach Belieben: »Sie werden satt, oder Sie erhalten Ihr Geld zurück«, verspricht die Ankündigung. Er befingert die Münzen in seiner Tasche. Lässt den Zehner knistern. Er drückt die Tür auf.

Drinnen sind die Bänke aus Kunstleder und die Tische aus Plastik. Hinter der Theke ist niemand. Peter setzt sich in den hinteren Teil des Saals. Er behält Sonnenbrille und Mütze auf. Er weiß, dass es ein Fehler ist, aber er hat nicht die Kraft, sie abzunehmen. Die Schwingtür zur Küche öffnet sich und lässt einen Schwall Bratfett samt einer dicken, unansehnlichen Frau herein. Eine brennende Zigarette im Mundwinkel, bringt sie zwei Teller mit Pancakes, die sie auf die Theke stellt, hinter ein Schild mit der Aufschrift:

»Um Vorauskasse wird gebeten.« Die Frau wischt sich die Hände am Kittel ab.

»Was darf's sein, junger Mann?«, ruft sie ihm zu.

»Das Acht-Dollar-Frühstück bitte.«

»Ist das alles?«

»Ja.«

»Das macht dann acht Dollar.«

Peter steht auf und geht zur Theke, legt seinen zerknitterten Geldschein darauf. Die dicke Frau lächelt ihn an. Ein Hustenanfall lässt ihre Zigarettenasche erst erzittern, dann auf einen Pancake fallen. Sie schnaubt ärgerlich.

»Mach's dir bequem, Junge«, sagt sie, »ich bring's dir gleich.«

Während die Frau hinter der Küchentür ihre Pfannen schwingt, beobachtet Peter die Straße. Ein paar staubige Limousinen, ein paar alte Pick-ups fahren vorbei. Hände strecken sich zum Gruß aus Autofenstern. Ein Lieferwagen biegt gemächlich um die Ecke. Eine an die Seitenwand gepinselte Aufschrift verkündet:

Freundeskreis der Ehemaligen von Redemption
Reverend Estermans Besserungsanstalt
braucht Ihre Spende

Peter spürt förmlich, wie er erstarrt, als er in der Fahrerkabine zwei rote Overalls sieht. Er sitzt wie auf glühenden Kohlen – nichts täte er lieber, als seine zehn Dollar zu vergessen und Hals über Kopf zu fliehen, aber er weiß auch, dass eine dicke unansehnliche Kellnerin zwar vielleicht einen Jungen mit festgeschraubter Texaco-Mütze auf dem Kopf vergisst, aber an ein so hübsches Trinkgeld dürfte sie sich wohl noch lange erinnern. An der nächsten Kreuzung biegt der Lieferwagen wieder ab. Peter will schon aufstehen, doch jetzt hält der Streifenwagen des Claiborne

County vor dem Lokal. Die Wagentür öffnet sich, und heraus wälzt sich ein Polizist, der so breit wie hoch ist. Durch seine Sonnenbrille betrachtet Peter die Schweißflecken unter den Achseln des Hilfssheriffs Lee Brunswick. Auf der Rückbank sitzt Beißer und überwacht die Straße. Den Blick des Bullen, der sie am Mississippiufer verhaftet hat, wird Peter seiner Lebtage nicht mehr vergessen. Dieselben kalten, böse funkelnden Augen richtet er jetzt erneut auf ihn, als er das Lokal betritt und seinen mächtigen Hintern auf einen Barhocker hievt. Um sich nichts anmerken zu lassen, schlägt Peter die Lokalzeitung auf, ist aber außerstande, einen vollständigen Satz zu lesen. Seine Finger beginnen zu zittern, als er umblättert und – ausgerechnet – in das Gesicht des Reverends blickt. Sein Lächeln, seine weißen Haare, der tote Blick unter halb geschlossenen Lidern in Großaufnahme füllen eine halbe Seite. Darunter steht, fett gedruckt:

Reverend Markus Esterman, Ehrenbürger von Hastings,
wird am kommenden Wochenende, 2. und 3. Juni,
auf dem großen Jahrmarkt in unserer Stadt zugegen
sein. Erscheinen Sie zahlreich! Denken Sie dran,
dass der Reverend unsere Straßen von allem
Lumpenpack säubert!

Peter blättert abermals um. Der Barhocker ächzt. Der fette Bulle hat sich zu ihm umgedreht.

»Guter Tag?«

»Ja, Mister. Und Sie?«

Brunswick gibt keine Antwort. Peter stellt sich vor, wie er im Geist sämtliche Jugendlichen durchgeht, die er in letzter Zeit in die Pfanne gehauen hat.

»Auf der Durchreise?«

»Sieht man das?«

»Yeah.«

Der Bulle wirft sich eine Handvoll Erdnüsse in den Mund. Kauend fragt er: »Allein?«

»Wie bitte?«

»Ich frag dich, ob du allein unterwegs bist, Bursche. Das frag ich dich deshalb, weil es nach dem Gesetz des Claiborne County verboten ist, Minderjährige allein auf der Straße rumlaufen zu lassen.«

Peter konzentriert sich. Jedes Wort kann jetzt sein Verderben bedeuten.

»Ich reise mit meinem Vater. Wir leben in Nashville und sind unterwegs nach New Orleans zu meiner Tante Wendy, die krank ist.«

»Ist ja nicht gerade der direkteste Weg nach New Orleans, wie?«

Brunswick zerkaut eine weitere Handvoll Erdnüsse und mustert Peter.

»Wo isser denn, dein Vater?«

»Er sucht eine Autowerkstatt, weil unser Auto so ein komisches Geräusch von sich gibt. Das hat kurz nach Birmingham angefangen.«

»Was für ein Geräusch?«

»Eine Art Quietschen rechts unter der Motorhaube.«

»Ein Quietschen beim Beschleunigen, wie?«

»Ja.«

»Ich wette, das ist die Kühlwasserpumpe.«

»Ist das schlimm?«

»Wird man sehen …«

Peter schützt wieder Interesse an seiner Zeitung vor. Der fette Bulle pfeift vor sich hin.

»Wie heißt du, Junge?«, fragt er nach einer Weile.

Peter kramt fieberhaft in seinem Gedächtnis nach einem Namen. Ein kleiner Alter fällt ihm ein, ein Straßenkehrer aus seiner Kindheit. Er zwingt sich, ruhig zu atmen.

»Jared Brokowitch.«

Eine Grimasse des Abscheus verzerrt Brunswicks Mund. »Polacke, wie? Eingewandert?«

»Ja, Mister.«

»Nachdem du anscheinend unsere Sprache sprichst, Herr Polacke, wär's dir dann wohl möglich, diese verdammte schwarze Brille abzunehmen, damit man dir auch in die Augen schauen kann?«

Langsam nimmt Peter die Brille ab. Ohne diesen Schutzwall ist der dicke Bulle noch furchterregender.

»Wo hab ich dich schon gesehen, Herr Polacke aus Nashville?«

»In Nashville?«

»Nö. Schwuchtelstadt. Da war ich nie.«

Brunswick starrt Peter an. Die Küchentür öffnet sich, und die dicke Frau erscheint.

»Hi, Conny.«

»Wie immer?«, fragt sie.

»Warum was ändern?«, erwidert er.

Die Kellnerin stellt einen Stapel Pancakes und einen Teller Rührei mit Speck vor Peter hin. »Kaffee dazu?«

»Ja.«

»Und zu trinken? Cola? Sprite?«

»Dr. Pepper wär mir lieber.«

»Haben wir nicht mehr.«

»Na gut. Dann ein Sprite.«

»Okay, Sprite.«

Die Kellnerin verschwindet wieder in der Küche. Peter schnuppert den Duft nach Bratfett, der von seinem Teller aufsteigt. Sein Magen knurrt laut.

»Das ist das Acht-Dollar-Frühstück, wie?«

»Ja, Mister.«

»Gute Wahl. Damit schaffst du's sogar zu Fuß nach New Orleans.«

Die Kellnerin kommt mit dampfendem Kaffee zurück.

Mit vollem Mund murrt Brunswick: »Deine Erdnüsse waren auch schon mal besser, Conny.«

»Brauchst sie ja nicht zu essen, Lee.«

Der dicke Hilfssheriff grinst. Sein Barhocker ächzt.

»Nur ein Acht-Dollar-Frühstück, Junge?«

»Wie bitte?«

»Ich sagte: Nur *ein* Frühstück, ja?«

»Äh … Ja sicher. Ich weiß ja nicht, wann mein Vater aus der Werkstatt kommt. Er wird sich dann schon selber was bestellen. Sonst wird's ja nur kalt.«

»Was für ein Auto?«

»Wie bitte?«

»Antwortest du jetzt auf alle meine verdammten Fragen mit ›Wie bitte?‹?«

»Äh …«

»Was, äh! Bist du schwachsinnig, Jared Brokowitch, oder bist du eine Art kubanischer Luftkünstler oder was?«

Conny begegnet Peters flehentlichem Blick. Als sie das Glas Sprite vor Peter hinstellt, schiebt sie sich absichtlich zwischen ihn und den Bullen. Peter nimmt einen großen Schluck und sagt: »Ein alter Honda Civic, rot. Wir sind nicht so wahnsinnig reich.«

Im selben Moment beißt er sich auf die Lippe. Details dieser Art klingen immer falsch. Brunswick hat sich einen Pancake genommen und kaut nachdenklich. »Conny?«

»Ja, Lee?«

»Dieser Bursche hier, der ein verdammter polnischer Einwanderersohn ist, behauptet, dass er mit seinem Vater zu seiner kranken Tante reist. – Tante Sally, wie?«

»Nein. Wendy.«

»Genau. Er behauptet außerdem, dass sie von Nashville nach New Orleans unterwegs sind und dass ihr Auto komische Geräusche macht.«

»Na und?«

»Na, da frag ich mich doch, Conny, ob du womöglich gesehen hast, wie dieser famose Daddy seinen Sprössling vor deinem Lokal abgesetzt hat?«

Wieder kreuzt der Blick der Kellnerin Peters Augen. Sie legt ihm Messer und Gabel hin und sagt mit dem Rücken zu Brunswick: »Na klar. Ein roter Honda hat vorhin vor dem Lokal gehalten, und der Junge hier stieg aus. Dann kam er rein, und der Honda fuhr wieder weg, ziemlich langsam, als müsste der Fahrer aufpassen, ihn nicht zu sehr zu strapazieren.«

»Ach so?«

»Ja.«

»Und hat er ein Geräusch von sich gegeben, der Dreckskübel, oder nicht?«

»Hat er. Eine Art Pfeifen, würde ich sagen.«

»Ein Pfeifen oder ein Quietschen?«

»So ein Zwischending. Kühlwasserpumpe, wenn du mich fragst.«

»Das denke ich auch.«

Brunswick angelt sich einen weiteren Pancake, den er mit zwei Bissen verschlingt.

»Sag mal, Conny«, fährt er dann fort, »wenn wir schon dabei sind – du hast von diesem Honda nicht zufällig die Nummer aufgeschrieben?«

»Wozu das denn?«

»Weiß nicht. Frage nur so.«

Conny sieht Peter an. »Iss, solang es heiß ist, Junge, du wirst begeistert sein«, sagt sie.

Dann kehrt sie zur Theke zurück und legt Brunswick ein in fettiges Papier gewickeltes Päckchen hin. »Bitte sehr, Lee. Zehn Muffins und zwölf Apfeltaschen. Du wirst mit diesem ganzen cholesterinhaltigen Zeug deine Gesundheit ruinieren.«

»Mach dir keinen Kopf, Conny. Meine Pumpe taugt mehr als die Teile, die sie in diese japanischen Dreckskübel einbauen.«

Der Hilfssheriff legt einen Geldschein auf die Theke und starrt Peter wieder an.

»Trotzdem, Junge, wenn der alte Lee sagt, dass er jemanden schon mal wo gesehen hat, dann heißt das, er hat jemanden schon mal wo gesehen. In diesen Dingen irrt sich der alte Lee nie.«

Hinter der Theke poliert Conny geflissentlich Gläser, die es nicht nötig haben. »Lass meine Kundschaft in Ruhe, Lee, okay?«, sagt sie.

»Ja, ja, schon gut. Schon gut.«

Brunswick steht auf und zerrt seinen Ledergürtel ein Stück höher. Bevor er das Lokal verlässt, greift er zu seinem Funkgerät. »Mitch, Lee hier, hörst du mich?«

Aus dem Apparat knistert es.

»R5 S5, Lee.«

»Suchst du mir einen roten Honda, zugelassen in Nashville im verdammten Tennessee? Soweit ich weiß, ist der Halter in unserer Stadt und auf der Suche nach einer Werkstatt wegen seiner Kühlwasserpumpe.«

»Wieso? Pfeift sie?«

»Nö. Quietscht.«

»Okay, ich rufe die Werkstätten an und sag dir Bescheid.«

»Und vergiss nicht Barneys Schrottplatz.«

»Gute Idee. Okay, ich kümmere mich gleich drum. Ende.«

Brunswick verstaut sein Funkgerät wieder am Gürtel. »Irgendwas sagt mir, dass wir uns sehr bald wiedersehen müssen, Jared Dingsbums«, seufzt er.

Dann ist er durch die Tür. Peter sieht ihn in seinen Wagen einsteigen, der sofort deutlich Schlagseite bekommt. Er fährt davon. Peter schiebt sich eine Gabel Rührei in den

Mund, lässt einen Bissen Pancake folgen und spült alles mit einem Schluck Sprite hinunter.

»Schmeckt's, Junge?«

»Das sind die absolut besten Rühreier diesseits des Mississippi, Ma'am.«

Conny behaucht ein Glas, poliert es, stellt es ins Regal. Dann schüttelt sie ihr Geschirrtuch aus und sagt: »Iss mal rasch fertig, Junge, und dann sieh zu, dass du fort kommst. Der Reverend hat bestimmt längst alle Hunde auf dich angesetzt.«

Peters Kiefer verkrampft sich. Das Rührei schmeckt auf einmal nach Pappe.

»Der Reverend? Wer ist das?«

»Ach, gib dir keine Mühe. Dass du nicht von hier bist und auch nicht auf der Durchreise, das merkt doch ein Blinder.«

Peter nimmt noch einen Schluck Sprite, um den Brei aus Pancake und Rührei, der ihm in der Kehle steckt, hinunterzuwürgen.

»Warum haben Sie mir dann geholfen?«, stottert er.

»Weil das lauter verfluchte Dreckskerle sind in Redemption. Vor allem dieser Teufel von Reverend! Außerdem hab ich selber einen Jungen, der dort eingesperrt ist. Klar, er hat Mist gebaut, aber ein schlechter Kerl ist er wirklich nicht!«

»Wie heißt er?«

»Brett Hoockney. Kennst du ihn?«

Peter nickt.

»Geht's ihm gut?«

Peter nickt wieder. Er hat nicht die Kraft, dieser dicken freundlichen Frau mit dem verbrauchten Gesicht die Wahrheit zu sagen.

»Gestern hab ich ihn gesehen. Da ging's ihm gut.«

»Ist er hoffentlich nicht zu dünn geworden?«

»Nein.«

Conny schiebt Peter den Zehndollar-Schein wieder zu.

»Behalt dein Geld, du wirst es brauchen.«

»Aber …«

»Keine Widerrede. Und mach dich jetzt schnell auf die Socken. Du musst weg sein, bevor dich die ganze Stadt hetzt.«

»Die Stadt …?«

»In unserer Gegend gehört praktisch alles dem Reverend. Menschen und Dinge. Er hat seine Augen überall. Und der fette Bulle, der vorhin hier war, der ist die übelste Kreatur auf Gottes Erdboden. Er ist das Immunsystem von Hastings. Und du bist eine Sorte Virus. Jetzt hast du's zwar geschafft, in den Organismus einzudringen, aber wenn du nicht sehr schnell wieder verschwindest, spürt dich das Immunsystem auf und vernichtet dich.«

Peter ist schon fast an der Tür, als ihn die Stimme der Kellnerin noch einmal aufhält: »Aber sag mal, Junge?«

»Ja?«

»Wie heißt du wirklich?«

»Peter.«

In ihrem Blick liegen so viel Güte und Wohlwollen, dass ihm dicke Tränen in die Augen steigen.

»Pass auf dich auf, Peter.«

103

Peter steuert die Telefonzelle auf der anderen Straßenseite an. Kurz bevor er und Wendy verhaftet wurden, hatte er in einem Zeitungsartikel von einem FBI-Agenten gelesen, der sich auf Ermittlungen in den Justizvollzugsanstalten der Südstaaten verlegt hat. Sein Spezialgebiet ist die Aufdeckung von Missständen im Strafvollzug, und er hat sich genügend Feinde gemacht, um vertrauenswürdig zu sein. Peter blättert im Telefonbuch, dann wirft er einen Dollar in den Apparat und wählt eine Nummer.

»FBI, Büro Jackson, was kann ich für Sie tun?«

»Ich möchte mit Special Agent Ackermann sprechen.«

»Der ist im Einsatz. Wollen Sie eine Nachricht hinterlassen?«

»Ja. Sagen Sie ihm bitte, ich muss ihn dringend sprechen.«

»In welchem Zusammenhang?«

»An Bord einer Linienmaschine ist eine Bombe deponiert, die heute über Seattle hochgehen wird. Ich bereite mich darauf vor, den Präsidenten umzubringen. Ich habe eine terroristische Zelle identifiziert, die eine Highschool mit Milzbranderregern infizieren will. Meine Mathelehrerin ist ein Werwolf.«

»Hören Sie, guter Mann …«

»Nein, *Sie* hören jetzt. Bringen Sie mich irgendwie mit Agent Ackermann zusammen, oder ich verschwinde in der Botanik, und die Fortsetzung können Sie dann in den Zeitungen lesen.«

»Bleib dran. Ich verbinde.«

Aus dem Hörer ertönt Musik. Die Straße ist merkwürdig leer. Eine Uhr am Gebäude gegenüber zeigt ein Uhr mittags. Nach einer Wartezeit, die ihm endlos scheint, bricht die Musik ab. Eine tiefe Stimme meldet sich: »Ackermann.«

»Hallo, hier ist Peter Shepard. Ich bin vierzehn, und ich bin heute aus der Jugendstrafanstalt Redemption abgehauen.«

»Wir müssen uns treffen.«

»Wann?«

»Jetzt gleich.«

Eine Hand legt sich auf Peters Schulter. Eine andere beendet das Gespräch. Peter fährt herum. Der Mann trägt einen dunklen Anzug und eine Sonnenbrille. Er lässt den Klappdeckel seines Mobiltelefons zuschnappen.

»Peter Shepard, ja? Samuel Ackermann.«

Peter sieht seine Hand in der des Agenten verschwinden. Ein trockener, fester Händedruck. Am Straßenrand steht eine Limousine mit getönten Scheiben.

»Wir fahren sofort los.«

Peter steigt hinten ein, neben Ackermann. Vorn sitzen zwei weitere Agenten. Ein Kahlkopf am Steuer, auf dem Beifahrersitz ein Schwarzer, auch sie in dunklen Anzügen und mit Sonnenbrille. Die Limousine fährt weich, beinahe lautlos an, wendet, folgt der Hauptstraße. Peter sieht durch die getönten Scheiben die Stadt vorüberziehen.

»Wie gibt's das, dass Sie so schnell hier waren? Sind Sie Superman oder was?«

»Das Büro Jackson hat deinen Anruf lokalisiert, während du die Wartemelodie gehört hast.«

»Gigantisch.«

Ackermann lächelt. »Ja, wir waren aber ganz in der Nähe. Wir überwachen Redemption, seitdem letzte Woche zwei Inspektoren vom Jugendamt verschwunden sind.«

»Sie sind tot.«

»Willst du damit sagen, dass ihre Leichen vielleicht noch auf dem Anstaltsgelände sind?«

»Möglich ist es.«

»Genau das brauchen wir.«

»Was?«

»Eine Leiche innerhalb des Geländes. Dann kriegen wir den Reverend und seine Komplizen aus Hastings endlich dran.«

Die Limousine erreicht den Stadtrand. Beim Anblick des Polizeiwagens vor Barneys Schrottplatz versinkt Peter tief im Sitz. Lee Brunswick ist in lebhaftem Gespräch mit einem kleinen weißhaarigen Alten.

»Der Deputy Sheriff Brunswick. Wahrscheinlich der gefährlichste unter diesen ganzen Verbrechern. Abgesehen natürlich vom Sheriff und dem Reverend.«

»Er hat mich gesehen.«

»Scheiße. Wo?«

»In dem Lokal schräg gegenüber der Telefonzelle. Ich hatte Hunger.«

Der Hilfssheriff Brunswick sieht der vorbeifahrenden Limousine nach. Eine Gruppe Einwohner marschiert auf den Schrottplatz zu. Manche sind bewaffnet.

»Gehören die auch dazu?«

»Die County-Polizei und ein Teil der Bewohner von Hastings. Der andere Teil krepiert vor Angst. Es ist wie eine Sekte mit ihren Anhängern drinnen und draußen. Die Bewohner von Hastings bilden einen Festungswall rings um Redemption.«

Die Limousine passiert einen Wegweiser nach Jackson.

»Wo fahren wir hin?«

»Du kannst darauf wetten, dass Brunswick den Reverend anruft und fragt, ob er einen Häftling vermisst.«

»Ein Grund mehr, dass ich so schnell wie möglich ins Verlies zurückkehre.«

»Zu riskant. Wir bringen dich jetzt an einem sicheren Ort unter.«

Schnell wie der Blitz hat Peter Ackermanns Waffe erbeutet und hält sie sich an die Schläfe.

»Nur die Ruhe, Peter.«

»Ich *bin* ruhig. Sie sollten mich mal erleben, wenn ich aufgeregt bin.«

Peter zieht den Schlitten zurück, um durchzuladen, und diesmal zielt er auf Ackermanns Schläfe. Der Agent auf dem Beifahrersitz zieht ebenfalls seine Waffe und richtet sie auf Peter.

»Schon gut, Bart«, sagt Ackermann. »Peter ist ruhig.«

»Soll er zuerst die Knarre ablegen.«

Bart sieht Peter an, und Ackermann sagt: »Hast du gehört? Tu die Waffe weg, dann reden wir in Ruhe.«

Peter richtet jetzt die Automatik auf den Nacken des Fahrers. »Tu du deine Waffe weg, Bart, oder wir landen in den Kulissen.«

Auf Ackermanns Zeichen hin steckt Bart seine Waffe ein.

»Sam«, sagt Peter.

»Ja?«

»Meine Freundin ist auch in Redemption. Es geht ihr schlecht. Ohne sie haue ich nicht ab.«

»Wie heißt sie?«

»Wendy Moore. Wir wollen miteinander nach Mechiko.«

»Wohin?«

»Nach Mechiko, verdammt!«

»Ich kann dich aber nicht dorthin zurücklassen.«

Peters Fingerknöchel am Pistolengriff werden weiß.

»Ich kann euch reinschleusen.«

»Wie?«

»Durch einen unterirdischen Gang, der im Verlies beginnt und mitten im Wald endet. Auf dem Weg bin ich abgehauen.«

»Ohne Leiche nützt uns das gar nichts.«

»Die lässt sich finden.«

»Richard?«

Der Fahrer sieht Ackermann im Rückspiegel an.

»Kehr um. Peter zeigt uns den Weg.«

Die Limousine bremst ab, wendet. Die Räder graben sich in das unbefestigte Banket. Richard fährt wieder Richtung Hastings. Ein Stück weiter biegt der Wagen in einen mit Splitt bestreuten Feldweg ein, der in den Wald führt. Richard folgt Peters Anweisungen. Zwanzig Minuten später endet der Weg. Peter gibt Ackermann die Waffe zurück. Schweigend gehen sie zu Fuß weiter. Das Licht beginnt zu schwinden, als Peter auf ein Dickicht am Fuß zweier uralter, eng beieinander stehender Bäume deutet.

»Dort geht es hinein.«

Peter zieht sich aus und schlüpft wieder in seinen Häftlingsoverall, T-Shirt, Jeans und Sandalen versteckt er im Unterholz. Ackermann winkt einen seiner Agenten herbei, der ein kleines Kästchen aus der Brusttasche zieht und eine Art transparenten Ohrstöpsel herausnimmt. Er schaltet das Gerät ein, dann führt er es in Peters Gehörgang ein.

»Das ist ein Ohrmikrofon. Auf diese Weise verständigen wir uns mit Undercover-Agenten. Es funktioniert über Funkwellen, die dein Innenohr empfängt und in sprachliche Laute umwandelt. Umgekehrt leitet es die Schwingungen deiner Stimmbänder an unsere Empfangsgeräte weiter. Sogar wenn du flüsterst.«

Peter windet sich in die Tunnelröhre, und kaum ist er unter der Erde verschwunden, umfängt ihn wieder der modrige Geruch. Ackermanns Stimme klingt durch die Dunkelheit: »Peter?«

»Ja?«

»Finde mir eine Leiche.«

104

Wendy betritt Zimmer 412 im Hospiz von Forsyth. Sie küsst Peter auf den Mund und setzt sich auf den Bettrand. Collie scheint ohne Bewusstsein. Peter sieht seine Freundin an. Sie streicht Collie sanft übers Haar, und der murmelt: »Ach, Scheiße, ist es so jetzt weit, bin ich tot…«

»Nette Begrüßung, Collie.«

Collie verbirgt das Gesicht hinter seinen skelettdürren Armen.

»Scheiße, Peter, hab ich dir nicht gesagt, dass ich Wendy hier nicht sehen will?«

»Sorry, ich habe geschlafen, als sie reinkam.«

»Wie bitte – ich bin hier am Sterben, und du pennst?«

»Tut mir leid, Alter.«

»Wendy, könntest du dich bitte wieder verziehen?«

Wendy hat die Hände um Collies Handgelenke gelegt und biegt ihm behutsam die Arme auseinander. Collie wehrt sich mit aller Kraft, ist aber so schwach, dass es Wendy vorkommt, als gäbe er einfach ihr zuliebe nach.

»Nein, Wendy, bitte nicht.«

»Ich möchte, dass du die Augen aufmachst, Collie.«

Wendy bläst ihm sanft gegen die geschlossenen Lider.

»Collie? Hörst du?«

»Nein.«

Wendy hat sich über ihn gebeugt. Sie küsst ihn sacht auf die Stirn. Er zuckt zusammen.

»Nein, Wendy, mach das nicht! Ich bin ein einziger Virenherd, ist dir das klar?«

»Mach die Augen auf, oder ich küsse dich auf den Mund.«

»Geht's noch, ihr zwei? Ich hoffe, ich störe nicht.«

»Mach die Augen auf, Collie.«

Collie öffnet die Lider einen Spalt.

»Scheiße, Wendy, bist du schön.«

Er streckt die Hand aus und streicht ihr übers Gesicht.

»Grüß dich, Wendy Moore.«

»Grüß dich, Collie Partridge.«

Collie lässt sich von Wendy umarmen. »Alabama«, flüstert er vor sich hin. Seine Augen glänzen fiebrig. Seit einigen Sekunden geht sein Atem röchelnd. Er ist am Ende seiner Kraft. Wendy weint lautlos. Collies Finger lösen sich sehr langsam von den ihren. Sie küsst ihn auf den Mund.

»Mach's gut, mein Freund«, murmelt sie.

Als sein Gehirn langsam verlöscht, sieht Collie noch einmal die Weiden, den Zellentrakt von Redemption, den Himmel, über den dicke weiße Wolken treiben. Ein sehr dunkelhaariges junges Mädchen tritt aus dem Schatten der Bäume und lächelt ihm zu. Sie streckt ihm die Hand hin. Es ist heiß.

»Verzeih mir, Alabama«, flüstert er.

Sie sitzen im Gras. Alabama hat die Wange an Collies Schulter gelegt. Sie streicht ihm übers Gesicht. Das Piepsen des EKG weicht einem Dauerton. Collie stirbt lächelnd.

VIII

Howard Cullen

105

Es ist kurz vor Tagesanbruch, als sich Peter und Wendy der Stadt Youngstown nähern. Die ganze Nacht waren sie unterwegs, sind abwechselnd gefahren. Wendy schläft jetzt. Peter betrachtet sie aus dem Augenwinkel. Seit dem Hospiz von Forsyth haben sie kaum ein Wort gesprochen. Nach der Einäscherung hielten sie an einer schönen Stelle am Flussufer an, und Peter watete bis über die Knie in die graue Strömung hinein. Er murmelte ein paar Worte und streute Collies Asche aus, und Wendy warf Blumen ins Wasser, die sie am Straßenrand gepflückt hatte.

Das Morgengrauen ist nichts anderes als eine von vielen Spielarten schmutzig trüben Lichts. Peter zieht Wendy den Schal höher übers Kinn und drückt seine Zigarette im überquellenden Aschenbecher aus. Die aufgehende Sonne versucht, den Wolkenpanzer zu durchbrechen, der tief über der Ebene hängt. Sie erreichen den breiten Speckgürtel von Youngstown: graue Siedlungen zwischen Autobahnen, zu denen nicht mal ein Zubringer führt, niedrige Ein- und Mehrfamilienhäuser, einander gegenüberliegende Tankstellen. Und der Ortskern beschränkt sich auf eine Straßenkreuzung mit Stoppschild. Peter parkt schräg vor einem Dunkin' Donuts, von dessen Fassade die Farbe blättert. Er schaltet den Motor aus. Wendy taucht aus ihrem Schal auf und reckt sich.

»Wo sind wir?«

»Youngstown.«

»Scheiße – schon?«

»Ich bin so langsam gefahren, wie es ging, Baby.«

Peter betrachtet die verkümmerten Wohnhäuser und das efeubewachsene Rathaus. Ein paar Meter weiter präsentieren die Schaufensterpuppen in der Auslage eines Geschäfts für Damenmoden Kleider in Variationen von Braun. Einer Puppe fehlt eine Hand, andere führen ihr nacktes Plastik vor.

Wendy angelt ihre Handtasche vom Rücksitz. Im zweiten Umschlag sind drei Blätter: Howard, steht dort, hat Financial Engineering studiert, war Trader bei einer großen Bank im Mittleren Westen, hat geheiratet, bekam ein Kind, fuhr seine erste Million ein, bis er eines Morgens, ohne ein Wort zu irgendjemandem, alles stehen und liegen ließ und verschwand, genau wie Collie.

So weit Wendys Zusammenfassung. Stumm liest sie die letzte Seite.

»Ich will nur wissen, ob es ihm gut geht«, sagt Peter.

Wortlos reicht ihm Wendy das Blatt: Vor vier Jahren hat sich Howard in einer Waffenhandlung eine Pump Gun gekauft. Damit fuhr er ein paar Meilen zum nächsten Supermarkt, der seine Weihnachtsdekorationen bis auf den Parkplatz hinaus spie, und marschierte hinein. Drinnen schoss er kaltblütig, vor den Augen Dutzender Familien, einen Mann nieder. Dann setzte er sich unter ein Süßwarenregal und wartete auf die Polizei. Er wurde zum Tod durch die Giftspritze verurteilt. Er legte keine Berufung ein, stellte kein Gnadengesuch. Seither sitzt er im Todestrakt der Strafvollzugsanstalt von Youngstown. In der Woche zuvor wurde das Urteil bestätigt, die Hinrichtung soll noch an diesem Abend erfolgen. In dem großen Umschlag findet Peter ferner zwei auf beider Namen ausgestellte Besuchsgenehmigungen. Er zerreißt die Blätter mit dem Lebenslauf.

»Was machen wir?«

»Er ist mein Kumpel.«

»Das ist nicht der Grund, weshalb du hier bist, Pete. Du bist hier, weil du dich ihnen gegenüber schuldig fühlst.«

Peter versucht angestrengt, an Barbara und die Zwillinge zu denken. Ihre Gesichter werden immer undeutlicher. Auch das nimmt er sich übel.

106

Vor den Gefängnistoren von Youngstown drängen sich die Gegner der Todesstrafe und versuchen, ihre brennenden Kerzen, so gut es geht, vor dem Regen zu schützen. Hier und dort verlöscht eine Flamme wie ein Leben, wird aber sofort von bereitwilligen feuerzeugbewehrten Händen wieder angezündet. Auf einem Podium verliest eine Aktivistin mit Megafon die Namen der Hingerichteten des Staates Ohio. Manche Transparente erwähnen Gott, das Ende aller Zeiten, das Jüngste Gericht. Andere halten nur Howards Namen ins gläserne Auge der Kameras. Shepard wählt Ackermanns Nummer in Washington.

»Hi, Peter. Wo bist du?«

»Youngstown.«

»Ich habe dir einen Besuch im Todestrakt arrangiert, als Last-Chance-Anwalt. An der Pforte ist auf deinen Namen eine Akte hinterlegt. Darin findest du sämtliche Haftberichte und die Verhandlungsprotokolle. Cullen weiß nichts von deinem Besuch. Kann sein, dass er gar nicht mit dir reden will.«

»Ich muss es aber wissen.«

»Nach dem Mord hat Cullen vor der Polizei ausgesagt, er habe schon lange davon geträumt, in eine Menschenmenge zu ballern und einen X-Beliebigen zu erschießen. Ich meine, er hat vielleicht nicht die geringste Lust, seine

Vergangenheit wieder auszugraben. Dein Besuch könnte ihm mehr schaden als nützen. Also entweder du weichst von deinem Weg ab und lässt ihm seine Entscheidung, oder du ziehst dein Ding durch.«

»Wie hoch ist meine Chance, ihn zu retten?«

»Null. Nächsten Monat sind Wahlen, und der derzeitige Gouverneur hat alles Interesse, einen so glasklaren Fall wie diesen möglichst rasch zum Abschluss zu bringen.«

»Und wenn ich neue Fakten liefere?«

»Für was denn? Für den sinnlosen Mord an einem Vater von vier Kindern? Du verschwendest deine Zeit.«

»Sam – was täten Sie, wenn ich dort in der Todeszelle säße?«

»Für dein Seelenheil beten.«

Shepard beendet das Gespräch. Wendy wartet am Gefängnisgitter auf ihn, Regentropfen rinnen über ihre Wangen. Er geht zu ihr, ergreift ihren Arm. Sie bahnen sich einen Weg durch die Menge.

107

Peter ist in sein Verlies zurückgekehrt. Er zwingt sich, langsam zu atmen, um sein Herzklopfen zu beschwichtigen. Er denkt an Ackermanns Stimme im Ohrmikrofon, die ihn durch die unterirdischen Gänge begleitet hat. Vor der ersten Wegbiegung drehte er sich noch ein letztes Mal um und warf einen Blick auf die Öffnung ins Freie. Dann begann er den mühseligen Rückweg durch die Dunkelheit.

Peter bewegt die Beine, die ihm einzuschlafen drohen, massiert sich die Waden. Als er den Rundweg in umgekehrter Richtung ging, verpasste er anscheinend eine Abzweigung, was er aber erst daran merkte, dass sich nach einer Weile Geruch und Temperatur veränderten. Er schaltete seine Minitaschenlampe ein, um die Karte zu prüfen. Im selben Moment tönte ihm Ackermanns Stimme ins Ohr.

»Gibt's ein Problem, Peter?«

»Ich glaube, ich habe mich verlaufen.«

»Das Wichtigste ist, Ruhe zu bewahren.«

Peter ging weiter. Die Luft ringsum schien jetzt beinahe warm. Ein Geruch nach Verwesung stieg ihm in die Nase. Und im nächsten Augenblick stolperte er über ein Hindernis, fiel vornüber und landete auf allen vieren zwischen Ungeziefer.

»Peter, alles in Ordnung?«

»Ja, Scheiße, ja! Ich bin hingefallen, aber alles okay!«

Peter richtete die Lampe auf das Hindernis, konnte sich aber nicht entschließen, sie wieder einzuschalten – sekundenlang lag sein Finger auf dem Schieber, ehe er ihn betätigte. Er versucht, sich zu erinnern, doch es ist, als hätte sein Unterbewusstsein bereits alles verdrängt, was er dort gesehen hat. Und dann leuchtet plötzlich der Lichtstrahl taghell auf. Er blendet seinen Geist. Peter krallt die Fingernägel in seine Schenkel.

Der Lichtstrahl erfasste zuerst eine schmutzige Hand, dann einen Arm, der sich durch Gitterstäbe reckte. Eine Gefängniszelle. Hinter den Stäben das Gesicht eines Wesens, in dessen glasigen Augen sich das Licht der Lampe spiegelte. Unter dem Schmutz zeigte das ausgemergelte Gesicht noch Spuren einstiger Schönheit. Ein Mädchen. Wegen der eingetrockneten Blutspuren an den Ohren und der Nase erkannte Peter die Tote: Sie war ihm am Tag seiner Ankunft aufgefallen, als sie sich alle im Quadrat aufgestellt hatten. Eine zierliche Rothaarige, deren große grüne Augen wie zwei verschreckte Tierchen von einem Gesicht zum nächsten huschten. Aufgefallen war sie ihm deshalb, weil sie ein Piercing im Nasenflügel hatte und in einem Ohr mehrere Ringe. Der Reverend hatte sie während seiner gesamten Ansprache nicht aus den Augen gelassen. Nach der abendlichen Versammlung hatte einer der Profose sie zum Mitkommen aufgefordert, und danach hatte man sie nie wieder gesehen.

»Ackermann! Ich habe eine Leiche gefunden.«

Im ersten Moment war Stille. Dann sagte Ackermann: »Du hast eine Leiche gefunden. Positiv, Peter?«

»Ja! Hier sind weitere Zellen! Dieses verdammte unterirdische Labyrinth scheint überhaupt ein einziges Verlies zu sein!«

»Kannst du mir die Leiche beschreiben?«

»Ein Mädchen. Dreizehn, würde ich sagen. Maximal vierzehn. Rote Haare. Ich schätze, sie ist verhungert.«

Peter trat an die Gitterstäbe und richtete den Lichtstrahl ins Innere der Zelle. Sie war direkt in den Felsen geschlagen und schien weitaus älter zu sein als der Karzer, aus dem er geflohen war. An den Wänden entdeckte er alte, weitgehend unleserlich gewordene Kritzeleien, die vermutlich aus der Zeit des Unabhängigkeitskriegs stammten – englische Soldaten, die wussten, dass sie nie wieder das Tageslicht sehen würden, und Abschiedsbotschaften in den Stein geritzt hatten: an eine Braut in Wessex, eine Mutter in Southampton, eine Cousine in Somerset. Andere waren leichter zu entziffern: Im Lichtstrahl der Lampe entdeckte Peter Botschaften, die offenbar aus der Zeit des Bürgerkriegs stammten. Yankee-Soldaten hatten Inschriften hinterlassen wie:

Sergeant Wallace aus Horton, New Jersey, gefangengenommen in Kernstown.

Corporal Camden, 24, 1st US Cavalry. Gefangen in der Schlacht am Bull Run.

Easton Maughan, 54th US Infantry, aus Massachusetts, Neger und Nordstaatler.

Lawry H., 1st U.S. Artillery, Ohio. Ich werde hier

Hungers sterben. Nieder mit Lee und dem Gewürm Lincoln.

An anderen Stellen entdeckte er Liebes- und Sehnsuchtsbekundungen. Auch Gedichtzeilen, die unsichere Hände im Dunkeln in den Fels geritzt hatten. Hier und dort überlagerten sich die Inschriften. Und auch Nachrichten deutlich jüngeren Datums erfasste der Lichtstrahl: »Rick Cummings ist hier gestorben« und: »Alysson H., 17 Tage ohne Essen.« Und dies: »Jennyfer Woomack, ich sterbe heute noch. Mama, ich hab dich lieb.« Auch das Mädchen, das als Letzte hier verhungert war, hatte sich verewigt: »Ich habe mich geweigert, mit Rev. Esterman zu schlafen. 13 Tage Karzer. Vergesst mich nicht. Melissa.«

Während Peter im schwächer werdenden Licht seiner Lampe die bedrückenden Inschriften studierte, hörte er auf einmal Stimmen. Erst war es nur ein Gemurmel, so leise, dass er es für einen Luftzug hielt, der durch die unterirdischen Gänge wehte, aber bald war ihm klar, dass die Töne menschlichen Ursprungs waren. Und sie wurden rasch lauter – erst waren es nur wenige Stimmen, dann immer mehr, und es erhob sich ein vielstimmiger Chor, der klagte und um Hilfe rief und fragte, ob hier ein Mensch sei, der Rettung versprach, der sie freilassen werde. Und alle, alle wiederholten, dass sie am Verhungern und Verdursten seien.

Als Peter seinen Lichtstrahl umherwandern ließ, erkannte er das hohläugige Gesicht des rothaarigen Hurley. In der nächsten Zelle saß Sandra Meyer, das Mädchen mit dem gegarten Ferkel. So weit der Strahl seiner Lampe reichte, sah er aneinandergereihte Zellen, herausgestreckte Arme und bleiche Gesichter hinter Gitterstäben, flehende Lippen.

Heiser sagte er: »Ich kann euch nicht sagen, wer ich bin, aber die meisten von euch werden mich kennen. Bitte haltet durch – ich schwöre euch, dass ich sehr bald wiederkomme und euch befreie.«

»Mit wem redest du, Peter?«, fragte Ackermann.

»Hier sind noch viel mehr Zellen und Gefangene«, flüsterte Peter. »Sie sind am Verhungern. Es muss sofort was geschehen – Sie müssen was unternehmen!«

»Wir haben bereits Verstärkung angefordert. Sobald ich genügend Leute hier habe, werden wir aktiv.«

»Sie sind ein verdammter Zyniker, Sam, ist Ihnen das klar?«

»Bei diesen Irren können wir es uns nicht leisten, irgendein Risiko einzugehen! Wir haben das gesamte County gegen uns!«

Das Mädchen mit dem Ferkel, das Peters Flüstern mitbekommen hatte, schrie jetzt: »Brandon, bist du's? Bestimmt bist du's! Lass mich raus, und ich blas dir einen! Ich tu's bis ans Ende meiner Tage, ich tue alles, was du willst, aber lass mich raus, *bitte*! Hörst du mich, Brandon?«

Woraufhin Hurley zu schreien anfing: »Halt's Maul, Schweinemörderin! Bist du es, Luke? Hör zu, ich trinke jetzt mein Blut, Luke! Ich trinke meine Pisse und mein Blut, um nicht abzukratzen!«

Wieder erhob sich ein Geschrei aus vielen Kehlen: Viele von ihnen seien schon längst krepiert, und der Rest werde auch nicht mehr lang durchhalten. Und ab und zu komme ein Vogt herunter und hole sich einen von ihnen aus der Zelle, und dann höre man ihn um sein Leben schreien, bis er still sei.

Und als die Stimmen erschöpft schwiegen, meldete sich eine, die älter klang als alle. »Ich heiße Jessica Brenner«, sagte sie. »Angeblich bin ich zweiunddreißig. Als ich nach Redemption kam, war ich sechzehn. Als sie mich hier unten eingesperrt haben, war ich achtzehn. Zur Strafe dafür, dass ich zu fliehen versuchte. Jetzt holen sie mich regelmäßig zu sich herauf und vergewaltigen mich und flößen mir mit Gewalt Essen ein, damit ich nicht krepiere. Wer immer du bist – sieh zu, dass du fortkommst, wenn du's noch kannst.«

Peter stopfte sich die Ohren zu und tastete sich, so schnell er konnte, den Gang entlang, bis er spürte, dass es wieder leicht abwärts ging. Als er einmal stehen blieb, um zu verschnaufen, hörte er Ackermann sagen: »Peter! Du musst umkehren! Hörst du? Du musst auf der Stelle zu uns zurückkommen!«

Peter starrte in die Dunkelheit. Irgendwo hinter ihm war der rettende Ausgang, waren Wald und Sonne und Freiheit. Vor ihm lag die Unterwelt von Redemption. Einen Moment lang war er versucht kehrtzumachen. Dann meinte er Wendys Stimme in der Stille der finsteren Gänge zu hören: Sie war zwanzig Jahre älter und teilte ihm mit, dass sie regelmäßig vergewaltigt und durch Zwangsernährung am Leben gehalten wurde. Und er flüsterte leise: »Sam?«

»Ja?«

»Ich muss meine Kumpels rausholen.«

108

Im Geist zählt Peter die Sekunden, um nicht das Zeitgefühl zu verlieren. Wenn er bei tausend angelangt ist, streckt er einen Finger aus und beginnt wieder bei null. Er beißt sich auf die Lippen. Schon wieder hat er den Faden verloren.

»Sam? Ist die Verstärkung schon da?«

In der Tiefe seines Ohrs knistert es.

»Morgen früh bei Tagesanbruch stürmen wir den Laden. Wir umzingeln das Gelände, um einen möglichen Gegenangriff von vornherein zu durchkreuzen. Dann befreien wir die Gefangenen aus den Kellern.«

»Sie machen es nicht mehr lang da unten, Sam! Sie verdursten!«

»Ich weiß, Peter, aber das Risiko eines zweiten Waco *kann* ich nicht eingehen!«

»Waren Sie dabei?«

»Ja. Es war entsetzlich.«

Peter wehrt sich mit aller Macht gegen den Schlaf, der ihn zu übermannen droht. Er vergewissert sich, dass er seine Taschenlampe und seine Dietrichsammlung gut versteckt hat. Von einem plötzlichen Zweifel geplagt, ob er die Tür zu den unterirdischen Gängen auch wirklich zweimal abgesperrt hat, will er sich schon auf den Weg machen, doch in dem Moment hört er draußen auf der Treppe zum Verlies Schritte.

»Sam, sie kommen.«

Die Tür öffnet sich, und es erscheint die schrankartige Gestalt des Profoses Helliwell, flankiert von seinen Schergen. Er richtet den Lichtstrahl seiner Taschenlampe auf Peter, der sich die Handballen in die Augen drückt.

»Na bitte, wer sagt's denn. Wo sollte der kleine Arsch denn sonst sein.«

»Ja. Schlechter Tipp. Also los, Hurensohn, deine Zeit ist um.«

Peter hat auf einmal den Geschmack von Galle in der Kehle, als ihm klar wird, dass sich die Sprache der Profose verändert hat.

Mühsam rappelt er sich auf und geht auf das Licht zu.

109

Shepard steht vor dem Eingang zum Todestrakt der Strafvollzugsanstalt Youngstown. Der war einmal ein Irrenhaus, worauf heute nur noch die gepanzerte Tür und ein langer Korridor mit Gewölbedecke und gekalkten Wänden hinweisen. Die Lampe am Ende des Flurs beleuchtet drei Türen. Die mittlere führt zum Quartier der Wächter, die zweite, auf der linken Seite, zu den Zellen der letzten Tage, die Tür gegenüber zum Hinrichtungssaal.

Der Oberaufseher, ein kleiner dunkler Typ, dessen Namensschild an der Uniform ihn als »Chief S. Miller« ausweist, rasselt mit seinen Schlüsseln. Er sperrt die Tür zum Besuchsraum auf.

»Sie verkehren wohl in höheren Kreisen, dass Sie noch am Hinrichtungstag eine Besuchserlaubnis für Old Nobody kriegen? So nennen wir Ihren Kunden hier nämlich. Nie ein Wort, nie ein Schrei, nie der geringste Anflug von Gewalttätigkeit. Die meisten, die hier sitzen und auf den großen Sprung warten, stopfen sich mit Xanax voll und schlagen mit dem Kopf an die Wand. Er hingegen zeichnet, liest und macht Kaugummiblasen. So verbringt er seine Zeit. Und wissen Sie, was das Beste ist?«

»Nein, was?«

»Vor drei Wochen hat er ein Architekturstudium wieder aufgenommen. Dafür muss man doch einen ordentlichen Sprung in der Schüssel haben, finden Sie nicht?«

»Nein.«

Der Oberaufseher zieht die schwere Tür auf.

»Gehe ich recht in der Annahme, dass Sie zu dieser verdammten Plage gehören, den Hinrichtungsgegnern?«

Seine Miene hat sich verdüstert. Die Vorstellung, dass jemand auch nur versucht, einen seiner Verurteilten zu retten, ist ihm unerträglich. Sein ganzes Leben ist auf dieser einen Gewissheit aufgebaut: Wenn ein Mensch den Todestrakt betritt, verlässt ihn nur seine Seele wieder.

Wendy und Peter nehmen auf eisernen Stühlen Platz, die rings um einen Tisch mit Schaumstoffbelag am Boden festgeschraubt sind. Auch die Wände sind mit Schaumstoff verkleidet. Vor dem Einlass wurden sie von den Aufsehern kontrolliert, dass sie keinerlei spitze oder scharfe Gegenstände bei sich haben – sogar Stifte und Heftklammern sind verboten. Peter prüft den Empfang seines Telefons, aber durch diese Mauern dringt keine Funkwelle. Er wirft einen Blick auf Wendy. Sie ist bleich, beklommen. Er nimmt ihre Hand und hält sie fest, während er die Akte durchsieht, die man ihm an der Pforte ausgehändigt hat. Dem Polizeibericht zufolge hat sich Howard widerstandslos festnehmen lassen. Auf dem Revier bat er um eine Zigarette, die ihm verweigert wurde, woraufhin er kein Wort mehr sagte. Erst als die Bullen einsahen, dass er unter diesen Umständen nicht reden würde, durfte er seine Kippe rauchen. Er sagte aber nicht viel, nur dass er sich sein Opfer aufs Geratewohl ausgesucht habe – ob dieser oder ein anderer, das sei ihm gleich gewesen. Ein Familienvater sei es gewesen, wandte ein Bulle ein, was Howard nur mit einem Achselzucken quittierte. Peter blättert weiter. Die Verhandlung hatte zwei Tage gedauert. Howard hatte drei Anwälte abgewiesen. Der vierte, ein Pflichtverteidiger, versuchte, seinem Mandanten mit einem auf Cullens Kindheit, Redemption et cetera ausgerichteten Plädoyer den Hals zu retten, doch Howard war nach wenigen Minuten aufgestanden, hatte sich zu den Geschworenen gedreht und gesagt: »Hören Sie nicht auf das, was Ihnen der Herr Rechtsanwalt Dings auftischen will. Redemption oder nicht – ich bin ein Mörder. Also behandeln Sie mich auch so, sonst werde ich, wenn ich eines Tages hier rauskomme, jeden Einzelnen von Ihnen aufsuchen und umbringen, das schwör ich Ihnen. Ich bringe auch Ihre Kinder, Ihre Hunde, Ihre Ehepartner und Ihre Nachbarn um. Ich bin ein Wolf. Einen Wolf sperrt man nicht ein.«

Die Geschworenen brauchten keine Stunde für ihre Beratung. Sie verurteilten Howard zum Tod durch die

Giftspritze. Peter schlägt die Akte wieder zu. Er hält immer noch Wendys Hand. Schritte nähern sich, der Schlüssel dreht sich im Schloss. Und dann steht ein zaundürrer Mann in orangefarbenem Overall in der Tür.

110

»Dreißig Minuten, Cullen.«

Howards Schädel ist rasiert. Seine Pupillen flackern unruhig, als hätten sie Mühe, längere Zeit auf einem Gegenstand zu verharren. Aber dann heftet sich sein Blick auf Peter, und er hört mit einem Schlag auf zu kauen. Im nächsten Moment hämmert er an die Tür. Das Guckloch öffnet sich.

»Was gibt's, Cullen?«

»Unterredung beendet!«

»Wie bitte? Du bist doch erst vor einer Sekunde gekommen!«

»Ich berufe mich auf den milliardsten Verfassungszusatz, Blödmann. Auf den, der mir das Recht gibt zu beschließen, dass die Unterredung beendet ist.«

»Nur zehn Minuten, Howard.«

»Das sind mindestens zehn zu viel, Mann.«

»Ezzie ist tot. Collie ebenfalls.«

Howards Blick verdüstert sich. Langsam kommt er auf den Tisch zu und setzt sich Peter und Wendy gegenüber. Das Guckloch schließt sich wieder.

»Immer noch schön wie der frische Tag, Wendyschatz.«

Ein Hauch Rosa überzieht Wendys Wangen.

»Hast du eine Kippe, Pete?«

Howard legt seinen Kaugummi auf den Tisch, als ihm Peter eine Zigarette reicht und Feuer gibt. Langsam lässt er den Rauch entweichen.

»Wie sind sie gestorben?«

»Collie an Aids. Ezzie an einer Kugel.«

»Wer?«

»Ich.«

Ein kurzes Erstaunen huscht über Howards Miene. »Du hast unseren Riesen umgebracht?«

»Er ist durchgedreht. Wenn ich's nicht getan hätte, hätten ihn die Bullen abgeknallt.«

Peter schlägt die Akte auf, blättert darin. Er sagt: »Ich habe mit meinen zwei Partnern eine ziemlich große Anwaltskanzlei. Und unbegrenzt Kredit. Ich hab dir das Formblatt für ein neuerliches Gnadengesuch mitgebracht.«

»Was glaubst du, wo du hier bist, Pete? Nach jahrzehntelangem Schweigen kreuzt du hier einfach auf, belästigst mich in meinem kleinen Zweitwohnsitz und bietest mir deine rettende Hand wie einem Penner – spinnst du oder was?«

»Es ist wegen der Nacht vor dem Sturm auf Redemption, oder?«

»Leck mich am Arsch, Peter. Reicht dir das als Erklärung?«

»Oder wegen Alabama Brannigan? Willst du ihretwegen sterben?«

Howard drückt seine Zigarette aus und steckt sich den Kaugummi wieder in den Mund.

»Ja, wegen dieser Heulsuse. Wegen ihr und wegen allem anderen.«

»Es war nicht unsere Schuld.«

»Siehst du, Peter, das ist genau die Sorte von Scheißgelaber, das ich definitiv nicht mehr ertrage. Schließlich war ja jedes unserer Verbrechen total verständlich und entschuldbar, nicht? Deswegen will ich, dass es aufhört. Deswegen hab ich mir eine Pump Gun gekauft und dem Kerl im Supermarkt das Hirn rausgeblasen. Es lässt sich nicht bestreiten, dass ich zumindest *daran* schuld bin, und ich will dafür büßen.«

»Hast du Alabama geliebt?«

»Red doch keinen Scheiß, Wendy!«

Howards Lippen zittern leicht. Er reibt sich grob die Augen, kann aber nicht verhindern, dass ihm die Tränen über die Wangen laufen.

»Du hast sie geliebt, hab ich recht?«

»Du kannst nicht wissen, wie sehr. Ich war fast so weit, dass ich Collie still und leise abgemurkst hätte. Und dann war sie tot, und ich hasse uns dafür.«

»Lass uns dir helfen.«

»Für mich ist es vorbei. Selbst wenn du alles dransetzt – sämtliche Fristen sind verstrichen, und heute um Mitternacht wird der alte Hund eingeschläfert.«

Peter hat die Akte wieder zugeklappt. Im Schloss dreht sich der Schlüssel, die Tür geht auf. Wendy bricht in Tränen aus.

»Scheiße, Wendyschatz, fängst jetzt du zu flennen an? Ganz schön aufgeblasen, muss ich sagen.«

»Du kotzt mich an, Howard Cullen.«

»Du mich auch, meine Schöne. Es hat mich sehr gefreut, dich gekannt zu haben. Du bist das am wenigsten Scheußliche, das mir in meinem Drecksleben passiert ist.«

Der Wächter lässt die Handschellen um Howards Handgelenke zuschnappen.

»Kann ich dich um einen letzten Gefallen bitten, Pete?«

»Sollen wir dabei sein?«

»Würdest du das machen?«

»Mir ist es recht, wenn's dir recht ist.«

»Mir nicht! Scheiße, Howard! Das kannst du nicht von mir verlangen, dass ich zuschaue, wie die Arschlöcher von Ohio dich einschläfern wie einen Köter!«

»Tu dir keinen Zwang an, Wendy Moore!«

Howard lässt eine prächtige Kaugummiblase platzen und grinst.

»Die einzig schlechte Nachricht ist, dass der gute Collie schon vor mir abgekratzt ist und wir uns noch mal wegen Alabama in die Wolle kriegen werden, aber diesmal lass ich mich nicht übers Ohr hauen.«

Wendy lächelt unter Tränen, während Howard abgeführt wird. Bevor die Tür sich schließt, schreit er noch: »Ich liebe euch alle, Arschbande!«

Und dann ist er verschwunden, wie vom Korridor verschluckt.

111

Als Peter aus dem Karzer zurückkommt, dämmert es, und die gelben Overalls haben sich vor dem Kolonialhaus zum Appell aufgestellt. Niemand rührt sich, alle stehen stocksteif und still. Peter hält nach Wendy Ausschau und entdeckt sie in der Abteilung der Mädchen. Der Profos Helliwell versetzt ihm einen derben Stoß in den Rücken.

»Los, einreihen, Schleimwichser.«

Peter schiebt sich zwischen Howard und Ezzie. Er versucht Collies oder Marcellus' Blick zu begegnen, doch der große Schwarze und der kleine Narbige starren leer vor sich hin. Peter sieht sich die anderen Häftlinge an. Vielen zittern die Knie. Andere scheinen vor Schmerz die Zähne zusammenzubeißen. Unter den Armen, auf dem Rücken sind ihre Overalls nass vom Schweiß, Haare hängen feucht herab, Wangen brennen, die Gesichter zeigen die Spuren tiefer Erschöpfung. Ohne die Lippen und Augen zu bewegen, flüstert Peter: »Was ist los?«

»Höchster Alarmzustand. Die Vögte haben uns gleich nach Mittag gezwungen, uns hier aufzustellen, ohne Wasser und ohne Essen. Niemand weiß, warum, aber ich schätze, es ist deinetwegen.«

»Wie geht's den anderen?«

»Alabama hat wieder mal mit Collie Schluss gemacht.«

Peter versucht, Wendys Blick auf sich zu lenken, und fährt sich mit dem Overallärmel über die Stirn. »Nein, Peter, nicht...«, zischt Howard.

Peter will antworten, doch ein brennender Schmerz explodiert in seinem Kreuz, und er fällt vornüber.

»Keine Bewegung, hab ich gefagt, du Aaf!«

Peter schaudert, als er aufblickt und den stahlumgürteten Kiefer von Profos Burton sieht. Ezzie beugt sich vor, um ihm aufzuhelfen, doch das verhindert der Profos mit seinem Schlagstockhieb auf den Rücken des Riesen.

»Loflaffen, dreckigef Kirmefmonfter!«

»Na, Burton, das geht doch schon wieder recht ordentlich mit dem Reden, wie?«

»Halt die Klappe, Pete«, flüstert Ezzie. Er hat dabei kaum die Lippen bewegt.

Burton hängt sich den Schlagstock wieder an den Gürtel und setzt seinen Weg fort. Peter reckt verstohlen seinen schmerzenden Rücken. Im nächsten Moment schrillt aus den Lautsprechern ein ohrenbetäubendes Pfeifen. Viele halten sich unwillkürlich die Ohren zu. Ein Vogt eilt herbei, um die Lautstärke zu regeln, und das Pfeifen lässt nach. Die Tür des Kolonialhauses öffnet sich.

112

Der Reverend sieht zum Fürchten aus. Zum ersten Mal sind seine Kleider zerknittert und fleckig. Er lässt seine blutunterlaufenen Augen über die Menge der Häftlinge schweifen. Tief tönt seine Stimme durch die Lautsprecher.

»Hunde und Hündinnen von Redemption. Unter uns ist ein Verräter.«

Ein unbestimmtes Raunen folgt seiner Ankündigung. Der Reverend nimmt einen Schluck Wasser. Ein kleines Rinnsal fließt seitlich am Mund vorbei und tropft ihm vom Kinn.

»Dieser Verräter«, fährt er fort, »hat das schlimmste aller Verbrechen begangen. Wisst ihr, was es war?«

Aus vielen Kehlen kommt ein schüchternes »Nein«.

»Und wollt ihr es wissen?«, knistert die Stimme aus den Lautsprechern. »Wenn ihr es wissen wollt, sagt: ›Ja.‹«

Die Jugendlichen geraten in Bewegung und rufen durcheinander. Peter hat auf einmal den Eindruck, als bildeten sie jetzt alle nur noch eine Person, ein einziges, ferngesteuertes Ungeheuer mit Dutzenden Armen, Beinen und Augen, dessen Münder mit einer Stimme antworten. Er gibt sich Mühe, sich ihm anzupassen. Wieder dröhnt die Stimme des Reverends durchs Mikrofon, und er schüttelt die Faust zum Horizont.

»Dieses niederträchtige Geschöpf hat Kontakt zur Außenwelt aufgenommen. Er hat der Außenwelt mitgeteilt: ›Dies und jenes geschieht in meiner Familie, dies und jenes tun meine Geschwister, bitte sehr, hier liefere ich euch für eine Handvoll Silberlinge meine Herde aus.‹ Unsere Feinde formieren sich neu.«

Wieder nimmt der Reverend einen Schluck Wasser. Er wirkt abgespannt.

»Der Verräter ist unter uns«, sagt er. »Dieser Unrat, dieser Abschaum ist unter uns. Er isst unser Brot und atmet unsere Luft. Er verrät uns, und doch ist er unter uns.«

Das Ungeheuer hebt witternd seine Schnauze. Fahndet nach Fremdgerüchen. Hasserfüllte Blicke heften sich auf Ezzie und die Verlorenen Jungs. Eine rasselnde Stimme schreit: »Sicher ist es der fette Riese mit seinen Kumpels!«

»Ja, ganz bestimmt! Die stecken sowieso immer zusammen!«

Ezzie erstarrt voller Furcht. Peter legt seinem Freund eine Hand auf den Arm. Unter seinen Fingern spürt er die Muskeln des Riesen zucken.

»Ich wende mich jetzt an den Verräter«, sagt der Reverend. »Wenn er sich anzeigt, lassen wir ihn gehen. Er wird seine spärlichen Habseligkeiten packen und sich irgendwo in der Außenwelt verlaufen. Wollt ihr das?«

»NEIN!«

»Doch, meine Wölfe. Wir müssen ihn ziehen lassen. Die Strafe, zu der wir ihn verurteilen, lautet: Rückkehr in die Außenwelt. Wir hingegen bleiben hier, und nichts kann uns je anstecken. Wollt ihr das?«

»JA!!«

Das Ungeheuer ist erhitzt. Es strotzt vor Blutdurst. Der Reverend breitet die Arme aus, wie um das gesamte Quadrat der Häftlinge zu umfangen. Mit tiefer Stimme verkündet er: »Morgen, wenn der Verräter aus unseren Reihen verschwunden ist, werden wir gemeinsam die letzte Mahlzeit einnehmen. Und wenn dann die Horden unser Jerusalem stürmen, finden sie uns Hand in Hand liegen, für immer dem Blick Gottes dargeboten. Wollt ihr das?«

Manche brechen in Tränen aus. Andere fallen einander in die Arme. Die meisten begreifen nicht, was ihnen der Reverend da in Aussicht stellt, nicken aber stürmisch.

»Wollt ihr das? Wenn ihr es wollt, ruft laut: ›Ja!‹«

»JA!«

Das Quadrat zerfasert vor Aufregung. Die Profose sind gezwungen, den Schlagstock einzusetzen, damit es sich wieder ordentlich formiert. Noch gibt es Tränen, Klagen, bange Rufe, doch es kehrt wieder Ruhe ein. Dann aber erhebt sich unversehens eine helle Stimme. Beinahe eine Kinderstimme.

»Seid ihr denn alle verrückt geworden?«, fragt sie.

Das Ungeheuer fährt zusammen. Es beginnt zu knurren, und seine Arme zucken nervös. Es blickt in sich und sucht dort nach dem Sprecher. Die Augen des Reverends gleiten über das Quadrat hin. Seine Lippen nähern sich dem Mikro.

»Wer wagt es?«

Peter blickt die Reihe der gelben Overalls entlang, und bei der Vorstellung, es könnte Wendy gewesen sein, packt ihn kaltes Entsetzen.

Wieder erhebt sich die helle Stimme: »Ich.«

Jetzt richten sich alle Blicke auf Alabama, die in der Mitte des Quadrats steht. Collie will zu ihr stürzen, doch Marcellus hält ihn zurück. Die Verlorenen Jungs ziehen die Köpfe ein. Sie müssen einsehen, dass sie für Alabama nichts mehr tun können. Erhobenen Hauptes fragt sie laut: »Wollt ihr tatsächlich zulassen, dass dieser Verbrecher uns alle umbringt?«

Das Ungeheuer antwortet nicht. Es wartet auf die Anweisungen des Reverends.

»Bist du die Verräterin, junge Hündin?«

Das hübsche Mädchen reckt sich wie eine Tänzerin und antwortet: »Ich bin Alabama Brannigan, und ich verbiete Ihnen, mich als Hündin zu bezeichnen.«

Strahlend hebt sich die Stimme des Mädchens über das finstere Schweigen hinweg. Wie ein Kristall.

»Ist euch denn nicht klar, was hier abläuft? Er will uns umbringen. Er will euch umbringen. Hat keiner was dazu zu sagen? Sieht denn keiner, dass wir zahlreich genug sind, um uns gegen diese Feiglinge zu wehren? Wir müssen es nur wollen!«

Peter wäre gern mutig genug, um »ja, ich« zu sagen. Er hätte gern die Kraft, um sich zu Alabama in die Mitte des Quadrats zu stellen. Mit ein wenig Glück würden die übrigen Verlorenen Jungs folgen. Er denkt an Wendy. Daran klammert er sich, als sich das Ungeheuer um Alabama zusammenzieht. Wendy weint. Collie hat die Hände vors Gesicht geschlagen. Peter hört Alabama unter den Schlägen ächzen. Er hört das Schreien und Schimpfen und Spucken aus vielen Kehlen. Es schlägt, kratzt, reißt und zerreißt. Unter dieser Sturzflut von Hass zerbrechen Alabamas Gliedmaßen. Langsam versinkt ihr Körper in dem Meer von Gesichtern und Armen. Sie, die Widerstand geleistet hat, gibt auf. Ein letzter Blick fällt auf Collie, der in seine Hände weint. Sie versucht, einen Arm zwischen den anderen Armen hindurchzustrecken; es gelingt nicht. Sie bewegt sich seltsam. Sie erschlafft. Geht unter. Es wird noch eine Weile geschlagen und getreten. Dann hält das Ungeheuer inne. Es weicht zurück. Es ordnet sich wieder. Ein schleifendes Geräusch sagt, dass ein Körper weggezogen wird. Als Peter die Augen öffnet, sieht er in der Lücke, die Alabama hinterlassen hat, ein bisschen Blut, eine Handvoll Haare, Fetzen ihres Overalls auf dem Boden liegen. Der Reverend scheint sich erst jetzt wieder aus seiner Starre zu lösen. Er hat das Martyrium nicht mitbekommen. Er weiß nicht einmal, wer das Mädchen war. Mechanisch beginnt er wieder: »Ich wende mich abermals an den Verräter. Ich gebe ihm zehn Sekunden Zeit, um sich anzuzeigen. Danach ist es zu spät.«

Die Sekunden vergehen in Todesstille, nur der Reverend zählt rückwärts. Als er fertig ist, hebt er den Blick zum Horizont. Peter dreht sich um. Aus der Ferne nähert sich eine Staubfahne.

113

Mit hoher Geschwindigkeit rast der Wagen die Straße nach Redemption entlang.

»Ackermann?«, flüstert Peter. »Jemand kommt. Jemand von außen.«

»Ich erkundige mich.«

»Mann, beeilen Sie sich bloß…«

Howard murmelt: »Das bist du, der Verräter, oder?«

»Ich hab das FBI verständigt. Wir müssen bis zum Morgengrauen durchhalten.«

In Howards angsterfülltem Blick leuchtet ein Hoffnungsschimmer. »Wie hast du das geschafft?«

»Später, Howard. Wir haben ein Problem.«

»Was ist?«

Peter deutet mit dem Kopf auf den Wagen, der näher kommt. »Kann sein, dass ich bald aus dem Rennen bin. Du musst es schaffen, die Verlorenen Jungs heute Nacht zusammenzutrommeln. Ihr müsst unbedingt durch den Karzer abhauen.«

»Das trau ich mir nicht zu, Pete.«

»Du musst es mir zuliebe tun, Howie. Und du musst es für Wendy tun und für Alabama.«

»Ich mach es.«

Das kam von Ezzie. Der Riese hat dabei mit keiner Wimper gezuckt. Stur starrt er geradeaus.

»Die Profose Helliwell oder Ash, okay, Ezzie? Die haben die Schlüssel.«

»Er wird sie umbringen, Pete. Er kann's nicht anders.«

»Aber ich hör wieder auf, Howard. Nur die roten und blauen Overalls. Und den Reverend.«

»Ezzie?«

»Ja.«

»Wenn was mit mir ist, kümmerst du dich dann um Wendy?«

»Klar. Keine Sorge.« Ezzie holt tief Luft und fügt hinzu: »Es war mir eine Ehre, dich zu kennen, Pete.«

»Danke, gleichfalls, Riese.«

Die Profose öffnen das Tor. Rote und blaue Gestalten eilen durch die Staubwolke dem Streifenwagen entgegen, auf dessen Motorhaube das Abzeichen der Polizei des Claiborne County prangt. Der Wagen hält wenige Meter vor dem Quadrat. Deputy Sheriff Brunswick wälzt sich heraus und zerrt den Gürtel unter seinem mächtigen Bauch ein Stück höher. Er trägt eine verspiegelte Sonnenbrille und kaut ein Stück Priem; als er auf die Häftlinge zuwallt, spuckt er einen braunen Speichelstrahl in den Staub. Zwischen seinen Wurstfingern hält er eine alte Baseballmütze. Langsam geht er die Reihen entlang und mustert jedes einzelne Gesicht. Rund um den Streifenwagen herrscht hektisches Treiben. Der Kofferraum steht offen, die roten Overalls zerren schwere Kisten heraus und stellen sie auf dem Boden ab. Einer stemmt mit einem Brecheisen einen Deckel auf. Automatikwaffen sind darin. Die Vögte teilen sie unter sich auf.

Als sich Peter nach dem fetten Hilfssheriff umdrehen will, steht der schon vor ihm. Die Hand des Bullen packt ihn am Kinn und zwingt ihn, den Kopf zu heben. Er setzt ihm seine Mütze auf und schiebt ihm die verspiegelte Sonnenbrille auf die Nase. Sein Grinsen wird breiter.

»Wie geht's Tante Wendy, Herr Polacke aus Nashville?«

»Sie scheißt auf dich.«

Der Schlag ins Gesicht, den Brunswick ihm verpasst, lässt das Ohrmikrofon herausfliegen. Der Hilfssheriff klaubt es aus dem Staub und zeigt es dem Reverend. Profos Burton entsichert seine Waffe. Er grinst mit all seinen Metallzähnen. Brunswick lässt den Sender fallen und zertritt ihn mit dem Stiefelabsatz. Das Häftlingsquadrat löst sich auf, die Jugendlichen strömen in den Zellentrakt. Sie werfen keinen Blick mehr auf Peter. Bis auf Wendy, die lautlos ein paar Worte murmelt. Er antwortet ebenso lautlos: Ich dich auch. Der fette Bulle hat seine Handschellen gezückt.

»Brunswick«, platzt Peter heraus, »ich weiß, es ist total sinnlos, aber …«

»Sollte es dir leidtun, dann ist es dafür ein bisschen spät, fürchte ich.«

»Nein, das ist es nicht.«

»Sondern?«

Schnell wie der Blitz rammt Peter dem dicken Hilfssheriff ein Knie in die Eier. Der kippt rückwärts zu Boden und wälzt sich jaulend wie ein Pudel im Staub.

»In Rockford, Illinois, kannte ich mal einen wie dich. Der stand auf …«

Weiter kommt er nicht. Der Griff von Burtons Waffe ist auf seinem Hinterkopf gelandet. Für einen winzigen Moment, ehe er das Bewusstsein verliert, sieht er die Gesichter der Gefangenen im unterirdischen Verlies.

114

»Du bescheißt doch, Howard.«

»Ja, natürlich, Mann. Ich bescheiße immer.«

Peter und Howard sitzen im Saal des letzten Besuchs. Sie spielen Karten und versuchen, die Uhr an der Wand zu ignorieren.

Ein Wächter kommt herein und bringt ein Tablett. Howard hat sich als Henkersmahlzeit Pancakes mit kanadischem Ahornsirup bestellt, was den Oberaufseher zu der Frage veranlasste: »Du kannst alles haben, was du willst, und bestellst Pancakes?«

»Richtig. Mit kanadischem Ahornsirup.«

Der Wächter stellt das Tablett ab. Howard greift nach dem Sirupkännchen und nimmt gleich einen ordentlichen Schluck direkt aus der Tülle. Dann schließt er einen Moment lang die Augen.

»Das wird mir am meisten fehlen, Pete.«

»Was denn?«

»Der Geschmack von Zucker.«

Sie verputzen die Pancakes, ohne sich beim Kartenspiel stören zu lassen. Wenn Howards Blick zur Uhr abschweift, bringt Peter ein neues Thema ins Gespräch.

Howard mischt die Karten. Das ist immer der Augenblick, in dem er schummelt, das weiß Peter. Wie genau er es anstellt, hat Peter nie begriffen, aber es steht außer Zweifel. Howard gibt. Er hat nichts von seiner alten Geschicklichkeit eingebüßt. Peter sieht sich seine Karten an. Er denkt an den Geruch nach brennendem Holunderstängel und Jugendschweiß. Wie ein eisernes Band schnürt ihm die Trauer die Brust zusammen.

Howard hebt die Ecke einer seiner Karten an. Wenn die Karten aufgedeckt werden, kann er ein Full House mit Assen über Buben ansagen. Er setzt alle seine Jetons.

»Mann, du nervst, Howard.«

Howard stopft sich wortlos vier Kaugummis in den Mund und kaut angestrengt.

»Sollen wir jemanden verständigen?«, fragt Peter.

»Meine Frau weiß Bescheid. Sie hat mich über meinen Anwalt wissen lassen, dass sie den weiten Weg scheut. Sie scheut den Weg! Als wär sie zu einer verdammten Grillparty eingeladen!«

Howard bläst eine riesige Kaugummiblase, die sein Gesicht fast vollständig verdeckt. Dann lässt er sie platzen und sagt: »Irr, was sie für Fortschritte bei den Kaugummis gemacht haben.«

Peter beißt ein Stück Pancake ab.

»How?«

»Ja?«

»Hast du in der letzten Zeit ein Foto von Redemption bekommen?«

»Ja. Gestern. Der Brief hat circa tausend Meilen zurückgelegt, bis er mich gefunden hat. Es waren so viele Nachsendeadressen drauf, dass die ursprüngliche kaum noch zu lesen war.«

»Wir haben alle dasselbe Foto bekommen. Hast du eine Ahnung, wer es geschickt hat?«

»Ich dachte, das warst du?«

»Nein.«

»Ja, wer denn dann? Der kleine Marcellus? Und warum?«

»Vielleicht braucht er uns.«

»Schöne Grüße, falls du ihn siehst.«

Draußen ertönen Schritte, der Schlüssel dreht sich im Schloss. Howard wirft einen Blick auf die Uhr und wird leichenblass.

»Fuck, es ist doch noch viel zu früh!«

»Beruhig dich, Howard, ich bin doch da.«

»Es ist zu früh, Scheiße! Es sind noch zehn Minuten!«

Howard ist aufgesprungen, er taumelt gegen den Tisch. Die Tür geht auf, und Wendy kommt herein.

»Zehn Minuten, Cullen!«, verkündet der Wächter.

»Das weiß ich, Blödmann! Hab ich doch gesagt, Scheiße!«

Die Tür schließt sich wieder. Howard schwankt. Wendy muss ihn stützen.

»Das ist wirklich die allerletzte Gemeinheit von dir, Wendyschatz.«

»Tut mir leid, Howard.«

Wendys Lippen legen sich auf die seinen. Howard erwidert ihren Kuss. Er fühlt Wendys Tränen. Er schmeckt

Wendys Speichel. Er konzentriert sich, um sie so gut zu küssen wie möglich. Als sie sich von ihm löst, sagt er: »Mann, das schmeckt noch viel besser als Zucker.«

115

Von dem kleinen Raum geht es direkt in den Hinrichtungssaal. Vier Reihen Stühle sind aufgestellt. Im Hintergrund sitzen ein paar Journalisten, die sich leise unterhalten. Eine Frau im dunklen Kostüm drückt sich ein Taschentuch an den Mund. Sie ist mit einem Jungen hier, dessen Augen vor Hass funkeln. Peter und Wendy setzen sich in die erste Reihe.

Als der Vorhang zur Seite gezogen wird, liegt Howard auf einer Art OP-Tisch. Seine Knöchel und Handgelenke sind mit Lederschlaufen und mächtigen Schnallen gefesselt. In beide Arme hat man ihm je eine Kanüle gelegt, aber nur die erste ist zur Durchführung der Exekution notwendig, die andere dient als Ersatz, falls die erste aus irgendeinem Grund ausfallen sollte.

Die Wächter haben die Abschnürbinde so fest angezogen, dass die Venen gut hervortreten. Dennoch mussten sie mehrmals zustechen, bis die Kanülen saßen. Der Gefängnisdirektor fragt den Verurteilten, ob er noch eine letzte Erklärung abzugeben wünsche. Howard sieht Wendy an. Seine Lippen bewegen sich, Peter versucht vergeblich, die geflüsterten Worte zu entziffern. Aber der Direktor hält ihm das Mikrofon an die Lippen. Aus dem Lautsprecher tönt die Erkennungsmelodie der Verlorenen Jungs.

Mitternacht. Auf ein Zeichen des Direktors leitet ein Techniker die Injektion des ersten Mittels ein. Der schwere Kolben senkt sich in das an der Wand aufgehängte Fläschchen und schickt eine hohe Dosis Thiopental in den Infusionsschlauch. Das Barbiturat soll den Verurteilten in Narkose versetzen; in dieser hohen Dosierung aber verätzt es nebenbei auf abscheuliche Weise die Venen. Der Kolben hat den Boden des Fläschchens erreicht, jetzt beginnt die Injektion des zweiten Mittels, das alle Muskeln mit Ausnahme des Herzens lähmt. Howards Gesicht erstarrt. Die Brust hebt und senkt sich nicht mehr, die Lippen bewegen sich nicht mehr. Das Gehirn arbeitet noch, die Lunge aber nicht mehr. Vor dem Tod durch Atemlähmung wird die dritte Substanz freigesetzt: Kaliumchlorid bewirkt den Herzstillstand. Die Lippen bleiben halb offen. Auch die Lider. Der Vorhang schließt sich.

IX

Marcellus

116

Über Redemption ist die Sonne untergegangen, als Peter wieder zu sich kommt. Er riecht Leder und Tabak. Als er schon im Begriff ist, abermals davonzutreiben, ertönt eine Stimme: »Jetzt ist er wach.«

Das Parkett knarzt. Der Geruch des Reverends blendet den Ledergeruch aus. Er hat sich über ihn gebeugt.

»Bist du wach, Peter?«

Ein Schmerz wie von vielen Nadeln sticht ihm in die Kopfhaut, und Peter zuckt zusammen. Es fühlt sich an, als hätte man ihm ein Stück Stoff direkt auf den Schädel getackert. Seine Arme stecken in Handschellen. Er öffnet die Augen und begegnet Estermans blauem Blick. Hinter ihm entdeckt er Brunswick und einen weiteren fetten Menschen im Anzug. Der sitzt in einem Sessel und vergießt Ströme von Schweiß. Außerdem wirkt er verschreckt. Peter braucht einen Moment, bis ihm wieder einfällt, wer das ist: der ehrenwerte Richter Aloisius Barstow, der Redemption mit Frischfleisch versorgt. Peter richtet seine Aufmerksamkeit wieder auf den Reverend, der sehr nah vor ihm steht. Er spannt die Muskeln an, um ihm ein Knie in die Eier zu rammen, doch seine Absicht wird von einem zweiten Paar Handschellen vereitelt, das seine Knöchel fesselt.

»Wie du feststellen kannst, haben wir einige Vorsichtsmaßnahmen ergriffen.«

»Das war sehr vernünftig.«

»Das reicht jetzt, Markus! Der kleine Dreckskerl soll uns endlich sagen, womit wir zu rechnen haben!«

Die keifende Stimme gehört Richter Barstow, der sich sein schweißnasses Schweinsgesicht abwischt. Seine Erscheinung hat nichts Ehrenwertes mehr. Er fährt sich mit einer sehr nassen Zunge über die Lippen und keift weiter: »Eine Viertelstunde mit Brunswick, und du wirst sehen, wie der Bursche spurt! Wir heizen ihm die Nieren mit dem Schweißbrenner, dann wird er schon zwitschern wie ein Spatz.«

Der Atem des Richters geht mühsam und pfeifend – und daran dürften nicht nur Übergewicht und Furcht schuld sein, sondern auch die Vorfreude beim Gedanken an die Folter.

Der Reverend lächelt. »Na, junger Mann? Wen hast du denn bei deinem kleinen Ausflug kontaktiert?«

»Heißt du wirklich Markus? Als Kind kannte ich auch mal einen, der so hieß …«

»Ich weiß, Peter. Die Profose haben mir schon von deinem Bowling-Kumpel erzählt, aber du wirst einsehen, dass mich solche verbalen Eskapaden langweilen. Ich darf also meine Frage noch einmal wiederholen.«

»Tu, was du tun musst, Markus. Du bist ja jetzt ein großes Mädchen.«

Das Lächeln des Reverends wird säuerlich. Er fährt mit einem Fingernagel unter eine der Klammern in Peters Kopf. Peter verzieht das Gesicht.

»Kannst du dir denken, weshalb Richter Barstow Ungeziefer deiner Sorte zu uns schickt?«

»Spar dir doch die Mühe, Markus, und komm endlich zur Sache!«

Der Reverend ignoriert den Einwurf. »Richter Barstow«, doziert er, »versorgt uns deshalb seit Jahren mit Ungeziefer deiner Sorte, weil es einem Anhänger von mir gelungen ist, eine der feinen Partys zu filmen, die er in seinem schönen Haus nahe Hastings zu organisieren pflegt.

Normalerweise besorgt Deputy Sheriff Brunswick die Auswahl der Gäste. Jugendliche Straftäterinnen, Ausreißerinnen, Tramperinnen, für die sich sonst kein Mensch interessiert. Brunswicks Spezialität, das sind die kleinbusigen Rothaarigen. Stimmt's, Lee?«

»Yeah. Die Rotschöpfe sind die schärfsten.«

»Der Richter hingegen hält es genau andersrum: Was ihn aufgeilt, sind Jungen. Und zwar wirklich junge – solche, die gerade erst im Stimmbruch sind und deren Kinn noch nicht diese kleinen hässlichen Härchen verunzieren.«

Der Atem des Richters geht keuchend. Er verdreht die Augen und mault: »Markus, jetzt zick hier nicht rum, sondern überlass uns die kleine Ratte, damit wir sie endlich zum Quieken bringen.«

»Alles zu seiner Zeit, Euer Ehren. Verstehst du, Peter? Das ist der Grund, weshalb uns die braven Leute von Hastings meine verirrten Schafe zurückbringen. Dafür dürfen sie mit manchen meiner Häftlinge in einem sehr anheimelnden Ort, der tief unter der Erde, im Bauch von Redemption, extra eingerichtet wurde, ihren Spaß haben. Ich nehme an, du weißt, wovon ich rede?«

»Und du, Markus, worauf stehst du so? Auf ein schönes blutiges Steak mit Pommes nachts auf dem Friedhof?«

»Ich sehe gern zu.«

»Pass auf, das ist doch typisch Impotenz. Vielleicht solltest du eine Therapie …«

Der Reverend fährt mit dem Fingernagel unter eine weitere Klammer und hebt sie betont langsam an. Ein dünnes Rinnsal Blut fließt Peters Kopf hinab. Esterman legt den Finger an die Lippen und blickt zum Vogt Marlow auf, der mit umgehängter Maschinenpistole hereingekommen ist. Das äußere Tor sei verbarrikadiert, meldet der, und die Häftlinge würden scharf bewacht.

»Kannst du ungefähr abschätzen, auf wie viele gelbe Overalls wir zählen können?«

»Insgesamt um die zwanzig, mein Gebieter.«

»Kurz vor Tagesanbruch stellst du sie in vorderster Linie in Zaunnähe auf. Im Fall eines Angriffs sorgst du dafür, dass sie schießen. Andernfalls bringst du sie um.«

»Denken Sie denn, wir könnten vor dem Reinigungsritual überfallen werden?«

»Das ist genau die Sorte von Information, die ich von unserem jungen Freund hier zu erhalten versuche.«

Eine weitere Klammer springt heraus. Peter unterdrückt ein Ächzen. Wieder spürt er ein Rinnsal Blut, breiter diesmal, das sich seinen Kopf abwärts schlängelt.

»Ich meine bemerkt zu haben, dass du in das kleine Flittchen verknallt bist, mit dem du bereits aus dem letzten Heim geflohen bist. Wie heißt sie gleich wieder?«

»Wendy Moore!«, kommt ihm der Vogt Marlow eilfertig zuvor.

»Richtig. Stell dir vor, was dieser Schuft Marlow ihr alles antun könnte, bevor er sie mir aushändigt.«

Ein weiches Grinsen, eine Mischung aus Häme und Erregung, verzerrt das Gesicht des Vogts, und unter dem Stoff seines Overalls schwillt eine Wölbung. Peter ballt die Hände zu Fäusten.

»Dich bringe ich auch um, du Arschloch von einem Reverend. Ich weiß noch nicht, wie, aber umbringen werd ich dich, das schwör ich.«

»Marlow?«

»Ja, mein Gebieter?«

»Ich denke, du kannst dir schon mal diese Wendy Moore vorknöpfen und sie mürbe machen.«

»Darf ich mit Gegenständen in ihrer Möse rummachen?«

»Ja, aber töten darfst du sie nicht. Das bedeutet, dass du, bevor du dich diesem Geschöpf zuwendest, hier vor meinen Augen deine Medikamente einnehmen musst. Ich bestehe darauf.«

Marlow tritt von einem Fuß auf den anderen. »Aber mein Gebieter, die haben wirklich scheußliche Nebenwirkungen, diese Medikamente. Als hätte man den Mund voller Watte.«

»Ich weiß, aber wir wollen doch nicht riskieren, dass du noch einmal ausrastest wie mit der kleinen Carry Crawford.«

»Wir hatten doch ausgemacht, dass wir nicht mehr drüber reden! Wir hatten doch ausgemacht, dass es verziehen ist!«

»Marlow, ich will dir nur klarmachen, wie wichtig es ist, dass du deine Medikamente nimmst.«

Marlow zieht eine Pillenschachtel hervor und schluckt zwei rosarote Tabletten.

»Es ist mir gelungen, mit dem FBI Kontakt aufzunehmen.«

»Ach nein! Das ist doch eine Gemeinheit! Jetzt hab ich die Medizin schon genommen!«

»Beruhig dich, Marlow. Und spiel bitte nicht mit dieser Maschinenpistole herum, das ist lächerlich.«

»Ich hasse dich, du dreckiger kubanischer Kommunistenbastard! Ich hasse dich, und deiner Wendy Moore schlitze ich den Bauch auf, kapiert?«

»Marlow?«

»Ja!«

»Fick dich ins Knie.«

»Ich … ich …«

»Sei jetzt still, Marlow.«

»Ja, mein Gebieter.«

»Ich habe das Büro in Jackson angerufen. Die Verstärkung ist auf dem Weg.«

»Für wann ist der Angriff geplant?«

»Morgen früh.«

»Der Dreckskerl lügt doch, ganz bestimmt! Das kann ich sogar beweisen! Wenn er lügt, zwinkert er immer mit den Augen. Darf ich mir jetzt Wendy Moore vornehmen?«

Marlows Stimme ist schon leicht teigig geworden. Mit einem Blick bringt ihn der Reverend zum Schweigen.

»Und jetzt? Bringt ihr mich jetzt um?«

»Natürlich, Peter. Aber zuerst müssen wir uns vergewissern, dass du nicht gelogen hast.«

117

Im Zellentrakt ist das Licht abgedreht worden. Nur die Monitore spenden noch eine trübe Beleuchtung. Aber sie sind ein leeres Graublau: Die Profose haben vor ihrem Abzug auch die Reden der Fernsehprediger abgestellt. Ein paar Häftlinge saßen noch eine Weile erwartungsvoll vor dem Bildschirm, dann gingen nach und nach alle schlafen.

Marcellus liegt auf seinem Bett. Collie hat sich wie ein Fötus eingerollt. Ezzie steht am Gitter. Als die Zellen geschlossen wurden, hat er rasch einen Keil zwischen Wand und Gitter geschoben, um ein Einrasten zu verhindern: Ein Gefühl sagt ihm, dass die Zellen, anders als sonst, an diesem Abend verriegelt werden. Ezzie lächelt, als er sich gegen die Mechanik stemmt und die Gitterstäbe unter seinen Fäusten zittern spürt. Er wirft einen Blick auf die Uhr im Korridor.

»Howard?«

»Ja?«

»Der große Zeiger nähert sich der 3.«

»Okay.«

»Ich bin nach wie vor der Meinung, dass eure Idee ein Wahnsinn ist und dass wir alle dabei draufgehen werden.«

Howard stellt sich auf die Zehenspitzen und späht zu Marcellus auf dem oberen Bett hinauf. Das kleine Narbengesicht ist halb tot vor Angst. Weiß leuchtet die gezackte Narbe aus seinem Gesicht. »Ich weiß nicht, ob ich das schaffe, How«, stammelt er.

»Das ist auch nicht schlimmer als Pumas. Du hast doch schon mal einen Puma gekillt, oder?«

»Das war nicht wirklich ein Puma. Ich hab nicht mal mit einer Frau geschlafen, kannst du dir das vorstellen?«

»Ehrlich? Du bist eine Jungfrau?«

»Ja, und jetzt nerv nicht.«

»Nur die Ruhe, Marcellus. Ist doch egal. Dann ist es eben so.«

Marcellus treten Tränen in die Augen.

»Letzten Sommer hab ich ein Mädchen geküsst, so richtig, mit der Zunge, und an ihrem Busen rumgefummelt, aber das zählt nicht, oder?«

»Nö.«

»Ich hätte ja weitergemacht, aber ich war so aufgeregt, dass es nicht ging.«

»Entspann dich, Marcellus.«

»Und du, sag, hast du schon mal mit einer Frau geschlafen?«

»Ja. Mit zwei.«

»Fuck – *zwei*! Und wie war's?«

»Die eine war eine kleine Hässliche, ziemlich haarig. Wir haben es in einer Scheune gemacht, im Stroh. Es hat mich noch zwei Tage danach gejuckt.«

Marcellus prustet, trotz seines Kummers.

»Die andere, die hieß Jenny. Wir haben es bei ihr zu Hause gemacht, als ihre Alten in der Arbeit waren. Sie hat mir alles gezeigt. Und weißt du, was?«

»Nein?«

»Ich hätte nicht mal bis sechs zählen können.«

Marcellus starrt wieder an die Decke.

»Ist es das, was dich aufregt? Dass du abkratzt, ohne es wenigstens einmal gemacht zu haben?«

»Ja. Das ist doch die totale Verschwendung, findest du nicht?«

Vom Gitter her ertönt ein leises Klirren: Ezzie packt die Klingen aus, die er hergestellt hat, während Peter im Karzer war. Metallstücke, rasiermesserscharf, der Griff aus Korken, der mit Isolierband umwickelt ist.

»Du kannst hier auf uns warten, wenn's dir lieber ist.«

»Ich bin keine feige Sau, Howard Cullen, verstehst du?«

»Weiß ich. Von deinem Mumm könnten sich andere was abschneiden. Dass du im Quartier der Profose warst, um die Pornomagazine zu klauen, ist Beweis genug. Aber wenn dir nicht danach ist, kannst du wirklich hierbleiben, ich würde es verstehen.«

»Danke, Howie.«

Howard streckt sich auf seinem Bett aus. Er denkt an Peter. Er fühlt sich bereit. Irgendwo tappen leise Schritte. Im Mädchentrakt wird eine Zelle geöffnet. Dann ertönt ein Schrei. Ezzies Fäuste packen die Gitterstäbe.

»Was ist los, Großer?«

»Ich glaube, sie nehmen Wendy mit.«

Howard und Marcellus springen aus ihren Betten und stürzen zum Gitter. Sie sehen, wie eine blonde Gestalt, die sich heftig sträubt, von zwei Profosen mit eisernem Griff abgeführt wird. Einer stopft ihr einen Knebel in den Mund, damit sie still ist. Die Tür schließt sich hinter ihnen. Ezzie lässt die Uhr nicht mehr aus den Augen.

»Es ist so weit.«

Collie ist von seinem Bett heruntergeklettert. Er hält eine Klinge in der Hand.

»Für Alabama, ja?«, sagt Howard.

Mit verzerrtem Gesicht antwortet Collie: »Für die Verlorenen Jungs.«

118

Special Agent Chester Hawks rennt. Kugeln pfeifen ihm um die Ohren, streifen ihn fast, schlagen in Baumstämme ein. Vor einer Stunde, als er mit seiner Einheit vor dem Anwesen von Richter Barstow eintraf, teilte ihm ein in Hastings postierter Kollege über Funk mit, die Stadt sei auffällig menschenleer, und er habe soeben den Sheriff mit einer Kugel in der Schläfe in seinem Büro gefunden; die übrigen Räume seien verlassen. Ein Funkgerät, das bei der Leiche gefunden wurde, habe in regelmäßigen Abständen die Einwohner der Stadt aufgefordert, sich ins befestigte Lager Redemption zu begeben.

Mit kugelsicheren Westen gewappnet, umstellten die Agenten das Gelände. Bei ihrer Ankunft hatte Hawks an die dreißig ramponierte Pick-ups und Limousinen hinter dem Haus stehen sehen. Was danach geschah – der höllische Schuss aus dem Nichts, die gegen die Polizeifahrzeuge geworfenen Brandgeschosse, die Schreie seiner Männer im Flammeninferno –, das alles verschwimmt in seiner Erinnerung, während er um sein Leben rennt.

Hawks kann nicht mehr. Er hetzt über einen Laubteppich, der Boden unter seinen Füßen ist weich und nachgiebig. Der Schusslärm ist verstummt. Er lässt sich hinter einem gefällten Baum ins Laub fallen und lauscht.

»Ackermann, hörst du mich?«, flüstert er in sein Funkgerät.

»R5 S5, Hawks.«

»Wir sind in die Falle gelaufen wie Ratten. An die fünfzig Jäger. Sie sind hinter mir her.«

»Hast du sie abgehängt?«

Hawks späht über den Stamm hinweg. In den Baumkronen raschelt der Wind.

»Würde mich wundern.«

»Bleib, wo du bist, und versteck dich, wir holen dich raus.«

Hawks will etwas antworten, doch in dem Moment schlägt wenige Zentimeter vor seinen Augen ein von einer Armbrust abgeschossener Bolzen ein.

»Verdammte Scheiße, diese Irren jagen mich wie ein Stück Wild!«

Wieder schlägt ein Bolzen ein und sprengt ein großes Stück Rinde ab. Hawks springt auf und rennt wieder los, flieht im Zickzack zwischen den Bäumen, und die Bolzen pfeifen ihm um die Ohren. Einer streift seinen Arm. Er rennt noch schneller. Vor ihm ist ein Tannendickicht. Bis dorthin aber hat er dreißig Meter offenes Gelände zu überwinden. Genau in dem Moment, als er die Deckung der Bäume verlassen will, gerät er mit einem Fuß in ein Tellereisen. Mit einem dumpfen Klacken schnappen die Bügel um seinen Knöchel zu. Unter Kettengerassel bricht Hawks zusammen. Vergeblich versucht er, die Falle auseinanderzubiegen. Aus seinem Fuß spritzt Blut. Er hält sich das Funkgerät vor den Mund.

»Sam, ich bin erledigt«, flüstert er und wirft das Gerät von sich.

»Hawks? Hawks, hörst du mich?«, tönt es aus dem Sender.

Langsam richtet Hawks sich auf und blickt den vermummten Gestalten entgegen, die mit angelegter Armbrust zwischen den Bäumen auf ihn zukommen. Die Jäger haben sich die Gesichter geschwärzt. Sie verständigen sich mit Handzeichen. Der erste Bolzen trifft Hawks' Oberschenkel. Ein zweiter seine Schulter.

»Macht ihn mir nicht ganz kaputt, Leute!«, schreit jemand.

Hawks zieht seine Automatik und schießt; im Geist zählt er die Kugeln mit. Er schafft es, sechs Jäger umzulegen und vier weitere schwer zu verwunden. Der Typ, dessen Stimme er gehört hat, fährt sich noch mit einer Hand an die Gurgel, dann bricht er zusammen.

»Hawks! In Gottes Namen, Hawks, wo steckst du?!«

Die vorletzte Patronenhülse fällt ins Laub. Hawks stellt das Feuer ein. Er denkt an seine Frau und seinen Sohn. Er denkt an das kleine Ferienhaus am Moose Lake, das er jüngst für seine Familie erstanden hat. Er schiebt sich den Lauf der Waffe in den Mund. Er schmeckt nach Pulver.

Ackermann hört aus der Ferne einen letzten Schuss, dann ist alles still. Er starrt in den Wald. Die erste Verstärkung, die eintraf, sind mehrere Abteilungen Eliteschützen vom Stützpunkt der Marines in Jackson. Ackermann hat sie auf einem Gebiet von fünfhundert Quadratmetern rund um den Zugang zu den unterirdischen Tunnels postiert. Kaltblütige Tiere, die imstande sind, tagelang mit der Waffe im Anschlag auf der Lauer zu liegen. Er hält nach ihnen Ausschau. In seinem Ohrmikro knistert es.

»Hier Agent Mullin. In knapp zehn Minuten wird die Nationalgarde hier sein.«

»Sobald sie da sind, sollen sie sämtliche Zufahrten nach Hastings absperren. Vollständige Einriegelung und Feuer frei.«

Keine hundert Meter entfernt donnern jetzt mehrere Maschinengewehrsalven. Gewehrschüsse antworten, es folgen neuerliche Salven. Ackermann greift nach einem Funkgerät, das auf die Frequenz der Marines eingestellt ist. Eine Stimme flüstert: »Hier Schutzengel. Operation läuft. Wir haben eure Schmeißfliegen reingelassen und greifen jetzt zu.«

119

Peter bemüht sich, möglichst flach zu atmen, um die Schlinge um seinen Hals nicht fester zuzuziehen. Die Idee stammt vom Hilfssheriff Brunswick. Vogt Marlow und er haben ihn in ein fensterloses Zimmer im obersten Stock des Kolonialhauses geschleppt und dort mit überkreuzten Armen an einen gusseisernen Heizkörper gefesselt. Bevor sie wieder gingen, ließ Brunswick ihn wissen, dass ihn der Lederriemen langsam erdrosseln werde. Peter denkt an Agent Ackermann und die Verstärkung. Wenn sie endlich kommen, wird sie nur noch ein Leichenfeld erwarten.

Peter wäre beinahe eingenickt. Die kleine Bewegung des Kopfs hat die Schlinge ein Stück weiter zugezogen. Seine Arme und Schultern schmerzen grausam. Er versucht, durch die Nase zu atmen, doch seine Muskeln werden von unwillkürlichen Zuckungen geschüttelt, die den Druck um seinen Hals verstärken. Hinter der Tür hört er die Stimmen der Profose, die zu seiner Bewachung abgestellt wurden. Ash und Crowley, die Dreckskerle. Wieder sinkt sein Kopf nach vorn, und er schläft fast ein, doch jetzt hallt draußen ein Schrei durch den Korridor, und es folgt ein dumpfer Schlag gegen die Wand. Schüsse knallen. Etwas Metallenes schlägt auf dem Boden auf und schlittert davon. Dann ein Knacken und Knirschen, wie Hühnerknochen unter einem Stiefel. Dann ist alles still.

Peter versucht vorsichtig, seine Position zu wechseln, bewirkt aber nur, dass sich die Schlinge weiter zusammenzieht. Er zerrt an den Handschellen und hämmert mit den Fersen auf den Boden. Aus seiner Kehle dringt ein Röcheln. Der Sauerstoffmangel macht sich immer stärker bemerkbar, die Krämpfe haben sich von den Oberschenkeln auf Bauch und Brustkorb ausgeweitet, sein Blick trübt sich. Im Geist sieht er die lächelnde Wendy am Ufer des Mississippi, sieht den schweren Flug der Pelikane tief über dem Wasser, hört das Aufklatschen der Katzenfische nach dem Sprung. Sein Bewusstsein treibt davon. Als er nahe daran ist aufzugeben, springt die Tür auf, und Ezzies mächtige Gestalt füllt den Rahmen aus. Seine Hände und Unterarme triefen von Blut. Sein Overall, sein Gesicht sind blutverspritzt. In jeder Hand ein Messer, stürzt er auf Peter zu, beugt sich vor und schneidet den Lederriemen durch.

»Danke, Ezzie. Scheiße, das war wirklich haarscharf«, krächzt Peter.

»Messerscharf, meinst du, was?« Ezzie grinst.

Mit den Schlüsseln, die er den Profosen abgenommen hat, schließt der Riese die Handschellen auf, die klirrend zu Boden fallen. Peter massiert sich die Gelenke. Ezzie reicht ihm eines seiner Messer. Peter fährt mit dem Zeigefinger über die Klinge.

»Hast du die gemacht?«

Ezzie nickt. Seine Augen glänzen im Halbdunkel.

»Sie haben Wendy abgeholt, Peter. Es ist Vollmond, und die Wölfe sind auf der Jagd. Deswegen hab ich dich befreit. Die Wölfe brauchen einen Anführer.«

Peter wiegt die Klinge in der Hand. Sie ist perfekt ausbalanciert. Als sie den Raum verlassen, rutscht er beinahe in einer zähflüssigen Pfütze aus. Im einfallenden Mondlicht erkennt er die Leichen der beiden Profose. Ezzie hat sie aufgeschlitzt und ausgeweidet. Peter hebt einen blutigen Colt .45 auf und hängt sich eine Maschinenpistole um. Der kalte Kolben legt sich an seinen nackten Oberkörper.

120

Peter presst sich an die Wand. Am Ende des Flurs sieht er zu beiden Seiten der doppelläufigen Treppe zwei weitere Profose heraufkommen und erkennt Burton. Er legt Ezzie eine Hand auf den Arm. Der Riese hebt witternd die Nase ins Dunkel.

Sie sind in einer Mauernische versteckt, als die blauen Overalls nur eine Armlänge entfernt an ihnen vorbeigehen. Ezzie packt den ersten am Hals und bricht ihm das Genick. Peter stürzt sich auf Burton, drückt ihn gegen die Wand und rammt ihm die Klinge in die Gurgel. Burtons Augen treten so weit aus den Höhlen, dass sie zu platzen drohen. Peter fühlt zwischen seinen Fingern eine Mischung aus Schleim und Blut hervorquellen und zischt seinem Opfer ins Ohr: »Ich hätte dich gern viel langsamer abgemurkst, aber mir pressiert's leider.«

Ein letztes Zucken durchläuft den Profos, dann gleitet er die Wand hinab.

Der Riese ist mit seinem Opfer schon fertig. »Du bist ein Wolf, Pete«, sagt er.

Peter wischt die Klinge ab und reicht Ezzie Burtons Waffe.

»Versteck die Leichen und geh zu den anderen zurück. Und denk dran, nur die Roten und die Blauen.«

»Es hat schon angefangen. Ein gutes Dutzend haben wir in ihrem Quartier gefunden.«

Als Peter dem Blick des Riesen begegnet, überläuft ihn ein Schaudern. »Ich kümmere mich um den Reverend«, sagt er. »Wenn alles vorbei ist, treffen wir uns im Hof.«

Ezzie ist noch damit beschäftigt, die vier Leichen aus dem Flur fortzuschaffen, als hinter dem Zaun mehrere Maschinengewehrsalven ertönen. Peter stürmt die Treppe hinunter und dringt in die Wohnung des Reverends ein. Eine Tür geht auf, die massige Gestalt des Vogts Marlow erscheint. Hinter ihm sagt Estermans Stimme: »Schau nach, was draußen los ist, und komm wieder.«

Marlow zieht die Tür bis auf einen Spalt zu und tastet nach dem Lichtschalter. Aber er kommt nicht dazu, das Licht einzuschalten, denn eine Hand packt sein Kinn, und im nächsten Moment dringt ihm eine kalte Klinge in die Kehle. Schreien kann er nicht mehr, seine Luftröhre füllt sich rasch mit Blut. Wie eine Wolke breitet sich ein Geruch nach Blut, Urin, Kot um ihn aus. Peter knurrt: Liebend gern schlüge er die Zähne in sein Opfer. Aber Marlow wird ihm zu schwer in den Armen, und er lässt ihn zu Boden gleiten. Sein Herz fühlt sich an, als könnte es jeden Moment zerspringen. Er versucht, seinen Atem zu beruhigen. Aus dem Zimmer, aus dem Marlow gekommen ist, dringt ein Wimmern. Peter lädt die Maschinenpistole durch und späht durch den Türspalt. Drinnen ist Wendy. Nackt. Mit Klebeband an einen Stuhl gefesselt. Tränen rinnen ihr übers Gesicht. Sie möchte die Schenkel zusammendrücken und kann es nicht – die Fesseln um ihre Knöchel verhindern es. In einem Sessel ihr gegenüber sitzt Richter Barstow, nippt an einem Glas Whisky und knetet seinen Schwanz. Der Reverend hat Wendys Nasenlöcher mit Watte verstopft und ihren Mund mit Klebeband verschlossen. Ab und zu nimmt er ihr einen Wattebausch aus der Nase und sieht sie nach Luft ringen wie eine Ertrinkende. Ihr Kopf ist bereits bläulich angelaufen. Zwischen ihren Brüsten glänzt Schweiß.

»Jetzt hör auf zu spielen, Markus. Wir müssen uns um die anderen Häftlinge kümmern.«

»Mach dir um die keine Gedanken, Lee. Das besorgt schon mein bester Vogt.«

Brunswick ist für Peter nicht zu sehen, doch seine Stimme

kommt von rechts. Peter tritt die Tür auf und feuert eine kurze Salve in seine Richtung. Die ersten Geschosse treffen den Hilfssheriff zwischen den Schenkeln. Die nächsten schlagen etwas höher ein und reißen ihm das Fleisch rund um den Nabel auf. Brunswick fällt auf die Knie und presst sich beide Hände auf den Bauch, um das zerfetzte Gewebe zusammenzuhalten. Peter dreht sich samt Waffe um neunzig Grad, wo der Reverend steht und Wendy ein Messer mit kurzer Klinge an die Kehle drückt. Die MP-Salve trifft Esterman an der Schulter. Es reißt ihn zurück; er knallt mit der Schläfe an einen Schrank und bricht zusammen.

Peter befreit Wendy rasch von den Wattebäuschen in der Nase. Als er mit der Waffe auf die Stirn des fetten Richters zielt, stößt Wendy einen vom Knebel erstickten Schrei aus, und Peter fährt herum. Auf ein Knie gestützt, hat Brunswick seine 38er gezückt, und ein breites Grinsen verzerrt sein Gesicht, als er sieht, dass Peter seine Munition verschossen hat und die Waffe nur noch ins Leere rattert. Brunswick hebt seine Pistole, doch in dem Augenblick fährt eine Hand durch die weit offene Tür nach vorn und rammt ihm eine Klinge in den Nacken. Brunswick erbricht einen Schwall Blut und stürzt zu Boden. Ezzies gutmütiges Gesicht schiebt sich durch den Türrahmen, eine Sorgenfalte auf der Stirn.

»Du, Peter, wie war das noch mal? Wir bringen sie alle um und treffen uns wo?«

»Im Hof.«

»Okay.«

Ezzies Kopf zieht sich zurück, taucht aber gleich darauf noch einmal auf.

»Brauchst du mich hier nicht mehr?«

»Nein, Großer. Das geht jetzt schon.«

Peter blickt auf den dunklen Fleck auf der Hose des Richters, der immer größer wird. Der Lauf seiner Automatik folgt seiner Blickrichtung. Auf diese Distanz lässt das Geschoss den Unterbauch und die Hüfte des Richters aufplatzen. Barstow brüllt. Peter wischt sich die Blutspritzer aus dem Gesicht und dreht sich zu Wendy um. Er sieht Liebe in ihrem Blick. Und maßlosen Hass. Er reißt ihr den Knebel ab. Schwer atmend zieht sie sich die Unterhose wieder an. Dann streckt sie Peter wortlos die Hand hin, und der legt ihr die Klinge hinein.

Richter Barstow ist aus seinem Sessel gerutscht und wälzt sich auf dem Teppich, eine Hand um den Rest seines Gemächts gekrallt. Peter zündet sich eine Zigarette an. Außerordentlich, welche Energie der fette Bursche noch in seinen kriechenden Fluchtversuch steckt. Wendy hat unterdessen den Reverend mit Brunswicks Handschellen an den Schreibtisch gefesselt. Esterman schlägt die Augen auf. Er will etwas sagen, doch sein Mund ist bereits zugeklebt. Wendy thront rittlings auf ihm und setzt ihr Messer genau in seinem Bauchnabel an. Der Reverend schüttelt wild den Kopf und atmet laut durch die Nase, während sie dem Messergriff kleine Schläge mit der flachen Hand versetzt. Mit jedem Schlag dringt die Klinge ein Stückchen tiefer ein. Esterman verdreht die Augen und windet sich unter ihr. Als die Klinge bis zur Hälfte eingedrungen ist, hält Wendy inne und packt den Griff mit beiden Händen. Mit einem schmatzenden Geräusch fräst sich die Klinge bis zum Brustbein hinauf. Der Reverend brüllt trotz Knebel. Wendy macht »pssst« und stopft ihm Watte in beide Nasenlöcher. Dann wischt sie sich die Stirn, bläst gegen die Haarsträhne und nimmt einen Zug von der Kippe, die Peter ihr an die Lippen hält. Sie betrachtet Esterman, der nach Luft ringt, während sein Leben ausrinnt. Nichts Arrogantes ist mehr im Blick des Sterbenden. Auch nichts Überlegenes. Ein Schluchzen schüttelt ihn. Er zuckt noch eine Weile. Dann werden seine Augen glasig, und er stirbt still.

Der Richter liegt wie ein gestrandeter Wal auf dem Rücken. Er hat die Grenze des Leidens erreicht. Peter drückt ihm mit den Fingern die Wangen zusammen, dann schiebt er ihm den Pistolenlauf in den Mund und schießt. Es riecht nach Pulver und verbrannter Haut. Wendy liegt rittlings über Estermans Leiche. Peter hebt sie auf und nimmt sie in die Arme. Sie schluchzt haltlos. Er drückt sie fest an sich und murmelt leise: »Schsch, Schatz, alles gut. Es ist vorbei.«

121

Am Himmel verblassen die Sterne. Die Verlorenen Jungs liegen im hohen Gras nahe dem Zaun. Howard und Marcellus zielen mit Steinschleudern auf die Wachhunde, die sich kläffend gegen den Zaun werfen. Vor einer Stunde haben sie sich im Hof getroffen. Nackt und euphorisch seiften sie sich von Kopf bis Fuß ein und spritzten sich gegenseitig mit dem Wasserschlauch ab; dann verbrannten sie ihre blutgetränkten Overalls. Sie wollten ihre alten Sachen wieder anziehen, die sie sich aus dem Lager geholt hatten, und mussten feststellen, dass sie nicht mehr hineinpassten. Sie sahen einander an und versuchten zu lächeln. Niemand hätte es zugegeben, aber irgendwie fehlt ihnen der alte gelbe Overall.

Peter hält Wendys Hand und zerkaut einen Grashalm. Collie raucht schweigend. Ezzie liegt der Länge nach ausgestreckt neben ihnen und schnarcht. Als er vorhin Anstalten machte, über den Zaun zu klettern, um auch die Hunde auszuweiden, hat ihn Peter mit einem Stockhieb in den Nacken daran gehindert. Seitdem schläft der Riese.

Peter versucht, seine Erinnerungen zu ordnen. Es sind eigentlich eher Eindrücke als klare Bilder. Wendy und er haben miteinander geschlafen – direkt nach der Ermordung des Reverends. Danach durchquerten sie ein letztes Mal das Refektorium und die Gemeinschaftsräume. Überall war Blut, überall lagen Leichen. Als sie am Quartier der Profose vorbeikamen und Peter sah, was die Verlorenen Jungs hier angerichtet hatten, riet er Wendy, den Blick abzuwenden, bis sie in die Halle kämen.

Kurz bevor sie in den Hof hinaustraten, wo die anderen sich gegenseitig mit dem Wasserschlauch bespritzten, schlang Wendy die Arme um Peter und küsste ihn lange. Dann sagte sie: »Jetzt werden sie uns wohl trennen.«

»Wenn das passiert, finde ich dich wieder, Baby. Ich komm zu dir in die Zelle, wir machen Liebe, und dann nehm ich dich mit nach Mechiko.«

Der Tag bricht an. Peter wirft seinen Grashalm fort und nimmt die Zigarette entgegen, die Howard ihm anbietet. Ezzie setzt sich auf und reibt sich den Nacken.

»Hab ich lang geschlafen?«

»Vielleicht zwei Stunden.«

Ezzie schnieft. Dicke Tränen laufen ihm über die Backen.

»Was ist denn?«

»Nichts. Bloß dass ich meine Uhr vermisse. Ich hab sie im Lager nicht mehr gefunden.«

Peter nimmt seine rote Swatch ab und befestigt sie am Handgelenk des Riesen. Ezzies feuchter Blick wandert von der Uhr zu Peter, und er stammelt: »Schenkst du mir echt deine Uhr?«

»Na klar. Das ist eine richtige Uhr, mit Sekundenzeiger, Wecker und allen Schikanen.«

Ezzie hält sich das Zifferblatt dicht vor die Augen. »Und sie phosphoresziert auch noch!«, ruft er begeistert aus.

»Ja, sie hat ein kautschukummanteltes Stahlgehäuse. Damit kannst du sämtliche Profose der Welt umbringen, ohne dass die Uhr kaputt geht.«

Ezzie beginnt wieder zu schniefen.

»Und die Batterie, wo tut man die rein?«

»Sie hat keine. Sie zieht sich von selber auf, sobald du das Handgelenk bewegst.«

»Wahnsinn.«

»Und siehst du, das ist ein mineralisches Glas, das heißt, es verkratzt nicht. *Und* sie ist wasserdicht – du kannst fünfzig Meter tief damit tauchen.«

»Ich kann aber nicht schwimmen.«

»Egal.«

»Macht nix, ich werd sie ab und zu in die Badewanne tun, damit sie weiß, dass ich weiß, was sie alles kann.«

»Gute Idee.«

»Howard, schau doch mal – die Uhr, die mir Peter geschenkt hat!«

»Super. Aber ich schätze, ich muss dir zeigen, wie man den Ton abstellt – das nervt, dieses ständige Gepiepse, wenn du auf die Knöpfe drückst.«

»Eine Uhr, die nicht piepst, ist nicht wirklich eine Uhr.« Ezzie schüttelt das Handgelenk und hält sich die Uhr ans Ohr.

Marcellus und Collie sind eingeschlafen, Howard und Peter rauchen schweigend und nehmen mit ausgestrecktem Daumen die dicken rosaroten Wolken am Himmel unter Beschuss. Schließlich bricht Howard das Schweigen.

»Hast du dir überlegt, was wir den Typen vom FBI erzählen?«

»Wir sagen ihnen, dass die Profose und Vögte durchgeknallt sind und sich gegenseitig abgeschlachtet haben.«

In dem Moment leuchten Schwärme roter Punkte auf und gleiten über das Fell der Hunde. Schallgedämpfte Gewehrsalven knattern über sie hinweg. Die Hunde fallen der Reihe nach um wie Kegel.

»Aus der Weite gilt das doch nicht!«, nörgelt Ezzie,

ohne seine Aufmerksamkeit von der neuen Uhr zu wenden.

Peter winkt den Agenten, die sich durch die Tabakfelder anschleichen. Gleichzeitig kriechen Ackermann und seine Leute aus den unterirdischen Gängen. Peter tritt seine Kippe aus und streckt sich neben Wendy aus, die im Gras liegt. Er drückt ihre Hand und flüstert ihr ins Ohr: »Ich liebe dich.«

122

Wendy und Peter sind mit einer Maschine der United Airlines nach Memphis geflogen und von dort mit einem Mietwagen weiter nach Süden gefahren – zwei eintönige Stunden lang zwischen Baumwollfeldern. Ein warmer Regen prasselt auf die Windschutzscheibe, als Peter vor dem Friedhof von Calhoun City anhält. Alte Sykomoren bewachen die schäbigen, unkrautüberwucherten Kreuze und Grabsteine. Der Regen hört so plötzlich wieder auf, wie er begonnen hat. Shepard stößt das Tor auf. Auf kiesbestreuten Wegen gelangen sie zu einer weißen Stele, an deren Fuß Marcellus liegt. Seit einem Monat. An dem Tag, an dem er starb, gab er im Stadtzentrum von Calhoun City fünf große Briefumschläge auf, dann setzte er sich auf die Terrasse des Starbucks und trank einen Caffè Latte, und als er ausgetrunken hatte, zog er eine Waffe und schoss sich in den Mund.

Shepard fährt mit den Fingern über die Stele aus Kunstmarmor. Seit dem Massaker von Redemption hat Marcellus den Staat Mississippi nicht mehr verlassen. Er arbeitete zunächst als Wachmann einer großen Tankstelle, dann in einer Druckerei und fand schließlich eine feste Stelle in einem Zeitungsarchiv in Jackson. Um diese Zeit aber holten ihn seine Dämonen ein, und er begann das zu werden, was er am meisten hasste. Das FBI kam ihm auf die Spur. Eines Morgens drangen Beamte in die kleine Wohnung über den Redaktionsräumen ein, die er gemietet hatte, und beschlagnahmten die Festplatte seines Computers, auf der Tausende pädophiler Fotos gespeichert waren.

Weil er jedoch nur Bilder besaß und nie handgreiflich geworden war, begnügte sich das Gericht, das ihn verurteilte, mit vier Jahren Haft. Fortan aber stand er auf der Liste pädophiler Straftäter und suchte bei einer alten Tante in Calhoun City Zuflucht. Irgendwann ließ ihm sein Trieb gar keine Ruhe mehr, und es kam der Tag, an dem er seine fünf Briefe verschickte und einen letzten Kaffee in der Sonne trank.

123

Die Bruchbude steht zwischen ein paar Tagwerk Land, auf dem Tabak angebaut wird. Leise rascheln die gelblichen Blätter im Wind. Ein uralter asthmatischer Hund zerrt an seiner Leine. Wendy klopft an den Holzrahmen der Fliegengittertür. Drinnen stoppt das Knarzen eines Schaukelstuhls, Pantoffeln schlurfen über das Linoleum. Hinter dem Fliegengitter erscheint eine alte Frau mit weißem Haar und milden Gesichtszügen. Sie hat sehr blaue Augen.

»Sind Sie Wendy und Peter?«, fragt sie.

»Ja.«

»Marcellus hat schon gesagt, dass Sie irgendwann kommen.«

Das Fliegengitter öffnet und schließt sich wieder. Über den Flur gelangen sie in ein abgedunkeltes Wohnzimmer. Die Alte setzt sich wieder in ihren Schaukelstuhl. Sie schlürft Tee aus einer angeschlagenen Porzellantasse. Beim Schlucken gibt sie eigenartige Geräusche von sich.

»Marcellus hat gesagt, ich soll Sie in sein Zimmer lassen, dann werden Sie alles verstehen.«

Sie deutet auf die mit allerlei Krimskrams vollgestellte Treppe. Mehr zu sich fügt sie hinzu: »Er war ein guter Junge.«

Wendy folgt Peter die Treppe hinauf. Die Tür zu Marcellus' Zimmer steht offen. Es riecht nach unbehandeltem Holz und alter Tapete. Auf wackligen Regalen stehen Hunderte Bücher, Westernplakate rahmen das Fenster ein. An der Wand gegenüber steht ein Aquarium, dessen Wasser trüb und zähflüssig wie Sirup geworden ist. Das Bett ist gemacht. Auf dem Kopfkissen liegt ein Umschlag. Darin findet Peter einen Schlüssel. Er sperrt damit die Tapetentür in der Ecke des Zimmers auf, hinter der eine knarrende Holzleiter in den Speicher führt. Der Wind pfeift durch den Dachstuhl. Peter betätigt einen Schalter, und zwischen den Balken flackern zwei Neonröhren auf. In der Mitte des Raums steht ein großer Schreibtisch, darauf ein Laptop, ein Scanner, ein Drucker. Daneben liegt, mit einem dicken Leuchtmarker beschwert, ein ganzer Stapel identischer Ausdrucke: Es ist das Foto mit den rot umrandeten Köpfen.

Peter blickt auf. An einer Stellwand neben dem Schreibtisch hängen Zeitungsausschnitte und Fotos von Redemption. Die ersten Artikel stammen aus dem Jahr 1970, als das Zentrum eröffnet wurde. In jenem Sommer hatte ein Journalist aus Jackson versucht, den Fall einer jungen Ausreißerin namens Jessica Brenner zu recherchieren, die verschwunden war. Ein paar Wochen später wurde das Auto, mit dem sie unterwegs gewesen war, aus einem Seitenarm des Mississippi gezogen. Ihre Leiche wurde nie gefunden.

Das vergilbte Zeitungspapier knistert unter Peters Fingern. Die Jahre ziehen vorüber. Auch die Gesichter auf den Fotos von Häftlingen. Auf manchen Bildern thront Reverend Esterman inmitten seiner Herde.

Peter kommt zu den Bildern, die Pressefotografen am Morgen nach dem Blutbad aufgenommen haben. Beamte der Staatspolizei in gelben Regenjacken, Dutzende Bundespolizisten und Gerichtsmediziner an den verschiedenen Tatorten überall auf dem Gelände. Das grelle Blaulicht der Polizeifahrzeuge und in seinem Widerschein Blutlachen und Leichen. Peter stutzt. Auf einem anderen Bild, das alle großen Tageszeitungen in den Südstaaten auf ihrer Titelseite brachten, sieht er sich im Gespräch mit Ackermann, Wendy an seiner Seite. Das Bild war unmittelbar nach dem Zugriff der Bundespolizei aufgenommen worden. Peter hatte die Verlorenen Jungs im Gras liegen lassen, hatte Wendy an der Hand genommen und war auf Ackermann zugegangen. In den Augen des Agenten las er Stolz und Respekt.

»Das ist meine Freundin Wendy.«

»Freut mich, dich kennenzulernen.«

Peter erinnert sich, dass Wendy errötete, als sie in Ackermanns eindrucksvolle graue Augen blickte. Er erinnert sich auch, dass er Eifersucht empfand, und die sah man ihm wohl an, denn Ackermann setzte seine dunkle Brille gleich wieder auf, wandte sich ab und ließ sich über sein Ohrmikrofon von seinen Leuten berichten, die unterdessen das Kolonialhaus gestürmt hatten. Aus Ackermanns zusammengepressten Lippen schloss Peter, dass sie die Leichen im Arbeitszimmer des Reverends entdeckt hatten. Ackermann nahm die Brille wieder ab, und Peter dankte ihm stumm für diese Offenheit im Augenblick der Wahrheit.

»Hast du mir bezüglich des Reverends etwas zu sagen, Pete?«

»Ja. Es macht mich traurig.«

»Und du, Wendy?«

Wendy legte den Kopf an Peters Schulter und antwortete: »Ich sage dasselbe wie Peter. Ich bin seine Freundin.«

»Und die übrigen Häftlinge, wo sind sie?«

»In ihren Zellen hinter dem Kolonialhaus. Sie müssten bald aufwachen.«

In dem Moment aber knisterte Ackermanns Funkempfänger, und eine aufgeregte Männerstimme meldete sich.

»Ackermann, hier Mullin. Wir sind vor dem Zellentrakt. Zwei Beamte sind eingedrungen und bereits nach zehn Metern zusammengebrochen. Sie hatten Krämpfe und spuckten Blut. Vor der Hauptleitung des Lüftungssystems fanden wir leere Kapseln. Sie haben irgendein Gift eingeleitet, während die Insassen schliefen.«

Mullins Stimme klang jetzt gedämpfter, und Peter vermutete, dass er, mit einer Sauerstoffmaske geschützt, unterdessen selbst das Gebäude betreten hatte und von einer Zelle zur anderen ging.

»Sie sind alle tot. Jungen und Mädchen. Alle haben sich erbrochen. Manche haben wohl noch versucht, zum Gitter zu gelangen. Scheiße, das ist das reinste Massengrab hier.«

Ackermann drehte den Ton leiser. Peter und Wendy zitterten unter der Decke, die ihnen jemand über die Schultern gelegt hatte.

»Und die Gefangenen in den unterirdischen Gängen?«, fragte Peter.

»Wir haben so viele gerettet, wie wir konnten.«

»Da war auch eine Jessica Brenner. Sie muss vierzehn Jahre dort unten eingesperrt gewesen sein.«

»Sie hat sich heute Nacht die Pulsadern aufgeschnitten.«

»Wie bitte?! Warum denn, Scheiße!«

»Beruhig dich, Peter.«

»Ich soll mich beruhigen? Vierzehn Jahre hat sie in dieser Hölle durchgehalten, und an dem Tag, an dem sie befreit werden soll, bringt sie sich um?«

»Das kommt häufig vor. Du kannst ja nichts dafür.«

Zum ersten Mal seit seiner Ankunft in Redemption spürte Peter, wie ihm die Tränen in die Augen stiegen.

»Ich hör noch ihre Stimme. Die werd ich nie vergessen.«

»Sie war schon tot, Peter. Sie hat noch mit dir gesprochen, aber ihre Seele war schon sehr lange tot.«

Sogar jetzt, so viele Jahre später in Marcellus' Einsiedelei, kommen Shepard die Tränen. Seine letzte Erinnerung an Redemption ist Wendys Geruch, als er sich an ihre Brüste schmiegte. An diesem letzten Morgen konnte er nicht mal mehr seine Kumpel umarmen. Das FBI hatte sie bereits in Krankenwagen geladen, die in verschiedene Richtungen davonfuhren. Ehe die Türen zufielen, hatte ihm Ezzie noch zugewinkt und vergnügt auf seine rote Uhr gedeutet. Dann fuhr auch der Krankenwagen mit Wendy davon, und ein paar Sekunden später war alles vorbei. »Wo tun Sie uns hin?«, fragte er Ackermann.

»In geschlossene Anstalten zur Genesung.«

»Zu den Irren?«

»Offener Vollzug. Mehr konnte ich beim Bundesgericht nicht rausschlagen. Wenn es euch besser geht, seid ihr frei, und euer Strafregister wird gelöscht.«

»Und Wendy?«

»Du musst ihr Zeit lassen, damit sie sich erholen kann, Peter. Du wirst sie wiedersehen.«

Damit stieg auch Peter in den Krankenwagen. Zum Abschied sagte Ackermann, eine Hand auf dem Türgriff: »Wenn du irgendwas brauchst, heute, morgen oder in zehn Jahren, ruf mich an.«

»Das mach ich.«

Peter hat den ganzen Raum inspiziert. Die letzten Fotos stammen aus jüngster Zeit. Marcellus beschattet jemanden. Er verfolgt einen Mann in der Menge. Schießt Bilder von einer korpulenten Gestalt an einer Straßenecke, an einer Kreuzung. Die Fotos sind verschwommen, schlecht zentriert. Der Mann dürfte Mitte vierzig sein. Er ist groß und dick, und er trägt immer dieselbe Latzhose. Marcellus hat Angst vor ihm: Das sieht man an den Bildausschnitten, die er für seine Fotos wählt. Er hält sich bedeckt. Er wartet.

Peter sieht sich die letzten Abzüge an. Marcellus hat eine Adresse darunter geschrieben, eine Straße in einem Kaff namens Meadville. Irgendwo in der Tiefe seines Stammhirns dämmert ihm die Erkenntnis. Und als er schließlich die Vergrößerung betrachtet, die Marcellus von seinem Ziel angefertigt hat, weiß er, wer der Mann ist. Ihm gefriert das Blut in den Adern. Unter diesem Bart, dieser körnigen Haut steckt das aufgedunsene Gesicht des ehemaligen Profoses Helliwell.

124

Mit verbotener Geschwindigkeit rasen Wendy und Peter auf der Interstate 55 Richtung Jackson dahin. Blitze durchzucken die Nacht. Wendy seufzt, wenn die Reifen eine Wasserfontäne aufspritzen lassen. Im fahlen Licht entgegenkommender Scheinwerfer wirken Peters Gesichtszüge abgespannt. Wendy möchte reden, aber er wehrt sie ab; wann immer sie sich zu ihm dreht und den Mund aufmacht, um etwas zu sagen, schüttelt er nur stumm den Kopf. Er wendet den Blick nicht mehr von der Straße. Er denkt an Ezzie. Er ist nur noch ein harter Block aus Bedauern und Hass. Wendy streicht ihm wortlos über die

Finger. Die klammern sich um das Lenkrad – wie kleine wütende Tiere kommen sie ihr vor. Sie weiß, dass sie im Begriff ist, die letzte Schlacht zu verlieren. Peter drückt mit der flachen Hand auf die Hupe, um einen Lastwagen zum Ausweichen zu zwingen. Er klebt an der Stoßstange des Wagens vor ihnen, dessen Bremslichter aufleuchten.

»Vorsicht!«

Aber Peter denkt nicht daran, langsamer zu werden. Wieder hupt er, lange, gehässig. Der Wagen gerät ins Schleudern und fängt sich im letzten Moment vor der Kollision mit der Leitplanke. Peter lässt die Hupe los und sieht Wendy mit einem hämischen Grinsen an, das ihr fremd ist. Er tritt aufs Gas, der Motor heult auf. Jetzt ist die Straße vor ihnen leer. Wendy lehnt sich mit dem Kopf ans Seitenfenster. In der Ferne funkeln die Lichter von Jackson.

Als sie wieder aufwacht, steht der Wagen auf dem Parkplatz einer Raststation am Stadtrand von Jackson. Ferner Donner grollt. Peter sitzt auf der Motorhaube. Er hat seinen Mantel neben sich gelegt und raucht, einen Becher Kaffee in der Hand. Wendy steigt aus und geht zu ihm. Um ihn wenigstens zum Lächeln zu bringen, setzt sie seine Mütze auf und schlüpft in seinen Mantel. Sie zieht sich den Mützenschirm tief über die Augen, hakt die Daumen in den Gürtel und sagt: »Jackson hat einen Sheriff, Kleiner.«

»Gib mir meinen Mantel zurück, Wen, ja?«

»Ich bin Pat Garrett.«

»Hab ich schon verstanden, Pat. Gibst du mir jetzt meinen Mantel zurück?«

Wendy zuckt die Achseln. Erst jetzt, als sie den Mantel wieder auszieht, spürt sie etwas Schweres in der rechten Tasche. Sie greift hinein und ertastet den Kautschukgriff einer Pistole. Er fühlt sich kalt und ölig an. Sie schiebt die

Mütze in den Nacken und starrt Peter an. Zwischen der Raststätte und einer grellbunt ausgeleuchteten Imbissbude ist ein Waffengeschäft, das rund um die Uhr geöffnet hat. Was man eben so braucht – Benzin, Hotdogs und Knarren.

»Was hast du damit vor?«

»Reine Vorsichtsmaßnahme.«

»Um einen Fettsack wie Helliwell abzuknallen? Soll das ein Witz sein?«

»Sie sind alle tot, Wendy. Meine Kinder, meine Frau, Ezzie und die anderen.«

»Und wir?«

»Was, wir?«

Sein Tonfall ist eher wehmütig als abweisend. Er steigt wieder in den Wagen, zieht die Tür zu. Lässt den Motor an. Wendy folgt ihm. Sie legt den Sicherheitsgurt an.

»Setz mich bitte am nächsten Flughafen ab«, sagt sie. »In Portland wartet ein bescheuertes Leben auf mich, aber lieber das, als dich im Todestrakt besuchen zu müssen.«

»Ich brauch dich aber, Wendy.«

»Du bist ein verdammter Idiot, dass du so was von mir verlangst, Peter Shepard!«

125

Hinter dem Regenvorhang atmet der nahe Wald Dampfsäulen aus. Peter wischt die beschlagene Windschutzscheibe ab. Ohne Helliwells Haus aus den Augen zu lassen, zündet er sich eine Zigarette an. Er wohnt am Ortsrand von Meadville: ein verwildertes Rasenviereck mit einem Warnschild, demzufolge der Besitzer bewaffnet ist, ein wurmstichiger Holzzaun ringsum und in der Mitte eine hässliche Bruchbude mit Veranda. Direkt daneben ein Wellblechdach, unter dem ein reifenloser Pick-up steht. Auf der Veranda sitzen zwei Halbwüchsige, ein dickes Mädchen in Unterwäsche, das raucht, und ein Junge mit Latzhose, der Bier aus der Flasche trinkt. Hin und wieder reicht er die Flasche der Dicken. Sie trinkt mit zurückgelegtem Kopf und spreizt dazu die Schenkel, damit der Junge begutachten kann, was sich unter ihrem Schlüpfer verbirgt. Die Haustür geht auf, eine alterslose Frau kommt mit einem Korb Wäsche heraus. Sie sagt etwas zu der Dicken, doch die zeigt ihr nur den gereckten Mittelfinger. Der Junge spuckt auf die Stufen. Die Frau hängt auf der Veranda die Wäsche auf. Die beiden kichern und befummeln sich hinter dem Rücken der Frau. Den alten Jeep, der jetzt vor dem Zaun hält, sehen sie nicht.

Wendy zieht sich den Mützenschirm ins Gesicht. Helliwell hievt sich aus dem Wagen und wankt durch den Regen aufs Haus zu. Er trägt dieselbe Latzhose wie auf den Fotos von Marcellus. Aus seinem flachsblonden Haar tropft es ihm in den Hemdkragen. Die Kinder plärren. Helliwell steigt die Verandastufen hinauf. Er tritt mit dem Fuß nach dem Jungen, der sich wegduckt. Das dicke Mädchen hängt sich wie eine Klette an ihn. Der Junge nutzt die Gelegenheit zur Flucht. Helliwell hat einen Lederriemen hervorgezogen und lässt ihn auf die Schenkel und den Hintern des Mädchens schnalzen. Schreiend verschwindet sie im Haus. Helliwell dreht sich um, zieht seinen Hosenstall auf und pinkelt in den Regen hinaus. Shepard drückt seine Zigarette aus.

»Geh nicht, Pete.«

Helliwell betritt das Haus. Peter steigt aus. Wendy folgt ihm.

Sie haben die Veranda erreicht. In dem Moment, als Peter anklopfen will, wird drinnen die Tür geöffnet. Helliwell hat seine Latzhose ausgezogen. Peter starrt ihm in die Augen.

»Profos Helliwell?«

Panik huscht über das Gesicht des Schlägers. Peter drückt den Lauf seiner Pistole in Helliwells Wanst.

»Ich wette, auch du bist ein Freund des Bowlings, stimmt's?«

Helliwells Gesicht ist aschgrau geworden. Sein Atem stinkt nach Bier und Zigarillos. Eine Stimme hinter ihm fragt: »Wer ist das?«

Helliwell dreht sich zu seiner Frau um, die in der Küchentür steht. Sie hat rote Augen.

»Zieh Leine, Alte«, sagt er.

Die Frau verschwindet. Die Augen des Schlägers heften sich wieder auf Peter.

»Verdammt, Mann, das ist wahnsinnig lang her.«

126

Die Reifen schlittern, die Radaufhängung quietscht, die Stoßdämpfer ächzen in den regengefüllten Schlaglöchern. Tief hängende Zweige schrammen über die Karosserie. Seitdem sie durch den Wald von Meadville fahren, hat Peter kein Wort gesprochen. Wendy berührt seine Wange, die eiskalt ist.

»Bitte, Peter. Red mit mir.«

An Peters Händen, die das Steuer halten, werden die Knöchel weiß. Er biegt in einen Weg ein, der mit leichtem Gefälle durch einen Hochwald führt. Am anderen Ende öffnet sich eine Lichtung. Er schaltet den Motor aus. Alles ist still, nur der Wind pfeift. Peter blickt in den Rückspiegel. Er scheint im Begriff, etwas zu sagen, besinnt sich aber und steigt aus. Seine Schritte rascheln im Laub. Der Kofferraum wird geöffnet. Wendy hört Helliwell stöhnen. Sie steigt ebenfalls aus. Peter ist leichenblass. Mit gezückter Waffe fordert er Helliwell auf, ihm zu folgen.

Umgestürzte Baumstämme liegen, von Moos überwachsen, kreuz und quer auf der Lichtung, und dahinter steht ein Wald aus Farnen, auf deren schwere, sattgrüne Blätter leise der Regen fällt. Peter drückt Helliwell den Lauf der Pistole in den Rücken. Die Hände im Nacken verschränkt, stolpert der Exprofos dahin und wäre beim Übersteigen eines Baumstamms beinahe der Länge nach hingefallen. Seine Unterhose und sein T-Shirt sind triefend nass; er stinkt. Peter treibt ihn ins Farndickicht hinein. Wendy folgt ihnen. Sie hat die Hände in den Taschen ihres Regenmantels vergraben, zwischen ihren Lippen klemmt eine brennende Zigarette. Der Waldboden unter den Füßen wird zunehmend weich.

»Halt! Runter auf die Knie!«

Helliwell dreht sich um und gehorcht. Kälteschauer lassen seinen Wanst erbeben.

»Wie bist du lebend aus Redemption rausgekommen?«

»Ich hab mich im Lüftungsschacht versteckt, als deine Kumpel im Quartier der Profose meine Leute massakriert haben. Dort war ich bis zum Morgen.«

»Und das Gas, mit dem die Häftlinge vergiftet wurden, wer war das?«

»Scheiße, Mann, das ist doch alles ewig her.«

»Warst du's?«

Der Schläger nickt.

»Warum?«

»Weil das der Befehl war und weil das Arschloch Esterman uns in der Hand hatte.«

Peter schlägt dem ehemaligen Profos den Lauf seiner Waffe ins Gesicht. Helliwell schreit auf. Peter zündet sich eine Zigarette an. In der kalten Luft verfliegt der ausgeatmete Rauch im Handumdrehen. Helliwells Miene verändert sich.

»Wie hast du mich gefunden? Hat's dir die Schlampe Marcellus gesteckt? Er hat versucht, mich umzubringen, weißt du das? Wochenlang ist er mir nachgeschlichen, und eines Tages wollte er mich in einer Seitengasse erstechen. Ich spürte die Klinge im Rücken, aber als ich mich umgedreht habe, war mir klar, dass es dein Kumpel sowieso nicht schafft, wirklich zuzustechen.«

Peter tritt Helliwell mit Wucht in den Bauch. Der Schläger krümmt sich und erbricht. Dann stöhnt er und richtet sich mühsam wieder auf.

»Dass du und deine Bande euch seelenruhig in eurem bescheuerten Versteck treffen konntet, habt ihr nur dieser Schwuchtel zu verdanken. Hat er euch das nie gesagt?«

»Nein. Los, rede.«

»Wir sind natürlich sehr schnell hinter eure Spielchen gekommen. Das Gepfeife vor und hinter dem Gestrüpp und eure Schwanzlutschertreffen. Marlow, Burton und ich, wir haben Marcellus eines Tages zu uns bestellt und ihm gesagt, dass der Reverend diesen Quatsch nicht länger duldet. Weiß wie die Wand wurde er. Ohne seine Bande überlebt er nicht, sagt er. Also erklärt ihm Marlow, dass es vielleicht eine Lösung gibt, und Marcellus will natürlich wissen, welche. Marlow sagt: ›Weißt du doch, alte Schwuchtel‹ und öffnet seinen Hosenschlitz. Danach haben Burton und ich es ihm von hinten gemacht, und von da an war dein Kumpel unsere Nutte.«

Peters Atem geht pfeifend. Weiß vor Wut drückt er Helliwell den Lauf an die Lippen und zwingt ihn, den Mund zu öffnen.

»Mein Gott, Peter, siehst du nicht, dass er dich provoziert, damit du abdrückst? Seine Frau hat uns gesehen. Die Bullen sind sicher schon unterwegs. Er könnte eine ganze Weile im Knast sitzen, und das willst du ihm ersparen?«

Peter wischt sich die Augen. Das Atmen fällt ihm zunehmend schwer.

»Tut mir leid, Wendy.«

»Diesmal ohne mich.«

Wendy geht davon. Mit raschen Schritten, immer geradeaus. Nach fünfzig Metern aber bleibt sie stehen und hebt das Gesicht zum Himmel. Sie blickt in den Regen. Als der Schuss knallt, entfährt ihr ein Schrei, den sie mit beiden Händen erstickt.

Die Wucht des Einschlags hat Helliwell nach hinten fallen lassen. Fassungslos starrt er die dicken Blutstropfen auf den Farnblättern an. Er begreift nicht sofort, dass ihm die Kugel nur die Wange zerfetzt hat. Eine Polizeisirene nähert sich, durch die Bäume leuchtet das Blaulicht. Peter hat seine Waffe in den Farn geworfen. Er schließt zu Wendy auf. Sie nimmt ihn bei der Hand. Gemeinsam gehen sie davon.

X

Rückkehr nach Redemption

127

Bevor sie Meadville wieder verließen, übernachteten Peter und Wendy in einem Motel. Sie schliefen miteinander. Zum Frühstück vertilgte Wendy einen Stapel Pfannkuchen mit Sirup und sagte: »Komisch eigentlich – wenn ich einen Orgasmus hatte, hab ich immer das Gefühl, dass man es mir nachher am Gesicht ansieht.«

»Magst du noch mehr Pfannkuchen?«

Daraufhin machten sie sich wieder auf den Weg nach Süden. Peter schaltet das Autoradio ein und legt eine CD ein, die er in einer Raststätte erstanden hat. Miles' Trompete erfüllt den Wagen. Peter horcht in sich hinein, wartet auf den Schmerz. Er ist da, tief unten, wie eine Brandwunde. Ein Hauch von Barbaras Parfum mischt sich in den kühlen Luftstrom aus der Klimaanlage. Auf der Rückbank erscheinen die Silhouetten der Zwillinge. Meredith knabbert an ihrem Schmusetier, Monica haucht einen Dunstkreis an die Scheibe. Mit gerundeten Lippen. »Papa«, sagt sie.

Wendy raucht und klopft auf ihrem Knie einen synkopischen Rhythmus zum Solo der sich in die Höhe schraubenden Trompete. Die Silhouetten der Zwillinge verschwimmen.

»Wie heißt der Typ gleich wieder?«

»Das darf nicht wahr sein, Baby – hast du nie von Miles Davis gehört?«

»Doch, natürlich.«

»Na also. Das ist er.«

»Vom Trompetenspielen versteht er immerhin was.«

Peter schüttelt den Kopf und rümpft die Nase.

»Was ist? Was hab ich gesagt?«

»Im Ernst, *muchacha*, bei einem wie Miles Davis kannst du doch nicht sagen, er versteht was vom Trompetenspielen.«

»Wieso nicht?«

Peter winkt ab. »Du hast echt keine Ahnung«, sagt er.

Wendy zuckt die Achseln. Ihr Handy summt.

»Scheiße, das ist Truman.«

»Sag ihm, er soll nicht anrufen, wenn wir grad Miles Davis hören.«

»Hallo, mein Schatz. Wie geht's?«

Peter wirft ihr einen verstohlenen Blick zu.

»Ich weiß nicht. Ich bin mit meinem Freund Peter im Süden unterwegs.«

Sie hält das Telefon ein Stück vom Ohr ab. Trumans Stimme ergießt sich aus dem Apparat. Als doch einmal eine Pause eintritt, fragt sie: »Was, Pfarrer Bigelow? Was für einen Floh hat er dir denn da ins Ohr gesetzt?«

Wendy bläst gegen ihre Haarsträhne. Sie legt die Hand über das Mikrofon und flüstert Peter zu: »Mist, er fragt, ob wir vögeln.«

»Hat er ›vögeln‹ gesagt?«

»Ja.«

»Wie unfein, der Typ.«

»Was sag ich?«

»Was würdest du sagen, wenn ich dir die Frage gestellt hätte?«

»Truman? Die Antwort ist ja, aber das hab ich ja schon lang, lang vor dir getan, also ich schätze, es ist wohl so eine Art Nostalgiefahrt... Hallo?«

Wendy verstaut das Handy in ihrer Handtasche. Sie streicht sich die Haare zurück und bindet sie am Hinterkopf zusammen. Sie haben die Interstate verlassen und fahren jetzt auf einer schmalen Straße zwischen Feldern entlang. Es beginnt nach Schlamm und Wasser zu riechen, und in der Ferne schimmert der Mississippi hier und dort zwischen Weiden hervor. Wendy blickt den Flusslauf entlang. Wo damals, zu Zeiten ihrer Flucht, der Fluss ein natürliches Ufer hatte, eine bewachsene Böschung, ragen heute betonierte Mauern auf. Ein gelbes Schild teilt mit, dass hier das Claiborne County beginnt. Nach Hastings sind es noch fünfzehn Meilen. Peter fährt an den Straßenrand und schaltet den Motor aus.

Neben dem Brombeergestrüpp, bei dem Brunswick sie damals festgenommen hat, lädt ein an eine hölzerne Absperrung genageltes Schild zur Entdeckung des »Mississippi Camping« ein. Plastikabfälle wirbeln durch den Staub. Das Gewitter ist weitergezogen, über den Fluss.

Bungalows verstellen das Ufer des Mississippi; die meisten scheinen unbewohnt. Auf einem Bootssteg schart sich eine Familie in Regenjacken um einen alten Mann im Overall. Er hält seine Angel ins Wasser und trinkt dazu aus einer Flasche in einer braunen Papiertüte. Die Wasserfläche ist bewegt von konzentrischen Kreisen, die überall entstehen, wo Schleien und Katzenfische die Mäuler aus dem Wasser recken und sich die vom Regen betäubten Insekten schnappen. Der Angler hängt einen Köder aus Brot und Käse an den Haken und wirft erneut die Schnur. Gleich darauf zieht er einen Katzenfisch aus dem Wasser – es sieht aus, als hätte er dem Fluss einen Brocken Fleisch entrissen, der jetzt am Haken zappelt. Der Mann legt die Angelrute ab und packt den Fisch an den Kiemen. Mit zwei Fingern spreizt er ihm das Maul und löst den Haken heraus, den er in ein Stück Kork drückt. Dann greift er seinen Eimer, nimmt einen Knüppel heraus und bringt den Fisch mit einem kurzen Schlag um.

128

Als sie über die eiserne Brücke von Hastings fahren, hält Peter den Atem an. Trotz des vielen Regens ist der Fluss beinahe ausgetrocknet. Entlang des Flussbetts laufen die Schienen der Eisenbahn, die Rangiergleise. Wo Barneys Schrottplatz war, stehen jetzt Lagerhäuser. Ein Stück weiter reihen sich Parkplätze aneinander, auf denen zwischen Fast-Food-Läden und einem schäbigen Einkaufszentrum Gebrauchtfahrzeuge auf Käufer warten. Wendy nimmt die trübsinnige Umgebung gar nicht wahr. Sie geht vollständig in Peters Gedanken auf. Sie nimmt seinen Schmerz in sich auf, macht ihn zu ihrem eigenen. Neugierig betrachtet sie diese kleine Flamme, die tief in ihr wächst. Bis Meadville war es nur ein kleiner Lichtpunkt. Seither aber strahlt und leuchtet es in ihr wie tausend Feuer. Sie schiebt eine Hand unter Peters Pullover, gleitet langsam seinen nackten Oberkörper hinauf. Sie spürt ihn atmen. Fühlt seinen Körper voller Muskeln und Leben.

Peter stellt den Wagen vor einem Lokal ab, dessen in Kirschrot gestaltete Auslage neu wirkt. Eine Hinweistafel neben der Eingangstür preist das Frühstück an: Rührei mit Speck, Toast, Pfannkuchen, und Kaffee nach Belieben, 1 Getränk inklusive. Das Ganze für dreißig Dollar. »Sie werden satt, oder Sie erhalten Ihr Geld zurück.«

Peter geht auf die Tür zu. Der große rote Briefkasten auf der anderen Straßenseite wird jetzt von Zeitungsständern flankiert, die Telefonzelle ist einem Bushäuschen gewichen, dessen Plexiglaswände mit allen möglichen Ankündigungen und Telefonnummern zugeklebt sind. Über allem hängt ein protziges Werbeplakat: endlose Getreidefelder, die sich bis zum Horizont erstrecken, und am Himmel weiche weiße Wolken, darunter hemdsärmelige Landarbeiter mit Strohhut und Sense, die lächelnd mähen und Garben binden. Sie haben sehr blaue Augen und lange blonde Haare. Im Hintergrund nähern sich wohlgestalte Frauen in langen Kleidern, das Haar unter Häubchen versteckt, und bringen Brotlaibe und Krüge mit Wasser, das der Betrachter als kühl und klar und frisch erkennt. Über allem wölbt sich wie ein Regenbogen in Schönschrift die Aufforderung: »Die Kirche Jesu Christi der Heiligen der Letzten Tage braucht Ihre Spende.«

Peter und Wendy betreten das Lokal. Drinnen riecht es nach Kaffee und Gebratenem. Der Saal hat sich nicht verändert. Hinter der Theke poliert eine alte Frau Gläser und stapelt sie auf einem Tablett. Sie blickt auf und betrachtet die Neuankömmlinge durch dicke Brillengläser.

»Ich bin sofort bei euch, ihr Turteltäubchen.«

Sie setzen sich an einen Tisch. Wendy flüstert amüsiert: »Sieht man das so deutlich?«

»Was denn?«

»Das Turtelige.«

Die Gläser sind fertig poliert, und die alte Frau kommt zu ihnen, um mit einem Lappen den Tisch abzuwischen.

»Was darf ich euch bringen, meine Hübschen?«

»Zwei Mal das Frühstück bitte.«

»Rührei mit Speck?«

»Bitte nicht! Ich hätte gern Spiegeleier, wenn das geht.«

»Und zu trinken, Miss?«

»Dr. Pepper?«

»Haben wir nicht mehr.«

»Na gut. Dann ein Sprite.«

»Okay, Sprite.«

Mit schmerzverzerrtem Gesicht richtet die alte Frau sich wieder auf. »Dieser verdammte Rücken«, murmelt sie vor sich hin.

Die Schwingtür zur Küche pendelt hinter ihr aus. Drinnen werden hörbar Töpfe und Pfannen auf den Herd gestellt, Butter beginnt zu brutzeln. Peter dreht sich zum Fenster. Der Wind blättert in einer Zeitung, die vor dem Bushäuschen vergessen wurde. Eine Gruppe Kinder ist über ein Absperrband geklettert und drückt die Hände in eine frische, noch weiche Betonplatte. Mit einem Holzstäbchen schreiben sie nacheinander ihre Namen hinein und bemerken nicht, dass sich von hinten zwei Männer in weißen Anzügen nähern. Die Männer sind sonnengebräunt und ihre Haare sehr lang und sehr blond. Sie tragen ein Lächeln zur Schau, das so aussieht, als dürfte es nie enden. Das einzige Mädchen der Gruppe sieht sie kommen. Sie springt rasch auf und presst die Schenkel zusammen, als müsste sie dringend aufs Klo. Kleinlaut schlüpfen die Kinder unter der Absperrung hindurch und stellen sich in einer Reihe auf. Der größere der beiden Männer trägt ein Buch unter dem Arm, das er jetzt aufschlägt. Während der ganzen Zeit, die er ihnen daraus vorliest, kneten die Kinder ihre Hände. Als er fertig ist, klappt er das Buch zu und streicht dem Mädchen über das Haar. Sie zuckt bei der Berührung unwillkürlich zurück. Dann geht er von einem Kind zum nächsten und kneift jedes in die Wange. Den Tränen nah, reibt sich jedes den roten Fleck, den die Finger des Mannes auf der Haut hinterlassen haben.

Die Schwingtüren fliegen wieder auf. Die alte Frau bringt zwei dampfende Teller, die sie auf den Tisch stellt.

»Kennen Sie eine gute Autowerkstatt in der Gegend?«, fragt Peter.

Mit einem Blick auf die beiden blonden Männer, die jetzt die Straße überqueren, murrt sie: »Würde mich wundern, wenn Sie heutzutage überhaupt noch was finden, das offen hat. Schuld sind diese verdammten Endzeitapostel. Vor sechs Monaten sind sie hergekommen, und seither kaufen sie wie die Verrückten Häuser und Grundstücke in der Gegend auf. Sie haben bereits jede Menge Jünger geworben, angeblich ist sogar der Bürgermeister schon in ihr Lager gewechselt. Das wird der Grund sein, weshalb bei uns jetzt nicht nur sonntags alles geschlossen bleibt, sondern auch am Samstag. Den brauchen wir zum Beten, scheint es.«

Der Blick der alten Frau kehrt zu Peter zurück.

»Was fehlt dem Wagen?«

»Er gibt eine Art Quietschen von sich, rechts unter der Motorhaube.«

»Wie eine Kühlwasserpumpe etwa?«

»Genau.«

Ihre Augen füllen sich mit Tränen. Sie fährt sich mit den Fingern unter die Brillengläser, und mit erstickter Stimme fragt sie: »Was für ein Auto?«

»Ein roter Honda Civic, zugelassen in Nashville, Tennessee.«

Die Alte muss sich setzen. Sie sieht, wie Peter einen Zehndollar-Schein hervorzieht.

»Tut mir leid, dass ich nicht früher vorbeigekommen bin, Mrs. Hoockney.«

»Macht nichts, Junge.«

Sie gibt sich keine Mühe mehr, die Tränen abzuwischen. Ihr Kinn zittert. »Du hast gewusst, dass mein Junge tot ist, oder?«, fragt sie.

»Ja.«

»Er fehlt mir so.«

Peter ist aufgestanden. Er nimmt Mrs. Hoockney in die Arme. Sie riecht nach Rührei und Kaffee.

129

Eine Staubfahne hinter sich herziehend fahren sie den ungeteerten Weg zwischen den Feldern entlang. Aus dem üppigen Grün ringsum stechen die ziegelgedeckten Scheunen wie Schiffe hervor. In der Ferne ragt eine Reihe Weiden in den Himmel. Unter den Reifen knirscht der Ziegelschutt, mit dem die Bauern die von den Traktoren gegrabenen Furchen füllen. Peter parkt den Wagen und schaltet den Motor aus. Wo einst die Zäune waren, ist jetzt nur noch dorniges Gestrüpp, aus dem hier und dort verrosteter Stacheldraht sprießt. Die Tore sind eingestürzt und liegen, von Brennnesseln und Schlingpflanzen überwuchert, auf dem Boden.

Eine jähe Bö lässt den Wagen erbeben. Peter öffnet das Fenster und atmet die Gerüche nach Moos und Erde ein. Sie steigen aus. Gemeinsam gehen sie auf den Eingang zu. Wie das Schild eines Immobilienmaklers aus Jackson verkündet, steht das Anwesen zum Verkauf. Ein zweites Schild frohlockt, wiederum vor dem Hintergrund lächelnder, blauäugiger Gesichter: »Schon hunderttausend Dollar gesammelt! Mit Ihren Spenden wird hier bald der Tempel der Letzten Tage von Hastings erstehen.« Peter wählt die Nummer des Immobilienmaklers. Am anderen Ende wird abgehoben.

»Ich interessiere mich für das Grundstück außerhalb von Hastings, das Sie zum Verkauf anbieten. Was soll es denn kosten?«

»Hundertfünfundzwanzigtausend Dollar.«

»Haben Sie schon einen Interessenten?«

»Ja. Einen Grundstücksmakler aus Hastings.«

»Ich biete Ihnen zweihunderttausend.«

»Moment bitte, ich werde mich sofort mit den Kollegen in Verbindung setzen.«

Am anderen Ende der Leitung raschelt es, der Makler hebt einen zweiten Telefonhörer ab. Peter zieht unterdessen sein Zweithandy heraus und ruft seinen Partner in San Francisco an.

»Grant, hier Shepard. Tust du mir bitte einen Gefallen und tätigst eine Überweisung von meinem Konto auf den Kaimaninseln auf das einer Immobilienagentur in Jackson, Mississippi?«

»Willst du etwa dort hinziehen?«

»Ich denke darüber nach, ja. – Moment, bitte.«

Peter hält sich wieder das erste Handy ans Ohr. »Und?«

»Sie bieten zweihundertfünfzigtausend Dollar.«

»Ich erhöhe auf das Doppelte.«

Der Agent wechselt ein paar Worte mit seinem anderen Gesprächspartner. Dann sagt er zu Peter: »Mein Kunde wüsste gern, wer Sie sind.«

»Ich vertrete einen Großinvestor aus San Francisco.«

Der Agent gibt die Auskunft weiter und raschelt mit seinen Papieren. »Sie bieten fünfzigtausend mehr«, sagt er dann.

»Denen ist das Grundstück wohl sehr wichtig, wie?«

»Ja.«

»Sagen Sie Ihrer Kundschaft, dass das Angebot soeben auf eine Million erhöht wurde.«

Am anderen Ende tritt eine Pause ein.

»Eine Million, sagten Sie?«, fragt der Makler vorsichtig.

»Die eine Hälfte wird sofort auf ein Anderkonto überwiesen. Die zweite bei Unterzeichnung des Kaufvertrags, den Ihnen mein Mandant innerhalb der nächsten halben Stunde zukommen lassen wird.«

Der Makler verhandelt mit seinem anderen Kunden, der ihm offenbar Schwierigkeiten macht. Sein Tonfall klingt erst zornig, dann resolut. Sein Geschäftssinn hat gesiegt. »Das Grundstück gehört Ihnen«, sagt er zu Peter.

»Ich gebe jetzt die Zahlung in Auftrag. Bereiten Sie die Papiere vor. Die Überweisung kommt.«

Peter hält sich wieder sein zweites Handy ans Ohr.

»Grant?«

»Ja, ich hab's gehört. Das muss ja ein fantastisches Grundstück sein. Was willst du damit anfangen?«

Peter beobachtet zwei herumtollende Amseln im Dickicht.

»Einen Parkplatz anlegen lassen.«

Er beendet das Gespräch und legt Wendy den Arm um die Schultern.

Den Innenhof hat der Efeu mit seinen Tentakeln in Besitz genommen, der Druck seiner Wurzeln hat das Pflaster und die Treppenstufen gesprengt. Im Inneren der Gebäude sind die Wände mit Graffiti übersät, die Holzdielen wurden herausgerissen, sodass auf weiten Teilen der nackte Beton bloß liegt. Ein paar Ratten huschen die Stromkabel entlang und verschwinden unter einem Haufen alter Matratzen, die anscheinend von Obdachlosen hier zurückgelassen wurden. Wendy und Peter atmen die feuchtigkeitsschwere Luft, Glasscherben knirschen unter ihren Füßen. Sie betreten den Gebetsraum, wo die restlichen wurmstichigen Bänke unter einer Plane vor sich hin modern. Durch die zerbrochenen Scheiben weht ein warmer Luftzug und fegt die dürren Blätter auf dem Boden durcheinander. Der eindringende Regen hat Rinnen in den Putz gegraben, und dazwischen hat ein Übernachtungsgast, der im Besitz einer Spraydose war, in riesigen Buchstaben geschrieben: »REDEMPSCHN LEHBT!« Wendy überläuft es kalt; das Säuseln des Windes kommt ihr vor wie ein Geraune von Stimmen.

Peters Schritte hallen durch die Kolonnaden. Das Pult, von dem der Reverend gepredigt hat, steht noch; mit rostigem Auge blickt Christus von der Wand herab. Gemeinsam treten Wendy und Peter durch die Tür in die Haupthalle. Von der doppelläufigen Treppe zu den Zellen sind nur noch ein paar Stufen übrig, die ins Nichts führen. Peter hebt den Kopf zu dem schadhaften Dach; durch die Lücken leuchtet der Himmel. Ein riesiges Wespennest hängt im offenen Dachstuhl, und überall wimmelt es von Insekten, die immer zahlreicher ausschwärmen, sehr lebendig und zornig. Peter spürt den Druck von Wendys Fingern um seinen Arm. Sie zieht ihn weiter.

Das ehemalige Refektorium liegt fast im Dunkeln. Durch das geborstene Fenster ist die Vegetation eingedrungen und hat sich der Tische und Stühle bemächtigt, ein giftiger Geruch erfüllt den Saal. An einer Wand liegt eine Reihe unendlich schmutziger Matratzen, dazwischen gebrauchte Kondome und leere Bierflaschen mit Kippen darin. Wendy drückt sich fester an Peter. Sie hat auf einmal das Gefühl, dass das alte Haus wieder zum Leben erwacht, dass etwas Bösartiges die Eindringlinge beobachtet. Sie fühlt sich von durchsichtigen Gestalten gestreift. Schon meint sie, gedämpfte Stimmfetzen zu hören, ein fernes Klappern von Tellern und Besteck. In ihrer Fantasie schwillt es bald an und flüstert mit dem Wind. Wendy schlägt die Hände vors Gesicht. Fest an sich gedrückt, zieht Peter sie weiter. Sie lässt sich mit geschlossenen Augen von ihm führen.

Ein grünlicher Bewuchs aus Algen und Moos hat sich über die Duschräume gebreitet. In den aufgeplatzten Rohren wimmelt es von Ratten. Irgendwo tropft es. Wendy klammert sich an Peter. Sie hört Gemurmel, das Rauschen von Wasser, fernes Gelächter. Und sie nimmt Gerüche wahr – nach Seife, nach Verwesung. Die Luftfeuchtigkeit lässt wieder nach: Sie sind im ehemaligen Zellentrakt angelangt. Peters Blick schweift über die betonierten Gänge und die Zellen, vor denen die Gitter für immer geschlossen sind. Auch er beginnt, Gestalten im Halbdunkel wahrzunehmen. Durchscheinende Arme recken sich durch die Stäbe, Gesichter drücken sich daran. Ein bläulicher Widerschein breitet sich aus, und die Stimmen der Fernsehprediger erfüllen die Stille. Nach und nach flackern Neonlichter auf, die Wände wirken wieder getüncht. Ein Stück weiter, in der Zelle, die sich Peter mit den anderen geteilt hat, bewegen sich Gestalten. Ihre Gesichter sieht er nicht, nur die Augen. Und sie lächeln. Sie rufen ihn. Ein Luftzug fegt einen Blätterwirbel vor sich her.

»Wollen wir jetzt wieder gehen, bitte?«

Der Klang von Wendys Stimme reißt Peter zurück. Es kommt ihm vor, als verjüngte sie sich. Er küsst sie aufs Haar. Während sie sich argwöhnisch umsehen, verlassen sie rückwärts den Zellentrakt. Die Lichter verlöschen. Der Blätterwirbel legt sich.

Die schwere Tür, die zum Karzer führt, steht noch halb offen. Peter stößt sie ein Stück auf und zerreißt dabei Lianen von Spinnweben, die den Eingang verhängen. Modergeruch steigt aus der Tiefe. Er lauscht. Tief unten vernimmt er Stimmengemurmel. Hand in Hand steigen sie die Stufen hinab. Knarrend schließt sich hinter ihnen die Tür.

130

Als Wendy die Augen aufschlägt, ist es so finster, dass sie ihre Hand vor dem Gesicht nicht sieht. Vorsichtig befühlt sie die hässliche Schnittwunde, die sich über ihre Wange zieht. An den Rändern ist das Blut schon getrocknet. Sie ist fünfzehn. Sie ist verliebt. Das spürt sie an dieser kleinen Flamme, die tief in ihrem Bauch brennt. Sie sitzt ganz allein in ihrem Verlies, und es graust ihr vor den Tieren, von denen es hier unten wimmelt. Aber sie hat keine Angst: Die

Verlorenen Jungs verständigen sich nicht nur durch die Lüftungsrohre, sondern machen auch ständig Geräusche, um sich gegenseitig zu unterstützen. Seit Stunden wechseln sie sich ab: Wenn einer einschläft, übernimmt gleich ein anderer. Ezzie atmet absichtlich so laut. Howard pfeift eine Country-Melodie. Marcellus reibt seine Füße am Boden, und Peter knackt mit den Fingergelenken. Wendy zieht die Nase kraus, legt den Kopf in den Nacken und niest ihr Mäuseniesen, mit dem sie die anderen unweigerlich zum Lachen bringt.

»Gesundheit, Wendyschatz.«

»Danke, Dickerchen.«

Geräusche huschen hin und her. Fast wie Glühwürmchen.

»He, Leute!«, sagt Howard. »Wollen wir einen Pakt schließen?«

»Nämlich was für einen?«

»Ich denke nach.«

»Ich glaube, ich weiß was.«

»Sag's, Wendy.«

»Ich, Wendy Moore, schwöre, dass ich für jeden von euch mein Leben hingebe und dass wir zusammenbleiben, bis der Tod uns scheidet. Ich schwöre auch, dass ich euch immer lieben werde, egal, was in der Zukunft passiert.«

»Das ist doch kein Pakt, das ist ein Gelübde.«

»Mach's doch besser, wenn du so schlau bist.«

»Ich, Howard Cullen, schwöre, dass ich sämtliche Profose und Vögte massakrieren werde. Ich schwöre, dass ich alle umbringe, die uns trennen wollen. Und wenn einer von uns je vergisst, dass wir die Verlorenen Jungs waren, dann bringe ich auch ihn um. Oder sie. Das schwöre ich.«

Die Geräusche sind verstummt. Es herrscht vollkommene Stille.

»Das schmiedet uns fürs Leben zusammen, oder?«

»Ja, Ezzie. Und noch darüber hinaus.«

Marcellus trommelt mit den Fingernägeln an die Zähne. Collie pfeift dazu eine Melodie ins Dunkel. Das ist ihre Erkennungsmelodie. Howard fällt ein, seine Stimme, zaghaft zuerst, gewinnt rasch an Kraft. Nach der Hälfte des Refrains stimmt Marcellus ein, und jetzt folgen auch Ezzie, Collie, Wendy und Peter. Ihre Stimmen überlagern einander, finden wieder zusammen. Es singt und schreit und vibriert durch die Dunkelheit. Füße stampfen den Takt dazu auf den Lehmboden. Die Verlorenen Jungs weinen. Sie singen und sie weinen – beides zugleich.